Setzwein / Die grüne Jungfer

Bernhard Setzwein

Die grüne Jungfer

Roman

Haymon

Etwaige Ähnlichkeiten lebender Personen mit den beschriebenen dieses Romans wären rein zufällig. Sämtliche Figuren und Handlungen sind nämlich vom Autor frei aus der Luft gegriffen. Wie sie allerdings zuvor dorthin gelangen konnten, wüßte er auch nicht zu erklären.

Bibliografische Information:
Die Deutsche Bibliothek verzeichnet diese Publikation in der Deutschen Nationalbibliografie; detaillierte bibliografische Daten sind im Internet über http://dnb.ddb.de abrufbar.

www.haymonverlag.at

Umschlag: Benno Peter
Satz und Umbruch: Haymon-Verlag
Druck und Bindearbeit: Druckerei Theiss GmbH, 9431 St. Stefan

»Der Schauplatz: Mittel-Europa.«
Andor Endre Gelléri, B.

»Meine Seele wandert auf und ab,
logiert im einen Jahrhundert in einer Kneipe,
im andern in einem Schloß.«
Jean Paul, Selina oder
Über die Unsterblichkeit der Seele

»Diese angenehmen Gespräche, bei denen uns
der Tag verging! Diese mit der Angelrute
verbrachten Abende, da Sie, dann und wann
nach dem Schwimmer lugend, den schönen und
geschliffenen Sätzen des Herrn Doktor lauschten!
Diese tröstlichen und reizenden Geschichten,
die immer gut ausgingen.«
Vladislav Vančura, Launischer Sommer

»Der Ort, an dem wir uns befinden, ist gar nicht *nur* der Ort, an dem wir uns befinden. Er ist auch der Ort, der schon war ohne uns, verstehen Sie, Gnädigste? Und der sein wird, wenn wir schon lange nicht mehr sind. Wenn man genau hinhorcht und genau hinschaut, dann öffnet er sein Fenster, so ein Ort. Und ein Anhauchen trifft uns…«

Es war elf Uhr zweiunddreißig mitteleuropäischer Zeit. Ladislav Vančura saß bereits vor seinem zweiten Seidel Bier im Gasthaus *Zur grünen Jungfer* in Hlavanice, was ziemlich genau in der Mitte des Kontinents liegt, als er nach einer längeren Pause des Schweigens Bohumila, die Wirtin, mit dieser auch über ihn jäh hereingebrochenen Erkenntnis überraschte. Das Fenster zum Marktplatz stand offen, was von draußen hereindrang, war allerdings kein Anhauchen, sondern das langgezogene Freuden-Gehupe eines Pkws, das erst nur ganz leise zu hören war, dann aber unzweifelhaft immer näher kam. Jetzt mußte es schon in der rückwärtig gelegenen Küche zu hören sein, denn Kadlec, der Wirt der *Jungfer*, der seine Vorbereitungen für das Auskochen des Mittagstisches traf, kam durch die Schwingtür in die Gaststube und fragte: »Was ist denn hier für ein Radau?«

Bohumila sann noch immer dem Satz des Doktorchens nach, von wegen diesem Dingsda, diesem Anhauen, ehrlich gesagt, hatte sie das Gehupe gar nicht bemerkt. Sie zuckte mit den Schultern.

»Ich schau mal, was da los ist«, sagte Kadlec, knüllte das Geschirrtuch, das er in der Hand hielt, zusammen, warf es auf die Schanktheke und ging nach draußen auf den Marktplatz. Die *Grüne Jungfer* lag nämlich, wie könnte es auch anders sein, mitten im Zentrum von Hlavanice, direkt gegenüber der Pestsäule.

Vančura und Bohumila waren jetzt allein in der Gaststube. Er in seinem Eck hinterm Bier, sie an der Theke hinterm Zapfhahn. Mit dieser Grundaufstellung begann seit zwanzig Jahren in der *Grünen Jungfer* beinahe jeder Tag. Erst nach und nach würden die ersten Gäste kommen, die Arbeiter und Handwerker, die Rentner und durchreisenden Handelsvertreter: Bohumilas Kundschaft. Und dann würde es langsam anheben, das Palaver in der Gaststube, das über kurz oder lang in philosophischen Betrachtungen endete.

Zur *Jungfer* muß man wissen: Man saß dort an einem der abgelaugten Tische im behaglich strengen Küchengeruch, den Kadlec mit Hilfe von fünf Tage altem Friteusefett und den Rezepten aus dem Kochkünsteschatz seiner Großmutter, die auch schon am Herd in der *Jungfer* gestanden war, fabrizierte, und stellte sich unwillkürlich die großen Fragen: Wo komme ich her? Wozu bin ich hier? Und wenn ich das da auf meinem Teller esse, werde ich dann immer noch da sein? Der Gasthof *Zur grünen Jungfer* wird oft von gastritisch Veranlagten und auch von Vielfraßen aufgesucht, Leuten, die ihren Bäuchen, wer weiß aus welchen Gründen, Übles wollen und die sie deshalb mit schärfsten Kalibern bombardieren, ein solches Kaliber war zum Beispiel der Lungenbraten nach Hlavanicer Art, eine unbedingt abzuratende Spezialität des Hausherrn, die sich als Zeitbombe herausstellte, auf terroristische Art und Weise in die Mägen der Gäste eingeschmuggelt, wo sie erst etwa eine Stunde nach Verlassen des Lokals detonierte, sonst hätte man ja auch wegen der Leichenberge hier keinen der Resopaltische mehr erreichen können.

Das Regiment in der Küche führte unstrittig Kadlec... oder sagen wir besser: von Zeit zu Zeit doch auch strittig. Denn im Grunde war es Bohumila vorbehalten, mit ihrem traumwandlerischen Wesen den Speisen die entscheidende Nuance hinzuzufügen, vorausgesetzt ihr Mann ließ sie einmal an die Kochtöpfe, was selten genug vorkam. Bohumila ließ dann, wie zufällig, unabsichtlich, im Vorbeigehen, eine Prise von Irgendwas in die offenen Kochtöpfe fallen, und selbst ihr mürrischer Ehemann, der, mit einem Kaffeelöffelchen hinter der Bohumila herwieselnd, Gustoproben aus den Töpfen entnahm, mußte zugeben, verdammt noch mal, jetzt erst hatten sie den richtigen letzten Dreh bekommen: die Suppen, die Soßen, der schon seit Stunden köchelnde Eintopf. Nehmen wir zum Beispiel die berüchtigte Kohlsuppe… *Kohlsuppe nach indischer Art,* wie die Gäste gerne des unleugbaren süß-sauer pikanten Geschmacks wegen frotzelten. Bohumila würzte die Kohlsuppe, in der die Strünke im ganzen und Kartoffeln mitgekocht waren, mit ein wenig Knoblauch und süßte sie mit dem feinsten Weinessig (mit Estragon), da auch für die Kohlsuppe der Spruch gilt, einen Hundebiß heile man durch das Auflegen eines Hundehaares. Wenn der Kohl sauer ist (und das ist ja seine Beschäftigung), muß man ihm mit noch Saurerem zu Leibe rücken, damit er Vernunft annimmt. Jedenfalls war das die feste Überzeugung Bohumilas. Unwirsch komplimentierte ihr Gatte sie jedesmal zur Küche hinaus, wenn sie ihm mit solchen Ratschlägen und Bauernweisheiten kam (er wußte nur zu gut, sie hatte ja recht). Sie solle sich lieber um die Gäste kümmern. Das sei schließlich ihre Aufgabe.

Gast gab es um diese Tageszeit, bevor die Mittagstischesser kamen, allerdings meist nur einen einzigen: und das war eben Vančura. Der saß an seinem Tisch (immer derselbe, im Eck am Fenster). Man hätte ihn für einen Rentner halten können, was vom Alter her ja auch zutraf. Daß er keiner war, dem hätte jeder in Hlavanice beigepflichtet, aber was war er dann? Gewissen der Nation? (so was geht nicht in Rente), Lebenskünstler bis zum Tod hin?, vielbeschäftigter Champion im Nichtstun?, Abwarter?, Stillhalter?, der große Schweiger?

Bohumila war noch um einiges jünger als ihr treuer

Stammgast, zweiundfünfzig, was man ihr aber nicht im geringsten ansah. Die Wirtin der *Grünen Jungfer* machte den Eindruck, als hätte nicht sie die zweiundfünfzig Jahre gelebt, sondern die zweiundfünfzig Jahre hatten sich die Bohumila vorgenommen, und zwar so, daß man auch was davon sieht: Von den Falten im Gesicht wollen wir jetzt gar nicht reden, auch nicht von den eulenhaften Augenringen, eher schon von der Schulter-Hals-Partie, das heißt, Hals hatte sie eben fast keinen mehr, der war im Laufe der Zeit ganz verschwunden, unter den hochgezogenen Schultern, die Wirtin machte den Eindruck, als gehe sie ständig in Deckung, man fragte sich: vor welchen Schlägen des Lebens eigentlich?

Und nun also, nachdem jeder seinen ihm zugewiesenen Platz eingenommen hatte, Vančura im Eck, Bohumila hinter der Theke, in der kopfeinziehenden Haltung, konnten sie beginnen, die *Hlavanicer Lebensgespräche*, die über die Theke und die unbesetzten Tische hinweg geführt wurden. Ganze Vormittage lang geführt wurden. Seit zwanzig Jahren geführt wurden.

»Was hast du nur immer zu reden mit dem? Mit mir redest du auch nix!«

Eine Vorhaltung des Wirts an seine Frau, die diese stets mit dem Satz konterte: »Es gibt zuwenig Worte auf der Welt, um zweiunddreißig Jahre lang zu reden.« So lange nämlich waren sie verheiratet.

Den Satz hatte sie sich natürlich nur geborgt. Bei Vančura. Es war fast einer seiner Schlüsselsätze, der schon mehrfach im Laufe ihrer *Hlavanicer Lebensgespräche* gefallen war. Diese Gespräche aber waren es ja genau, die die Richtigkeit des Satzes von den zu wenigen Wörtern widerlegten. Das bekam sie auch prompt vom Wirt als Retourkutsche hingerieben:

»Ah ja, interessant! Aber bei dem gehen sie natürlich nie aus, die Worte. Seit zwanzig Jahren bla-bla-bla!!«

Und weg war er unter heftigem Türenschlagen. Verschwunden in seiner Küche oder im Keller. Das Feld war wieder geräumt für Bohumila und Vančura. Es konnte also wieder anheben, das Hlavanicer Lebensgespräch. Meist hob es völlig unvermittelt und nach langer Schweigepause an. In vollkommener Beiläufigkeit und größtmöglicher Unaufgeregtheit. Ungefähr so wie eben: *Der Ort, an dem wir uns befinden, ist gar nicht* nur *der Ort, an dem wir uns befinden.* Vančura hätte auch sagen können: *Das Bier heute schmeckt nicht so, wie das Bier gestern geschmeckt hat.* Bohumila verzog – egal was für eine Erkenntnis da auch ans matte Licht der Wirtsstube kam – nie die geringste Miene. Und auch Vančura zeigte keine Regung bei dieser plötzlichen Erleuchtung, die ihn unvorbereitet und jäh getroffen hatte, so wie eine Ladung Taubenscheiße, die einem auf den Hemdkragen fällt, heruntergesandt aus einem heiter-bösartigen Himmel. *Er ist auch der Ort, der schon war ohne uns*. So mußten sie sein, die Hlavanicer Lebenserkenntnisse: unfreiwillig, unbeabsichtigt, aber fundamental. Er hielt sich an seinem Bierglas fest, sie rauchte ihre Zigarette. Dabei hielt sie den Arm abgewinkelt vor die Brust gepreßt, so daß der qualmende Stengel stets nur wenige Zentimeter vom Gesicht entfernt war. Es mußte qualmen um ihren Kopf herum, der Qualm mußte sie umhüllen, die vollkommene Blöße, die sie war, bedecken, nur so fühlte sie sich wohl. Nur unter ihrem Nikotinzelt bekam sie ausreichend Luft. Ab und zu polierte sie mit einem Lappen über die kupfernen Zapfhähne. Ein Bild von ewiger Dauer und stiller Schönheit. Der Tiger, im Sprung erstarrt.

Ja, Tiger! Denn eigentlich hieß sie ja und war sie auch, zumindest ihrer eigenen festen Überzeugung nach, der Tiger von Äschnapur. Nichtsdestotrotz nannten sie die Männer von Hlavanice alle nur Bohumila. Die Kadlecová Bohumila. Das taten sie nur, um sie zu ärgern. Und sie vergolt es ihnen auch prompt mit einer Kratzbürstigkeit, die sie an ihr so liebten. Wenn sie ihnen die Krügel auf den Tisch knallte, daß die Hälfte vom Bier nur so herausspritzte, dann säuselten sie, »aber Bohumila, warum zürnst du uns?«, und brachen anschließend in schallendes Gelächter aus. (Nur Vančura besaß genügend Takt, den Tiger in Bohumila nicht unnötig zu reizen und ihn vorsorglich mit *Gnädigste* anzusprechen.) Wenn sich jedoch wieder einmal, was selten genug vorkam, ein Fremder in die Gaststube der *Jungfer* verirrte, dem wurde es dann aber gesagt, in aller Deutlichkeit, mit wem er es zu tun habe, spätestens nach dem dritten Seidel Bier wurde ihm das gesagt, dem dritten Seidel für die Wirtin wohlgemerkt!, die hatte nämlich neben dem Zapfhahn ihr Glas stehen, von dem sie immer nur nippte, das aber mit schöner Regelmäßigkeit, ja, ich schwör', es war auf eine besondere Art schön, dieses damenmäßige Nippen der Wirtin an ihrem Bierglas. Jedenfalls, der solchermaßen aufgeklärte Fremde staunte nicht schlecht, wenn er hörte, daß in der *Jungfer* in Hlavanice der Tiger von Äschnapur hinter dem Zapfhahn stehe, lauere eigentlich, aber das den Hlavanicern begreiflich zu machen, sei völlig sinn- und nutzlos. So die Wirtin. Wie oft habe sie es ihnen schon erklärt, aber es interessiere sie nicht. Nicht im geringsten. Doch der Fremde, dem dies alles offenbart wurde, der staunte, schüttelte ungläubig den Kopf und spornte somit die Wirtin zum Weitererzählen an, zumindest so lange, bis sie wieder hinter ihrer Theke verschwand und anderes zu tun hatte, als diesen fremden Gast zu belästigen, der sich nun mit den übrigen Gästen verständigen konnte, leise, mit Gesten nur, mit dem Tippen des Zeigefingers gegen die Stirn zum Beispiel.

Der einzige, der dann das Tippen an die Stirn nicht mitmachte, war Vančura. Er nahm das sichtlich ernst mit dem Glauben der Wirtin, daß sich in ihr der Tiger von Äschnapur verborgen halte. Manchmal kam er ja auch für einen ganz kurzen Augenblick zum Vorschein. Zum Beispiel wenn einer der Stammgäste die Wirtin wieder den ganzen Abend lang damit aufgezogen hatte, wo er denn sei, der Tiger, und ob er denn gerade Gassi geführt werde, weil man so gar nichts von ihm sehe und höre. Dann konnte es passieren, daß Bohumila den Lästerer plötzlich anfauchte (ein raubtierhafter Biergestank entstieg ihrem Rachen) und ihm mit ihren rotlackierten Fingernägeln eine vierspurige Strieme quer übers Gesicht zu verpassen drohte..., aber zuletzt kratzte sie doch nur ein bißchen an der Luft und kraulte allenfalls mit ihrer rotlackierten Pranke das Gelächter der Männer neckisch unterm Kinn, worauf es immer noch keckriger wurde und durch die Wirtsstube kollerte wie ein leeres Bierfaß. Nur Vančura lachte nicht mit und dachte sich: Sieh mal einer an, da war er zu sehen, eben, für Sekunden, der ansonsten verborgene Tiger von Äschnapur.

Das gehörte übrigens zu den Lieblingsthemen ihrer *Hlavanicer Lebensgespräche*: Nachmittagelang konnten sich Vančura und Bohumila darüber austauschen, was alles sich in wem auf welche rätselhafte Weise verberge.

»Der Lovec zum Beispiel, in dem verbirgt sich eigentlich ein Dichter«, hatte Vančura vor zwei, drei Wochen eine höchst abenteuerliche These aufgestellt, und das auch nur, weil mittlerweile zweifelsfrei feststand, daß dieser Lovec zwanzig Jahre lang Spitzelberichte für die Geheimpolizei in Prag geliefert hatte, und zwar Spitzelberichte, deren Gegenstand einzig und allein Vančura gewesen war. »Die würd' ich gern einmal lesen«, hatte Vančura gesagt und dabei ein bei ihm oft zu beobachtendes Grinsen aufgesetzt, das es jedem schwermachte zu entscheiden, wie ernst er es wirklich meinte mit dem, was er da eben gesagt hatte.

»Der und 'n Dichter«, war Bohumila entsetzt. Das konnte sie nun nicht verstehen, warum ausgerechnet Vančura so etwas sagte, wo *er* es doch gewesen war, der von Lovec zwanzig Jahre lang bespitzelt worden war. Wenn einer ein

Dichter war, in ihren Augen, dann der Doktor. Nach seinem Auftauchen in Hlavanice gingen Gerüchte um, Vančura habe Jurisprudenz studiert oder vielleicht sogar auch Philosophie, er sei ein Doktor der Philosophen, erzählte die Wirtin allen, die es nicht hören wollten, weil sie es eh schon dutzende Mal gehört hatten, der Doktor habe alles gelesen, die Griechen, Seneca, Seneca vor allem, von dem hatte er immer einen Spruch parat, *auf engen Raum muß man sich zurückziehen, wenn die Geschosse ins Leere gehen sollen,* war zum Beispiel so ein Vančura- und damit letztlich Philosophensatz, und alle rätselten dann, was mit *Geschosse* gemeint sein könnte, wer sie abfeuerte und vor allem: ob Hlavanice ein *enger Raum* war.

»Doch, doch, in diesem Lovec hat sich jahrzehntelang ein Dichter verborgen«, blieb Vančura starrsinnig, »ich werd' ihm das mal sagen müssen.«

»Unterstehen Sie sich!« hatte die Bohumila da gerufen, vor zwei, drei Wochen, als das *Hlavanicer Lebensgespräch* von Vančura auf Lovec gelenkt worden war, dieses Aas, »mit dem reden Sie kein Wort, was der Ihnen angetan hat.«

Immer mußte sie auf den Doktor aufpassen, sonst machte er nur Unsinn. Er hatte oft so Einfälle, die völlig absurd waren. Kindisch direkt. Zum Beispiel mit dem Lovec zu reden. Einer wie der Doktor konnte doch nicht mit einem wie dem Lovec reden. Das war doch…, einfach undenkbar war das. Lovec, ein solcher Granatsidiot, und der Doktor studierter Philosoph. Der Lovec war so blöd, in dessen Sliwowitz-Dunstkreis verwandelte sich sogar ein Universitätsprofessor augenblicklich in einen stammelnden Dorfdeppen, so sehr färbte die Blödheit von diesem Lovec ab. Fand zumindest Bohumila.

»In der Gegenwart von Lovec weiß der Apfel am Baum nicht mehr, in welche Richtung er zu fallen hat«, hatte die Bohumila zu Vančura gesagt, »von den Ausdünstungen dieses Menschen werden sogar die Gravitationsgesetze benebelt. Einer wie der hört nie auf, Spitzel zu sein. Es gibt Menschen, die kommen mit einem Storchenbiß auf die Welt, anderen hängt die Nabelschnur um den Hals und sie sind schon ganz blau angelaufen, wieder andere haben ein Blutgerinnsel an der Schläfe, ein zerknautschtes Gesicht von wegen der Enge des Geburtskanals, aber eines Tages, er war genau vorherbestimmt, dieser Schicksalstag, vorherbestimmt von da oben, da kam dieser Lovec auf die Welt, grinste aus seiner Käseschmiere heraus die Hebamme und den Frauenarzt an, und denen blieb die Spucke weg, weil sie auf der Stirn dieses Würmlings geschrieben sahen: *Ich bin der Spitzel, wo ist Vančura?* Nein, wirklich, Doktor, lachen Sie nicht! Der suchte nicht die Mutterbrust, wie das normalerweise alle Babys tun, der nicht!, der suchte sein Opfer. Und das waren Sie! Wenn einer schon Lovec heißt.«

Wenn Vančura diesen Kerl erschlagen hätte, das hätte Bohumila verstanden, aber doch nicht, daß er mit ihm reden wollte. »Kommt überhaupt nicht in Frage.«

Wenn es darum ging, den Doktor vor sich selbst zu schützen, konnte Bohumila rabiat werden. Sie redete dann mit ihm wie mit einem kleinen Kind. Das gefiel Vančura ganz besonders, weil Bohumila die einzige war, die ihn manchmal behandelte, als sei er ein kleiner dummer Bub, alle anderen taten immer, als sei er ein ganz gefährlicher Schwerverbrecher, im Grunde behandelten ihn nicht nur seine Gegner so, sondern auch seine politischen Freunde. Die allerdings verbanden es immer mit einem jovialen Schulterklopfen. »Ladislav, du hast es ihnen mal wieder gezeigt. Großartig!«

Dabei hatte er doch gar nichts getan. Jedenfalls nichts, was ihm als eine Heldentat erschienen wäre. Nach Hlavanice zu gehen, was war daran eine Heldentat? Sie dagegen feierten ihn für seinen Mut, ins Hlavanicer Exil gegangen zu sein, wie sie es nannten. Dabei hatte er nur Senecas Rat befolgt. *Auf engen Raum muß man sich zurückziehen, wenn die Geschosse ins Leere gehen sollen.*

»Alle Welt hört, wie du in Hlavanice sitzt und schweigst«, sagten seine Prager Freunde, die ihn früher oft besucht hatten. Streng konspirativ besucht. (Ganz Hlavanice wußte dann: der Doktor hat wieder konspirativen Besuch. Nur Lovec rätselte, wie er den Vorgang einzuschätzen habe, daß eine ganze Kolonne von Pkws mit Prager Kennzeichen in Hlavanice einfiel.)

»Das dröhnt bis nach Amerika hinüber, dein Schweigen«, hatte Věra, die schöne Věra, Schauspielerin aus Prag, bei solchen Gelegenheiten schon mehrfach gesagt und ihn dabei furchtbar angehimmelt (da war er noch ein gutes Stück jünger gewesen, aber im Grunde himmelten sie ihn desto mehr an, je älter und grauhaariger er wurde). Gleichzeitig hob sie, die schöne Věra, und auch all die anderen ihre leeren Weingläser, denn darauf mußte angestoßen werden, daß selbst in Amerika das Schweigen Vančuras gehört wurde, und so baten sie alle um ein weiteres Schlückchen von dem vorzüglichen Ribiselwein, den Vančura jeden Sommer aus den Früchten seines Gartens selbst ansetzte. Ehrlich gesagt, wäre es ihm lieber gewesen, es hätte in Amerika drüben etwas weniger gedröhnt, sein Schweigen, und sie hätten ihm dafür nicht seine ganzen Obstweinvorräte aus dem Keller zusammengesoffen, diese sogenannten Prager Freunde, die mit gesetzmäßiger Zuverlässigkeit jeden Sommer zu exakt jenem Zeitpunkt auftauchten, wenn in Hlavanice die Ribiselweingärung an ihr Ende gekommen war und Vančura die kostbaren Tropfen auf Flaschen gezogen hatte.

»Großartig!« sagten seine Prager Freunde dann und fügten hinzu, daß sie damit natürlich sein moralisches Gewicht in Amerika meinten, in Wirklichkeit aber, so Vančuras Verdacht, galt dieses Urteil leider, leider seinem Ribiselwein.

Er war froh, wenn sie wieder weg waren, verschwunden nach Prag. Er lief dann gleich zu Bohumila in die *Jungfer* und klagte sein Leid. »Jetzt waren sie schon wieder da, drei Tage lang.«

»Sie sind halt deren Kopf, Dokterchen. Der Kopf der Bewegung. Ohne Ihr Urteil unternehmen die nichts.«

Bohumila war stolz auf Vančura. So stolz.

»Und nichts übriggelassen von den Schmalzgläsern«, konnte sich Vančura immer noch nicht beruhigen. »Das eingeweckte Schweineschmalz vom letzten Schlachttag. Das nächste Mal, wenn sie wieder kommen, lieg ich hinterm Fenster mit der Schrotflinte.«

Bohumila mußte lachen. Und denken: Alle Welt weiß es, daß er der große Vančura ist, nur er selber will es nicht wahrhaben. Er hat nicht den Glauben an sich. Dann muß ich ihn halt haben. Irgendwo muß so ein Glaube an einen Menschen Quartier machen können, sonst weiß er nicht wohin und verflüchtigt er sich. Dann soll er halt bei mir wohnen.

Und so nahm der Glaube an Vančura in Bohumila seine Heimstatt. Und der Glaube an den Tiger von Äschnapur nistete sich beim Doktor ein. Man könnte fast sagen, sie waren so etwas wie ein Paar. Ein Glaubenspaar. Was zwar der Kadlec, der Wirt, den wir nicht ganz vergessen wollen, nur ungern mit ansah, aber was hätte er tun sollen. Daß irgend etwas vorfiel, was ihn legitimiert hätte einzuschreiten, war ja nicht der Fall, und grundlos machte man sich nicht zum Kaspar, nicht in Hlavanice, noch dazu, wenn man der Wirt der *Grünen Jungfer* war. Das mit dem Glauben bei den beiden blieb ja auch rein platonisch, was andererseits wieder, wäre der Wirt rücksichtslos ehrlich gewesen zu sich selbst, noch viel beunruhigender war, als wenn man vom Gegenteil auszugehen gehabt hätte. Eine verzwickte Sache, das! Der Wirt beschloß, sie einfach zu ignorieren.

»Ein *was* trifft uns?«

Hatte der Doktor vorhin nicht gerade irgend etwas gesagt? Irgendwas von wegen Anhauen. Das Wesen der *Hlavanicer Lebensgespräche* war es ja, daß sie mit langen, langen Pausen zwischen den einzelnen Wortbeiträgen der beiden einzigen Teilnehmer an diesen Symposien geführt wurden. Der Geist brauchte Zeit..., nicht zum Nachdenken, nein, zum Ausschweifen. Mal war einer Stubenfliege zu folgen, die sich verlor in der für sie unüberblickbaren Weite der holzgetäfelten Gaststubenwand, wie ein Verdurstender in der Wüste irrte sie matter und matter umher; mal mußte die Wirtin dem Spiralen drehenden Wirbel des Wassers im Spülbecken nachsinnen, der im Abgußrohr verschwand; mal bildete der Rauch der Zigarette einen makellos kreisrunden Ring; mal knackte es im Holz, dann wieder in den Gelenken, morsch, irgendwie wurde langsam alles morsch.

»... ein Anhauchen, Gnädigste«, Vančura mußte es ihr noch einmal erklären, genauer erklären, »ein Anhauchen trifft uns, von dem wir nicht wissen, wo es herkommt, aber wir spüren, daß es da ist, dieses Anhauchen, auf der Gesichtshaut spüren wir es, zum Beispiel, wenn man empfänglich ist ..., empfindlich. Empfindlich sein muß man schon, ohne das geht es nicht. Wenn es überhaupt ein Mysterium gibt, dann das des Ortes. Das Mysterium des Ortes!«

Er war jetzt für einen Moment selbst begeistert von dieser plötzlichen Offenbarung, die sich gewissermaßen ohne sein Zutun eingestellt hatte. Es war keine riesengroße Offenbarung, aber immerhin. Vančura hatte sozusagen eine Erleuchtung vom Grad eines Glühwürmchens. Es hatte 6937 Vormittage in der *Jungfer* und 23.593 Seidel Bier dazu gebraucht, um zu dieser Einsicht zu gelangen. Den letzten Anstoß dazu allerdings hatte die Frage der Wirtin grad vorhin gegeben: »Wie lange sind Sie jetzt schon bei uns am Ort, Doktor?«

Bohumila hatte das fragen müssen. Weil sie nämlich schon seit Wochen die Sorge umtrieb, das könnte sich nun von einem auf den anderen Tag ändern, das Dasein Vančuras an diesem Ort. Ganz Hlavanice wußte doch, daß sich Vančura hier nicht ganz freiwillig aufhielt. Es war mehr so eine Verbannung, was Vančura nach Hlavanice gebracht hatte, vor exakt einundzwanzig Jahren. Eigentlich hätte er nach Sibirien gehört, fanden damals die Herren in Prag, die von der Staatssicherheit aus der Bartolomějská, aber natürlich auch die auf dem Hradschin, die von den Geheimen ständig mit Dossiers versorgt wurden, Dossiers über Vančura, in denen zu lesen stand, wie gefährlich er war. So gefährlich, daß im Grunde nur Sibirien in Frage komme, für so einen. Zu ihrer großen Verwunderung aber mußten die Herren vom Hradschin und aus der Bartolomějská feststellen: Böhmen besaß ja gar kein Sibirien (wenn man von Česká Sibiř, dieser gottverlassenen Gegend im Böhmerwald, einmal absah). Was machte man nun also mit so einem? Man schickte ihn nach Hlavanice. Vančuras Sibirien hieß Hlavanice.

Doch jetzt auf einmal, so jedenfalls fürchtete Bohumila, könnte die Verbannung aufgehoben werden. Die Zeiten nämlich hatten sich geändert. Und wie. (Von Lovec, dem Schattenmann Vančuras, erzählte man sich sogar, der sei völlig aus dem Gleis geraten, seit ihm die Geheimen in der Kreisstadt gesagt hatten, mit der Beschattung Vančuras sei es jetzt vorbei, und zwar mit sofortiger Wirkung, von einem Tag auf den anderen.) Jetzt blies ein anderer Wind, soviel hatte man selbst in Hlavanice mitbekommen die letzten Wochen und Monate, wo man normalerweise in Hlavanice wenig mitbekam, man lag nämlich nicht nur absolut in der Mitte des Kontinents, sondern sozusagen im stillen, auch nachrichtenstillen Auge des Taifuns. Ringsherum allerdings stürmische Zeiten. Alles wirbelte durcheinander. Und vielleicht, wer weiß, wirbelte es Vančura plötzlich aus Hlavanice hinaus.

Das aber fände Bohumila, der Tiger von Hlavanice, über die Maßen bedauerlich.

Es war wegen der Seelenverwandtschaft. Die spürte Bohumila ganz deutlich. Nicht nur wegen der *Lebensgespräche*, die man nur mit einem Mann wie Vančura führen konnte. Es war noch etwas anderes. Vančura war Dichter. Ein Dichter, der nicht mehr schrieb. Genau wußte das die Wirtin zwar nicht, aber sie schloß es aus dem Umstand, daß man so gar nichts hörte und las von den Dichtungen des Doktors. Wenn er aber welche schrieb, dann müßte man doch davon hören und lesen, so wie bei dieser Majerová Marie, von der hatte die Bohumila andauernd etwas gehört und gelesen, früher, als sie noch jung war und die Gedichte in der Zeitung gelesen hatte. Nicht so bei Vančura. Von ihm war ihr, wenn sie es recht überlegte, überhaupt noch nie etwas untergekommen. Seinen Namen hatte sie noch nirgendwo gelesen. Also war er offensichtlich ein Dichter ohne Werk. Andere hätte das gestört. Die Bohumila nicht. Andere hätten, so wie es in ihrer Gaststube manchmal geschah, behauptet, dieser Vančura sei überhaupt kein Dichter, sondern allenfalls ein Hochstapler, vielleicht sogar ein Umstürzler, weshalb sonst war er unter der Beobachtung von Lovec. Bohumila aber verstand das: ein Dichter ohne Werk. Natürlich. Sie war ja auch ein Tiger ohne Äschnapur. Nie hatte es für sie ein Äschnapur gegeben, so wie es für Vančura von einem gewissen Tag an nichts mehr zu schreiben gegeben haben muß. Das war durchaus zu vergleichen und da waren sie sich ganz und gar ähnlich. Fand die Bohumila. Er in Hlavanice ohne Werk, sie in Hlavanice ohne Äschnapur. Was war das nur für ein verfluchter Ort, und warum waren sie dazu verurteilt, hier zu leben?

Durchaus eine Frage mit Berechtigung, fand auch Vančura, und dennoch hielt er jetzt dagegen: »Der Ort, an dem wir uns befinden, ist eben gar nicht *nur* der Ort, an dem wir uns befinden.« Spürte die Bohumila ihn denn nicht, den

Lufthauch. Den Windstoß. Der offene Fensterflügel hatte sich ein klein wenig bewegt. War noch weiter aufgegangen. Ein Anhauchen. Kühl traf es Vančura an der Stirn. Auf der Haut, die über seinen Schädel gezogen war. Eine Sekunde – vielleicht waren's aber auch fünfhundert Jahre – durchs Hirn. Oder, wie man so sagt in Mitteleuropa: *Kroloscho su krolo su su suuuuu huih – – – iiihh! die Ewigkeit! in die Ewigkeit!*

Herauf vom Grund der Pivoňka

Huih i-i-i-iihh, huih i-i-i-iihh: eine offensichtlich noch nicht durch den Stimmbruch gekommene Autohupe war es, die das Herannahen eines Pkws auf der Dorfstraße schon von weitem ankündigte. Ein altersschwacher Škoda bog eben in die letzte Kurve vor dem Marktplatz ein und hielt schnurgerade auf die Pestsäule zu. Für einen Augenblick hob das Fahrzeug mit dem Reifenpaar der Beifahrerseite vom Boden ab und eierte auf nur zwei Rädern das Bogensegment der Kurve aus. Der Wagen plumpste zurück auf alle viere, dabei riß zwar die rechte, vordere Aufhängung der Stoßstange ab, die linke aber hielt noch, jedenfalls so lange, bis der Škoda, die Chromstange über die staubige Dorfstraße mit sich schleifend, genau vor den Steinstufen des Dorfbrunnens, der neben der Pestsäule stand, etwas abrupt anhielt, das heißt, er stieß dort leicht gegen die erhöhte Bordsteinkante. Der Aufprall würgte den Motor ab.

Aus dem Auto heraus drang ein Gejohle, begleitet vom asthmatischen Genudel der Hupe, die langsam ihren Geist aufzugeben schien. Mittlerweile hatte sich ein Grüppchen von Hlavanicern eingefunden, allen voran der Wirt der *Grünen Jungfer*, der als erster auf den Marktplatz herausgelaufen war. Sie umringten den immer noch leicht sich auswippenden Škoda und zogen den Kreis nach und nach enger um ihn.

Einer der Gaffer, ein junger Kerl, versuchte, ins Innere des Wagens zu schauen, er neigte den Kopf zur Scheibe herunter und schirmte mit der Hand an der Schläfe spiegelnde Sonnenstrahlen ab. Zeit für Pepin Vondráček aus seinem Wagen auszusteigen. Den Zirkusdirektor spielend, mit übertrieben herausgedrückter Brust, drängte er den Neugierigen von der Autoscheibe zurück: Mit nur drei Fingern auf der Brust des Frechlings – ein Bürschchen von nicht mehr als dreizehn Jahren vielleicht – schob er ihn weg.

»Wißt ihr«, Vondráček ließ seinen ausgestreckten Zeigefinger den Halbkreis der Neugierigen entlangwandern, »wo wir beide, ich und mein Freund Jožo, heute morgen waren? Ganz frühmorgens, als ihr alle noch in den Betten gelegen seid?«

Jožo Blačič war jetzt auch ausgestiegen, legte seine Arme auf das Autodach, bettete den Kopf darauf, schaute sich die Leute an, mit der Herablassung eines Triumphators.

»Unten bei der Pivoňka waren wir natürlich«, machte Pepin weiter. »Ihr wißt doch, jeden Freitag sind wir da unten am Wasser. Ab vier Uhr in der Früh. Und auf wen warten wir da, hä?«

Von den Umstehenden wußte jetzt grad keiner so genau, was Pepin meinte, auf was er hinauswollte.

»Na, auf was warten wir? Seit zwanzig Jahren, hä? – – Auf den großen Fang natürlich warten wir!«

»Und was haben wir heute gemacht?« fragte Jožo. Das heißt, er fragte nicht wirklich, denn die beiden wollten die Antwort ja unbedingt selber geben. Ein kurzer Blick übers Autodach hinüber zu Pepin genügte als Verständigungszeichen: Jožo nahm den Griff der rückwärtigen Beifahrertür, zögerte eine Sekunde, riß sie dann auf und – schwupp – schnellte mit einem Klatschen eine riesige Schwanzflosse aus dem Wageninneren heraus. Gleichzeitig hatte Pepin den Griff der Tür hinter dem Fahrer in die Hand genommen, er öffnete sie einen Spalt, linste gespielt furchtsam in den Wagen, um sie dann mit einem Ruck aufzuziehen. Ein gewaltiger Fischkopf fiel ihm entgegen. Er wollte ihn auffangen, aber er glitschte ihm aus den Händen, Pepin strauchelte ein, zwei Schritte zurück. Die Hlavanicer, die den Mund nicht mehr zukriegten, starrten auf den Škoda, auf diese blecherne Fischsemmel, und sahen: Links und rechts, fast je einen Meter, schauten Kopf und Schwanzflosse eines gigantischen Wallers aus dem Wagen heraus. Wie hatten sie den nur da hineingebracht?

Es dauerte ein, zwei Sekunden, dann hob ein Gejohle und Klatschen an, ein Schulterklopfen und ein Mensch-Jožo-, Mensch-Pepin-Rufen. Vondráček ertrug es geduldig, so wie ein Tormann es erträgt, daß er nach drei Gehaltenen beim Elfmeterschießen von seinen Mannschaftskameraden in den Schwitzkasten genommen und in die Luft geworfen wird. Ohne ein Wort zu sagen, winkte er Jožo zu sich herüber, gemeinsam packten sie den Waller, indem sie ihm ihre Pranken wie Fleischerhaken unter die Kiemenlappen rammten, und zogen und zerrten, bis das Tier aus dem Škoda herausrutschte und vor den staunenden Hlavanicern auf den Boden fiel. Sofort bedeckte sich die immer noch feuchte, glänzende Haut mit einer Staubpanade.

»Wart einen Augenblick, ich bin gleich wieder da«, sagte Jožo zu Pepin, teilte den nun eng um sie herumstehenden Kreis der heftig diskutierenden Gaffer, indem er wie ein Brustschwimmer mit den Händen in die Menge eintauchte, und verschwand.

Pepin wandte sich derweil an die Hlavanicer, zu denen sich mittlerweile auch der Bürgermeister gesellt hatte, der junge Mucha. Vom geöffneten Fenster seines Amtszimmers im Rathaus aus hatte er den Radau mitbekommen. Was 'n jetzt los, schoß es ihm im ersten Moment durch den Kopf, schon wieder eine Revolution? Dem Lärm nach zu urteilen, mußte etwas wirklich Großartiges passiert sein, im Herbst vor zwei Jahren jedenfalls, im November, da war es nicht einmal halb so laut gewesen.

Mucha war die Rathaustreppe hinuntergestürzt, hatte den erstbesten Passanten angehalten und gefragt, was denn los sei. Zufällig hatte er den alten Svoboda erwischt. Der hatte schon so viel erlebt, daß ihn das nicht mehr aufregen konnte. Mehr oder weniger gelangweilt sagte er: »Vondráček und Blačič, unsere Großwildjäger …, die kommen grad von ihrer Safari zurück.«

»Ah ja«, hatte Mucha gesagt und nichts verstanden. Er drängelte sich durch den Menschenauflauf vor bis in die erste Reihe, wo er neben dem Wirt der *Grünen Jungfer* stehenblieb. Vondráček war grad mächtig in Fahrt.

»Es war ein Kampf, Leute, das könnt ihr euch gar nicht vorstellen, ein dreistündiger Kampf auf Leben und Tod. Ich und der Jožo, zu zweit mußten wir uns gegen diese Bestie stemmen, schaut ihn euch doch an, was das für ein Apparillo war. Wir haben uns verkrallt, eingegraben in den Uferschlamm, wie haben 'nen Schützengraben gebraucht, damit uns der nicht in die Pivoňka mit hineinzieht, verdammt noch mal, der hätt's versucht, der hätt' uns gekillt, ehrlich! Aber schaut her, wer am Ende der Sieger war! Drei Stunden hat es gedauert, bis wir ihn zum Greifen nah am Ufer hatten. Und da haben wir zum ersten Mal die genauen Umrisse unter dem Wasserspiegel gesehen. Ich sag' noch zu Jožo: für den brauchen wir aber einen Sattelschlepper. Aber erst mußten wir ihn ja mal haben. Der Drill bis an den Strand dauerte drei Stunden, ich hielt zuletzt die Angel, dem ging schön langsam die Puste aus, und dann hat ihn Jožo gepackt, mit dem Wallergriff: so daß der Daumen nach innen zwischen die Zähne greift, und mit den anderen Fingern außen an der Unterlippe! Der hat um sich geschlagen wie ein Alligator, als wir ihn an Land hatten. Mit einem solchen Prügel«, Vondráček zeigte den Umfang: abflußrohrdick!, »mit einem solchen Prügel dermaßen eine aufs Dach, der hat sich nur geschüttelt, ich sag's euch, als ob ihm einer eine leichte Kopfnuß gegeben hätte. Jožo hat sich auf ihn geworfen, er ist förmlich geritten auf ihm, wie beim Rodeo, das war ein Ritt auf dem Waller, das Vieh hat sich gewunden, ihr stellt euch das nicht vor, aber ich hab' ihn dann gekillt, mit einem einzigen Messerstoß«, Vondráček zeigte die Stelle am Kopf des Wallers, »hier, Jožo hat gehalten, ich hab' zugestoßen, seht her: so!«

Einen Moment nur war es mucksmäuschenstill, dann stürmten alle ein auf Vondráček mit hunderterlei Fragen auf einmal. Ein fachmännisches Debattieren begann vor allem unter den älteren Hlavanicern, in denen die Erinnerungen jetzt hochstiegen wie irgend so ein Flußungeheuer, vom Grund des Bewußtseins.

»So ein Waller, der schnappt sich Enten, wenn's sein muß.«

»Was heißt Enten! Schweine! In Studenec soll sich einer mal ein Schwein, das zu nah am Fluß stand, geschnappt haben.«

»Klar. Das hat man alles schon gesehen. Sogar schon, daß sie Pferde anfallen. Drunten an der Roßschwemme.«

»Das is' aber schon lang her.«

»Aber passiert is' es!«

»Der packt sich so ein Pferd, und zieht es unter Wasser, so ein Waller.«

»Hör auf!«

»Wenn ich's dir sag!«

»Die hatten bestimmt eine tote Plötze als Köder.«

»Karauschen sind besser.«

»Ihr hattet 'ne Plötze, oder, Pepin?«

Vondráček hörte gar nicht, daß ihm jemand was zurief, so umringt und abgelenkt war er. Unterhielten sie sich halt alleine weiter, die Männer.

»Red keinen Quatsch. Man sieht doch, daß sie ihn mit einer Plötze gefangen haben.«

»Zufall. Normal geht so ein Waller nur auf Karauschen. Außerdem ist es eh ein Wunder, daß der bei dieser Hitze gebissen hat. Normal liegt der faul am Flußgrund und rührt sich nicht. Nicht bei so einer Affenhitze. Es kühlt ja kaum mehr ab in der Nacht.«

»Wird aber auch 'n Wetter geben, heut. Und was für eins.«

»Glaubst du?«

»Da kannst du Gift drauf nehmen.«

Mittlerweile hatte sich an die Seite von Vondráček eines von den alten Marktplatzweibern vorgearbeitet, sie schaute sich den immer noch auf dem staubigen Boden liegenden Fisch an, und es klang fast ein klein wenig Mitleid an in ihrer Stimme, als sie fragte:

»Wie alt der wohl ist?«

Die wildesten Spekulationen wurden sofort laut. Vondráček mußte sich erst einmal Ruhe verschaffen.

»Mütterchen, das kann ich dir genau sagen, der hat vierzig Jahre auf dem Buckel, dreiundvierzig, vierundvierzig vielleicht, so lang hat der da drunten auf dem Grund der Pivoňka gestanden, immer ganz ruhig, immer in Lauerstellung, und hat uns tyrannisiert, uns Angler, weil der hat doch die ganze Brut aufgefressen, von den Forellen und den Plötzen, überhaupt von allen. Aber jetzt hat er einen Fehler gemacht, er hat sich gerührt, ist hoch gekommen von seinem Grund da unten, der hätte ...«

In diesem Moment kam Jožo zurück. Er hatte einen alten Handkarren dabei, wie sie früher die Händler auf dem Fischmarkt benutzten, mit zwei großen hölzernen Wagenrädern und einer planen Ladefläche.

»Mensch, Jožo, wo hast du den denn her?«

»Aufgehoben bei mir im Schuppen. Zwanzig Jahre lang. Ich hab gewußt: eines Tages brauchen wir ihn!«

Sie fingen an, den Waller aufzuladen. Die Umstehenden halfen mit: Der Handkarren wurde schräg gestellt, so daß seine Ladefläche sich wie eine Rampe zum Kopf des Wallers hin neigte, dann wieder der Griff unter die Kiemen und schon war er droben, angeschoben von hinten, von der Flosse her, alle langten jetzt zu, alle wollten diesen Fischleib einmal berührt haben, diesen massigen, jetzt Gott sei Dank leblosen Körper. Wie ein Reckturner stemmte sich Jožo an den Griffen des Karrens hoch, zwei-, dreimal, ehe Fisch und Karren endlich in die Horizontale zurückwippten.

Und wieder begann das Palaver.

»Wo bringt ihr den denn jetzt hin?«

»So ein Prachtexemplar gehört doch zum Tierpräparator!«

Kadlec versuchte, Vondráček am Arm ein Stück zur Seite zu ziehen, flüsterte ihm zu, er könne einen anständigen Preis anbieten, aber Vondráček sagte nur: »Laß mal, Jan, aber der Kerl«, und er zeigte auf den Waller, »der endet diesmal nicht in deiner berühmt-berüchtigten Dillsoße.«

Als nächster probierte es der Bürgermeister. Nahm sich Jožo und Pepin zur Brust, zur patriotischen Brust. »Vondráček, ich finde, so ein Jahrhundertfang, der gehört ins Rathaus. Die Kosten der Präparation übernimmt natürlich die Gemeinde. Vielleicht sollten wir sogar ein eigenes *Fischzimmer* einrichten, so als Anfang von einem Heimatmuseum. Was haltet ihr davon? *Fischfang in Hlavanice, gestern und heute.* Und das krönende Ausstellungsstück wird euer Waller. *Gefangen am 14. Juni 1991.* Da kommt ein Messingschild hin. *Von Pepin Vondráček und Jožo Blačič.* Das lesen dann die Schulkinder noch in hundert Jahren.«

»Nix da«, wehrte Vondráček ab, so laut, daß es alle hören

konnten, »der wird verschnabuliert, Leute. Und zwar noch heute abend. Ihr seid alle eingeladen. Unten am Sportplatz. Waller vom Rost. Überm Grillfeuer. Vielleicht hat ja der eine oder andere noch ein Fläschchen Wodka daheim, das er mitbringen kann. Und sagt es den anderen. Daß der Schurke endlich hin ist, das muß doch gefeiert werden.«

Der Jubel war so groß, daß alle Einspruchsversuche des Bürgermeisters sinnlos wurden. Jožo schob den Handkarren an, und unter dem Geboller der ächzenden Holzräder zogen er und Pepin davon.

Lovec

Vom Fenster des Wohnzimmers aus konnte Lovec hinübersehen zum Eingang der *Grünen Jungfer.* Um kurz nach neun hatte Vančura das Gasthaus betreten. Und wieder verlassen hatte er es bis jetzt nicht. Auch vorhin nicht, als halb Hlavanice zusammengelaufen war, um den Fang von Jožo und Pepin zu bestaunen: Vančura war nicht herausgekommen aus seinem Loch.

Einundzwanzig Jahre lang verkriecht sich der jetzt schon in der *Grünen Jungfer*, dachte Lovec, das ist dem sein Dachsbau, wir hätten ihn schon längst ausräuchern sollen da drinnen. War ein Fehler, immer nur zuzuschauen. Eben hat sich die Gardine gerührt, das war bestimmt er. Wer sonst?

Beobachtungen wie diese hätte Lovec früher unverzüglich in seinen Bericht aufgenommen. Da waren sie ja auch noch gefragt gewesen, er und seine Berichte. Aber dann, mehr oder weniger von einem Tag auf den anderen, wurde er nicht mehr gebraucht. Wie lang war das jetzt her? Gerade einmal ein Jahr ..., ein gutes Jahr, o. k. achtzehn Monate, handelte Lovec mit sich selber, da war noch alles in Ordnung gewesen. Bis zu dem Tag, an dem er in die Kreisstadt fuhr, das muß im März oder April neunzig gewesen sein, und Lánský ihm mitteilte, daß er nicht mehr gebraucht werde, daß er wieder heimfahren könne und daß er am besten auch dort bleiben solle, für immer: daheim. Sein monatliches Erscheinen in der Kreisstadt sei nicht mehr vonnöten. Ja, er müsse ausdrücklich davor warnen, daß Lovec weiterhin zu ihm komme, um seine Berichte abzugeben, hatte Lánský gesagt. Seitdem stand Lovec auf seinem Beobachtungsposten und hatte nichts mehr zu beobachten. Das heißt, zu beobachten gab es natürlich immer noch jede Menge (mehr im Grunde als jemals zuvor), nur es interessierte niemanden mehr. Sein Beobachten und damit eigentlich sein Leben hatten plötzlich ihren Sinn verloren. Es war ungefähr so passiert, wie wenn man plötzlich den Verstand verliert, man selbst merkt es erst gar nicht. Gut, es war kein sehr großer Sinn gewesen und keine sehr große Aufgabe, die man ihm zugedacht hatte, aber immerhin. Man hatte ihm gesagt, er solle diesen Vančura im Auge behalten.

Das war, kurz nachdem er nach Hlavanice gekommen war und sich das kleine Häuschen gekauft hatte. Kaum war er eingezogen, direkt gegenüber, schon waren sie bei Lovec aufgetaucht, die Geheimen. Ob sie nicht einmal mit ihm ein unverbindliches Gespräch führen könnten, zum Beispiel darüber, ob er nicht seinen neuen Nachbarn etwas im Auge behalten könne. Und dann könne er ja auch vielleicht hin und wieder mal berichten, was er da so behalten habe, im Auge. Die ersten paar Male nur mündlich, er hatte einfach nur erzählt, was ihm aufgefallen war. Später meinten sie dann, er könne doch auch das Beobachtete, zu seiner eigenen Entlastung, ein klein wenig aufschreiben, *Gedächtnisstützen*, sagten sie, für solche kleinen, schriftlichen Aufzeichnungen wären sie nicht nur recht dankbar, sondern würden sich auch erkenntlich zeigen. So hatten sie geredet, auf der Dienststelle in der Kreisstadt. Welche Form des Erkenntlichzeigens das denn sei? Lovec fragte dumm. Er war ja nicht erfahren in solchen Dingen? In einer solcher Zusammenarbeit mit der Kreisstadt. Das würde er dann schon sehen.

Zwanzig Jahre lang hatte er dann zur vollsten Zufriedenheit seiner Auftraggeber seine *Aufgabe* erfüllt. Aus den kleinen Gedächtnisstützen wurden mit der Zeit stattliche Berichte. Mit allergrößtem Interesse, so Lovec' Eindruck, wurden sie jedesmal in der Kreisstadt entgegengenommen. Und dann das! Plötzlich waren seine Dienste nicht mehr vonnöten. Erfahren hatte er es von Lánský. Lovec war, wie jeden Monatsletzten, zur Dienststelle gefahren, um seinen Bericht abzugeben.

»Schön haben Sie das gemacht, Lovec. Schön und zuverlässig, wie all die Jahre.«

Lánský hatte den Schnellhefter entgegengenommen und war die wenigen Seiten noch einmal in aller Ruhe durchgegangen. Dann schlug er ihn zu und ließ ihn auf den Schreibtisch fallen.

»Es ist nur leider so, Lovec: Wir brauchen das jetzt nicht mehr. Verstehen Sie, die Berichte haben sich erledigt.« Lánský lachte plötzlich. »So ein Wahnsinn: zum jetzigen Zeitpunkt noch mehr Papier. Bringen Sie mir bloß keine Berichte mehr. Wie sollen wir das alles verschwinden lassen?«

»Wieso denn verschwinden lassen?«

Lovec war entsetzt bei dem Gedanken, seine ganze Arbeit der letzten zwanzig Jahre könnte umsonst gewesen sein. Lánský lächelte nur gequält über so eine das ganze Unwissen verratende Frage. Er überging sie einfach.

»Und zwar rückstandslos verschwinden lassen, damit da nicht wieder so ein Irrsinn passiert, daß man plötzlich Akten auf dem Müll findet. – Also bitte, verschonen Sie mich mit weiteren Lieferungen, Lovec. Verstehen Sie denn nicht: Das Spiel ist vorbei, Vančura hat gewonnen.«

Lovec traute seinen Ohren nicht. Hatte er eben tatsächlich *Müll* gehört? Hatte Lánský wirklich *Spiel* gesagt?! Zu seinem Auftrag Spiel? Zu seiner Lebensaufgabe? Das schier Unmögliche doch zu bewältigen: Vančura in Schach zu halten? Im Laufe der Jahre war Lovec in diese Aufgabe so sehr hineingewachsen, daß sie fast zu klein wurde für ihn, sie saß an ihm wie eine viel zu enge Jacke, spannte über dem Bauch, zwickte unter den Achseln. Eigentlich war er aus dieser Aufgabe längst herausgewachsen. Es wäre an der Zeit gewesen aufzustehen und zu fragen: So, und nun, wo ist sie, bitteschön, die nächste, die größere Aufgabe, wo?!

Statt dessen aber hatte er hören müssen, dies sei sein letzter Bericht gewesen. Er lag noch immer auf dem Schreibtisch. Eben war einer der Bediensteten Lánskýs ins Zimmer gekommen, zeigte seinem Chef irgendwelche Unterlagen. Lovec griff in einem, wie er glaubte, unbeobachteten Moment nach seinem Schnellhefter und ließ ihn in der Lederaktentasche verschwinden. Von wegen auf den Müll, dachte er sich, wenn er hier nicht mehr gebraucht wird, mein Bericht, dann nehme ich ihn wieder mit. Hastig hatte er sich von Lánský verabschiedet, der aber gar nicht aufschaute von den Papieren, die ihm da vorgelegt wurden, er murmelte nur ein »Ja, ja, is' schon recht«. Erst als Lovec schon an der Tür war, hörte er noch einmal seinen Namen rufen. Er drehte sich um.

»Nichts mehr aufschreiben, haben Sie verstanden, Lovec, in Ihrem eigenen Interesse. Und lassen Sie sich hier nicht mehr blicken.«

Noch nie war Lovec in solcher Niedergeschlagenheit aus der Kreisstadt wieder nach Hlavanice zurückgefahren. Statt wie sonst aufgekratzt und übermütig als Held aus der Schlacht zurückzukehren, schlich er diesmal wie ein verprügelter Hund ins Wohnzimmer, wo seine Frau schon auf ihn wartete. Legte nur den Schnellhefter, den er aus seiner schäbigen Ledertasche zog, auf den Wohnzimmertisch. Und ging ans Fenster. Sah hinüber zu Vančura, dessen Haus dem Lovec'schen direkt gegenüber auf der anderen Straßenseite lag. Ob dies der einzige Grund gewesen war, warum man ihn für diese verantwortungsvolle Tätigkeit ausgewählt hatte, nebst dem natürlich, daß er aufgrund seiner Invalidität ständig zu Hause war und seinen Observationsposten im Grunde rund um die Uhr einnehmen konnte, einer wie der Vančura nämlich war kein kleiner Fisch und unbedingt rund um die Uhr zu observieren, hatten sie das alles in ihre Überlegungen mit einbezogen, die in der Kreisstadt?

Lovec war also am Fenster gestanden, damals an diesem schmachvollen Tag, und hatte hinübergeschaut zu Vančura: Der lungerte und lauerte natürlich in seinem Garten herum. Mußte wohl schon Stunden gewartet haben. Einer wie der wußte natürlich Bescheid. Dem hatten seine sogenannten Prager Freunde sicher schon zugesteckt, daß sich das Blatt wenden würde. Und da hatte er gewartet in seinem Garten, damit er ja nicht den Augenblick des Triumphes verpaßte. Wenn Lovec von der Kreisstadt heimkehren würde. Sicher wußte Vančura längst, daß die Staatssicherheit sich in Auflösung befand und man ihn, Lovec, mehr oder minder hinausgeworfen hatte. Der weiß und wußte schon immer alles über uns, dachte Lovec damals, als er da am Fenster stand, wir glaubten, wir sind die Geheimen, derweil hat der immer alles gewußt.

Vančura hatte den Spieß einfach umgedreht. Er beobachtete jetzt ihn, den Beobachter. Er mußte Lovec entdeckt haben, wie er hinter der Gardine stand und sich zu verstecken versuchte. Jedenfalls ballte Vančura die Faust und reckte sie Lovec entgegen. Und lachte höhnisch, man sah es deutlich. Höhnisch und triumphierend.

»Schau ihn dir an«, hatte Lovec zu seiner Frau gesagt, »wie er jetzt Oberwasser kriegt. Der da drüben!«

Den Schnellhefter mit dem Bericht hatte er damals, als er aus der Kreisstadt zurückgekommen war, auf den Wohnzimmertisch gelegt. Das hatte er noch nie getan. Schließlich handelte es sich um eine Verschlußsache, auch vor der eigenen Ehefrau zu verschließende Verschlußsache, im Grunde um ein Dokument von größter politischer Bedeutsamkeit, gewissermaßen staatstragend, ja mehr als das: staatserhaltend, ein Staatsdokument von allerhöchster Geheimhaltungsstufe, niemals für das Auslegen auf einem öffentlichen Wohnzimmertisch gedacht, wie penibel waren sie all die Jahre in der Kreisstadt mit seinen Berichten umgegangen, hatten sie sorgsam und unter strengster Geheimhaltung zu den Akten genommen, sorgsam und vorsichtig, als handle es sich um einen explosiven Stoff. Und jetzt fliegt so ein explosiver Stoff einfach auf den Müll, wenn das stimmte, was Lánský gesagt hatte. Dann war es auch schon gleich: ob auf dem Müll oder in den Händen seiner Frau, seine Berichte waren nicht mehr länger geheim, wie Lovec schmerzlich hatte feststellen müssen.

Währenddessen hatte hinter seinem Rücken die Lovcová den Schnellhefter in die Hand genommen. Die ganzen zwanzig Jahre über hatte sie nie einen dieser Berichte zu Gesicht bekommen. Natürlich wußte sie um die große Aufgabe ihres Vladimír, daß man ihn auserwählt hatte unter allen Hlavanicern, damit er mehr als im Grunde nur ein *Augenmerk* auf diesen Vančura werfe, nein, im Laufe der Jahre war seine Aufgabe immer umfangreicher, immer verantwortungsvoller geworden, eine *Total- und Rundumobservation* genaugenommen, die längst keinen Feierabend mehr kannte, kein Wochenende, Urlaub schon gar nicht, wie oft hatte sie ihren Vladimír gefunden, mitten in der Nacht, um drei Uhr, um vier Uhr, wie er im unbeleuchteten Zimmer hinter der Gardine stand, im Schlafanzug, mit den bloßen Füßen auf dem kalten Boden und hinübersah zu dem Haus von Vančura.

Drüben brannte Licht.

»Siehst du, er ist auf, jetzt um halb drei in der Nacht«, sagte ihr Mann, der gar nicht erstaunt schien über ihr plötzliches Auftauchen im Zimmer.

»Komm wieder ins Bett«, sagte sie dann meist, und er darauf: »Gleich. Ich muß noch sehen, wie lang er wach bleibt.«

Seine Frau schlurfte dann alleine zurück ins Schlafzimmer, und schon wieder im Halbschlaf merkte sie, wie ihr Mann nachkam.

»Zwei Uhr dreizehn bis zwei Uhr siebenundvierzig: Vančura wach«, murmelte er vor sich hin, und seine Frau fragte dann meist ganz mechanisch, im Grunde schon aus dem Schlaf heraus fragte sie das, weil das immer ihre Frage war, wenn sie ihren Mann beim Beobachten Vančuras beobachtete: »Und, was macht er?«

»Ich glaube, er war auf dem Abort.«

»Mhmm…«

»Vielleicht tut er aber auch nur so. Täuscht das Abortgehen nur vor. Wer geht um halb drei Uhr nachts auf den Abort?«

»Alte Mähänner mit … Bla …, mit Ba … Bananenschwäche.« (Das war jetzt eindeutig schon Traum, was seine Frau daherschwafelte.)

Am nächsten Morgen hörte sie dann, wie ihr Mann im Nebenzimmer auf der alten Schreibmaschine ein paar Zeilen tippte. Natürlich waren das die Beobachtungen der Nacht, die er jetzt festhielt, ihr nimmermüder Vladimír. Soviel konnte sie sich selbst zusammenreimen, ohne ihn direkt danach fragen zu müssen (er verbat sich alle näheren Fragen, er durfte ja doch nichts sagen). Auf diese Art und Weise entstanden jene Berichte, so malte sie sich weiter aus, die er dann jedes Mal zu Monatsende in die Kreisstadt brachte. Er müsse die Berichte wieder hinterlegen, sagte er. Später dann, als sie sich im Laufe der Zeit längst mittels wortloser Übereinkunft über das wenige, was er sagen konnte, sagen durfte, ausgetauscht hatten, genügte nur ein Wort: *Berichthinterlegungstag*! Mehr brauchte er gar nicht zu sagen. Nur: *Heute wieder Berichthinterlegungstag*. Und sie wußte Bescheid.

Worüber sie lange Zeit nicht Bescheid wußte: Wer und was dieser Vančura eigentlich war, wieso er von ihrem Vladimír so gewissenhaft beobachtet werden mußte und warum er so überaus gefährlich war, daß man ihn keinen Moment aus den Augen lassen durfte. Denn das war alles, was ihr Vladimír über den Sinn und Zweck seiner Aufgabe bereit war preiszugeben: *Der ist gemeingefährlich!* und *Den darf man keine Sekunde aus den Augen lassen*. Natürlich war das der Lovcová zuwenig an Erklärung. Sie fing an, eigene Beobachtungen anzustellen und eigene Erkundigungen einzuholen, sie warb sich ihre Mitarbeiterinnen an, die Verkäuferin im Lebensmittelladen zum Beispiel, den Postboten Svoboda, die Frau des Bürgermeisters, was sie indes ermitteln konnte, half der Lovcová auch nicht entscheidend weiter zu verstehen, warum ihr Mann und vor allem sein hinter ihm stehender Führungsoffizier in der Kreisstadt ein solches Theater um diesen Vančura machten.

»Der hat sich hier das Häuschen gekauft, vom alten Černín, weil er von Prag die Nase voll hatte. Kann man doch verstehen, oder? Dort diese Abgase, hier diese Waldluft!«

Lovec prustete vor Empörung über soviel Ahnungslosigkeit. »Von was für einem Geld kauft sich so jemand wie der ein solches Haus? Da gibt es nur eine Erklärung: Geld aus dem Ausland.«

Womit natürlich nur das feindliche Ausland gemeint sein konnte, nur die hatten das Geld, sich einen wie Vančura zu kaufen. Wenn Lovec eine letzte, das ganze nichtsnutzende Gequassel mit seiner Frau abschneidende Bemerkung machen wollte, sagte er nur noch eins: »Der ist doch gekauft!«

Die Lovcová schaute jetzt noch genauer hin. Konnte aber nichts Verdächtiges entdecken. Dieser Vančura kaufte wie alle in Hlavanice sein bißchen Brot und sein Mehl, seine Eier und seine Milch im Lebensmittelladen. Keinesfalls zahlte er mit Geld aus dem Ausland. Im Sommer sah man ihn auf seiner aus Birkenästen zusammengenagelten Bank im Garten sitzen, Weichselkirschen entkernen oder Ribisel von den Stengeln zupfen. Er kelterte daraus einen vorzüglichen Obstwein, wovon sich die Lovcová selbst ein Urteil hatte bilden können, weil Vančura sie nämlich am Gartenzaun ein Gläschen davon hatte kosten lassen (»Waaas hat der!? Dir seinen Ribiselwein angeboten?« – »Ja, warum denn nicht?«). Sie beruhigte ihr schlechtes Gewissen damit, daß es ja nur der Informationsgewinnung gedient habe. Im Frühsommer sah man ihn Marmelade einkochen, das tat jeder, im Herbst war er im Wald unterwegs wie alle Hlavanicer, auf der Suche nach Pilzen, im Frühjahr dann schnitt er die Obstbäume aus. Er war, erstaunlich genug für einen Städter aus Prag, in der Lage, sein Motorrad selber zu reparieren, er wußte, wenn etwas mit der Benzinzufuhr nicht stimmte und wann die Zündkerze auszuwechseln war. (Normalerweise kapitulieren diese Prager schon vor einem einfachen Zündkerzenwechsel, sie stehen dann vor der hochgeklappten Motorhaube ihres Škoda mit Leichenbittermienen wie vor einem geöffneten Grab.) Und wenn er in der *Grünen Jungfer* saß, was er auffällig gerne tat (ob das mit der schrulligen Wirtin zusammenhing?), dann konnte man sagen: Er war dort ein gerngesehener Gast. Denn er verstand es, mit den Waldarbeitern genauso zu reden wie mit den Bauern der LPG. Das machte ihm überhaupt keine Schwierigkeit, zum Beispiel mit den Bauern über das am kommenden Wochenende stattfindende Sandbahnrennen zu diskutieren, ja, er bewies auch hier eine für einen Prager Städter ganz ungewöhnliche Detailkenntnis der westböhmischen Sandbahnfahrerszene, er wußte deren

Namen, die letztjährigen Plazierungen, welches Fabrikat ihre Maschinen waren. Damit hatte man natürlich gewonnen, bei den Bauern.

»Was bitte soll an diesem Vančura außergewöhnlich sein?« fragte die Lovcová eines Tages rundheraus ihren Mann, nachdem sie, trotz aller Anstrengungen, mit ihren eigenen Nachforschungen einfach nicht weitergekommen war und sie endlich einmal wissen wollte, was an diesem Mann so ungeheuer gefährlich sein soll, daß ihn ihr Vladimír überhaupt nicht mehr aus den Augen lassen konnte (den ganzen Tag lauerte er mittlerweile hinter der Gardine, früher waren es ein paar Kontrollblicke gewesen, über den Tag verteilt, mittlerweile eine *Total- und Rundumobservation*, die die Lovcová einfach nicht mehr als angebracht empfinden konnte).

»Da sieht man einmal wieder, daß ihr Frauen keine Ahnung habt«, knurrte Lovec, dem die Hartnäckigkeit seiner Frau gehörig auf die Nerven ging. Von diesen Dingen keine Ahnung! Nicht die geringste! »Der Mann ist gemeingefährlich.«

»Warum?«

»Der schreibt!«

Jetzt war es ihm herausgerutscht. Lovec hatte unter allen Umständen vermeiden wollen, daß ihm genau dies herausrutschte. Es war gewissermaßen ein Staatsgeheimnis. Und ein solches der Ehefrau gegenüber herausgerutscht (weil sie nicht aufhörte zu fragen), ist in kürzester Zeit keines mehr. Jetzt, wo es heraus war, mußte er es schon genauer erklären.

»Es heißt, er schreibt *doch*. Heimlich. Überall erzählt er zwar herum, er sei der einzige, der nicht mehr schreibt, *weil in diesem verrotteten Land zu schreiben unanständig wäre*, das hat er einmal laut herausgeschrien, *in einem Land wie diesem auch nur noch eine einzige Zeile zu schreiben, das wäre der Ausbund an moralischer Verkommenheit*, so hat er es gesagt, stand eh alles wortwörtlich in meinem Bericht.«

»Wo?«

»Na, in einem der Berichte, vielleicht vom Anfang der achtziger Jahre.«

»Nein! Wo er das gesagt hat.«

»Überall! Der hat ja gar kein Blatt mehr vor den Mund genommen. Der hat ja zum Schluß geglaubt, der könne sich alles erlauben. Vor der Bohumila in der *Jungfer* hat er so getönt, zum Beispiel. Gott sei Dank saßen da noch andere mit dabei. Die Bohumila nämlich, die hätte das nie gemeldet.«

»Die nicht!«

»Aber das war, wie gesagt, alles nur Tarnung. Dieses Geschrei von wegen *abfaulen soll jedem die Hand, der in diesem Land auch nur eine Zeile schreibt*. Heimlich hat er dann nämlich doch geschrieben. Das hat mir der Lánský in der Kreisstadt anvertraut, der Vančura schreibt, und das, was er schreibt, ist so dermaßen gemeingefährlich, daß unter allen Umständen verhindert werden muß, daß noch mehr Leute von diesem Schreiben erfahren oder daß gar, was er da schreibt, unter die Leute kommt, gelesen wird, das wäre das Allerärgste, das Allerschlimmste, Lánský sagte, *das ist dann der Anfang vom Ende*. Anfang der Siebziger sagte er noch, nicht eigentlich beunruhigt, *das könnte Ärger geben*, Anfang der Achtziger meinte er schon, *die rütteln am Fundament*, und er meinte natürlich so Unterwühler wie Vančura, und vergangenes Jahr dann sagte Lánský: *Wenn wir deren Wirken jetzt nicht unterbinden, dann ist das der Anfang vom Ende.* Jawohl, *Anfang vom Ende*, hat er gesagt. Und wie ist es gekommen? Genau so ist es gekommen. Sag keiner, wir von der Aufklärung hätten es nicht gewußt. Genau haben wir es gewußt.«

Und, warum habt ihr es dann nicht aufgehalten, fragte sich die Lovcová. Hatte ihr Vladimír mit seiner *Aufgabe* am Ende versagt? Konnte es wirklich sein, daß, weil er seiner

Observationsaufgabe doch nicht total und rundum nachgekommen war, dieser Vančura hier von Hlavanice aus alles zum Einsturz gebracht hatte?

Damals, als Lánský ihn mit seinem Bericht wieder nach Hause geschickt hatte, stand er am Fenster, stierte hinüber auf das Grundstück von Vančura und dachte: So also ist das mit mir und den Göttern, sie mögen mich einfach nicht. Diesen Vančura aber schon. Sonst ließen sie ihn nicht so triumphieren.

Schiri

Entnervt ließ Zacharias Multerer, Hoch- und Tiefbaumagnat aus Wutzelshofen, die Enden seiner Krawatte aus den Händen fallen. Seit geschlagenen zehn Minuten mühte er sich jetzt schon vor der großen Spiegelwand des Schlafzimmerschrankes, diesen verfluchten Knoten in den Binder hineinzubekommen, aber seine runzeligen, vom Zementstaub immer etwas gräulichen, tiefzerfurchten Finger, eigentlich mehr Alligatorenzehen, verzweifelten an der Zartheit der Seidenkrawatte.

»Eeeerna!!« rief er seine Gattin um Hilfe, die auch gleich aus dem Badezimmer geeilt kam, mit einem Handtuchturban auf dem Kopf, das Gesicht zentimeterdick zugespachtelt mit einer pastellgrünen Schönheitscreme, nur um die Augen herum waren zwei dunkelbraune Scheiben freigelassen, dunkelbraun von wegen der zweimal wöchentlich ins Solarium getragenen Haut. Erna Multerer erkannte, in welches Problem ihr Gatte wieder einmal unlösbar verstrickt war.

»Soll ich nicht lieber doch mitkommen?« fragte sie, nachdem sie die fertiggeknotete Krawatte unter dem Hemdkragen zurechtgerückt und ihrem Mann mit beiden Händen auf die Brust getätschelt hatte, wer weiß, an welchen Kleinigkeiten er noch scheitern würde. Man konnte ihn einfach nicht alleine lassen.

Multerer durchzuckte es, aber so unmerklich, daß es der Gattin nicht auffiel. Was sollte plötzlich dieses Angebot von ihr, ihn zu begleiten? Hatte sie am Ende Wind davon bekommen, daß seine in der letzten Zeit immer häufigeren Geschäftsreisen hinüber ins Böhmische stets einen wenig geschäftlichen Ausklang hatten? Das war doch sein, wie er fest geglaubt hatte, gut gehütetes süßes kleines Geheimnis. Und zwar mit Namen Olga. Sicher war das nicht ihr richtiger Name, Multerer gab sich da keinerlei Illusionen hin, sondern gewissermaßen ihr Künstlername; denn in der Tat war es unerhört kunstfertig, was die süße Olga an biegsamen Vorführungen erst *vor* Multerer – nämlich an einer Chromstange auf der von Spiegeln umstellten Bühne des Luxus-Night-Clubs *Mon chérie* – und später dann *auf* Multerer darbot, in einem der rot tapezierten Zimmer im ersten Stock des Etablissements. Es war dieses Biegsame an Olga, dem Multerer ganz und gar verfallen war, und weshalb er nicht mehr von ihr lassen konnte. Wer tagein, tagaus mit wenig elastischen Armierungseisen und Fertigbetonteilen umzugehen hat, für den war diese Biegsamkeit geradezu ein Wunder, ein immer wieder zu bestaunendes und den Rest der Nacht dann exklusiv nur von ihm zu befingerndes Wunder.

Und jetzt wollte ihm Erna auf einmal einen Strich durch die Rechnung machen. Ob absichtlich oder unabsichtlich: Fair war es auf keinen Fall von ihr. Er würde das zu verhindern wissen. Er setzte sein arglosestes Gesicht auf.

»Ernalein, das ist nett von dir, aber absolut nicht nötig. Das werden ganz unappetitliche Verhandlungen mit diesen Tartaren da drüben, das kannst du dir doch denken. Das sind doch alles verschlagene, KGB-geschulte ehemalige Parteibonzen, diese mongolischen Dorfoberen.«

»Warum läßt du dich auch ein auf so ein Geschäft? Noch dazu halb illegal.«

Süßes Ernalein, hütete sich Multerer laut zu denken, man kann Geschäfte machen oder man kann sauber bleiben, man kann ein Luxusleben führen wie du mit rotem Porsche und Shopping-Nachmittag in Salzburg oder man kann als armer Trottel am Ende seines Lebens behaupten – und das garantiert ohne dabei rot zu werden: Ich hab' jede Kleinigkeit, die ich gern gehabt hätte, mir mit ehrlicher Arbeit ... *nicht* verdient. Das alles aber behielt Multerer für sich. Was er sagte, war:

»Ich mache dieses Geschäft, Erna, weil es eine Goldgrube wird. So etwas ist doch bei uns gar nicht mehr machbar. Das genehmigt dir hier kein noch so gut geschmierter Kreisbaurat mehr. Außerdem hast du sofort sämtliche Körndlfresser und Tierschützer am Hals. Da drüben wissen sie gar nicht, was das ist: Umweltschutz. Da wenn mal einer aufgemuckt hätt' in die Richtung, der wär' sofort in den Gulag marschiert. Paradiesische Zuständ', sag' ich dir, für Investoren. Eine Million Legehühner, das ist fünfmal so groß wie die größte Anlage hier bei uns. Und die betteln sogar noch darum, daß man sie bittschön bei ihnen hinbaut, mitten in den Ort hinein, die Hendlfabrik. Erna, wo gibt's denn so was noch? Na ja, sie zieren sich jetzt, damit es nicht so ausschaut, als ob sie sich völlig wehrlos ergeben, aber ich hab' da schon meine Methoden. Ich weiß, wie man solche Verhandlungen führt, glaub mir. Allerdings... ohne ein fürchterliches Wodkagelage wird's wohl kaum abgehen.« Multerer bemühte sich um eine Leidensmiene. »Aber was macht man nicht alles fürs Geschäft.«

Die Gattin ruckelte noch einmal am Krawattenknoten herum. »Zacharias, gib etwas mehr obacht auf dich, du weißt doch, du bist nicht mehr der Jüngste.«

In Multerers Gesicht gab es einen Mieterwechsel: Grinsen

zog jetzt ein. Er hatte seine Erna, wo er sie haben wollte. Wenn sie erst einmal besorgt war, würde sie allem zustimmen.

»Du hast ja recht. – Nur…, ob ich anschließend noch nach Hause fahren werd' können…, ich mein', heut abend.«

»Tu das bloß nicht!«

»Ich werd' übernachten müssen, dort.«

»Unbedingt!«

»Wie fürchterlich! In diesem Gasthof *Zur grünen Jungfer*. Schauderhaft. Ich hab' dir doch erzählt, von der Wirtin, dieser Alkoholikerin. Deren Zimmer: ein einziges Kakerlakennest. Aber es gibt ja nichts anderes in diesem Hawalitze«

»Ch--l !, Ch--l !, Ch-la-wa-*n*-*n*-*n*-nice, Zacharias. Die werden dir kaum ihren Dorfanger verkaufen, wenn du nicht einmal den Namen ihres reizenden Dörfchens richtig aussprechen kannst.«

»Das ist nicht der Dorfanger, das ist der ehemalige Schloßpark«, wurde Multerer leicht gereizt.

»Jaja, ich weiß schon. Ich könnte dir doch helfen, etwas dolmetschen … Was zum Beispiel heißt *Schloßpark* auf tschechisch?«

»Interessiert mich doch nicht. Die werden deutsch mit mir reden, wenn sie mein Geld haben wollen.«

Was Multerer in Wahrheit ärgerte, war die überlegene Art seiner Gattin. Natürlich, bloß weil die gnädige Frau ein halbes Jahr lang, aus Langeweile, wenn man ehrlich war, den Tschechischkurs der Volkshochschule in der nahen Kreisstadt besucht hatte, bildete sie sich ein, bereits dolmetschen zu können. Den tschechischen Pendler, den Multerer gleich nach Öffnung der Grenze in seinem Betrieb eingestellt hatte, grüßte sie seitdem, wenn er ihr draußen auf dem Bauhof über den Weg lief, mit einem besonders gesäuselten »Dobrý den, Jirschu«, eine Begrüßung, die Jiří Koloušek jedesmal zusammenzucken ließ. Er wußte längst, wie man in Wutzelshofen antwortete, nämlich mit einem »Moing, Chäääfin«.

Überhaupt: Jiří. Das war einer seiner besten Leute, immer willig. Den würde Multerer mitnehmen, sollte der doch dolmetschen, der sprach wenigstens dieselbe Sprache wie diese Slawen-Mafiosi. Und gleich verstanden hatte er auch, was Multerer von ihm wollte, als er ihn andeutungsweise danach fragte, ob er nicht vielleicht einen Strohmann auftun könne, da gebe es nämlich ein etwas heikles Geschäft abzuwickeln. Es solle dem Betreffenden nicht zum Nachteil gereichen. Offiziell konnte Multerer ja schlecht als Käufer des Bauplatzes und Bauherr der Hühnerfarm auftreten, das verboten die Gesetze.

Jiří hatte gleich verstanden, um was für eine Art von Transaktion es ging. »Nulla Probläm«, hatte er zu Multerer gesagt. Außerdem kenne er Mucha, den Bürgermeister von Hlavanice bestens. Das würde sich sicherlich alles zum beiderseitigen Nutzen und Gewinn regeln lassen.

»Du mußt dir keine Sorgen machen, Erna, ich nehm' doch den Schiri mit, ich mein', wenn's irgendwelche Probleme gibt.«

»Mein Gott, Zacharias, du lernst es aber auch nie! Jirschi, wie oft soll ich es dir noch sagen, er heißt Jirschi, nicht Schiri.«

»Iii-jah, mir rutscht das halt immer so raus. Is' ja auch furchtbar, mit dieser Sprach'. Das hört sich doch an wie eine einzige Schrottpresse: tschzschztresch!!«

»Bau dir halt mal eine Brücke, mein kleiner Esel«, sie tippte ihm gegen die Stirn, »sag dir vor: Ich bin jetzt *nicht* beim FC Wutzelshofen auf dem Fußballplatz, und es heißt *nicht* Schiri, sondern umgedreht: Jirschi!«

»Iii-jah, is' schon recht. Ich muß jetzt los.«

»Und wann kommst du morgen wieder?«

»Nachmittag wird's schon werden.«

Er hatte Olga nicht nur die ganze Nacht für sich reserviert, sondern auch gleich noch den Samstagvormittag. Denn morgens, nach dem Aufwachen, dachte Multerer, da war sie, noch warm von der Nacht, besonders biegsam, seine süße, kleine Olga.

Er verabschiedete sich von Erna und ging hinaus auf den Bauhof. Vor seinem schwarzen Mercedes stand Jiří und wartete schon.

»Moing, Chääf.«

»Morgen ...«

Multerer hielt eine Sekunde inne, rief sich ins Gedächtnis: *nicht Fußballplatz, umgedreht*, und sagte: »Grüß dich, Irrschi. Na, dann wollen wir mal.«

»Was wir wollen, Chääf?«

»Na, die Heimat retten!«

Multerer klopfte seinem Arbeiter auf die Schulter. Blickte ihn einen Moment lang an. Keine Reaktion. Da erst lachte Multerer los: War nur 'n Scherz.

In weniger als einer Viertelstunde waren sie an der Landesgrenze. Die deutschen Zöllner winkten das langsam heranrollende schwarze Gefährt, ohne auch nur einen Blick in die Pässe zu werfen, mit einem Grinsen durch. Selbstverständlich kannten hier alle den Ziaglzach, so nämlich war Multerers weithin bekannter Spitzname. Der Ziegel Zacharias aus Wutzelshofen, Bauriese und Gemeinderat, ein echter Baazi, ein Hundling halt, wie ihn die Leute vielleicht nicht unbedingt mochten, aber insgeheim bewunderten! Grinsen mußten die Grenzer, weil man natürlich so manches hörte und wußte von den doch recht häufigen Fahrten Ziaglzachs ins tschechische Grenzgebiet. Was er dort trieb, glaubte jeder genau zu wissen, kleine Ferkeleien halt, von der wirklich großen Schweinerei aber, die er an diesem Nachmittag einzufädeln gedachte, ahnten sie nicht das geringste.

Auf der tschechischen Seite der Grenzabfertigung genügte den Grenzpolizisten ein Blick auf den Beifahrersitz, um alles in Ordnung zu finden. Zweimal täglich sahen sie Jiří hier passieren, einmal morgens, einmal abends, wie bei allen Pendlern, die das Glück hatten, sich dank einer Arbeitsstelle in Bayern in kürzester Zeit in den Millionärsstand hocharbeiten zu können ... Kronenmillionäre halt, von wegen dem horrenden Währungsgefälle. Zwei bis drei durchschnittliche Jahreseinkommen, drüben in Bayern verdient, und man war, nach dem Umtausch, in Tschechien Millionär. Das konnte sogar ein Bauarbeiter schaffen. Wenn er willig war. Und mit ein paar Überstunden, die von Multerer mit denselben acht Mark Stundenlohn bezahlt wurden wie die regulären. »Das ist ein Vermögen für die«, rechtfertigte er sich gegenüber seiner Frau.

Jiří hatte fast kein freies Wochenende mehr, und Feierabend machte er im Sommer selten, bevor es dunkel wurde, also nicht vor neun, zehn Uhr. Seine junge Ehefrau in Staňkov sah ihn zwar in dieser Jahreshälfte so gut wie gar nicht, dafür saß sie mit den zwei Kindern in einer unverputzten Luxusvilla, die jedem Prager Topmanager gut zu Gesicht gestanden hätte. (Jiří überlegte sich ernsthaft, ob er nicht demnächst eine Alarmanlage einbauen sollte, soviel Pracht zog nämlich Neider an, wie er an den zerstochenen Reifen seines funkelnagelneuen Westautos bereits feststellen hatte können.)

Einer wie der Jiří, der war für jeden Arbeitgeber ein wahrer Glücksfall. Oft sagte Multerer zu seiner Erna: »Dieser Schiri ... eine Perle!«

Den konnte man einfach für alles gebrauchen, für die üblichen Maurer- und Betonierarbeiten auf dem Bau sowieso. Aber der blieb auch am Wochenende, um den Garten vom Chef herzurichten, der kümmerte sich um den Firmenfuhrpark, der schippte im Winter Schnee und im Sommer strich er den Gartenzaun, der entsorgte eine Lastwagenladung Sondermüll so, daß es nicht mehr nötig war, ein zweites Mal danach zu fragen, und der räumte dir sogar das Dixie-Klo aus, wenn es sein mußte.

»Das ist das slawische Improvisationstalent, nicht mit Gold aufzuwiegen«, brüstete sich der Ziaglzach im Kreis seiner Stammtischbrüder, und jeder beneidete ihn.

Und weil Jiří so ein patenter Kerl und zu allem zu gebrauchen war, war Multerer eben auch gleich auf ihn gekommen, als es darum ging, jemanden zu finden, der ihm in dieser Hlavanicer Angelegenheit weiterhelfen konnte. Vor zwei, drei Wochen hatte Multerer Jiří zur Seite genommen und gefragt, ob er nicht einen Tschechen wisse.

»Wie bittä? Ich eine Tschech?«

»Ja, ich meine, ich brauche jemanden, der die tschechische Staatsangehörigkeit hat und der mit sich reden läßt.«

Der Chef sagte das so verschwörerisch, außerdem boxte er Jiří dabei spaßhaft und leicht auf den Oberarm. Er solle mal mitkommen in sein Büro. Dort legte Multerer einen Plan auf seinem Schreibtisch aus.

»Weißt du, was das ist?«

»No, Plan!«

»Genau. Und zwar ein Plan von Halawitze.«

»Hlavanice! Jo, ich kenne. Da wir sind immer gewesen in Sommer. Wohnt noch immer meine Onkel. Onkel Venda.«

Jiří hatte sich schnell grob orientiert, hatte geschaut: wo ist die Hauptstraße, wo der Bahnhofsweiher, wo die Pivoňka. Als nun der Chef auf eine bestimmte Stelle zeigte, fiel es ihm nicht schwer auszumachen, daß er das Areal um das verfallene Schloß herum meinte. Wie genau es da aussah, wußte Jiří nicht. Als sie noch Kinder waren und nach Hlavanice in die Sommerfrische fuhren, war das Schloß für sie unerreichbar gewesen. Es lag bereits innerhalb des Sperrbezirkes. In diesen schmalen Grenzstreifen konnte niemand hinein und keiner heraus. Außer das Militär. Dort war vergessene, völlig verwilderte Erde. Jiří konnte sich nicht vorstellen, was an diesem Areal von Interesse sein sollte.

Multerer nahm jetzt den Finger von der Karte. Jiří konnte sehen, daß genau an der Stelle des Plans etwas eingezeichnet war. Eine Art längliches Gebäude. Das stand da aber nicht, nicht in Wirklichkeit.

»Das ist der ehemalige Schloßpark«, sagte Multerer mit triumphalem Unterton, so als ob der bereits ihm gehöre. »Sechs Hektar, demnächst voll erschlossen mit Strom-, Wasser- und Kanalanschluß. Hat mir euer Bürgermeister zugesichert, der Mucha.«

»Gut Mann«, mußte auch Jiří zugeben.

»Er hat gesagt, er sorgt dafür, daß das Gebiet Bauland wird. Alles weitere sei meine Angelegenheit. Darum kümmere er sich nicht mehr und da schaue er auch nicht so genau hin. Hat er gesagt. Mit so einem vielsagenden Lächeln. Verstehst du? Das war direkt eine Aufforderung.«

Jiří beugte sich jetzt näher über die Karte. Deutete auf das eingezeichnete Gebäude im ehemaligen Schloßpark, das vom angedeuteten Grundriß her ungefähr dreimal so groß war wie das gleich danebenliegende Schloß, genauer: der Ruinenrest, der davon übrig war.

»Was ist das?«

»Das ist eine Hühnerfarm für Legebatterien. Kapazität: eine Million Hühner. Bei uns hier in Bayern undenkbar. Selbst bei noch soviel Schmierfett geht da gar nichts mehr.« Der Chef zeigte mit Zeigefinger und Daumen, die er aneinanderrieb, was er meinte: Bares nämlich. »Nicht mehr bei uns. Die Zeiten sind leider vorbei. Nur noch lauter Bremser und Blockierer, verstehst du. Da schiebt sich nix mehr. Bei uns herrscht nur noch Stillstand. Bei uns regiert dieses G'schwerl in Jesuslatschen. Paßt bloß auf, daß die bei euch nicht auch aufkommen. Die machen jedem die Hölle heiß, der wo noch eine Vision hat. Ich hab' eine Vision, Schiri! Schau sie dir an.« Er zeigte auf den Plan. »Eine Million Hendln!«

Jiří hatte sich wirklich bemüht zu verstehen, was der Chef da sagte. Ob es an seinem mangelnden Deutsch lag, daß er kapitulieren mußte? Multerer ging jetzt um den Tisch herum, zog eine seiner Schreibtischschubladen auf, holte eine Flasche *Asbach uralt* heraus und zwei Cognacschwenker. Schenkte ein, hielt Jiří ein Glas hin.

»Bei euch dagegen, bei euch ist das alles noch ganz etwas anderes. Da herrscht noch eine Gründerzeit. Ihr lebt ja quasi im Zeitalter des Goldrausches. Bei euch kann man Visionen wenigstens noch ausleben. Ich hab das eurem Bürgermeister geschildert. Der ist ja ein durchaus verständiger Mann.«

Multerer schüttete in einem Schluck seinen Cognac hinunter.

»Ich hab zu ihm gesagt: eine Million Legehennen. Vollautomatische Batterienhaltung. Maximal zehn Kräfte zur Anlagenbedienung, und die sind in einer Woche angelernt. Da braucht's nämlich nur ein paar Knöpferl drücken, alles andere, wie gesagt, vollautomatisch. Aber immerhin: zehn Arbeitsplätze. Und zwar mit Zukunft. Was sich da für ein Absatzmarkt auftut. Bis nach Polen, Ukraine, Weißrußland, baltische Provinzen. – Einen Haken hat die Sache. Da seid ihr einfach noch zu kleinlich, das muß ich offen sagen, Schiri, in aller Deutlichkeit: Da seid ihr einfach borniert: Mich als Deutschen laßt ihr als Investor nicht rein. Das ist vom marktwirtschaftlichen Denken her doch Irrsinn: Ich hab' die Idee, ich hab' das Geld, ihr habt die g'schwerlfreie Zone, die man für so ein Projekt braucht: kein einziger Naturschützer und Tierfreund. Aber man läßt mich nicht rein. Ich komm ja als ein Freund, als ein Geschäftspartner. Und hier ...«, wieder die Geste mit Zeigefinger und Daumen, »... den Diridari bring ich auch mit. Aber mit euren ehemaligen Parteibonzen ist ja nix zu machen, man läßt mich nicht rein. Jetzt frag' ich dich: Warum eigentlich?«

Jiří zuckte die Schultern. Jiří war nicht der Mensch, der sich für Politik interessierte. Bei ihm ging es danach, was einer für ein Typ war. Und der Chef, das hatte er bald gemerkt, der war o. k. als Typ. Natürlich konnte er ekelhaft werden, wenn es auf einer Baustelle nicht vorwärtsging, dafür wurde er dann wieder geradezu kumpelhaft gutgelaunt, wenn man von sich aus anbot, zwei, drei Stunden länger zu bleiben, vielleicht auch einmal am Samstag zu bleiben. Der Chef war einer, der ließ einen so viele Überstunden machen, wie man wollte. Und dachte Jiří an den noch fehlenden Swimmingpool im Garten seiner Villa, dann war er entschieden für noch mehr Überstunden. Und da brauchte man gar nicht lang zu reden mit dem Chef. Deshalb: Wenn's nach Jiří gegangen wäre, er hätte den Chef reingelassen nach Böhmen. Ohne weiteres. Sofort. Warum denn nicht?

Das ließ sich aber nur mit einer kleinen Finte bewerkstelligen. Und die erklärte Multerer Jiří jetzt. Er solle sich umsehen, am besten nach einem Bewohner von Hlavanice, der bereit sei, mit ihm, dem Ziaglzach, zusammenzuarbeiten.

»Selbstverständlich wird mein Geschäftspartner für die Zur-Verfügung-Stellung seines Namens entsprechend honoriert werden. Sein Schaden soll's nicht sein!«

Jiří schaute noch immer so unverständig drein. Mußte Multerer deutlicher werden?

»Ein paar Tausender sind schon drin.«

»Kronen?« fragte Jiří sofort zurück, denn das Wort eben hatte er verstanden.

Eigentlich hatte Multerer eher an D-Mark gedacht, griff die Gelegenheit aber gleich beim Schopf, stockte etwas auf, er war ja nicht kleinlich.

»Freilich Kronen, ich dachte so an die 20.000 vielleicht!«

Hoffentlich pokerte er nicht zu niedrig? Aber an Jiřís Gesicht sah Multerer schon: Na bitte, das reichte doch auch. Er würde sich locker fünf-, sechstausend Mark sparen können von der Summe, an die er eigentlich gedacht hatte. Sein Angebot lag also auf dem Tisch. Jetzt konnte er auch konkret die Gegenleistung fordern: Er brauche jemanden, der pro forma den Kauf des Grundstückes in Hlavanice für ihn tätigen würde (natürlich mit seinem Geld), der gewissermaßen als Strohmann auftrete und sich, wenn der Coup über die Bühne gegangen sei, still und folgsam wieder zurückziehe. Im übrigen sei von der stillschweigenden Duldung dieser kleinen List durch den jungen Bürgermeister von Hlavanice, diesem Mucha, durchaus auszugehen.

»Der hat mir doch selber den Tip gegeben. Der Mucha braucht Geld in seine Gemeindekasse. Patenter Mann übrigens. Bißchen ein Schöngeist vielleicht, hab' ich den Eindruck, aber egal. Er hat mir dauernd in den Ohren gelegen von wegen einem berühmten Schriftsteller, der ausgerechnet bei ihm in Halawitze sein Exil genommen habe. Er sagte Exil. Wanschuda, oder so ähnlich. Sagt dir der Name was?«

»Nä.« Jiří mußte passen. Eigentlich kannte er jeden in Hlavanice, aber von einem Schriftsteller hatte er noch nie etwas gehört.

»Ja, er hat gar nicht mehr aufgehört mit diesem Wanschuda, und den müsse ich unbedingt kennenlernen, der sei das Gewissen von Halawitze, hat er gesagt, ein hochinteressanter Mann und ein Garant dafür, daß in Halawitze die neue Zeit jetzt auch wirklich anbricht, *daß bei uns die alten Zöpfe abgeschnitten werden,* so hat er es gesagt, der Mucha, und dann hab' ich mir gedacht, meinetwegen, soll er halt dazukommen, dieser Wanschuda, denn Mucha hat vorgeschlagen, bei unserer Vertragsverhandlung solle der mit dabeisein, gewissermaßen als Schirmherr, mein Gott, wenn das so wichtig ist für den Mucha, man ist ja konziliant, nicht wahr, aber ... um jetzt darauf zurückzukommen: Wie schaut's aus? Wer käme da deiner Meinung nach in Frage?«

Jiří mußte nicht lange überlegen. »Onkel Venda!«

Der sei zwar etwas wunderlich, ansonsten aber uneingeschränkt geschäftsfähig. Niemand würde Onkel Venda verbieten können, den Hlavanicer Schloßpark zu kaufen. Richtig verstehen, was er da eigentlich tue, würde er wahrscheinlich nicht. Er, Jiří, würde es ihm aber schon erklären, soweit es nötig war ...

Multerer war hinter seinem Schreibtisch hervorgekommen. »Schiri«, sagte er und legte seiner Perle den Arm um die Schulter, »auf dich kann man sich halt verlassen!«

Jiří grinste. Er wußte, das würde eine Gehaltsaufbesserung geben. Statt acht Mark in der Stunde, acht Mark fünfzig. Und der Chef dachte sich: Ich werd' was drauflegen müssen bei ihm. Acht Mark fünfzig vielleicht ..., na ja, acht Mark fünfundzwanzig reichen auch.

Audienz in der Jungfer

»Nicht observieren, nicht zwanzig Jahre lang observieren hätten wir den sollen, sondern abservieren, gleich von Anfang an abservieren. Hörst du mir überhaupt zu!?«

Lovec stand jetzt seit eineinhalb Stunden am Fenster hinter der schützenden Gardine und ließ den Eingang der *Jungfer* nicht mehr aus den Augen. Der kann auch nur immer rumstehen und glotzen, dachte die Lovcová und murmelte einfach nur ein »Jaja«, denn auf das, was ihr Mann da eben aus dem Wohnzimmer zu ihr in die Küche herübergerufen hatte, achtete sie gar nicht. Sie war weitaus mehr gefangengenommen von dem Geschehen auf dem Bildschirm des Fernsehapparates, der leicht erhöht auf dem

Oberteil der Küchenkredenz stand: es liefen gerade Nachrichten.

»Ich hab' es immer gesagt zu Lánský: Wozu machen wir uns die Arbeit mit dieser Rundumobservation?« redete Lovec einfach weiter, ob er eine Antwort bekam oder nicht. »Andere wurden doch auch einfach abserviert. Mir braucht man nichts erzählen, ich weiß genau, was da alles gelaufen ist! Das Resultat sehen wir jetzt. Ich mein', daß wir gezögert haben. Jetzt ist er obenauf. Klar! Hält sich für den Gewinner. Eben ist Mucha zu ihm in die *Jungfer* gegangen. Hörst du? Unser feiner Herr Bürgermeister! Der steckt wahrscheinlich schon unter einer Decke mit dem.«

Lovec hatte es genau gesehen, von seinem Observationsposten aus: Nachdem Jožo und Pepin mit ihrer Beute abgezogen waren, hatte sich der Menschenauflauf auf dem Marktplatz zerstreut, und zuletzt war nur noch einer übriggeblieben, Mucha. Einen kurzen Augenblick schien er zu überlegen, dann schritt er entschlossen los. Und wohin ging er? In die Grüne *Jungfer* natürlich! Und wen suchte er da? Vančura selbstverständlich! Wer anderes saß da ja nicht um die Tageszeit.

Lovec fühlte sich gedemütigt. Lag er nicht eh schon am Boden, mußte man jetzt auch noch auf ihm herumtrampeln? Mußte man ihm wirklich vorführen, wer jetzt die neuen Verbündeten waren in Hlavanice? Zu Zeiten von Muchas Vorgänger, dem alten Urbánek, hätte es so etwas niemals gegeben. Was Vančura betraf, waren Urbánek und Lovec sich immer völlig einig gewesen.

»Dieser Mann ist Dynamit!«

Wie oft hatte Urbánek diese Warnung ausgestoßen, und man spürte förmlich seine Sorge um das kleine, schutzlose Hlavanice, das doch wahrlich kein Ort war, wo man Dynamit lagern sollte. Aber Vančura war hier gelagert, sozusagen zwischengelagert.

»Eines Tages verschwindet der auch wieder«, hatte Urbánek dann auch noch gesagt, und es klang wie eine Durchhalteparole für Lovec. Und der ließ folglich auch nicht nach in seiner Rundumobservation, die im Rathaus von Hlavanice immer mit allergrößtem Wohlwollen gesehen wurde, jedenfalls solange dort Urbánek residierte.

Doch dann war er von einem Tag auf den anderen aus dem Amt gejagt worden, der alte Urbánek. Den blies der Sturm der Zeit einfach vom Stuhl, und anschließend erst fragte man sich in Hlavanice, wer denn nun das Bürger- meisteramt übernehmen solle. Im Übernehmen waren sie nicht geübt, die Hlavanicer, nach vierzig Jahren waren sie völlig aus der Übung gekommen, was das Übernehmen betraf, und so hieß es zum vieldiskutierten Schluß nur, daß einer von den Jungen übernehmen müsse. Viele Junge gab's aber nicht, denn wer jung war in Hlavanice, der war eben nicht mehr in Hlavanice, der war längst in Pilsen, Prag, Brünn oder sonstwo. Und so fiel das Amt an den gerade einmal 32 Jahre alten Mucha, das heißt, eigentlich fiel es mehr *auf* ihn, das Amt, Mucha war im Grunde noch immer damit beschäftigt, unter diesem Amt wieder hervorzukriechen und zu schauen, wo er überhaupt war und was zu tun sei.

Im Moment entschied er sich anscheinend dafür, diesen Vančura aufzusuchen. Vor einem Jahr noch wäre das unmöglich gewesen, daß der Bürgermeister von Hlavanice zu Vančura in die *Jungfer* ..., man muß schon sagen: gekrochen kommt. Doch die neuen Zeiten warfen alles über den Haufen: alle Gewißheiten, alle Ordnungen.

»Der hält jetzt neuerdings dort Audienz«, schnaubte Lovec verächtlich und verließ seinen Observationsposten hinter der Gardine, denn das hatte er trotz über zwanzigjähriger Beobachtertätigkeit noch nicht geschafft: die Fähigkeit zu entwickeln, durch Mauern hindurch zu observieren.

Außerdem wußte er sowieso, was sich da drüben abspielte: Die neue Macht konspiriert mit der Konterrevolution!

»Ich glaub', ich muß kotzen«, murmelte Lovec und verließ das Zimmer.

Tatsächlich, da sitzt er ja, dachte Mucha, als er die Tür zur Gaststube der *Jungfer* öffnete. Stimmt es also doch, was alle in Hlavanice sagen, den Vančura, den findest du beim Tiger von Äschnapur, und zwar (und dann grinsten sie immer): Tag und Nacht.

Vančura und die Bohumila drehten beide den Kopf zur Tür. »Das is' ja unser Bürgermeisterchen! Nanu, so hoher Besuch? Was verschafft mir die Ehre?« fragte die Wirtin und schob gleich hinterher: »Wie ist es mit 'nem Bierchen, Jirko?«

Mucha winkte ab. Er ging zu dem Tisch, an dem Vančura saß, rückte sich einen Stuhl her, er hatte noch immer kein Wort der Begrüßung gesagt, setzte sich, beugte sich vor und sagte: »Herr Vančura, wie lange sind Sie jetzt eigentlich schon bei uns in Hlavanice?«

War er das heute nicht schon einmal gefragt worden?

»Einundzwanzig Jahre«, gab Vančura trocken zur Antwort.

Mucha drehte ich auf seinem Stuhl herum, um es der in seinem Rücken stehenden Kadlecová mit aller Deutlichkeit zu wiederholen (nur, falls sie es nicht gehört haben sollte).

»Hast du das gehört, Bohumila, einundzwanzig Jahre!«

»Klar doch. Weiß ich selber.«

Mucha wandte sich wieder an Vančura. »Und Hlavanice ..., das war doch immer ein Ort für Sie, wo man sich ..., wie soll ich sagen ...«

»... wo man sich rührend um mich gekümmert hat, so wollen Sie es doch sagen, oder?«

Mucha wußte natürlich, auf wen Vančura anspielte. Auf

Lovec. Jeder in Hlavanice hatte mitbekommen, daß die beiden ein auf besondere Art und Weise unzertrennliches Paar waren.

»Man hat sich halt Sorgen um Sie gemacht, Vančura.«

»Das glaub ich Ihnen sofort«, sagte Vančura voller Sarkasmus.

»Und da hat man halt ein Auge auf Sie geworfen ... werfen lassen.«

»Ich weiß! So eine Art Ein-Auge Gottes, stimmt's. Nur mit dem Unterschied, der Lovec hatte gleich zwei. Der hat selbst Dinge gesehen, die hat nicht mal der da oben gesehen.« Vančura wurde plötzlich ernst. »Wie alt sind Sie eigentlich, Mucha?«

»Ich? Warum? Zweiunddreißig.«

»Ich weiß noch«, mischte sich Bohumila von hinter der Theke ein, »wie unser Bürgermeisterlein so ein Steppke war«, sie zeigte mit der Hand, wie groß genau sie meinte, »der hat ja nicht mal über den Thekenrand schauen können, da ist immer nur so ein Krug von unten her aufgetaucht und seine Piepsstimme war zu hören. Weißt du noch, Jirko, bist immer geschickt worden vom alten Mucha, Bierholen.«

Damit hatte Bohumila das Stichwort gegeben für eine kurze Plauderei mit dem Bürgermeister. Zeit für Vančura zu überlegen, ob es Sinn hatte, jetzt anzufangen, Mucha, diesem Greenhorn, die letzten vierzig Jahre zu erklären.

Sollte er ihm jetzt von denjenigen unter seinen Freunden erzählen, die in Joachimsthal in den Uranbergwerken verschwunden waren? Oder von dem, was er selbst bei den Geheimen in der Bartolomějská erlebt hatte? – Vančura fühlte sich zu müde dazu. Wenn er ehrlich war, hatte er nur noch einen Wunsch. Daß Mucha die Güte haben möge, ihm aus der Sonne zu gehen. Aus der untergehenden Sonne des rötlich glänzenden Kupferhahns, aus dem Vančura gerne noch ein Bier abgezapft bekommen hätte, von Bohumila, ein kleines Bierchen, mehr nicht. Alles andere konnte Vančura gestohlen bleiben. Auch daß sich jetzt der mächtigste Mann von ganz Hlavanice, Bürgermeister Mucha, zu ihm in die Gaststube der *Jungfer* bequemt hatte, wo Licht, Geruch und Farbe der Holztäfelung so waren, daß man sich im Inneren eines Fasses wähnte, konnte ihm gestohlen bleiben. Ja, selbst wenn jetzt der mächtigste Mann der ganzen Welt hier vor ihm, an seinem ihm angestammten Tisch in der *Jungfer* stehen würde, hätte ihn das kaum beeindrucken können.

Gar so unwahrscheinlich war das übrigens gar nicht, wenn man die Nachrichten in der Zeitung las. Die Zeiten waren ja jetzt wundersamerweise tatsächlich so, daß man jederzeit in Böhmen – wie Vančura fand – fürchten mußte, es könne plötzlich die Tür aufgehen und ein amerikanischer Präsident hereinkommen, und zwar in dem für amerikanische Präsidenten – seit ein Filmschauspieler dieses Amt bekleidet hatte – berüchtigten Cowboygang, mit einem Rancherhut auf dem Kopf und bespornten Cowboystiefeln an den Füßen. Das konnte selbst in dem verlassensten und heruntergekommensten Gasthaus irgendwo am Rande der böhmischen Welt passieren, denn diese Präsidentencowboys waren ja immer auf der Suche nach dem weltberühmten Dissidenten, von dem ihnen ihre Präsidentenberater erzählt hatten, er sei es gewesen, dieser Dissident, der jahrzehntelang das moralische Gewissen der kleinen tschechischen Nation repräsentiert habe, und zwar zurückgezogen und verbarrikadiert in einem winzigen Dorf, genau in der Mitte Europas, wenn das kein Symbol sei!

Amerikanische Präsidenten lieben ja bekanntlich nichts so sehr wie symbolische Handlungen, deshalb könnte es durchaus sein, daß plötzlich die Tür zur Gaststube aufflöge und ein in gespornten Cowboystiefeln auftretender amerikanischer Präsident hier hereinkäme, dachte sich Vančura, aber er, da war er sich sicher, würde dann nicht einmal mit der Wimper zucken, und falls dieser amerikanische Präsident Anstalten machen sollte, sich an Vančuras Tisch zu setzen, da würde er ihm aber garantiert Bescheid stoßen: Sehen Sie denn nicht, daß woanders auch noch Platz ist! Politiker an seinem Tisch konnte er am allerwenigsten leiden, je mächtiger, desto abscheulicher fand Vančura sie, und den sogenannt mächtigsten Mann der Welt, den hätte er am allerwenigsten an seinem Tisch geduldet, dem hätte er den Bierschaum ins Gesicht geprustet, der sich jedesmal beim Trinken auf seinem Schnauzbart absetzte, so daß Vančura nach jedem Schluck aussah, als hätte er die Tollwut gekriegt, und diese Tollwut hätte er dem mächtigsten Mann der Welt aus Amerika in aller Seelenruhe ins Gesicht gespuckt.

Mucha hielt sich wohl für besonders schlau, weil er jetzt zu ihm gekrochen kam und sicher gleich sein *Angebot zur Zusammenarbeit* vorbringen würde (wenn er endlich mal fertig war mit der Plauderei über die Lokalhistorie, zu der ihn die Bohumila angestiftet hatte). Dabei war Vančura das ja längst gewohnt. Wer war damals, gleich in den Wochen nach der Wende, nicht alles an seinem Audienztisch, hier im Eck der Gaststube, vorbeidefiliert? Alle waren sie in die *Jungfer* gekommen, die Abgesandten und Unterhändler, die ihn über den Tisch und in irgendeine politische Gruppierung hineinziehen sollten, aber es gelang ihnen selbstverständlich nicht. Wer war nicht alles bei ihm gesessen in diesem halben Jahr und hatte auf ihn eingeredet, er solle sich für ein Amt zur Verfügung stellen, sogar ein Unterhändler des Präsidenten bot ihm ein Ministeramt an, alles erfolglos. Natürlich versuchten sie ihn unter Druck zu setzen und führten dann immer ihr eigenes Beispiel an. Denn all die Politiker, die da auf ihn einredeten, waren ja selbst vor kurzem noch alles andere gewesen, nur keine Politiker. Heizer waren sie gewesen zum Beispiel, oder auch Straßenkehrer oder Lastkraftwagenfahrer, oder einer hatte jahrelang in den Katakomben unter dem Stadtplatz von Pilsen geschuftet, der ist nämlich total ausgehöhlt und von Gängen durchzogen, der Stadtplatz von Pilsen, und das mußte alles restauriert werden, dieses mittelalterliche Gängelabyrinth, und zu solchen Drecksarbeiten hatte man Leute herangezogen, die vordem noch Professoren gewesen waren, oder Redakteur beim Pilsner Rundfunk, oder Fotograf, Journalist oder einfach nur jemand, der der Stadtbibliothek von Pilsen als ihr Direktor vorgestanden hatte, so einen Fall gab es auch. Die hatten alle Achterbahnfahrten des Schicksals hinter sich: hinauf zum Direktor, Professor, gefeierten Schauspieler, hinunter zum Heizer, Straßenkehrer, Müllfahrer, und jetzt wieder hinauf zum Stadtrat, zum Bürgermeister, zum Ministerialbeamten, zum Minister.

Das alles hätte Vančura Mucha erzählen und erklären können, aber man sah ja, daß der keine Zeit hatte. Und eigentlich verstand Vančura das auch, daß jetzt keine Zeit war für das Vergangene. Jetzt mußte etwas Neues her. Und dazu war er nicht mehr zu gebrauchen, Vančura war doch einer, der nur noch auf Urlaub vom Krematorium lebte. So hatte er es einmal zur Tigerin von Äschnapur gesagt, und sie hatte daraufhin gemeint, »aber Dokterchen, jetzt doch keinen Weltschmerz, jetzt doch nicht mehr«. Und trotzdem: Mochten noch so viele Politiker kommen und ihn zum Mitmachen überreden, er konnte ihnen nur immer wieder sagen, was er schon immer gesagt hatte (was sein Credo war), auch in den Kellern der Bartolomějská hatte er das gesagt (damals, als sie ihn zwingen wollten zuzugeben, daß er eine Konterrevolution plane), nämlich daß er nur immer sich selbst verändern habe wollen, Revolution führen gegen sich selbst, und, wenn sie geglückt ist, auch gleich noch die Revolution gegen diese Revolution, *Konterrevolution gegen sich selbst führen*, hatte er einmal bei einem solchen *Gespräch*, wie es die Verhörer nannten, in der Bartolomějská zu Protokoll gegeben, einfach aus dem Grunde, weil er für sich selbst derjenige war, den er in greifbarer Nähe hatte, und man sollte mit dem Verändern doch am besten in seiner unmittelbarsten Nähe beginnen, fand Vančura, bei demjenigen, wo man am nächsten dran ist, den man packen kann und schütteln, daß er aufwacht, dem man ins Gesicht schreien kann: *Verändere dich!*, und das ist immer nur und zu guter Letzt: man selbst.

Mucha drehte sich wieder zu Vančura herum, noch leicht nachzitternd von einem Lachanfall, dessen Auslöser Vančura allerdings nicht mitbekommen hatte, so versunken war er in seine Politikerbetrachtung, Mucha aber nahm den Faden wieder auf.

»Einundzwanzig Jahre ..., dann ist doch Hlavanice fast so etwas wie eine Heimat für Sie geworden, oder? Ich meine, Sie könnten sich doch jetzt nach einundzwanzig Jahren auch einmal umgekehrt für Hlavanice einsetzen, wo sich Hlavanice einundzwanzig Jahre um Sie gekümmert hat?«

»Was wollen Sie von mir, Mucha?«

»Heute nachmittag bekomme ich Besuch ...«

»So, so.«

»Ja, ein Besuch, der uns unter Umständen einige Probleme hier in Hlavanice abnehmen wird.«

Mucha rückte noch näher an den Tisch, beugte sich über die Tischplatte und flüsterte: »Ein möglicher Investor ...«

»Ja, und?«

»Ich hatte mir gedacht, daß Sie doch vielleicht ... gewissermaßen ..., daß Sie das Bürgerforum vertreten könnten. Sie müßten lediglich ins Rathaus kommen und bei den Verhandlungen anwesend sein, das würde schon genügen. Einfach als personifizierter Aufbruch, verstehen Sie.«

»Nein.«

»Damit die andere Seite sieht, in Hlavanice ist jetzt wirklich alles anders. In Hlavanice sitzen jetzt Leute wie Sie mit am Tisch ..., am Entscheidungstisch, verstehen Sie denn nicht?«

»Welche andere Seite?«

»Na, dieser Investor. Der läßt doch sein Geld nur hier, wenn er sieht, hier wird alles anders. Kein Urbánek mehr, kein Lovec mehr, Schluß mit den alten Zeiten, und wer wäre dafür ein besseres Symbol als Sie?!«

»Was ist das überhaupt für ein Investor?«

»Ein Bauunternehmer aus Bayern.«

»Und der will mich kennenlernen?«

»Nun ja, ich hab' ihm von Ihnen erzählt. Er war überaus interessiert.«

»An was interessiert?«

Mucha druckste herum.

»Na ja, ich hab' ihm halt erzählt, wie verfolgt Sie waren und daß Sie einer der meistbewachten Männer der Tschechoslowakei waren.«

»Und das hat ihn interessiert?«

»Herr Multerer ist ein politisch interessierter Mensch. Selbst aktiv in der Kommunalpolitik. Stadtrat in Wutzelshofen und Bauunternehmer. Er wünscht sich halt so sehr, Sie einmal kennenzulernen.«

Vančura fragte sich, ob er hier auf den Arm genommen werde oder was?

»Also, was ist nun, kommen Sie heute nachmittag ins Rathaus, wenn die Besprechung ist?«

Vančura überlegte kurz und schaute zu Bohumila hinüber. »Na gut, ich werde mich vorbeischicken.«

»Wie bitte?«

»Ich versichere Ihnen, es wird ein Vančura kommen.«

Manchmal hatte er wirklich eine seltsame Ausdrucksweise. Aber was will man erwarten, dachte sich Mucha. Der Mann macht ja nichts anderes den ganzen Tag lang, als Wörter verdrehen und von ihrem angestammten Platz verscheuchen.

»Ich muß jetzt wieder weiter«, hatte Mucha es auf einmal furchtbar eilig.

»Eine Frage noch, Bürgermeister! Dieser Herr Multerer aus Wutzelshofen ..., in was will der sein Geld eigentlich investieren? Sie meinten doch, er komme als Investor.«

»Nun ..., hab' ich das nicht gesagt ...?«

»Nein!«

»In eine Hühnerfabrik natürlich.«

»Eine Hühnerfabrik, hier bei uns in Hlavanice«, schrie die Bohumila auf und kam hinter ihrem Ausschank hervor.

»Ja, auf dem Areal des ehemaligen Schloßparks.«

»Aber wie kann er sich hier einkaufen, wenn er Deutscher ist? Das geht doch gar nicht.«

»Herr Multerer hat einen Partner, hier in Hlavanice.«

»Wen?« fragte Bohumila.

Mucha überlegte kurz, ob er den Namen offenlegen sollte. Aber warum eigentlich nicht? »Es ist der alte Koloušek.«

»Ein Strohmann also«, bemerkte Vančura. Und zwar nicht einmal erstaunt. Das alles konnte ihn offensichtlich nicht wirklich überraschen. »Sie verscherbeln unser Schloß über einen Strohmann an einen Deutschen, der hier ein Hühner-KZ herbauen wird.«

»Sie werden doch diesen Trümmerhaufen nicht Schloß nennen wollen«, war alles, was Mucha darauf als Antwort gab. Und ein sardonisches Grinsen. Mit dem als Abschiedsgruß verschwand er.

»Haben Sie das gehört«, fragte Bohumila Vančura, nachdem sie wieder alleine waren, »was die vorhaben?«

»Gnädigste! Das werden wir torpedieren«, sagte Vančura.

»Aber wie?«

»Mit unserer stillgelegten Geheimwaffe!«

»Wie bitte?«

»Ja, mit Urbánek. Der kann das viel besser als ich.«

Vančura machte sich auf den Weg, schnurstracks hinüber zum Haus des ehemaligen Bürgermeisters. Mußte allerdings bei Pepin vorbei. Der stand mit Jožo im Hof, jeder von ihnen hatte eine Bierflasche in der Hand und rauchte. Was hatten denn die an der Teppichstange hängen? Seltsames Muster. Vančura rückte seine Brille zurecht. Mein Gott, das war ja gar kein Teppich. War die Haut von einem ausgenommenen Fisch! Obwohl es Vančura eilig hatte, blieb er kurz stehen. Die beiden im Hof bemerkten ihn.

»Na, Dokterchen, da staunen Sie, was!« sagte Jožo.

»Habt ihr den etwa ...?«

»Jawoll, haben wir den ..., was Pepin!«

»Und wie! Aber jetzt brauchen wir erst einmal ein kleines Päuschen. – Auch 'n Bier?« fragte Pepin Vančura und wollte schon eine Flasche aus der Bierkiste greifen, die sie sich, der Bequemlichkeit halber, gleich neben den Hackstock gestellt hatten. »Den auszunehmen, wissen Sie, war eine verdammte Sauarbeit ...«

Pepin zeigte auf den neben ihm stehenden Schubkarren, den Vančura noch gar nicht bemerkt hatte. Dort türmte sich in einer Blut- und Schleimlache ein riesiger Berg von Fischinnereien.

»Sonst immer«, wiegelte Vančura die Einladung zum Bier ab. »Aber jetzt hab ich's grad eilig.«

»Aber heut' abend kommen Sie doch?!«

»Wohin?«

»Na, zu unserem Fest«, sagte Pepin.

»Da wird er vernichtet«, meinte Jožo und zeigte mit dem Daumen über seine Schulter hinweg zur der Wallerhaut, die, mit dem immer noch daranhängenden gewaltigen Kopf nach unten, an der Teppichstange hing, ein Blutfaden rann aus dem Maul.

»Ertränkt wird der«, pflichtete Pepin bei und stieß mit seiner Flasche gegen die Jožos.

»Ich werd' dasein«, sagte Vančura und schaute, daß er weiterkam.

Jožo und Pepin aber konnten ihr Glück immer noch nicht fassen. Schwankend standen sie vor dem ausgenommenen Wallerleib.

»So einen Fang macht man nur einmal im Leben«, sagte Pepin.

»Hundert Pro: nur einmal!«

Seit zwanzig Jahren gingen sie nun schon gemeinsam zum Fischen an die Pivoňka. Als junge Männer hatten sie damit begonnen: Ende der Sechziger war Pepin nach Hlavanice gezogen, nachdem er, der gebürtige Moster, hier an der Grenze seinen Militärdienst abgeleistet und dabei die westböhmischen Wälder ins Herz geschlossen hatte.

Schnell hatten sie sich angefreundet, Jožo und Pepin, nachdem sie sich in der *Jungfer* kennengelernt hatten. Und Jožo lud Pepin ein, einmal mitzukommen, hinunter an die Pivoňka, zum Angeln. Seitdem waren sie ein Anglerpaar. Doch eigentlich hatten sie, wenn sie ehrlich waren, die Hoffnung schon längst aufgegeben, daß es noch einmal was werden würde mit ihrem Jahrhundertfang, von dem sie natürlich wie alle Angler träumten. Ihre gemeinsame Fischerkarriere (ihre Karriere als Paar) hatte nämlich mit einem bösen Omen begonnen.

»Weißt du noch, damals, dieser Hecht?«

»Nicht werd' ich's wissen!«

Anfänglich waren sie auf kleine Barben gegangen. Man muß langsam beginnen, hatte Jožo mit Rücksicht auf seinen neuen Freund, der allerdings noch ein Greenhorn war, gedacht. Doch plötzlich, ufernah in einem Wald aus Algen, sahen sie diesen riesengroßen Fisch.

»Wir glaubten, es sei ein angeschwemmter Baumstamm, weißt du noch?«

»Nicht werd' ich's wissen!«

»Aber es war ein schwarzer Hecht, der kleineren Fischen bis hierher nachgeschwommen war und nicht wieder hinausfand. Als er losschwamm, glich er einem Torpedo. Das Wasser spritzte nach allen Seiten. Weißt du das noch?«

»Wer ist ihm denn durch die Algen hindurch entgegengestapft, ich oder du?«

Sie sahen sich jetzt nicht an, jeder stierte auf den Boden vor seinen Füßen, sie mußten sich konzentrieren auf das, was sich da langsam vor ihren Augen abzeichnete.

»Der Hecht kreuzte, kam mir ganz nahe und hielt an. Ich sah ihn Atem holen. Er musterte mich mit grausamen Blicken, das kann ich dir sagen, und sein halboffenes Maul war voller Zähne. Er wollte mich auffressen. Schon verzog ich das Gesicht. Da schwamm er weiter. Er schoß über die seichte Stelle und verschwand in der Tiefe.«

»Blödian! Hättest bloß nach ihm greifen brauchen und hinterm Hals zusammendrücken«, sagte Pepin und vergaß völlig, wer sie heute waren und wo sie standen.

»Das war 'ne Vorbestimmung«, raunte Jožo, »weißt du noch, wie wir gesagt haben: Dieses Ereignis ist eine Vorbestimmung. Dieser riesengroße Hecht war unsere Parze. Ob einer von uns im Leben jemals einen wirklich großen Fisch fangen wird? Möglich, daß es uns nicht vergönnt sein wird, weil wir damals nicht tapfer waren ... So haben wir doch gedacht, weißt du noch?«

Sie wiegten jetzt beide die Köpfe. Dann sahen sie sich an, hielten einen Moment inne, hoben die Flaschen, stießen an und grinsten. Es war das Grinsen der stillen Genießer ... Triumphgenießer.

Das letzte, womit Urbánek je gerechnet hätte, war, daß plötzlich im Türrahmen zu seiner Wohnküche einer wie Vančura auftauchen würde. Der war einfach ins Haus hereingekommen, abgesperrt war ja nicht, in ganz Hlavanice sperrte niemand die Haustüre ab. Seit Urbánek aus seinem Amt, wie er es nennen würde: vertrieben worden war und an seiner Stelle jetzt Mucha im Rathaus residierte, schaute kein Aas mehr bei ihm vorbei. Ganz Hlavanice machte plötzlich einen Bogen um ihn herum, als ob er die Cholera hätte. Damals hatten sie sich gar nicht einkriegen können mit ihren Schleimereien von wegen *Genosse Urbánek hier, Genosse Urbánek da*, und jetzt war es auf einmal so, daß nicht wenige, ausgerechnet wenn er an ihnen vorbeiging, den Rotz aus der Nase herunterziehen und ausspucken mußten, möglichst direkt vor seine Füße hin. Urbánek vermied, so gut es ging, überhaupt noch auf die Straße zu gehen. Einer der wenigen im Grunde, die ihn nicht wie einen Aussätzigen behandelten, war Vančura, was seltsam genug war und was Urbánek nicht wirklich verstand. Ich an seiner Stelle, dachte er, ich würd' mir selber ins Gesicht spucken. Statt dessen stand er jetzt im Türrahmen und grinste.

»Urbánek!« rief er ohne jegliche Begrüßung und im größten Überschwang, »ich habe es immer schon gewußt, in Ihnen schlummert weitaus mehr als nur ein Bürgermeister!«

Urbánek war so überrumpelt, daß er, statt sich zu fragen, was dieses Theater überhaupt soll, tatsächlich stotterte: »Ehrlich? Finden Sie?«

»Na sicher! Ich hab' die letzte Zeit lange darüber nachgedacht«, glatt gelogen, ging es Vančura im selben Augenblick, als er dies sagte, durch den Kopf, »es ist wirklich ein Skandal, daß man Sie abgesetzt hat. Ich frag' mich sowieso, aus welchem Grund eigentlich.«

Er hätte besser einen Maulkorb getragen, Vančuras Spott, so beißend war der. Urbánek war nur verdutzt und merkte selbst das nicht. Ihm war irgendwie unwohl. Er hatte das diffuse Bedürfnis, sich gegen diese überfallsartige Heimsuchung durch Vančura schützen zu müssen.

»Das sagen ausgerechnet Sie? Ich meine ...«

»Sie meinen, weil ich, solange Sie, lieber Urbánek, Bürgermeister waren, einige Unannehmlichkeiten hatte? Schwamm drüber, Franta. Ich darf doch Franta sagen?«

Urbánek gab keine Antwort.

»Ich kann objektiv sein, Franta! Und vor allem, wissen Sie, nicht nachtragend. Das ist im Grunde mein herausragender Charakterzug: Ich kann überhaupt nichts nachtragen. Außerdem: Wenn es um die Literatur geht, muß man einfach objektiv sein. Das geht gar nicht anders. Und ich hab' mir immer gedacht: Schau dir unseren Bürgermeister an, die Berichte, die er für die Staatssicherheit geschrieben hat ..., einfach allererste Sahne, Urbánek ..., wie ein früher Jiří Wolker. Ein ganz früher.«

»Jiří – wer?«

»Wolker!«

»Kenn' ich nicht.«

»Frühvollendeter Dichter. Einer unserer Größten.«

(Nicht einmal den also kannte er. Wo doch jedes Kind ihn kennen mußte. Dieser Urbánek war wirklich ein holzdummes, steinignorantes Arschloch! Ach was, Steine waren einfühlsame Kreaturen gegen den. Er durfte ihm das jetzt nur nicht sagen.)

»Eigentlich hab' gar nicht ich diese Berichte geschrieben.«

Eben geschah ein Wunder in Hlavanice: Die Welt sah, wie František Urbánek verlegen wurde.

»Das war alles der Lovec«, stammelte er. »Ich hab sie nur durchgesehen und manchmal eine Kleinigkeit ergänzt. Alles hat der Lovec ja auch nicht gesehen.«

»Stellen Sie doch Ihr Licht nicht unter den Scheffel, Franta. Nur nicht so bescheiden. Ich bin sicher, Sie haben ihnen den letzten Schliff gegeben, den Berichten. Und darauf kommt es ja überhaupt an, bei der Literatur, auf den letzten Schliff. Wir Schriftsteller sind doch eigentlich Schleifer.«

Vančura setzte sich jetzt einfach zu Urbánek an den Tisch, denn auffordern, sich zu setzen, würde ihn der ja nie. Der glotzte nur blöd.

Urbánek war das alles über die Maßen unangenehm, vor allem aber unerklärlich. Was war nur in Vančura gefahren? Vor zwei Jahr waren sie …, man mußte das vorurteilslos so sehen: noch Feinde gewesen, Todfeinde im Grunde. Wenn das Politbüro und die Geheimen gekommen wären und gesagt hätten, wir müssen diesen Vančura zur Seite räumen, dann hätte Urbánek das natürlich gutgeheißen. Und er hätte sie hier in seinem idyllischen Hlavanice, wo es, soweit sich Urbánek erinnerte, noch nie zu einem solchen Todesfall gekommen war, selbstverständlich operieren lassen müssen. *Operation Vančura*. Die hätten schon Methoden gehabt, es halbwegs unauffällig zu machen. Vielleicht würde man es wie einen Autounfall aussehen lassen? All das war passiert. Allerdings in weniger prominenten Fällen, wie Urbánek aus zuverlässiger Quelle wußte. Und Vančura wird es auch gewußt haben. Warum also auf einmal dieses Gesäusel? War das alles nur wegen diesem verdammten Umsturz? Machte der tatsächlich aus jedem plötzlich einen anderen Menschen … Urbánek traute es sich kaum zu denken: einen besseren Menschen? Am Ende sogar aus ihm einen besseren Menschen? War das noch möglich? Soviel hatte Urbánek schon mitbekommen, selbst hier in Hlavanice mitbekommen, daß dieser Umsturz grundlegend war. Aber daß er jetzt sogar das Allerunerschütterlichste in Frage stellte, Feindschaften nämlich, von denen man hatte annehmen können, die würden ein Leben lang halten, das machte Urbánek nun wirklich zu schaffen.

»Na ja, der eine oder andere Absatz vielleicht, der stammt vielleicht von mir«, versuchte sich Urbánek jetzt zu konzentrieren, er spürte, er mußte auf der Hut sein, nur kein falsches Wort sagen, »den hab' vielleicht ich ... wie sagten Sie gerade: geschliffen? Das heißt, ab und zu hab' ich auch noch eine Bemerkung hinzugefügt, das kann schon sein. Was der Lovec vergessen hat, dieser Trottel. Aber letzten Endes war das nie der Rede wert.«

Urbánek machte eine Pause. Ihm ging das nicht aus dem Kopf, was Vančura da eben gesagt hatte.

»Und Sie meinen wirklich, meine Berichte ..., ich wollte sagen: die Berichte, bei denen ich auch etwas mitgewirkt habe, die waren wie die Berichte von diesem Volker?«

»Gedichte, Franta! Gedichte!«

»Wie?«

»Er hat Gedichte geschrieben, keine Berichte, der Jiří Wolker! Kennen Sie überhaupt den Unterschied, Franta? Den Unterschied zwischen einem Gedicht und einem Bericht?«

»Nun ja, anhören tut es sich ja ziemlich ähnlich: Gedicht-Bericht, Bericht-Gedicht? Wo wird da der große Unterschied sein?«

»Wenn Sie Ihre Berichte, Urbánek, die Berichte an die Staatssicherheit, wenn Sie die beispielsweise geschrieben hätten in der Form:

Gestern
früh am Morgen fünf
fällt auffällig
Licht aufs Dunkel
heraus aus Vančuras Küchenfenster

... das wäre dann große Poesie gewesen, verstehen Sie. *Licht aufs Dunkel* zum Beispiel, das ist Dichtung, und die in Prag in der Bartolomějská, denn eure Berichte sind doch bis dorthin gelangt ...«

»Na, das können Sie aber annehmen!«

»… die in der Bartolomějská jedenfalls hätten trotzdem erfahren, was sie erfahren wollten, und gleichzeitig hätten sie gedacht, der Urbánek, da hinten in Hlavanice, mein lieber Schwan, schau dir das an: ein Dichter!«

»Gestern morgens früh um fünf, sagen Sie?«

»Eben nicht. Andere Satzstellung …, verstehen Sie? Es kommt auf die andere Satzstellung an … Die leicht andere Satzstellung. Anders die Satzstellung, leicht. Capito? Und schon ist es Dichtung!«

»Klaro! Is ja nicht so schwierig.«

»Eben!«

Vančura schaute Urbánek jetzt prüfend in die Augen, ob er wirklich schon so weit war, um eingeweiht zu werden in seinen Plan. Natürlich nur so weit, wie es einem Urbánek zuträglich war.

»Ich meine, Sie könnten doch auch …, so wie Sie jetzt hier sitzen …, eigentlich könnten Sie auch irgendwo auftreten … als einer, der schreibt.«

»Was?«

»Sie könnten die Rolle spielen eines Dichters.«

»Wo sollte ich einen Dichter spielen. Und vor allem: warum?«

»Passen Sie auf, Franta, Sie müssen mir einen Gefallen tun.«

»So?« (Er hatte ja gewußt, etwas war faul an Vančuras seltsamem Auftritt.)

»Das heißt, um mich geht es eigentlich gar nicht. Sie müssen Hlavanice einen Gefallen tun.«

»Was hab' ich denn mein ganzes Leben lang getan! Und wie hat man es mir vergolten?«

»Es geht um die Zukunft von Hlavanice. Drum komm' ich ja zu Ihnen, und nur zu Ihnen. Ein anderer käm' gar nicht in Frage.«

»Wozu in Frage?«

»Hlavanice zu retten!«

»Wieso? Was ist denn passiert?«

»Noch nichts! Aber Sie haben doch sicher gehört, was Ihr Nachfolger, dieser Mucha, vorhat.«

»Mich interessiert das alles nicht mehr.« (Jetzt log Urbánek.) »Seit ich meinen Stuhl geräumt habe ...«

»... freiwillig«, konnte sich Vančura nicht verkneifen einzuwerfen.

»... natürlich freiwillig, seitdem jedenfalls kümmere ich mich nicht mehr darum, was im Rathaus passiert. Es sind jetzt die Herren Besserwisser am Ruder. Bitte, sollen doch die mal schauen, wie sie den Karren wieder aus dem Dreck ziehen.«

Zu gerne hätte Vančura die Frage gestellt, wer ihn denn überhaupt da hineingefahren hatte, den Karren in den Dreck. Aber er durfte Urbánek jetzt nicht vor den Kopf stoßen.

»Schauen Sie, die sind ja auch nur hilflos. Was fällt denen schon ein, um die Stadt wieder auf die Beine zu bringen? Haben Sie es nicht gehört? Mucha hat vor, unser Hlavanice zu verschachern! Das heißt, unser schönstes Stück: das ehemalige Schloß samt Park.«

»Na ja, *schönstes Stück* ..., ich weiß nicht.«

Die Ortschaft Hlavanice und das Schloß lagen einige Kilometer auseinander. Anscheinend hatten es die Grafen damals für ratsam gehalten, zwischen sich und den Untertanen einen gewissen Abstand zu legen. Was sie in ihrem siebzehnten Jahrhundert nicht bedenken konnten, daß Generationen später eine Grenze Ort und Schloß Hlavanice voneinander trennen würden. Denn genau zwischen ihnen verlief die Sperrgebietslinie. Das Schloß lag innerhalb des Grenzsperrbezirkes, die Ortschaft etwas weiter östlich und damit außerhalb. Das bedeutete, daß das Schloß vierzig Jahre lang für Zivilisten unerreichbar war. Später, Mitte der sechziger Jahre, zogen dort die Truppen der Grenzbewachung ein. Nachdem sie dort etliche Jahre gehaust hatten und wieder abgezogen waren, war alles, was sie hinterließen, nicht mehr als eine Ruine. Nach der Wende war auch der Grenzsperrbezirk aufgehoben worden und das Schloß wieder Hlavanice zugefallen. Nur, was sollte man jetzt damit anfangen? Verkaufen? Wer würde so blöd sein, sich ein solches Projekt aufzuhalsen, das Millionen verschlingen würde, wollte man es restaurieren.

»Verkaufen, sagen Sie?« fragte Urbánek jetzt nach, »wissen Sie auch an wen?«

»An wen schon, an den Klassenfeind natürlich.«

»Was soll das heißen? An einen Deutschen?«

»Ja.«

»Aber das geht doch gar nicht. «

»Wieso?«

»Von wegen der Gesetze. Das wissen Sie doch. Deutsche können hier nichts kaufen. Nicht in diesem Land. Wär' auch noch schöner. Weil es ihnen mit ihren Panzern damals nicht gelungen ist, uns einzukassieren, probieren sie es jetzt noch einmal mit ihrer Kohle! Nix mehr Überfall, diesmal. Dieses Mal warten sie, bis wir sie schön hereinbitten, oder wie?!«

So ist's recht, dachte Vančura, reg dich nur schön auf. Je mehr sich Urbánek echauffierte, desto eher würde er mitmachen bei Vančuras kleiner Komödie.

»Das ist doch alles kein Problem für findige Geschäftsleute. Man braucht doch nur – beispielsweise – einen Strohmann vorzuschieben.«

Urbánek schien einen Moment zu überlegen. Er winkte ab. »Is' mir doch egal.«

»Das glaube ich Ihnen nicht, Urbánek!«

»Und wenn schon. Ich kann sowieso nichts mehr ändern. Man läßt mich ja nicht einmal mehr ins Rathaus hinein.«

»Das würde ich nicht sagen.«

»Wie kommen Sie da drauf?«

»Es kommt darauf an, als wer man ins Rathaus geht.«

»Versteh' ich nicht.«

»Ich sagte Ihnen doch schon: Sie können durchaus jederzeit auch als ein anderer auftreten. Sie schon, Franta.«

»Als wer zum Beispiel?«

»Als ich! Also als Vančura, meine ich.«

»Sagen Sie mal, Vančura, wie lang sind Sie heute schon bei der Tigerin gewesen, und wieviel Krügel waren's denn?«

Vančura überhörte diese Stichelei.

»Passen Sie auf: Heute nachmittag treffen sich im Rathaus Mucha und dieser Multerer aus Bayern, um alles klarzumachen. Weiß nicht, wer noch dabei ist. Aus Gründen, die mir nicht ganz einsichtig sind, findet Mucha, daß ich bei diesem Gespräch unbedingt dabeisein sollte. Ich bin aber leider verhindert. Mucha hat da so eine Andeutung gemacht, dieser bayerische Baulöwe sähe es gerne, wenn die unabhängige Stimme Hlavanices auch ihr Einverständnis gäbe. Er fragte, ob ich zu dem Gespräch hinzukommen würde.«

»Und?«

»Ich habe ja gesagt, aber ich gehe nicht hin. Sondern Sie werden hingehen.«

»Und warum sollte ich das tun?«

»Weil Sie der einzige sind, der dafür sorgen kann, daß dieses Geschäft, welches eine Sauerei ist, nicht zustande kommt.«

Urbánek war jetzt so weit, daß er diesen Schmeicheleien nicht mehr länger widerstehen konnte. Er begann tatsächlich, sich mit dem Gedanken zu beschäftigen. Zögerlich noch, unsicher und ängstlich.

»Mucha wird mich hinausschmeißen.«

»Nicht in Gegenwart von Multerer. Sie müssen auftauchen, wenn der schon da ist. Einfach eintreten und sich als Ladislav Vančura vorstellen. Sie müssen nur auf ein paar Kleinigkeiten aufpassen.«

»Was meinen Sie?«

»Na, daß Sie sich nicht verraten. Sie haben keine Berichte geschrieben, sondern Gedichte, verstanden. Können Sie sich das merken? – Sie kommen also ein klein wenig verspätet. Das macht gar nichts. Im Gegenteil: von einem Künstler erwartet man nichts anderes. Sie dürfen nie vergessen, Sie kommen als Vančura.«

»Und was tue ich dann, wenn ich drin bin?«

Langgezogen und mit tiefer Stimme sagte Vančura: »Urbánek ...! Sie als alter Haudegen, Sie wissen doch, wie man solche Verhandlungen führt, damit Sie zum gewünschten Ergebnis kommen.«

Urbánek überlegte. Gab sich einen Ruck und sagte dann: »Gut, ich mach's. Was kann schon passieren?«

»Gar nichts. Sie müssen nur erst einmal diplomatisch bleiben, Mucha zwingen, das Spiel mitzumachen. Denn eins garantiere ich Ihnen: Dem ist ein falscher Vančura allemal lieber als gar kein Vančura!«

Vančura verließ das Haus von Urbánek und rieb sich die Hände. Lief doch bestens. Mit Genugtuung sah er, wie aus diesem langweiligen Hlavanice doch noch was wurde: das Durcheinanderdorf. Es war eine Lust, in der Mitte Europas zu leben. Vančura sah auf die Uhr und stellte fest: Zeit für ein Bierchen bei der Tigerin.

Sauloch

Lovec sah auf seine Armbanduhr und notierte: *12:17 bis 13:07 V. bei U.* Ob diese Notiz jemals irgendwelchen Nutzen haben oder gar in irgendeinen Bericht Eingang finden würde, war eher unwahrscheinlich. Diese Tatsache konnte Lovec aber nicht davon abhalten zu tun, was seiner Ansicht nach nun einmal zu tun war: Wenn irgendwo irgend jemand aus irgendeiner Tür hinaus- oder hineinging, dann hatte Lovec sofort auf die Uhr zu schauen und den Zeitpunkt festzuhalten. Und die Umstände des Hinein- oder Hinausgehens. Die Umstände vor allem! Die waren das Wichtigste. *V. händeringend,* schrieb Lovec. Überlegte einen Moment, strich dann *-ringend* durch und schrieb statt dessen *-reibend*. Denn die Sache war doch klar: Vančura rieb sich die Hände wegen irgendeines gelungenen Coups. So waren die Umstände. Da liefen Vorbereitungen zu irgendeinem Komplott. Zwischen Vančura, Mucha und Urbánek. Und Lovec war anscheinend der einzige, der das bemerkte. Aber niemanden interessierte das. Lovec würde ruhig den schönsten Bericht anfertigen können, den las sowieso niemand mehr. Außer Lovec selbst. Er überflog die Notizen der letzten anderthalb Stunden: *11:05 M. zu V. i. d. „Jungf." – 11:56 M. verl. „J." eiligst 12:01 V. verl. „J." genauso eilig – 12:03 Gespräch V. mit P. und J. – 12:17 bis 13:07 V. bei U.*

Mann, ist das vielleicht ein Gerenne heute, dachte Lovec, der in der Tat in letzter Zeit selten eine solche Fülle an Beobachtungen zu bewältigen gehabt hatte. Das ging im Grunde seit der Zeit so, als ihm Lánský gesagt hatte, er brauche keine Berichte mehr zu schreiben, seit genau dieser Zeit überschlugen sich die Ereignisse und Beobachtungen, und es war im Grunde gerade andersherum: Nie wären Berichte notwendiger gewesen, nie wären sie umfangreicher ausgefallen, nie wäre mehr aus ihnen herauszulesen gewesen als gerade jetzt!

Zum Beispiel hätte man lesen können, wie dieser Vančura triumphiert, händereibend. Seit dem Herbst '89 triumphiert der. Wie oft hatte Lovec beobachten müssen, daß Vančura einen regelrechten Veitstanz aufführte, besonders damals in diesen Novembertagen. Dieses Triumphgeheul! Und dann der Katastrophentag, als Lovec unverrichteter Dinge aus der Kreisstadt zurückkehren mußte. Darauf hatte Vančura ja nur gewartet. Alle Fenster im Erdgeschoß seines Hauses riß er damals auf, Vančura tobte wie ein Rasender, jedenfalls kam es Lovec so vor: wie ein triumphierend Rasender. Durchlüften konnte man das wirklich nicht mehr nennen, was der da aufführte. Die nach außen aufgehenden Fensterflügel flatterten hysterisch wie ein durch den Schuß des Jägers aufgescheuchter Schwarm Schnepfen. Und wie die Vorhänge heraus- und herüberwinkten: eine eindeutige Provokation.

Natürlich war Lovec nicht so dumm, hinter seiner Dekkung hervorzukommen. Darauf wartete dieser Vančura ja nur. Verborgen durch die Gardine konnte er beobachten, wie Vančura von einem ins nächste Zimmer rannte. Er führte sich auf wie Rumpelstilzchen, nachdem man endlich dessen Klarnamen enttarnt hat. Das Haus der Lovecs und Vančuras Hütte standen nur ungefähr 80 Meter auseinander, dazwischen die Straße, die Seitenstreifen, die hochgewachsenen Birken. Vančura lehnte sich aus einem der offenen Fenster heraus und rief in Richtung seines Widersachers, den er ganz richtig auf seinem Lausch- und Lauerposten vermutete: »Jetzt wird durchgelüftet, Lovec!«

Er trompetete diesen Ouvertüren-Satz mit maximalem Triumphtremolo herüber, duckte sich gleich darauf weg und erschien im nächsten Moment im danebenliegenden Zimmer. Wie ein Springteufel schnellte er aus der Fensteröffnung hervor, lehnte sich weit heraus und machte weiter mit seinem Geschrei.

»Haus für Haus wird jetzt durchgelüftet, Lovec, bis durch ganz Hlavanice ein frischer Wind weht, und dann auch in Rabov, in Černá Hora und in Staňkov, bis in ganz Westböhmen wieder durchgeatmet werden kann, so lange wird hier durchgelüftet in diesem Land. Und Sie, halten Sie sich mal schön fest, Lovec, sonst packt Sie nämlich dieser Luftzug und bläst Sie gleich mit hinaus, alles Faule, Abgestandene, Verbrauchte wird jetzt hinausgelüftet, wissen Sie was, Lovec, hier wird jetzt auf Durchzug gestellt, und da kann es leicht passieren, daß solche wie Sie, die sich ein Leben lang an und hinter der Gardine festgehalten haben, daß es die einfach davonbläst.«

»Hörst du ihn?« hatte Lovec damals zu seiner Frau gesagt, »so weit sind wir schon, daß er mir solche Sachen sagen darf, ungeheuerlich, was?«

Er bekam keine Antwort.

Seitdem wurde Lovec dieses nagende Gefühl nicht mehr los, derjenige zu sein, der eine unabänderliche Niederlage einzustecken hatte. Es war, als sei er in einen Strudel geraten. Das kannte er von der Pivoňka her. Die machte auch Strudel, zum Beispiel bei der alten Steinbrücke, über die die Straße Richtung Schloß führt. Das hatte er als Kind erlebt, wie es ist, in einen solchen nach unten ziehenden Wirbel zu geraten: Denn natürlich war es unter den Buben damals die entscheidende Mutprobe gewesen, von der Balustrade der alten Steinbrücke hinunter genau an der Stelle in die Pivoňka zu springen, wo sie kurz hinter den Brückenpfeilern hervorgeschnellt kam und sich in jene Strudel verwirbelte, die einen bis an den Flußgrund hinunterzogen, wenn man erst einmal in sie hineingeraten war. Nur mit allerletzter Kraft und geradezu wild um sich schlagend, kam man da, wenn man Glück hatte, wieder heraus.

Lovec würde jetzt auch um sich schlagen. Das beschloß er in diesem Augenblick, als er mitansehen mußte, wie sich alles zugunsten Vančuras wendete: Mucha wendete sich ihm zu, und Urbánek wendete sich ihm zu, alle zog dieser Mensch auf seine Seite (wie machte er das nur?). Und für Lovec bedeutete das, immer noch tiefer in den Strudel hineingezogen zu werden, aus dem es wahrscheinlich, wie ihm jetzt schwante, kein Entkommen mehr gab, nur noch ein Mithineinziehen, vielleicht ließe sich noch einer mit hineinziehen, in diesen Untergangsstrudel, einer, der glaubt, er sei ganz obenauf.

»Wenn schon, dann geht der mit unter!« sagte sich Lovec. Das war ihnen schon damals als Buben klar: Nähere dich niemals einem mitten im Strudel Kämpfenden. Er würde sich unweigerlich in seiner Panik an dich klammern und mit hinunterziehen.

Genau das hatte Lovec jetzt vor: Vančura mit hinunterziehen.

»Den bring ich um, den Vančura«, murmelte er leise vor sich hin, so daß es nicht einmal seine Frau hören konnte, die draußen in der Küche neben dem Idiotenlärm aus dem Fernsehapparat ein Kochtopfdeckelscheppern veranstaltete, daß man tatsächlich sein eigenes Wort nicht mehr verstand. Lovec hatte sich selber nicht verstanden.

– Was is'? Red ein bißchen lauter! Wen bringst du um?

Lovec befragte sich selbst. Und schrie sich die Antwort gewissermaßen selber ins Gesicht.

– Van--ču--ra!

– Warum denn das?

– Weil der nicht siegen darf!

Also gut! Bringen wir ihn eben um. Lovec war noch nie gut im Widersprechen gewesen. Auch als sie ihn damals fragten, ob er nicht ein Auge auf den neuen Nachbarn werfen könne, und als sie ihn dann baten, seine Beobachtungen aufzuschreiben und als Bericht einzureichen, war er nicht in der Lage gewesen zu sagen: So etwas mache ich nicht. Schreibt euch euern Scheiß doch selber! Und so war er auch jetzt nicht in der Lage, sich jener Stimme, die ja nur eine von mehreren in seinem Kopf war, zu widersetzen. Nein, er stieg gleich ein auf den Gedanken, der ja vielleicht nur mal so hingedacht war, als Arbeitshypothese: Dann bringen wir ihn halt um.

Aber wie eigentlich? Wie sollte er das machen?

– Unauffällig natürlich, du Schafskopf!

Die Diskussion in seinem Kopf wurde nun immer heftiger. Wie oft hatte er sich nächtelang mit solchen Diskussionen wachgehalten. Er war ein richtiger Profi geworden über die Jahre hinweg in Sachen Streitgespräch mit sich selbst.

– Unauffällig ist gut. Aber wie macht man das, Herr Oberschlaumeier, unauffällig einen aus dem Weg räumen, noch dazu einen wie den Vančura?

– Heut' abend zum Beispiel. Da wär eine gute Gelegenheit. Bei diesem allgemeinen Verbrüderungsfest, das die zwei Idioten, Jožo und Pepin, wegen diesem bescheuerten Waller angezettelt haben. Da wird so dermaßen ein Trubel los sein, und vor allem ein allgemeines Besäufnis, daß es ein leichtes sein dürfte, dem Vančura was unterzujubeln.

– Was denn unterjubeln?

– Etwas, das ihn umhaut, natürlich!

– Und was soll das sein?

– Wassolldassein, wassolldassein ..., überleg doch selber!

Und das tat Lovec dann auch. Er überlegte ganz selbständig und nur für sich. Nicht einmal seine Frau durfte etwas davon wissen. Und er kam sogar auf eine Idee. (Ob die wirklich gut war, darüber dachte er in seinem Triumph, überhaupt auf eine Idee gekommen zu sein, gar nicht mehr weiter nach.) Hatte es nicht geheißen, jeder solle etwas mitbringen zu diesem Fest am Abend, das unten beim Fischerheim, am Ufer der Pivoňka, stattfinden sollte? Dann werde ich halt, dachte sich Lovec, als kleine Aufmerksamkeit eingelegte Pilze mitbringen, nicht irgendwelche Steinpilzchen, nur Kapuziner- und Kuhpilze, und dann in Essig eingelegte Spitzchen, gesammelt im Sauloch, allerdings: eine entscheidende Zutat fehlte noch. Ein Pilz mit wirklich durchschlagender Wirkung! Er würde nur wenige Schnipsel davon unter die anderen mischen brauchen, das genügte schon. Er würde ihn jetzt am Nachmittag noch finden müssen, diesen Mörderpilz (und was, wenn er ihn nicht fand?), um ihn dann kleinzuschnipseln und kurz abzukochen, damit er das frische Aussehen verlöre, und dann würde er ihn zu den übrigen in süß-saurer Marinade eingelegten Kapuziner- und Kuhpilzen geben: sein bei den Hlavanicern geradezu legendäres *Pilzallerlei süß-sauer auf Lovec-Art*. Keinem Menschen würde einfallen, die Einzelteile dieses Pilzallerleis auseinanderzuklamüsern, mit Messerspitze und Gabel, um zu fragen: »und was war das für einer?, und der da?«, allerdings würde er es irgendwie anstellen müssen, daß nur Vančura von diesem bestimmten präparierten Glas aß, denn wenn ganz Hlavanice sich davon bedienen würde, würde er ja das ganze Dorf ausradieren, so wie damals in Polen fast ein ganzes Dorf ausradiert worden war, allerdings aus Unaufmerksamkeit, der Fall ging durch die Zeitungen, verdammte Scheiße, das wäre dann doch zuviel des Guten.

Er hatte einen ganz bestimmten Platz vor Augen, einen Platz, wo er ihn bestimmt finden würde, den orangefuchsigen Schleierling. Er war ihm dort, an diesem Platz, schon ein paar Mal begegnet, und natürlich hatte er einen großen Bogen um die fuchsfarbigen Kappen auf den goldgelben, längsgefaserten Stielen gemacht. Warum die ausgerechnet dort wuchsen? Mit dem Platz mußte irgendwas nicht stimmen. Die Leute erzählten sich, da hätte sich mal einer aufgehängt. Genau an dem Platz da. Wann das gewesen sein soll? Wenn ein wirklich Ahnungsloser danach fragte, zuckten alle die Schultern und taten, als wüßten sie es nicht (aber sie wußten es genau: es war kurz nach Kriegsende). Einer von den Deutschen soll es gewesen sein. Einer von denen, die aus ihren Häusern rausmußten. (Und das war fast halb Hlavanice. In jedem zweiten Haus wohnten Deutsche.) Und statt daß er sich umsiedeln hatte lassen (was sicher das beste für die Deutschen war, die sollten froh sein, daß man sie damals nicht alle über den Haufen schoß, dachte Lovec), hatte er es vorgezogen, sich aufzuhängen, dieser Blödmann. Man hat ihn ewig lang nicht gefunden, die kleine Schlucht im Wald ist wirklich ein Platz, wo kein Aas hinkommt. Außerdem war das eine Zeit, wo man wahrlich nicht nach Deutschen suchte, die, wenn man's amtlich ausdrücken wollte, abgängig waren. Von seiner Familie war auch niemand mehr da, der nach ihm hätte suchen können, die waren alle schon verladen worden in Viehwaggons, und ab ging's Richtung Furth im Wald, dem ersten Bahnhof gleich hinter der bayerischen Grenze. Und so hing dieser Mensch wohl monatelang an diesem Ast, an dem er sich aufgeknüpft hatte, im sogenannten Sauloch, so hieß diese kleine Waldschlucht bei den Leuten, man wußte nämlich, daß dort so eine Art Wildschweinfriedhof war, die schleppten sich da anscheinend alle hin, die Wildschweine, wenn sie am Verrecken waren, am Verrecken aus Altersschwäche, dann krochen sie mit letzter Kraft ins Sauloch und starben dort. So erklärten sich die Leute das, weil man dort, an diesem Fleck, ziemlich tief drin im Wald, der sich auf der zerklüfteten Seite des Hirschberges in vielen kleinen Schluchten die Abhänge herunterzog, immer diese Wildschweinskelette fand (aber auch erst halb verweste Kadaver). Da, an diesem wirklich schauerlichen Ort (exakt in der Mitte Europas), hing sich also dieser Deutsche auf, und er muß da ziemlich lange gehangen sein, so lange, bis der Kälberstrick, mit dem er sich aufgeknüpft hatte, verwittert war und riß, jedenfalls fand man ihn, mit einem Stück Restschlinge um den Hals, als halbverwestes Skelett am Fuße jener Tanne liegen, an der er sich aufgehängt hatte. Pilzsammler natürlich waren es, die ihn dort fanden, niemand anderer wagte sich in das Sauloch, nur ganz unerschrockene Pilzsammler, die genau wußten, daß dort hinten im Wald die herrlichsten Steinpilze wuchsen, am Rand der Lichtung im

Sauloch, wo ein kleines Wiesenstück frei lag und von der Sonne beschienen wurde, und wo seltsamerweise ein paar Birken standen und diese eine Tanne. Seit sie den Deutschen dort gefunden hatten, sagen die Leute, wachsen dort nur noch Fliegenpilze und dieser orangefuchsige Schleierling, der von den meisten gar nicht gekannt wird, die meisten lassen ihn stehen, weil sie ihn nicht kennen und weil er ihnen unheimlich ist, aufgrund des Ortes, wo er wächst. Die Leute sagen, daß sei ein letzter hinterhältiger Akt der Rache gewesen von diesem Deutschen (alle wußten ganz genau seinen Namen, war ja ihr Nachbar gewesen, sie nannten ihn aber nur *diesen Deutschen*). Der hat sich da aufgeknüpft, obwohl er genau wußte, daß ihn dort niemand sucht und niemand findet, und er also irgendwann verwittert vom Baum auf den Waldboden fallen würde, den er dann verseuchen konnte, mit seinem ganzen verfallenden und verfaulenden Körper, im Grunde sei doch der ganze Boden hier verseucht von diesen Deutschen, war das meist schon regelrecht geifernde Schlußfazit einiger, die das alles mitgemacht hatten, wenn sie erst einmal anfingen, von dieser grauslichen Geschichte im Sauloch zu erzählen (später verlor sich das, zusammen mit der Erinnerung), alles verseucht, alles vergiftet, nur noch Fliegenpilze wachsen dort, und genau dort würde Lovec jetzt nachschauen müssen, wenn er finden wollte, was er suchte.

Über die böhmischen Dörfer

»Schiri, sag nix, ich weiß genau, was du sagen willst: daß das doch Irrwitz ist! Wahrscheinlich, wahrscheinlich hast du sogar recht.«

Da war jetzt der Chef besser informiert als Jiří selber: Er hätte nicht gewußt, ob er was sagen will. Und falls ja, was.

Denn eigentlich war es gar nicht notwendig, selber etwas zu sagen. Multerer unterhielt sich ausgezeichnet – alleine. Seit einer Stunde hörte Jiří jetzt schon dem pausenlosen Monolog seines Chefs zu, der es mühelos schaffte, auf den engen und kurvenreichen böhmischen Apfelbaumchausseen die gewagtesten Überholmanöver vorzunehmen und gleichzeitig Jiří einen Vortrag zu halten, der von einer so umfassenden Themenbreite war, daß man ohne Übertreibung behaupten konnte: Nach einer Autofahrt an der Seite von Zacharias Multerer hatte man ein *Studium generale* hinter sich. Das einzige, was Jiří beizusteuern in Abständen erlaubt war, war ein gelegentliches »teď linksch«, »tady geradeheraus«, »ne! ne! ne! do herum«, denn ganz allein fand er, Multerer, den Weg dann doch nicht.

»Hast du nicht einmal erzählt, hier sei der Mittelpunkt von Europa …«

»No, is' sich so!«

»Dafür ist es aber ganz schön abgelegen, euer Halanitze!«

Er glaubte wohl, der Mitte Europas schneller näher zu kommen, wenn er auf abenteuerlichste Weise die Kurven schnitt. Im selben Maße, wie sich Jiří immer verkrampfter am Haltegriff über seiner Beifahrertüre festhielt, wurde Multerer übermütiger. Jetzt rauschte er schon mit gefühlten 230 Stundenkilometern über Hügelkuppen (tachogemessen waren es 120 km/h, allein was ist das bei der Enge böhmischer Dorfstraßen) und legte sich mit quietschenden Reifen in die schlaglöcherübersäten Kurven. Multerer schien dieses muntere Auf und Ab durch Täler und Hügel besonders zu gefallen, obwohl die Straßenverhältnisse seiner Limousine gehörig zusetzten. Jetzt fing er sogar an, Verkehrsteilnehmer ins Visier zu nehmen, wie man normalerweise die auf einem Förderband dahinruckelnden Blechhasen in der Jahrmarktschießbude ins Visier nimmt. Immer wenn vor ihm ein langsam dahinzockelnder Škoda, irgendein Lieferauto oder ein

Sickergrubenräumer (die gab's hier noch) auftauchte, peilte Multerer durch das Fadenkreuz des chromblitzenden Sterns auf dem Kühler seines Wagens das vor ihm sich bewegende Autoheck an, so als ob er für einen Abschuß Maß nehme. Er beschleunigte auf der eigenen Spur, raste auf das vor ihm fahrende Auto zu, lenkte dann, kurz vor dem, wie Jiří kommen sah, nicht mehr zu vermeidenden Aufprall, abrupt nach links hinüber, in der Hoffnung, die Überholspur werde schon frei sein, zog vorbei und schaute dann triumphierend in den Rückspiegel, wie sich der mühelos niedergerungene Konkurrent schon nach wenigen Kurven aus dem Blickfeld verlor. Bei jeder dieser Aktionen drückte Jiří für Sekunden die Augen zu und sah sich schon, in einer Kiste liegend, auf dem quietschenden Wägelchen des Totengräbers Richtung Aussegnungshalle geschoben werden.

»Irrwitz ..., Irrwitz, ich weiß schon, du denkst dir, daß es Wahnsinn ist, mein Geld in diese Sache bei euch in Hawalitze zu stecken, und du fragst dich sicherlich, wieso ich das überhaupt mache. Wahrscheinlich könnte ich genausogut ins Wettbüro gehen und mein ganzes Geld darauf setzen, daß Hawaii nächster Eishockey-Weltmeister wird. Das denkst du doch, oder, Schiri ...?«

Von Eishockey verstand Jiří ja schon etwas, aber was der Chef da redete, das war ihm schleierhaft. Ihn zu unterbrechen und nachzufragen, wäre allerdings sinnlos gewesen.

»Ich weiß es, ehrlich gesagt, selber nicht. Ich vermute fast, es ist einfach Gefühlsduselei. Reine Sentimentalität. Was kann man dagegen machen? Gar nichts! Verstehst du, ich mag euch Böhmen einfach. Weiß der Geier, warum.«

Eben tauchte nach einer unübersichtlichen Linkskurve ein Lkw auf, der im Schneckentempo eine kleine Anhöhe hinaufkroch und dabei eine schwarze Rußwolke aus seinem scheppernden Auspfuff aufsteigen ließ. Multerer mußte ziemlich heftig auf das Bremspedal treten.

»Irgendwas verbindet mich mit euch. Ich hab' nur noch nicht rausbekommen, was. – Jetzt schau dir diese Bauerntrampel an, das macht der extra, daß er nach links ausschert, damit ich nicht vorbeikomme, na warte, pack dich auf die Seite, du Quadratsdepp!«

Multerer fuhr jetzt Schlangenlinien hinter dem Lkw, hupte dabei wie verrückt und versuchte sich nach vorne zu drängeln. Er würde sich, wenn's sein müßte, ein Ben-Hur-mäßiges Wagenrennen liefern mit diesem rumänischen Mafioso. Denn daß er es hier mit irgendeinem Menschenhändler, Drogengangster oder Asylantenschlepper zu tun hatte, war für Multerer sofort klar. Langsam schob er sich neben den Laster, schaltete einen Gang herunter, damit der Motor kampfeslustig aufheulte, und zog dann problemlos vorbei. Im Führerhaus des Lastwagens, der Kohlesäcke auf seiner Pritsche aufgeladen hatte, saß ein triefäugiger, stoppelbärtiger Alkoholiker, jedenfalls war Multerer fest davon überzeugt, daß es einer war, »und ich sag' dir was, Schiri, das sind auch gar keine Kohlesäcke da hinten bei dem auf dem Laster, das sind alles Leichen oder Entführte, wahrscheinlich geknebelte Touristen aus Marienbad, denen morgen früh der linke Nierenlappen fehlt, so was suchen sie nämlich gerade in Transsylvanien!«.

»Wo, Chääf?«

»In Transsylvanien! Egal. Was ich sagen wollte: Manchmal hab' ich das Gefühl, daß ich hier schon mal gelebt hab', hier bei euch in Böhmen.« Multerer lachte. »Was natürlich ein Schmarrn ist, ich weiß selber, aber es ist halt so ein Gefühl. Und das weiß ja manchmal mehr, das Gefühl, als der Regisseur da oben.« Multerer tippte sich gegen das Hirnkastl. »Da spielen Dinge eine Rolle, von denen wir nichts wissen. Gene und so was. – Du lachst?« (Natürlich lachte Jiří nicht.) »Daß du dich da nicht täuschst. Wir sind weitaus mehr miteinander verwandt, als wir glauben. Genetisch, mental, kulturell auch! Schau, wir stammen ja eh aus derselben Gegend. Es heißt doch immer, wir Baiern seien aus Böhmen gekommen. Deshalb ist auch, wenn du mich fragst, diese ganze Auseinanderdividiererei ... ob deutsch oder tschechisch, bayerisch oder böhmisch, das ist ja doch alles ein Riesen-Schmarrn. Das läßt sich doch überhaupt nicht entscheiden. Und auch nicht unterscheiden, das ist alles eins. Die Häuser, die Menschen, die Kleidung, die Knödel, bei uns sind's Kugeln, bei euch Scheiben, ihr seid's halt noch ein bisserl hinter dem Galileo zurückgeblieben, vom Stand der Entwicklung her. Knödeltechnisch seid ihr beim Ptolemäus stehengeblieben.«

»Gäblieben wo?«

»Zurück, Schiri, ihr seid ein bisserl zurückgeblieben, aber das macht nichts. Im Gegenteil, ich glaub', das ist es sogar, was euch so sympathisch macht. Im übrigen ist das alles erklärbar, ich meine, daß ihr etwas hinterherhinkt: Alle nämlich, die ein bisserl einen Grips hatten bei euch, die sind ja ausgewandert. Ihr seid ja ausgeblutet, regelrecht. Auch achtundsechzig..., ausgeblutet. Dieser Aderlaß, Schiri! Kein Wunder bei diesem Aderlaß.«

Jiří amüsierte sich jedes Mal, wenn der Chef anfing, ihm die Geschichte im allgemeinen und die böhmische im speziellen zu erklären. Immerhin war es ja Jiřís eigene Geschichte, der Chef war aber anscheinend dennoch der Meinung, man müsse sie ihm erklären. Überhaupt hatte der Ziaglzach das unbändige Bedürfnis, einem jeden alles zu erklären.

»Ihr seid ja nur angelogen worden, Schiri, vierzig Jahre lang nur angelogen!«

Wenn Multerer so etwas sagte, dann klang es eigentlich immer so, als ob er der erste sei, der unumwunden und klar die Wahrheit verkünde, ohne lange Fisimatenten, denn im Grunde ließ sich alles, fand Multerer, auch in wenigen klaren

Sätzen erklären, die mitteleuropäische Geschichte der letzten hundert Jahre zum Beispiel ließ sich, wenn man den Durchblick hatte, mit nur einem schlagenden Beispiel illustrieren. Multerer, der ein passionierter Leser populärwissenschaftlicher Geschichtswerke und anekdotenreicher Biographien großer Männer war, hatte solche Beispiele immer bei der Hand, wenn es sein mußte. Und jetzt mußte es sein. Er sagte zu Jiří:

»Wenn euer Dschugaschwili Seppi ...«, er sagte immer Dschugaschwili Seppi, wartete dann genüßlich auf das Stirnrunzeln, um triumphierend hinzuerklären zu können, was nur die wenigsten wußten: »na, euer Stalin halt ..., wenn also euer Seppi damals in der Werkstatt von seinem Vater sich mit der Schusterpfriem in die Hand gestoßen hätt', eine Blutvergiftung gekriegt hätt' und gestorben wär', dann säß heut' in Wien an der Kunstakademie ein vertrottelter 103jähriger Malerprofessor Schicklgruber, der weder den Namen Hitler annehmen noch einen Weltkrieg hätte führen müssen, und würde sich nicht über eine jüdische Weltverschwörung, sondern allenfalls darüber aufregen, wieso man seine Monumental-Ölschinken mit Ansichten aus dem Böhmerwald so gar nicht schätzt. Und ihr in Böhmen wärt 1953 freiwillig unserem wiedererrichteten Königreich beigetreten, gewissermaßen als fünfter Stamm Bayerns.«

Multerer schaute grinsend zu Jiří hinüber, grinsend wie ein Sieger.

»Es hat halt ein bisserl länger gedauert. Aber wir holen euch da jetzt raus, aus der Baracke ..., Ostblock-Baracke, du weißt schon. Versprochen, Schiri. Ihr müßt halt auch ein bisserl kooperativ sein. Und ein anderes Tempo, das schon auch, in diesem alten Schlendrian geht's nicht mehr weiter, Schiri.«

»Wos?«

»Ein bißerl flotter.«

»Wer?«

»Na, ihr! – Wie spät ham wir's überhaupt.« Multerer schaute auf die Uhr im Armaturenbrett. »Was, schon zwei Uhr?!«

Und gab Gas. Daß die Hühner am Straßenrand – denn sie rasten gerade durch Studenec, vorbei an den Vorgärten der Holzhütten und deren freilaufendem Federvieh – nur so zur Seite spritzten.

Der Plan

»Bürgermeister ..., da draußen steht ..., ich meine, da wäre ..., Genosse Urbánek steht da draußen im Vorzimmer! Soll ich ihn wirklich hereinlassen?«

Die Jirásková hatte ihren blondgelockten Kopf durch den nur eine Handbreit geöffneten Türspalt zu Muchas Büro gesteckt, auch wagte sie es kaum, ihre Stimme zu erheben, es war mehr so wie das Quieken einer Maus, was sie hören ließ. Und zu allem Überfluß war ihr auch noch dummerweise dieses *Genosse* herausgerutscht, das kam daher, daß ihr alter Chef natürlich immer der *Genosse* gewesen war, *Genosse Urbánek*, und das zwanzig Jahre lang. So lange nämlich war die Jirásková Vorzimmerdame im Bürgermeisterbüro, zwanzig Jahre hatte sie Urbánek gedient, und jetzt diente sie Mucha, seit einem dreiviertel Jahr etwa. Den Bürgermeister konnte und mußte man austauschen, schon um ein Zeichen zu setzen, daß es mit den alten Zeiten vorbei war. Was allerdings die mit sämtlichen Regularien der Rathausbürokratie vertraute Jirásková betraf, wäre dies völlig unmöglich gewesen: sie plötzlich durch eine andere zu ersetzen. Die Jirásková auszutauschen hätte bedeutet, das völlige Zum-Erliegen-Kommen sämtlicher Verwaltungsabläufe zu riskieren, denn daß im Rathaus von Hlavanice überhaupt regiert wurde, war einzig und allein der Jirásková und vor allem ihrer umfassenden Kenntnis aller nur erdenklichen Interna zu verdanken. Allerdings hatte die Jirásková so ihre liebe Mühe mit einigen der von Mucha eingeführten Neuerungen. Daß zum Beispiel das Wort *Genosse* abgeschafft worden war, daß es keine Gültigkeit mehr besaß, vergaß sie hin und wieder. Im Eifer des Gefechts sozusagen. Zum Beispiel auch vorhin, als Urbánek plötzlich vor ihr stand und mit ihm gewissermaßen wieder die alten Zeiten.

»Karla, melden Sie mich da drinnen an«, hatte Urbánek zu ihr gesagt, und er hatte so ein seltsames Zittern, so ein Zornesbeben in der Stimme. Gleich war sie wieder an früher erinnert, als er, damals noch Bürgermeister Urbánek, da drinnen gesessen war und sie hier heraußen, vor ihrer Telefonanlage, und wie dann immer seine Stimme durch die nur angelehnte Tür zu ihr herüberdrang, sie möge doch für ihn einen Termin beim Parteisekretär in der Kreisstadt ausmachen. Da hat sie dann immer angerufen und auch jedesmal gesagt, *Genosse Urbánek* lasse fragen, wann es der Parteileitung genehm sei, daß er seinen regelmäßigen Rapport erstatte.

Erst jetzt, da sie den Kopf zur Tür des Bürgermeisterbüros hineingesteckt hatte, und dort törichterweise den *Genossen* Urbánek angekündigt hatte, fiel der Jirásková überhaupt erst auf, welche Ungeheuerlichkeit der ganzen Situation innewohnte, denn als Urbánek vor ungefähr einem dreiviertel Jahr aus seinem Amt entfernt worden war, hatte er doch noch zu ihr gesagt, »Karla, so wie man mich hier nach über zwanzig Jahren davonjagt, werden mich diese Räume nie mehr wiedersehen, keine zehn Pferde bringen mich noch einmal in dieses Rathaus hinein, das ist für mich gestorben, aus, erledigt, wir müssen uns also jetzt verabschieden, endgültig, Karla«, so hatte er damals gesprochen, und jetzt stand er da draußen im Vorzimmer und ließ sich bei jenem Mann ankündigen, von dem er gesagt hatte, »Karla, ich wünsch' Ihnen ja alles Gute, aber eins sag' ich Ihnen gleich: mit dem da, mit dem kommt der Untergang«.

Warum also stand er jetzt im Vorzimmer und wünschte, bei Mucha, seinem Konkurrenten und Nachfolger, vorgelassen zu werden?

Weil ihn das nicht in Ruhe gelassen hatte, was ihm Vančura da erzählt hatte. Der Ausverkauf Hlavanices, ausgerechnet an einen Bonzen von drüben? Kaum daß Vančura verschwunden war, da hatte er den Entschluß gefaßt, jetzt sofort hinüber ins Rathaus zu gehen und Mucha zur Rede zu stellen.

Die Jirásková ahnte, daß sich hier etwas zusammenbraute. Den Kopf noch immer im Türspalt, stotterte sie herum: »Soll ich ihn wirklich hereinlassen oder soll ich sagen, Sie haben ... Sie hätten ...«

»Nein, nein, Karla, lassen Sie ihn nur herein, warum denn nicht«, sagte Mucha betont locker. Und stand sogar gleich vom Schreibtisch auf, um dem Besuch entgegenzugehen, denn in der Tat drängte Urbánek, dem das alles zu lange dauerte, vom Vorzimmer her herein, er zog die Jirásková einfach von der Türe weg, seine alte, bewährte Vorzimmerkraft, »bemühen Sie sich nicht, Karla, ich kenn' mich hier noch aus«, sagte er mit der Stimme eines zutiefst enttäuschten Liebhabers, der mitansehen muß, wie ihn ein Rivale aus dem Feld schlägt, rammte, ohne ein Hereinbitten abzuwarten, die Bürotür mit solcher Wucht auf, daß sie bis an die Wand zurückschlug, und, als ob dies alles nicht schon genug Lärm verursachte, stürzte er auf Mucha zu und schrie ihn an:

»Ich geb' Ihnen einen guten Rat: Überlegen Sie sich genau, was Sie da vorhaben, mit diesem Deutschen, Sie können so jemandem doch nicht einfach Hlavanicer Grund und Boden verkaufen, das verstößt gegen die Gesetze, das ist nationaler Verrat«, und jetzt kam Urbáneks schärfste Waffe (er hatte hinzugelernt in der Zwischenzeit), »und überhaupt dürfte das die öffentliche Meinung brennend interessieren, welche Art von Machenschaften neuerdings im Hlavanicer Rathaus getrieben werden.« (Die öffentliche Meinung, genau, war die es nicht auch gewesen, die ihn aus diesem Bürgermeisterzimmer verjagt hatte, eine aufgehetzte öffentliche Meinung, und jetzt würde endlich der Tag der Revanche kommen, er würde ihn einfach umdrehen, den Wirbelsturm der öffentlichen Meinung, und dann würde er mal sehen, dieser Mucha, wie das ist, wenn einem der Wind ins Gesicht bläst.)

»Es ist gut, Karla«, sagte Mucha in aufreizend leisem Ton und wartete, bis sie, die Tür hinter sich zuziehend, wieder in ihrem Vorzimmer verschwunden war.

»Und die Öffentlichkeit sind neuerdings Sie, Urbánek?« machte Mucha weiter, ohne jegliche Aufregung, nur leicht amüsiert, drehte sich um und setzte sich in aller Ruhe hinter seinen Schreibtisch. »Außerdem: Ich verkaufe doch gar nichts an einen Deutschen. Das geht doch gar nicht. Die Gesetze, wie Sie schon ganz richtig sagten! Wir halten uns an Gesetze, Urbánek. Das ist ja auch der Grund, warum jetzt wir hier das Sagen haben und nicht mehr Sie. – Aber wollen Sie sich nicht setzen?«

Muchas leise, überlegene, nein eigentlich stinkarrogante Art brachte Urbánek zum Rasen. Er stützte sich auf der Besucherseite von Muchas Schreibtisch mit beiden Händen auf, reckte seinen wuchtigen Schädel nach vorne und schrie:

»Glauben Sie, wir kennen Ihre Tricks nicht? Gerade erfahre ich...«

»Von wem?« wurde Mucha gleich hellhörig.

»... von jemandem, der sich, was wir alle miteinander lange Zeit nicht wahrhaben wollten, verantwortlich fühlt für dieses Hlavanice, der noch ein Verantwortungsgefühl im Leib hat, von dem erfahre ich also, daß hier heute nachmittag ein ganz ein krummes Ding gedreht werden soll!«

Mucha in seinem rollbaren Chefsessel stieß sich nach hinten ab. Urbánek roch, es war gerade einmal früher Nachmittag, bereits jetzt wie eine eigentlich immer erst spätnachts unter den Tischen der *Grünen Jungfer* hervorgezogene Alkoholleiche.

»Das Areal des ehemaligen Schloßparks wird an Koloušek verkauft«, sagte der Bürgermeister betont sachlich. »Und der ist polizeilich gemeldeter Einwohner von Hlavanice, tschechischer Staatsbürger und meines Wissens nach immer noch im Besitz aller seiner Bürgerrechte.«

»Sie wissen und ich und jeder im Magistrat weiß, daß der nur als Strohmann aufgestellt ist, von diesem ... wie heißt er gleich ... diesem ...«

»Multerer! – Natürlich weiß ich das.«

Soviel entwaffnende Offenheit nahm Urbánek sämtlichen Wind aus den Segeln. Er ließ sich in den Besuchersessel vor Muchas Schreibtisch fallen.

»Und trotzdem werden Sie ihm den Park verkaufen?«

»Ja.«

»Obwohl Sie wissen, was der vorhat, dieser Multerer? Der baut uns da eine Hühnerfarm vor die Nase hin, daß ganz Hlavanice zum Himmel stinken wird.«

War denn dieser Mucha mit überhaupt nichts aus der Ruhe zu bringen. Der saß da in Urbáneks ehemaligem Bürgermeistersessel (alles war geblieben im Zimmer, wie es war, nur hinter Mucha an der Wand hing jetzt statt des gerahmten Husák-Fotos eines von Havel, wie er vor einer riesigen Menschenmenge steht, auf irgendeinem Balkon, und irgendwas in einen Strauß von Mikrofonen hineinquatscht), drehte einen Bleistift in den Fingern und grinste Urbánek an.

»Gar nichts baut der.«

Mucha hatte soeben beschlossen, Urbánek einfach die

ganze Wahrheit zu sagen. Zum Schluß machte der Blödian nämlich noch einen solchen Wirbel, daß der ganze Coup aufflog, Multerer Wind bekam von dem, was hier wirklich gespielt wurde, und wieder absprang. Wo Mucha den Deutschen doch gerade so schön am Angelhaken hatte. Außerdem schätzte er Urbánek so ein, daß der bereitwillig mitmachen würde, wenn er erst erfuhr, daß es in Wirklichkeit darum ging, diesen Wutzelshofener Krösus aufs Kreuz zu legen.

»Wieso wird der da nichts hinbauen?« bohrte Urbánek weiter, ohne zu bemerken, wie Mucha etwas aus der Schublade seines Schreibtisches zog. »Das ist doch völlig klar, was der plant. KOloušek kauft für ihn das Grundstück, er baut mit seiner eigenen Baufirma, die er vielleicht mit einer Briefkastenadresse in eine tschechische umwandelt, diese Legebatterien, und die Fließbandeier reimportiert er dann, weil er dort einen viel höheren Preis dafür bekommt als bei uns, nach Bayern, wo man ihn aber ein solches Drecksgeschäft niemals machen lassen würde. Nur hier bei uns, da machen Sie ihm, Mucha, den Steigbügelhalter!«

Mucha hatte einfach gewartet, bis Urbánek sein Mütchen gekühlt hatte.

»Wissen Sie, was das ist?«

Er streckte Urbánek eine Aktenmappe hin, was den einigermaßen irritierte. Hörte ihm dieser arrogante Pinkel denn überhaupt nicht zu?

»Nein, weiß ich nicht, und interessiert mich jetzt auch nicht.«

Urbánek weigerte sich, die Aktenmappe in die Hand zu nehmen. Also schlug Mucha sie auf.

»Das ist ein Gutachten vom Wasseramt in Pilsen. Erinnern Sie sich, wie dieser Trupp vergangenen Herbst hier bei uns war?«

Ja, Urbánek erinnerte sich. Schwach nur, aber da war was

gewesen, ja. Entweder noch kurz vor Beendigung seiner Amtszeit oder schon danach. Jedenfalls, das wußte Urbánek noch mit Bestimmtheit, hatte er damals ganz andere Sorgen gehabt als diese Wasserheinis aus Pilsen, die da mit irgendwelchen Meßgeräten herumrannten, mit Spaten und Plastiktüten, in die sie Bodenproben eingepackt und mitgenommen hatten.

»Die da im Schloß und im Park herumgeschnüffelt haben?« fragte Urbánek.

»Genau. Die hatten nämlich ein Gutachten zu erstellen. Über die Bodenbeschaffenheit. Immerhin war das alles jahrelang militärisches Areal. Und das wissen wir doch, Urbánek: Dort, wo unsere Freunde vom Militär waren mit ihren … Hinterlassenschaften …, da kannst du nachher erst einmal den Putzlumpen holen und aufwischen.«

Umständlich arbeitete sich Urbánek aus dem viel zu weichen Sessel heraus, beugte sich vor, um etwas entziffern zu können von der blöderweise auf dem Kopf stehenden Schrift auf diesen Papieren da.

»Und?«

»Sie meinen das Ergebnis?«

»Was sonst?«

»Nun, der Schloßpark ist eigentlich, wenn man es recht betrachtet, gar kein Schloßpark mehr, sondern …«, Mucha hob die Aktenmappe hoch, ließ sie auf den Schreibtisch zurückfallen (hörte sich nach einer umfangreicheren Studie an), »ich fass' es der Einfachheit halber mal so zusammen: eine Art Sondermülldeponie. Multerer kauft uns keinen Baugrund ab, sondern ein Sperrgebiet, um das er gleich einen Zaun herumziehen kann, wenn es ihm erst einmal gehört. Die nächsten 200 Jahre würde ich sagen: Betreten verboten.«

»Und der weiß das?«

Ein mildes Lächeln, mehr konnte Mucha dieser idiotischen Frage nicht abgewinnen. Es war wirklich erstaunlich, wie ein Mensch mit so geringem Verstand so lange Bürgermeister von Hlavanice hatte sein können.

»Natürlich nicht!« Und noch leiser als bisher zischte er: »Und wenn du die Klappe hältst, wird er auch nichts davon erfahren. Jedenfalls nicht, bevor er seine Hunderttausender herübergefahren hat. Spätestens bei Einreichung eines Bebauungsplans kriegt er dann das Kleingedruckte zu lesen.«

Urbánek war baff. Weniger, weil Mucha ihn plötzlich geduzt hatte, sondern weil er diesem Milchbubi in seinem adretten Anzug niemals zugetraut hätte, so gerissen zu sein.

»Hlavanice hatte bis heute zwei Probleme«, Mucha ließ die Aktenmappe wieder im Schreibtisch verschwinden, »ein vergammeltes Schloß, das bald zusammenfällt, und einen Schloßpark, der die Seuche hat. Beide Probleme, das brauche ich Ihnen nicht zu erzählen, Urbánek« (war also nur ein kurzer Anfall gewesen, das mit dem du), »hätten wir mit Mitteln aus dem Stadthaushalt niemals aus der Welt schaffen können. Da müssen wir doch nur dankbar sein, daß es uns jemand abnimmt, oder? Und dieser Multerer, was man so hört, der hat Geld. Unglaublich viel Geld.«

Wirklich: Respekt! Warum hatten sie solche Typen nicht für ihre Sache begeistern können? Warum war einer wie Mucha nichts geworden in der Partei, damals noch, zu alten Zeiten, und daher auf diesen idiotischen Gedanken dieser noch viel idiotischeren Bürgerbewegung gekommen, deren Hlavanicer Dependance er gegründet hatte und derentwegen die Hlavanicer ihn schließlich sogar zum Bürgermeister gemacht hatten? Auch aus einer gewissen Notlage heraus, wie sich Urbánek einzureden versuchte, denn einen wie ihn, wie Urbánek, würden sie ja nicht noch einmal finden. Jetzt aber zeigte sich: sein Nachfolger war gar nicht so ohne. Urbánek fing beinahe schon an, den Jungen in sein Herz zu schließen.

»Aber dieser Multerer wird uns doch niemals das Areal freiwillig sanieren?«

»Freiwillig nicht.«

»Wenn der rausbekommt, was damit los ist, wird er einen Stacheldrahtzaun drum herum ziehen und sich aus dem Staub machen.«

»Glaub ich nicht. Der löhnt hier nicht umsonst. Der will was haben für sein Geld. Und zwar unbedingt diese Hühnerfabrik, sonst gar nichts. Die bekommt er nämlich nur noch bei uns. Woanders lassen sie ihn die gar nicht mehr bauen.«

Urbánek stutzte. Hatte er Mucha noch immer nicht ganz durchschaut? Ließ der letzten Endes doch zu, daß ganz Hlavanice in einem riesigen Haufen Hühnerkacke versank?

»Er darf es also doch bauen, sein Hühner-KZ?«

Mucha holte jetzt eine zweite, andere Aktenmappe aus seiner Schreibtischschublade hervor, legte sie vor sich auf den Tisch. Mit drei Fingern stützte er seine Hand darauf ab.

»Laut Kaufvertrag nur, wenn er seine Baupläne innerhalb von zwei Jahren ausführt. Ansonsten erlischt der Kaufvertrag. Also wird er sich beeilen und das verseuchte Erdreich möglichst schnell austauschen. Übrigens bis zu einer Tiefe von eineinhalb Metern, und das auf der Fläche des gesamten Parks. Das kostet!«

»Und danach beginnt er dann mit dem Bau der Hühnerfabrik?« Urbáneks Miene verdüsterte sich augenblicklich. Die ganze Zeit über schon beschlich ihn das Gefühl, die Sache könne nicht funktionieren, Mucha, das Greenhorn, könne nicht wirklich so gerissen sein.

»Ich glaube nicht.« Mucha hatte schon wieder dieses hinterhältige Grinsen. »Ich hatte da eine recht interessante Unterredung mit dem Denkmalamt. Die sagen, das Hlavanicer Schloß sei im Grunde von ziemlich bedeutendem Rang. Aber es hat keinen Sinn, mit einer Sanierung anzufangen, solange das Areal außen herum verseucht ist.«

»Dann machen wir halt selber die Drecksarbeit, die wir dem Multerer andrehen wollen.«

»Dafür ist keine einzige Krone Geld da. Allein die Sanierung des Schlosses würde schon bis an den Rand des Möglichen gehen. Sagen die vom Denkmalamt. Also müßte man einen Mäzen finden, der das in selbstloser Weise übernimmt. Sagen die vom Denkmalamt.«

»Ein reicher Amerikaner vielleicht?« fügte Urbánek reichlich sarkastisch hinzu.

»Genau. Wie drüben in Horšovský Týn, da bezahlt auch irgendso ein Ausländer die Renovierung der gesamten Annakapelle. Muß ein sentimentalistischer Trottel ... ich weiß nicht woher sein. Die Eltern von dem haben da mal gelebt. Grafen oder was die waren. Sind dann Ende fünfundvierzig gegangen. Jetzt will der Sohn nochmal was Gutes tun für die alte Heimat. Aber so einen finden wir für unser Hlavanice doch nie. Das habe ich denen auch gesagt, auf dem Denkmalamt. Oder hätten Sie, Urbánek, jemals davon gehört, daß jemand aus Hlavanice in Amerika zum Millionär geworden ist?«

Urbánek dachte kurz nach. »Nein.«

»Also müssen wir es anders machen. Wir bringen jemanden dazu, unser Mäzen zu sein, ohne daß er es anfänglich weiß. Nachträglich können wir ihm zu Ehren ja eine Gedenktafel aufstellen.«

»Der Multerer macht das nur, wenn er anschließend seine Hühner hier herholen kann.«

»Ja, man muß ihn in dem Glauben lassen.«

Langsam wurde es Urbánek zu bunt. Welches Spiel trieb dieser Mucha da überhaupt. »Ja, verdammt noch mal, kann er es denn nicht?«

Mucha beugte sich über den Schreibtisch zu Urbánek hin. »Ich habe die Sache mit dem Denkmalamt eingehend diskutiert. Das sind ja vernünftige Leute dort. Sie sagen, im jetzigen Zustand sind Schloß und Park bessere Sondermülldeponien und in keiner Weise mehr irgendwie verwendbar. Es hat keinen Sinn, das Ensemble als schützenswert einzustufen. Sie würden gegen einen Verkauf nichts einwenden.«

»Ja, aber ...«

Mucha ließ Urbánek jetzt keine Chance zum Einspruch. »Das aber wiederum bedeutet nicht, daß man nicht zu einem späteren Zeitpunkt noch einmal zu einer ganz anderen Bewertung kommen könne. Solle doch dieser Herr Multerer ruhig einmal die Altlasten aus dem gesamten Areal beseitigen, dann könne man immer noch eine erneute Prüfung einleiten und dann könne es durchaus sein, daß man zu dem Ergebnis kommt, das Hlavanicer Schloß samt Park stehe unter Ensembleschutz und dem gegenwärtigen Besitzer könne zur Auflage gemacht werden, an dem Erscheinungsbild von Schloß und Park keinerlei grundlegenden Veränderungen vorzunehmen.« Mucha lehnte sich triumphierend zurück. »Und so eine Hühnerfabrik ... ich mein', da sind wir uns doch einig, so eine Hühnerfabrik ..., irgendwie ist das doch eine grundlegende Veränderung, oder nicht? Jedenfalls sagen das die vom Denkmalamt.«

Mucha stand jetzt auf vom Schreibtisch und ging ans Fenster, von wo aus man einen Blick auf den Hirschberg hatte, zumindest auf die tschechische Seite davon.

»Es kommt nämlich eins hinzu, Urbánek, Sie wissen doch..., wir sind hier der Mittelpunkt von Europa ...«

»Wie?«

»Na, da oben auf dem Hirschberg ..., diese Steinsäule. Ich meine, jetzt, wo die Grenzen wieder offen sind, hat das doch wieder eine ganz neue Bedeutung, die Mitte Europas zu sein. Ich weiß schon, zu Ihren Zeiten spielte das keine Rolle, da war Schluß da oben, auf dem Hirschberg, Ende der Welt, absolutes Sperrgebiet. Waren Sie überhaupt schon mal dort, Urbánek? Die haben da ja einen Stein aufgestellt, damals, achtzehnhundertweißnichtwas, diese österreichischen Landvermesser ...«

»Ach so, das meinen Sie.«

Von dem Stein auf dem Hirschberg hatte man die letzten 45 Jahre lieber nicht gesprochen. Das wäre nicht günstig gewesen, allzu nachdrücklich darauf hinzuweisen, daß man früher einmal in Hlavanice gewissermaßen im Zentrum Europas gelebt hatte. Das hätte dumme Fragen hervorrufen können, daß es doch wohl von einem Zentrum aus nach allen Seiten gleich weit sein muß zu den Rändern, oder lebe man etwa in einem Staat, der jetzt sogar schon die Gesetze der Geologie und Geometrie aufgehoben habe. Von Hlavanice aus aber stoße man sofort an den Rand, dahinter gebe es nichts mehr (sogar die Landkarten hatten hinter der Grenze kein Nachbarland, sondern nur leere Flecken, weiße Löcher), hinter diesem Rand drohe nur mehr der Absturz, deshalb habe man diesen Rand auch schützen müssen mit einer Wand, einer Mauer, einem Eisernen Vorhang, und der hatte vor allem eins zu sein: unüberwindlich. Gleich hinter dem Mittelpunkt von Europa war also schon wieder Schluß mit Europa, man war im Zentrum und ganz am Rande gleichzeitig, und das soll man mal jemandem erklären.

Urbánek jedenfalls konnte es nicht. Deshalb hatte er diesen Mittelpunktsstein aus allen Ortschroniken getilgt, er hatte gehofft, im militärisch bewachten Grenzsperrbezirk gelegen, würde er vielleicht einfach zuwuchern, unter Efeu und Moos verschwinden, vielleicht eines Tages sogar umfallen, einfach in der Erde versinken und untergehen, im erstarrten Meer der Böhmischen Landmasse einfach abtauchen.

Und jetzt kam Mucha und wärmte diese alten Geschichten wieder auf. Am Fenster stehend, drehte er sich zu Urbánek um und sagte: »Bei einem Wiederaufbau des Schlosses, sagen die vom Denkmalamt, könnte das eine Rolle spielen, diese besondere Lage. Man könnte hier ein Begegnungszentrum errichten..., ein Haus *Mitte Europas*. Was für eine Zukunft für Hlavanice, Urbánek! Und dieser Multerer finanziert sie uns. Ist das nicht großartig?« Mucha sah auf seine Armbanduhr. »Um vier wollten wir uns treffen zur Vertragsunterzeichnung. – Übrigens: Sie wissen nicht zufällig, wo Vančura steckt?«

»Wieso?«

»Der sollte eigentlich bei diesem Gespräch mit dabeisein. Auf Wunsch von Herrn Multerer. Wie hat er gesagt: Er wünsche, daß auch die oppositionellen Stimmen mit ins Boot genommen werden. Nicht, daß es dann nachher Schwierigkeiten gibt. Nur wenn ganz Hlavanice dafür stimmt, dann können wir diesem Ort zu einer ganz neuen Zukunft verhelfen. Hat er gesagt.«

»Zu einer Zukunft, die in einem gigantischen Misthaufen von Hühnerscheiße versinkt.«

»Der will sich auch nur absichern. Der Mann ist nicht dumm. Aber halt auch nicht wirklich schlau. – Wo also könnte er stecken, der Vančura?«

Urbánek dachte jetzt an das, was er mit Vančura besprochen hatte. Mucha hatte ihm gegenüber mit offenen Karten gespielt, dann würde er das gleiche jetzt auch tun. Urbánek erklärte ihm, was er mit Vančura vereinbart hatte. Mucha hörte sich alles an, überlegte kurz und sagte dann:

»Meinetwegen. Dann sind eben Sie der Vančura!«

Vielleicht war's sogar besser so. Urbánek war jetzt eingeweiht und auf Muchas Seite. Vančura dagegen war immer für eine Überraschung gut. Wer weiß, ob er nicht alles vermasseln würde, wenn er dabei wäre, wo er ja auch nichts von den wirklichen Absichten Muchas wußte.

Mucha sah Urbánek an. War auf ihn wirklich Verlaß? Er streckte ihm die Hand hin. Es war das erste Mal, seit sie sich kannten, daß einer dem anderen die Hand gab.

»Sind Sie eigentlich schon im Schloß gewesen, Gnädigste, ich meine, seit man jetzt endlich wieder dorthin kann? Nachdem es ja jetzt verschwinden soll, wäre es doch wünschenswert, wenigstens vorher noch einmal im Schloß gewesen zu sein, finden Sie nicht?«

Nein, fand sie nicht, die Tigerin von Äschnapur. Was ist schon dran, an so einem Haufen Trümmer. Aber das sagte sie dem Doktor natürlich nicht. Vančura, nachdem er die Expedition zu Urbánek hinter sich gebracht hatte (auf den Gipfel der Blödheit war er gestiegen), hatte sich wieder in sein Basislager zurückbegeben: an seinen Stammplatz in der *Grünen Jungfer*. Mittlerweile war es drei Uhr nachmittags, und Bohumila und Vančura waren nicht mehr ganz alleine in der Gaststube. Die ersten Arbeiter kamen jetzt, von drüben aus der Blechdosenfabrik, ihre Blaumänner waren eingestäubt mit den allerfeinsten Weißblechraspeln, die beim Zusammenstanzen der Blechdosen abfielen. Und auch die Männer von der Straßenmeisterei brauchten jetzt ein Bier, sie, die schon seit Stunden in der brüllenden Hitze Straßenränder und Asphaltlöcher ausgebessert hatten. Lauter Pechsieder, dachte Vančura, Neger des Drecks, geschmückt mit dem Bart der Lianen. Läuse, Wanzen, Schaben, fröhlich springende Flöhe bewohnten ihre Haarwaldungen, und die Zeit hatte aus ihrer Kleidung ein Sieb gemacht. Wie er sie liebte, diese Gestalten. Weil sie wie Ruinen waren. Und Ruinen liebte Vančura.

»Sie waren überhaupt noch nie im Schloß?« setzte er noch einmal an. Bohumila stand gerade neben ihm, brachte ihm ein frisch gezapftes Bier.

»War ja nicht möglich, all die Jahre. Und jetzt kann man wohl kaum mehr von einem Schloß sprechen. Ich würde sagen, das ist eine Abraumhalde.« Sie stellte das Glas vor Vančura ab. »Aber wissen Sie was, Dokterchen? Interessieren würd' es mich ja, wie es dort ausschaut. Immerhin hat meine Mutter dort noch gearbeitet. Im Schloß. Als Köchin.«

»Ist nicht wahr!«

»Doch.«

»Warum haben Sie nie davon erzählt, Bohumila?«

»Sie haben mich nie danach gefragt, Doktor.«

Da mußte ihr Vančura recht geben. Es war festzustellen, daß man in Hlavanice über vierzig Jahre lang überhaupt wenig gefragt hat. Zum Beispiel nach denen, die im Schloß gelebt haben. Wo die geblieben waren? Oder was mit den plötzlich leerstehenden Häusern in Hlavanice war? Wo all deren Bewohner hingekommen sind?

»Hat sie Ihnen denn nie davon erzählt?«

»Von was?«

»Na ..., wie es war im Schloß.«

»Selbstverständlich hat sie das.«

»Ja, ... und?«

»Sie, das ist lang her, Dokterchen. Da müßt ich glatt mal überlegen, ... scharf.« Sie tat es. Kam aber wohl zu keinem Ergebnis. »Man hört nie so richtig zu als Kind. Weil man dumm ist.«

»Nein! Weil man sich eines nicht vorstellen kann: daß es einmal zu spät ist.«

Die Bohumila versuchte weiter, sich zu erinnern. Vielleicht half es ja, wenn sie sich eine neue Zigarette anzündete. Den Kopf in der Rauchwolke sah sie schon viel deutlicher.

»Das war der Hlaváček ...«

»Petr Graf Hlaváček, bittesehr!« korrigierte Vančura. »Jaja, meinetwegen..., für die hat meine Mutter gekocht. Wie lang die da schon sitzen, auf dem Schloß ..., ich weiß es nicht.«

»Dreihundert Jahre lang, 1939 mußten sie raus, und die Deutschen sind rein«, warf Vančura ein, ohne eine Sekunde überlegen zu müssen.

Die Kadlecová stutzte. »Sie kennen sich aber gut aus!«

»Naja, ein gewisses Interesse ... fürs Hinfällige. Seit ich von diesem Schloß erfahren habe, erst nur aus Erzählungen, hat es mich fasziniert. Zehn Kilometer von hier, und doch nicht zu erreichen, so etwas gibt es auch nur in der Mitte von Europa. Das heißt, hat es gegeben. Ich war schon oft dort, die letzten anderthalb Jahre, seit der Grenzsperrbezirk weg ist und man wieder dorthin kann. Ich verstehe nicht, wie man sich nicht für die Vorgeschichte einer solchen Ruine interessieren kann. Der Ort, wie wir ihn jetzt sehen, der war nicht immer so.«

»Jetzt verstehe ich auch, warum die Leute erzählen, daß man Sie dort immer herumschleichen sieht.«

»Was erzählt man da?«

»Nun ja ..., daß Sie immer auf den verfallenen Mauern der Schloßanlage herumklettern. Die Leute fragen mich, ob ich wüßte, warum. Ob es da etwa was zu finden gebe.«

»Oh ja! Gibt es. Kommen Sie doch einfach mit, Bohumila. Dann zeige ich Ihnen, was es zu finden gibt.«

»Jetzt?«

»Natürlich jetzt!«

»Sie sehen doch.«

Sie meinte die Gaststube und deren Gäste, die man doch nicht einfach alleine lassen konnte. Aber warum eigentlich nicht? Die Arbeiter an den Tischen tranken wie ein zuverlässig arbeitender Lkw-Motor: Schön gleichmäßig im Gegentakt hoben und senkten sich ihre Biergläser von der Tischplatte zum Mund, wie Motorkolben in einem Zylinder, und trieben ihr rumpelndes Gespräch voran.

Wie Vančura sie so sitzen und trinken sah, sagte er zu ihnen: »He, Leute, die Chefin und ich, wir müßten mal schnell wo hin. Ihr kennt euch doch aus mit dem Zapfhahn, schreibt alles auf, geht auf meine Rechnung.« Und zu Bohumila gerichtet, noch ehe sie protestieren konnte:

»Draußen hängen wir einen Zettel hin: *Komm gleich wieder! Tiger.*«

Und so zogen sie unter großem Beifallsgejohle der beim Freibier Zurückgelassenen ab. Bohumila blieb die Spucke weg, und irgendwas, was sich als Protest sagen ließe, fiel ihr offenbar auch nicht ein. Eine richtige Wirtinnenentführung war das. (Und der Herr Bräutigam im Keller merkte rein gar nichts davon.)

»Wir *fahren* da ja hoffentlich hinaus?«, hatte die Kadlecová gesagt, als sie vor der *Jungfer* auf der Straße standen, »zu Fuß schaffe ich das nämlich nie.« Sie schaute nur, als Erklärung, an ihren Beinen hinunter, die stark geschwollen waren, von wegen dem Wasser, das sich in ihnen staute. Die zehn Kilometer Fußmarsch wären allerdings selbst für den geübten Wanderer Vančura kein Pappenstiel gewesen.

»Wenn Sie damit vorliebnehmen wollten«, zeigte der Doktor schnell ein Einsehen und deutete auf sein altes Motorrad, das an der Hausmauer der *Jungfer* lehnte, und zwar so, als ob es sich wegen eines akuten Schwächeanfalls schnell irgendwo festhalten müsse. Ein Auto hatte Vančura noch nie besessen. Mit mehr konnte er also nicht dienen.

»Da soll ich aufsteigen«, meinte die Kadlecová wenig begeistert, »ich mach' mich doch nicht zum Gespött von ganz Hlavanice.«

»Dann bleibt uns wohl doch nur, zu Fuß zu gehen«, sagte Vančura.

Unmöglich! Was blieb der Bohumila also anderes übrig, als sich auf die knapp zwei Handbreit Platz auf der Sitzbank zu schwingen, die für den Sozius vorgesehen waren. Vančura hatte sich das Motorrad geschnappt und war bereits aufgestiegen, balancierte das unter dem Gewicht des Tigers von Äschnapur schlingernde Gefährt aus, trat vier-, fünfmal auf den Anlasser, eh sich der Zweitakter zum Anspringen überreden ließ. Vančura gab Gas, nahm aber noch nicht die absichernden Beine hoch, nur sehr langsam und mühsam nahm das knatternde Motorrad Fahrt auf und trug die beiden aus Hlavanice hinaus. Nicht einmal Sturzhelme hatten sie auf.

Vorbei an Kuhweiden, durch das kleine Birkenwäldchen hindurch, und schon sahen sie das Schloß auftauchen. Beziehungsweise den ruinösen Rest davon. Die ehemalige Auffahrtsallee zum Portal in der größtenteils eingefallenen Schloßmauer war kaum mehr als solche zu erkennen: Der alte Fahrbahnbelag – Kopfsteinpflaster – verschwand unter hüfthohem Gras und mannshohen Sträuchern. Stünde nicht die Pappelallee noch, kein Mensch hätte mehr zu sagen gewußt, wo die Straße einst verlief.

Vančura hielt nicht an, drosselte nur das Tempo, als er von der Gemeindestraße in die Allee abbog und wie eine kleine Nußschale auf rauhem Meer durch das Sträucher- und Gräserwogen – Ranken peitschten der Kadlecová gegen die Knie – dem ummauerten Schloßpark zuschaukelte. Je näher sie kamen, desto holpriger wurde der Weg, das letzte Stück führte direkt an der Schloßmauer entlang. Überall lagen halb verrottete Balken herum, herausgebrochene Mauerteile, aber auch rostiges Arbeitsgerät, ein im Gras liegender Betonmischer, im hohen Wildwuchs kaum mehr auszumachen. Vančura umkurvte Geröllhaufen, in ganzen Placken heruntergefallenen Mauerputz, der mit seinem blassen Ocker – das alte k. u. k. Kaisergelb! – zwischen Unkraut hervorlugte. Vor der vernagelten Eingangspforte zum Schloß hielt er schließlich an, ließ die Kadlecová absteigen, ehe er den Motor abwürgte.

Der Mauerbogen des Portals, vor dem sie jetzt standen, hatte es schon vor einiger Zeit aufgegeben, die Einfahrt zum ehemaligen Schloßpark zu überwölben, er war aus Resignation und tiefer Melancholie über seine Nutzlosigkeit eingestürzt. Wozu sich weiterhin mühsam aufrecht erhalten mit

Rissen im Gemäuer, mit verschobenen Ziegelsteinen an den Ecksäulen, die jeden Augenblick herauszubrechen drohten? Seit Jahrzehnten war schon niemand mehr unter der barockverschnörkelten Einfahrt hindurchgegangen, der Schluß- und Scheitelstein des Mauerbogens, der, wie konnte es anders sein, das Familienwappen der Hlaváčeks als herausgemeißeltes Relief getragen hatte, lag, zerbrochen in genauso viele Teile, wie es wahrscheinlich Zweige der Familie gegeben hatte, im Gras.

Das Tor selber war mit Brettern zugenagelt. Vor Jahren wohl schon, denn das Holz war morsch, einzelne Planken hingen nur noch locker an einem letzten verrosteten Nagel. Vančura rüttelte an den Brettern, hob ein breites an, das sich wie ein Perpendikel nach rechts und links zur Seite schwingen ließ. »Wenn Sie vielleicht einmal halten möchten, Gnädigste.«

Erst jetzt beim Bücken bemerkte er, daß die Kadlecová in den von ihr tagtäglich getragenen Plastikschlappen aufs Motorrad gestiegen war. Mit ihren nackten geschwollenen Beinen stand sie mitten in den kniehohen Brennesseln, »Sie erlauben, daß ich vorangehe«, sagte er mit dem Gesicht schon auf Höhe ihrer Knie, von Gehen konnte man also eigentlich nicht sprechen, denn mehr oder minder auf allen vieren kroch Vančura durch das Schlupfloch, das die zur Seite geschobene Planke freigemacht hatte, und verschwand hinter der Bretterwand. Gleich darauf tauchte seine Hand in dem Loch auf und winkte. Die Kadlecová hörte von der anderen Seite: »Jetzt Sie, Gnädigste!«

Sie griff nach der Hand, die sich ihr, seltsam, weil ohne dazugehörender Körper, entgegenstreckte, und ließ sich von ihr durch das Schlupfloch ziehen, nicht ohne dabei Vančura sagen zu hören, »kommen Sie schon, hier wartet der Garten Eden auf Sie, es ist einfach paradiesisch!«

»Stell dir vor, jetzt ist er mit der Kadlecová auf dem Sozius davongerauscht«, rief Lovec zu seiner Frau hinaus in die Küche. Ein frivoleres Bild als das, was er eben gesehen hatte, war kaum denkbar. »Hast du so was schon gesehen? Noch nie ist der mit der auf dem Motorrad ... Hörst du mir überhaupt zu?«

Er bekam keine Antwort aus der Küche. Man hörte lediglich das Geräusch der Fernsehstimmen. Lovec versuchte, um den Türstock herum zu linsen, ob seine Frau wie gewohnt auf ihrem Küchenstuhl saß, von dem aus sie dem Fernsehprogramm am besten folgen konnte, aber der war leer. Lovec ging in die Küche.

»Wie oft habe ich den Lánský auf die Stellen in meinen Berichten aufmerksam gemacht, wo ich schreib', daß dieser Vančura mit der Kadlecová... Was machst du da eigentlich!?«

Seine Frau schaute ja gar nicht Fernsehen. Sie stand neben dem Küchenschrank und hielt einen Schnellhefter in der Hand, einen solchen Hefter, wie er sie immer verwendet hatte für seine Berichte, und las. Lovec mußte gar nicht genauer hinsehen, um sofort zu begreifen, daß es der letzte, aber genauso wie all die vorherigen streng vertrauliche Bericht war, den Lovec Anfang vergangenen Jahres in die Kreisstadt zu Lánský hatte bringen wollen, der dort aber nur mehr ungelesen auf den Müll geworfen worden wäre. Lovec hatte ihn wieder mit heimgenommen und ihn auf den Wohnzimmertisch geworfen, so als ob er nie mehr etwas damit zu tun haben wolle. Und tatsächlich blieb er dann auch ein paar Tage dort unangerührt liegen, bis ihn die Lovcová verschämt auf die Seite geräumt hatte, was nichts anderes heißt als: sie hatte ihn in der Schublade ihrer Küchenkredenz verschwinden lassen. Von Zeit zu Zeit holte sie ihn heraus und las darin – bisher immer so, daß es ihr

Mann nicht merkte. Doch mittlerweile konnte sie nicht mehr recht einsehen, wozu diese ganze Geheimniskrämerei nötig war.

»Und das ist alles, was du die ganzen Jahre über in die Kreisstadt berichtet hast?« sagte sie jetzt.

»Ich habe gefragt, was du da machst?«

»Na, den Bericht lesen. Ich weiß nicht, zum wievielten Mal schon. Ich kann mir nicht helfen: Etwas dünn, das Ganze, finde ich.«

Lovec kochte innerlich. Er wußte nicht, welche Tatsache ungeheuerlicher war: daß sie einfach seinen Bericht sich unter den Nagel gerissen hatte, der, auch wenn es dafür keinen Abnehmer mehr gab, immer noch streng geheim blieb, oder ihre provozierend laxe Art, wie sie sagte: *etwas dünn, das Ganze.*

»Wo hast du den her?«

»Reg dich doch nicht auf, du weißt genau, das bekommt dir nicht! Und außerdem muß ich doch auch mal aufräumen, da drinnen«, sie zeigte auf das Eck im Wohnzimmer, in dem Lovec sich einen kleinen Schreibplatz eingerichtet hatte, mit Schreibmaschine und vor allem, mit einer abschließbaren Schublade im Wohnzimmerschrank, »das alles brauchst du doch jetzt auch nicht mehr, was sollen wir eigentlich machen, mit der Schreibmaschine, soll ich mal in Cheb schauen, ob sie mir noch jemand abnimmt für ein paar Kronen, abgenutzt ist sie ja schon, du hast immer so eingedroschen auf die Buchstabentasten ...«

Lovec kam sich vor wie eine Scheinleiche, über der man gerade den Sargdeckel zunagelt, unfähig ein Wort zu sagen oder auch nur sich zu rühren. Langsam begann er daran zu zweifeln, ob er nicht vielleicht doch schon tot war.

»Und wozu dieses Gedresche? Ich meine, wenn ich das hier so lese ... Willst du allen Ernstes behaupten, du hast zwanzig Jahre lang Berichte wie diesen da geschrieben?«

Er hätte sie anbrüllen wollen in einer Lautstärke, daß ihr ein für allemal ihr Schandmaul zufiel, aber er sagte nichts, ging nur auf seine Frau zu, bebend, und wollte ihr den Hefter aus der Hand reißen. Sie wich zurück, und im Zurückweichen tippte sie auf das Papier und zitierte gewissermaßen:

»*Mo., 8:23 Uhr: V. verläßt Wohnhaus. Betritt 8:27 Uhr den Lebensmittelladen in der Ortsmitte. Wahrscheinlich Einkauf der Morgensemmeln.* ›Wahrscheinlich‹ schreibst du! Wie genau du es nimmst. Dann: *9:15 Uhr, Vorfahren eines Wagens vom Störungsdienst der Telekommunikation aus Pilsen, Grund: unbekannt.* Soll ich dir sagen, warum normalerweise der Störungsdienst kommt? Entweder weil was hin ist oder weil es eigentlich Geheime sind, die eine Wanze einbauen wollen. Bei Vančura war das Telefon hin, ist ihm nämlich runtergefallen auf den steinernen Dielenboden, deshalb hat er den Störungsdienst angerufen, und zwar von der *Jungfer* aus, hätte ich dir alles sagen können, wenn du mich mal gefragt hättest. Hat mir nämlich der Vančura selbst alles erzählt. Am Gartenzaun. Ich hab das Gurkenbeet geharkt, er kratzte gerade irgendeinen angebrannten Mist aus einem Kochtopf heraus und warf ihn auf den Komposthaufen, schon wieder angebrannt, sagt er noch. Sie müssen besser aufpassen, Herr Vančura, sag' ich, und er: Wenn ich am Schreibtisch sitze, vergesse ich immer den Herd.«

Lovec riß ihr den Hefter aus der Hand.

»Du redest mit dem? Am Gartenzaun! Und er sagt dir, daß er am Schreibtisch sitzt!? Und was tut er dort, am Schreibtisch?«

Das war es gewesen, was er jahrelang herauszufinden versucht hatte, das war gewissermaßen sein Geheimauftrag gewesen, den Lánský ihm erteilt hatte, »finden Sie raus, ob er noch schreibt«, denn natürlich hatte niemand von der Staatssicherheit geglaubt, was man sich im ganzen Land hinter vorgehaltener Hand zuflüsterte, daß Vančura sich in Hlavanice vergraben habe und aus Protest keine einzige Zeile mehr schreibe. Und gerade dieses Nicht-mehr-Schreiben war ein solches Fanal, daß es alles, was man überhaupt je hätte schreiben können, in den Schatten stellte. Im Grunde war Vančura ungeheuer populär und vergöttert, weil er nicht schrieb. Vielleicht ließ er das Gerücht ja auch nur deswegen verbreiten, und in Wahrheit stimmte es gar nicht. Lánský und Lovec jedenfalls hatten es ihm nie geglaubt.

»Hättest du nur einmal mich gefragt! Ich hätte dir sagen können, warum er den Telefoninstallateur angerufen und herbestellt hat«, sagte die Lovcová, so als hätte sie die Frage ihres Mannes gar nicht gehört. »Ich kann dir auch sagen, was er der Verkäuferin im Lebensmittelladen gesagt hat, so um acht Uhr zweiunddreißig herum, *wahrscheinlich* um acht Uhr zweiunddreißig, er hat zu ihr gesagt ... Moment, was hat er gesagt?« Sie überlegte kurz: *»Die Geschichte ist mitleidslos und wahllos, aber endlich trifft sie auch einmal die Richtigen*. So hat er es gesagt.«

»Das hat er gesagt?«

»Genau so!«

»Woher weißt du das?«

»Von der Verkäuferin im Lebensmittelladen natürlich.«

»Und warum sagst du mir das nicht? *Endlich trifft es die Richtigen.* Das hat er gesagt? Wenn das stimmt ...«

»Mein Gott, ich hab' mir gedacht: Dein armer Vladimír, der hat es nicht leicht, den ganzen Tag auf Beobachtungsposten, keine Sekunde läßt er Vančura aus den Augen, der weiß alles über ihn, aber sagen darf er nichts, das kommt alles in die Berichte, und jetzt lese ich, daß in diesen Berichten, in deinen scheißwichtigen Berichten, um die du ein Theater gemacht hast, als ob es sich um weiß Gott was für eine staatstragende Sache handelt, da lese ich jetzt, er kaufe *wahrscheinlich* in der Früh Morgensemmeln ein, die Telekommunikation war da, aber man weiß nicht so genau warum…«

»Es wäre nicht das erste Mal, daß sich einer verkleidet, um unbemerkt zu Vančura zu gelangen. Damals die Spengler, die sein Dach repariert haben, das waren gar keine Spengler, das waren seine Kumpels aus Prag, seine Mitverschwörer, mein Gott, machte der Lánský damals einen Wirbel wegen dieses konspirativen Treffens, das ich für eine Dachreparatur gehalten habe, die sind ja auch wirklich da oben rumgeturnt, alles nur Tarnung! *Nichts ist das, wofür wir es halten*, schrie mir Lánský damals ins Gesicht, ein Satz, den ich mir gemerkt habe, das kannst du glauben.«

»Wenn diese Aufzeichnungen nicht das sind, wofür ich sie halte, nachdem ich da hineingeschaut habe, nämlich für einen Haufen Unsinn und Belanglosigkeiten, dann sag mir du doch, was sie wirklich sind!«

Lovec griff sich an die Schläfen. Man mußte schon ungeheure Nehmerqualitäten haben, um all diese Nierenschläge – *ein Haufen Unsinn und Belanglosigkeiten* – einfach wegzustecken. Er durfte sich jetzt nicht in einen kleinlichen Zank verstricken lassen. Ruhig, aber mit bebender Stimme versuchte er seiner Frau zu erklären:

»Du hast jetzt da einen Blick hineingeworfen und meinst, du weißt, um was es geht. Was verstehst du von einer Total- und Rundumobservation? Jede Einzelheit und jedes Detail erhält eine Wichtigkeit und einen Sinn, wenn man es zusammenschaut mit den Einzelheiten und den Details die zwanzig Jahre davor. Einzeln angeschaut, wird alles lächerlich, selbstverständlich. Herausgepickt aus dem großen Ganzen meiner zwanzigjährigen Rundumbeobachtung kommt einem jedes Detail lachhaft vor, kann man jede Beobachtung lächerlich machen, das ist kein Kunststück. Aber was weißt du, wann genau diese Spengler aufgetaucht sind und wann die Telefoninstallateure. Weißt du das? Nein, nicht weißt du es, aber ich kann es dir sagen, weil alles in meinen Berichten festgehalten ist. War das vielleicht im selben Jahr, in dem auch die Helsinki-Akte unterzeichnet wurde? Beziehungsweise kurz vorher. Die Spengler, die falschen. Und noch dazu mit einem Kastenwagen..., da fragt man sich doch, wieso überhaupt ein Kastenwagen. Wenn man sich das alles aufnotiert hat. Wenn man dann die Zusammenhänge sieht. Hat das Auftauchen des Kastenwagens nicht vielleicht doch etwas mit der Unterzeichnung der Helsinki-Akte zu tun? Fragt man sich doch! Havel wurde freigelassen, im Januar '83, wo er diesen Zusammenbruch markierte und ins Krankenhaus kam, und exakt zwei Wochen vorher war schon einmal der Wagen der Telekommunikation da, aber wissen wir, ob es überhaupt eine Störung gegeben hat, und wissen wir, ob dieser Monteur wirklich vom Störungsdienst war oder ob er nicht auch schon zu diesen Unterzeichnern da gehörte? *Nichts ist das, wofür wir es halten!*«

»Vielleicht waren es ja auch deine Leute ..., ich meine, von den Geheimen«, traute sich die Lovcová einzuwerfen, aber ihr Mann überhörte es einfach.

»Zum Ende hin waren doch nur noch Kuriere unterwegs. Kuriere dieser Bürgerbewegung. Oder glaubst du etwa, der Installateur, der hier Anfang November, bevor alles anfing, aufgetaucht ist, war kein Kurier? Der ist doch nur gekommen, um Vančura bescheid zu geben, am Donnerstag ist die Demo am Pilsner Hauptplatz. Die drei Tage zuvor brannte jedesmal bei Vančura das Licht bis halb drei Uhr nachts. Steht alles in meinen Berichten. Hier das lange Brennenlassen des Lichts, das lange Aufbleiben Vančuras die halbe Nacht hindurch, dort die Demonstration auf dem Pilsner Hauptplatz. Wie sie da mit den hochgehaltenen Schlüsseln geklingelt haben. Wer weiß, vielleicht war's ja sogar die Idee von Vančura, daß alle mit den Schlüsseln klingeln sollen. Weiß der Teufel, wieso Schlüssel. Auch das war wahrscheinlich nur eine verschlüsselte Botschaft, das Klingeln mit den Schlüsseln. Aber für wen? Egal! Jedenfalls hat er die drei Nächte zuvor überlegt. Da hat Licht gebrannt. Merkst du jetzt etwas? Ich sage nur: die Zusammenhänge! Jede Kleinigkeit war von der allergrößten Bedeutung. Wahrscheinlich hat in diesen drei Nächten Vančura jene Rede ausgearbeitet, die am Donnerstag einer dieser Aufwiegler vom Podium am Pilsner Hauptplatz herunter vorgelesen hat. Der Vančura hat sich im Hintergrund gehalten, der ist ja nicht dumm. Der hat hier in Hlavanice das ausgeheckt, womit dort in Pilsen dann diese paar hundert Spinner aufgehetzt wurden. Und überbracht worden ist das Manuskript von diesem Monteur des Störungsdienstes, der in Wahrheit aber ein Agent war, ein Provokateur, also doch auch von einem Störungsdienst, bloß von einem ganz anderen. Wer weiß, von wem bezahlt. Zum Schluß hatten sie sich ja überall eingenistet, die Provokateure. Wahrscheinlich sogar beim Telefonstörungsdienst. *Nichts ist das, wofür wir es halten!*«

»So habe ich das noch gar nicht gesehen«, mußte die Lovcová jetzt kleinlaut einräumen.

»Natürlich hast du das noch nicht so gesehen.«

»Aber warum habt ihr es dann doch nicht verhindern können, wo ihr doch die Einzelheiten und das Ganze …, na, wie du sagst, daß ihr es miteinander …?«

»Was, was haben wir nicht verhindert?«

»Daß alles so gekommen ist, wie es gekommen ist. Daß jetzt alles zusammenbricht. Das hättet ihr doch merken müssen, wenn ihr alles so genau beobachtet habt. Ihr Helden!«

Das letzte hätte sie nicht mehr zu sagen brauchen. Das war das berühmte Wort zuviel. Zum ersten Mal in ihrer über vierzigjährigen Ehe hatte Lovec das Gefühl, daß sie nicht mehr zu ihm aufsah. Nein, noch viel schlimmer. Daß sie ihn für einen Versager hielt. Es war eben jetzt, in dieser Sekunde, daß Lovec begriff, was dieser Umsturz von damals wirklich bedeutete. Früher war auch allerhand geschehen im Staat, was man so hörte in Hlavanice, aber es machte doch immer irgendwie halt vor der eigenen Haustüre. Oder gut, vielleicht nicht vor der Haustüre, aber doch vor der Küchentüre. Mindestens vor der Schlafzimmertüre. Bis hinter die Schlafzimmertüre war bisher noch nichts gedrungen, keine Konterrevolution, keine Bruderhilfe, eigentlich nichts. Die Verhältnisse hinter der Schlafzimmertüre, die waren irgendwie gefestigt gewesen. Hatte Lovec jedenfalls gedacht. Doch jetzt ..., wenn Lovec seine Frau so ansah, dann mußte er ihr recht geben: Alles brach zusammen.

»Ich weiß es auch nicht«, gab er endlich eine Antwort. »Ich weiß nicht, warum es sich nicht verhindern ließ. Ich weiß nur, daß wir verloren haben.«

Den Bericht, den Lovec eben noch, regelrecht im Gerangel mit seiner Frau, so energisch zurückerobert hatte, warf er jetzt, mit Verachtung auf den Küchentisch. Er verließ das Zimmer und ging hinaus zur Garderobe.

»Wohin gehst du?« rief ihm die Lovcová nach.

»In die Pilze!«

Die Lovcová atmete auf. Für einen kurzen Augenblick war sie richtiggehend erschrocken. Daß sie vielleicht zu weit gegangen war. Aber wenn er schon wieder an seine Pilze dachte ... Er war halt doch ein Dickhäuter, dachte sie, schon wieder mit einem sich zaghaft zurückmeldenden Gefühl der Zuneigung.

Und Lovec, der in seine Gummistiefel schlüpfte und den Hut aufsetzte, dachte: Jetzt ist es soweit. Jetzt muß einer daliegen. Zum Schluß. Als Leiche.

Und er wußte beim besten Willen noch nicht wer. Ob er oder Vančura, dem er das alles zu verdanken hatte. Er würde in den Wald gehen. Die Bäume fragen.

Mühsam nur kam die Kadlecová, nachdem sie ebenfalls auf allen vieren durch das Loch in dem Bretterverschlag geschlüpft war, wieder hoch. Warum nur war sie dieser blödsinnigen Idee des Doktors gefolgt und kroch jetzt hier, wie zu Zeiten, als sie noch eines der Gassenkinder von Hlavanice gewesen war (und das war vierzig Jahre her), auf den Knien herum? Vančura, der ihr helfend unter die Achseln gegriffen hatte, hielt sie jetzt fast im Arm. Ließ aber gleich wieder los. Tat so, als müsse er seine Brille zurechtrücken. Die mit den Linsen, dick wie Böden von Joghurtgläsern. Damit er besser sah. Und, was sah er?

Vor ihnen lag ein verwilderter Park, im Hintergrund der Wohntrakt des Schlosses. Obwohl der Anblick solchen Verfalls nicht unbedingt etwas Außergewöhnliches war in Böhmen, kam sich die Kadlecová doch mit einem Schlag wie in eine andere Zeit versetzt vor. Sie sah auf das Schloß. Das Dach war eingestürzt und die Treppen und Decken und Böden waren nachgefolgt. Gras und Kraut und Busch und Baum wuchsen aus allen Winkeln, und Vögel, vom Zaunkönig bis zum Storch, nisteten in dem wüsten Haus. Aus den leeren Fensteröffnungen des Schlosses hingen Teppiche von Efeu und mancherlei Blumen nieder, und wehten blühende Gesträuche wie festliche Fahnen, und zwischen ihnen durch sah der stille Junihimmel herab.

Die Verschönerungs-Commission der vier Jahreszeiten, des Windes und des Wetters, welche die Mauern in Jahr und Tag mit Gras und Kraut und Moos und Efeu und Büschen und Bäumen so reichlich austapezierten, hatte das Schloß in ein Paradies für alles nur erdenkliche Wald- und Wiesengetier gemacht. Hier gab es sicherlich Eidechsen, Marder und Uhus, natürlich jede Menge verwilderter Katzen, die Füchse werden sich in den Hohlräumen des verschütteten Kellergewölbes ihren Bau eingerichtet haben, und Bohumila hätte es nicht gewundert, wenn jetzt gleich eine Kreuzotter durch das Stachel-, Kräusel-, Preisel-, Kloster-, Holunder-, Berberitzen-, Wacholder-, Johannis-, Brom- und Himbeergestrüpp ihres Wegs geschlängelt käme.

»Was für ein Riesen-Saustall«, murmelte der sich in dieser Wildnis gar nicht heimisch fühlende Tiger von Äschnapur.

»Wieso? Ich weiß gar nicht, was hier auszusetzen ist! Wenn überhaupt, dann höchstens etwas einzusetzen. Sehen Sie nur, kein einziges Tor mehr, keine Tür, kein Fensterstock.«

In der Tat: Die Fassaden des Wohnhauses, aber auch des Wirtschaftstraktes und der Remise, waren Gesichter mit ausgestochenen Augen. Vor der Remise lag das fast schon gänzlich überwucherte urzeitliche Skelett eines Armeejeeps. Daneben stand die ehemalige Orangerie, das heißt das völlig verbogene Eisengestänge, das davon übriggeblieben war, die großen Glasscheiben waren schon vor Jahren von einigen Hlavanicern herausgenommen und heimlich weggeschleppt worden, sie tauchten dann kurze Zeit später als Verglasung jener Vorgarten-Gewächshäuser auf, ohne die in diesem mitteleuropäisch rauhen Klima die Paradeiser noch Ende September grün an den Stauden hängen würden.

Während sich die Kadlecová und Vančura nicht vom Fleck zu rühren trauten, immer noch mit dem Rücken zu jener Bretterwand standen, durch den sie eben gekrochen waren, und sahen und staunten und den Kopf drehten, knackte plötzlich hinten in dem löchrigen Gebäude des Schlosses laut Geäst, wie von etwas Schwerem, Plumpen niedergetrampelt. Die beiden stutzten, horchten und starrten auf die Maueröffnungen. Da tauchte in einem der Fensterlöcher ein gehörnter Schädel auf, der sich langsam in ihre Richtung herdrehte, ohne sein malmendes Wiedergekäue zu unterbrechen: Mit großen, gelangweilten Augen schaute sie eine Kuh an.

»Vielleicht hat die sich verirrt«, meinte die Kadlecová.

»Nein, nein«, lachte Vančura, der diesen Ort und seine Mysterien bestens kannte und den dieses seltsame Bild daher nicht im mindesten überraschen konnte: ein lebender Kuhschädel, der kauend aus einer Fensteröffnung der Schloßfassade herausglotzte. Er hatte das früher schon beobachtet, daß von der direkt an den Schloßpark angrenzenden Weide Tiere hierher getrottet kamen, um sich im Sommer in den verfallenen Baulichkeiten einen kühleren, schattigeren Platz zu suchen.

»Die haben hier ihren Stall«, erklärte er der Wirtin und winkte, sie solle ihm folgen. Diagonal über den Innenhof spurten sie sich durch hüfthohe Brennesseln einen schmalen Trampelpfad hinüber zum Hauptgebäude des Schlosses. In der Mitte des Hofes erkannten sie einen Brunnen, versteckt hinter Strauchwerk. Ein Teil der gemauerten Brüstung war weggeplatzt, herausgesprengt vom Wurzelwerk einer doppelstämmigen Birke, die, wild angeflogen und in einer Mauerritze eingenistet, bereits vier, fünf Meter aus der Brunneneinfassung heraus in die Höhe gewachsen war. Rundherum um die Brüstung verteilt standen ein Dutzend Bierflaschen, deren Etiketten unleserlich geworden waren, ausgewaschen vom Regen, gebleicht von der Sonne. Die mußten hier schon eine Weile stehen und rührten sicher von einem der Mitternachtsfeste her, die die Hlavanicer Dorfjugend gelegentlich in dem verfallenen Areal feierte. Auch sie hatte das Schloß für sich entdeckt, seit es nicht mehr im Grenzsperrbezirk lag.

Sich einen Weg durch die Wildnis dieses Innenhofs bahnend, malte Vančura der Kadlecová aus, wie es erst im Inneren des Schlosses aussehen würde.

»Stellen Sie sich vor, im großen Rittersaal, zu dem eine breite Treppe hinaufführt, stehen jetzt die Kühe, unter dem Lüster und unter den schönen Darstellungen aus dem Hirtenleben, die alle so gemalt sind, man kann das noch immer sehen, wie es sich einst in Griechenland abgespielt hat. Sie werden staunen, wie all diese weiblichen und männlichen Körperchen nicht für das hiesige Wetter bekleidet sind, es muß irgendwo im Süden Europas sein oder noch weiter weg, im Gelobten Land, denn alle tragen sie Kleider, wie der Herr Christus sie auf Bildern trug und die Menschen, die zu seiner Zeit lebten, und zwischen den Fenstern waren große Spiegel, man sieht es noch an den hellen Flecken, die meisten sind ja längst verschwunden, herausgebrochen, weggebracht, die ein oder andere Scherbe ist vielleicht noch hängengeblieben, und in einer solchen Scherbe können sich jetzt die Kühe lange und mit Genuß betrachten, Gnädigste.«

Sie näherten sich der Freitreppe zum Haupthaus des Schlosses. Aus den Ritzen zwischen den Stufen wuchs in Büscheln Löwenzahn hervor, der schon verblüht war und seine kugeligen Samenständer aufgestellt hatte zu Trauben von Mikrofonen, so als ob hier gleich eine Pressekonferenz von weltpolitischer Wichtigkeit abgehalten würde. Es war wind-, menschen-, ja sogar tierstill, es schien, als warte alles voll gespannter Aufmerksamkeit darauf, welche Erklärung dies sein könnte und vor allem, wer sie abgeben würde. Eine einzelne Ratte huschte eben den breiten, steinernen Handlauf der Treppenbalustrade hinauf, machte oben Männchen und fiepte.

Seltsam livrierte Dienerschaft haben die hier, dachte Vančura und nahm die ersten beiden Stufen der Freitreppe mit einem Sprung. Die Kadlecová aber blieb unten am Treppenabsatz stehen.

»Was glauben Sie, Dokterchen, ob meine Mutter schon diese Treppe hochgegangen ist?«

»Dafür gab's einen Dienstboteneingang«, gab Vančura betont nüchtern zur Antwort.

»Er soll ja ein feiner Herr gewesen sein, der Graf. Was man hört.«

»Das haben Grafen so an sich.«

»Ehrlich? Mir ist nie einer begegnet.«

»Doch, doch, diese gräfliche Distinktion ..., die es solchen Herrschaften nur schwer erträglich macht, wenn zum Beispiel der Schlächterkerl, der einen abstechen will, mit dem Messer in der linken Hand daherkommt. Da würde so ein Graf wahrscheinlich *tz, tz, tz* machen und sagen: Mit dem Messer in der linken Hand ..., haben Sie denn gar keine Kinderstube genossen!«

»Dokterchen, Sie machen schon wieder Ihre Scherze!«.

»Nur bedingt.«

»Wieso?«

»Weil es beinahe so war.«

»Etwa hier?« Bohumila richtete ihren Blick auf die Schloßfassade, meinte also wohl: hier in Schloß Hlavanice.

»Ja, hier.«

»Das müssen Sie mir genauer erzählen.«

»Wenn Sie Zeit haben, Gnädigste.«

Die Wirtin dachte an jenen hastig hingeschmierten Zettel, den sie mit einem Stückchen Klebeband an die Wirtshaustür geheftet hatte, bevor sie auf den Sozius von Vančuras Motorrad gestiegen war. *Bin gleich wieder da.* Als Absender hatte sie den Abdruck einer Tigertatze hingemalt. Und extra noch das »gleich« zweimal unterstrichen. Ihr war nicht ganz wohl bei dem Gedanken, in der *Jungfer* könnten jetzt die Mäuse anfangen, auf den Tischen herumzutanzen, bloß weil der Tiger einmal für einen Augenblick das Haus verlassen hatte. Die Mäuse würden übrigens unter anderem Schnauzbärte tragen, Pepin und Jožo heißen und gemeinsam mit den Arbeitern, die bereits in der Gaststube saßen, und dem Herrn des Hauses, dem Wirt der *Jungfer*, etliche Runden Freibier in sich hineinpressen, denn just als Vančura und Bohumila das Haus verließen, stießen sie im Hausflur mit den beiden Helden zusammen. Sie erzählten kurz, daß sie jetzt so weit fertig seien mit den Vorbereitungen zu ihrem Fest – »der Kerl ist zerlegt, tranchiert und portioniert, jetzt brauchen wir ihn nur noch futtern« –, fertig allerdings auch mit ihrem Kasten Großpopowitzer, der ihnen diese Drecksarbeit etwas erträglicher gemacht hatte. Darum bräuchten sie jetzt Nachschub, und deshalb waren sie auf dem Weg in die *Jungfer*, und Vančura sagte, »klar, setzt euch nur dazu, geht alles auf meine Rechnung«, so als ob er hier der Hausherr wäre. Bohumila schwante nichts Gutes. Allzu lange sollte man die Männer in der *Jungfer* nicht alleine lassen.

»Gut, gut, ich laß die Vorgeschichte weg«, zeigte Vančura Entgegenkommen. Nicht ohne zumindest anzudeuten, was das an Verzicht bedeutete: »Zweieinhalb Jahrhunderte Familiengeschichte: Hlaváčeks in Hlavanice. Aber bitte!«

Onkel Vendas Haus

»Und, er macht auch bestimmt keine Schwierigkeiten, dein Onkel?«

Eben hatten sie die letzte Abzweigung Richtung Hlavanice genommen, nun ging es noch über ein paar Hügel hinauf und hinunter, und dann waren sie am Ziel. Es würde das erste Mal sein, daß Multerer dem schon vielbeschriebenen Onkel Venda vorgestellt werden würde, zu Gesicht bekommen hatte er ihn bislang noch nicht, obwohl er schon des öfteren in Hlavanice gewesen war. Der Vertrag, der heute unterschrieben werden sollte, hatte ja ausgehandelt werden müssen, in mehreren Sitzungen beim Bürgermeister, das waren eigentlich immer recht angenehme Verhandlungen gewesen. Auch hatte Mucha durchaus nichts dagegen einzuwenden gehabt, daß Multerer bereits seinen Architekten mitgebracht hatte, der schon einmal das Areal mit ein paar fachmännischen Blicken taxiert und erste Pläne ausgearbeitet hatte. Pläne von einer *Gickerlbasilika*, wie die beiden, Multerer und der Architekt, in recht aufgekratzter Stimmung gescherzt hatten: Denn gewissermaßen dreischiffig sollte die Fabrikanlage werden, das heißt drei langgezogene Ställe, Anfangsbesatz pro Gebäude 300.000 Stück, macht rund eine Million Gickerl. »Mensch, Schorsch, wo ist denn so was noch denkbar«, hatte Multerer gesagt und seinem Architekten auf die Schulter geklopft. »Nur zu, großzügig planen, Visionen entwickeln, wir sind in Böhmen, Schorsch!«

Während der Ziaglzach und sein Architekt in solchen Plänen schwelgten, bearbeitete Jiří seinen Onkel und knetete ihn weich. Er hielt es für das Zweckmäßigste, daß Onkel Venda Multerer erst im letzten Augenblick zu Gesicht bekäme. Das minimiere die Gefahr, daß er es sich doch noch anders überlege. Hinzu kam, daß Onkel Venda es nicht gern hatte, wenn Fremde in sein Haus kamen. Da waren nämlich eh schon so viele, die ungefragt bei ihm aus und ein gingen, seit Jahren, eigentlich Jahrzehnten. Nicht direkt Fremde. Viele von denen kannte Onkel Venda, er kannte sie im Grunde seit seiner Jugendzeit, es waren ja die Nachbarn gewesen, eigentlich hätten alle in Hlavanice sie kennen müssen, aber die meisten hatten sie erfolgreich vergessen, nur Onkel Venda erschienen sie immer wieder, was ihm gar nicht recht war, er hielt diese Mitbewohner für ganz und gar unerwünscht in seinem Haus. Es gelang ihm jedoch nicht, sie auf irgendeine Art und Weise wieder loszuwerden, ja, sie schienen nicht einmal seine Aufforderung, unverzüglich das Haus zu verlassen, verstehen zu wollen, denn es waren alles miteinander *Němci*, Deutsche also. Und jetzt noch ein Deutscher mehr in Onkel Vendas Wohnküche … Jiří riet dringend davon ab.

Nun gut, Multerer verließ sich da voll und ganz auf seine *Perle*, wie er Jiří gegenüber seiner Frau manchmal ironisch nannte, *meine böhmische Perle*. Eigentlich konnte gar nichts mehr schiefgehen. Die Frage eben, die er Jiří kurz vor dem Ortsschild *Hlavanice* gestellt hatte, nach der Zuverlässigkeit Onkel Vendas, war demnach überflüssig gewesen und ein wenig dumm, aber letzten Endes: Was wußte man, was diesen Böhmen, die nicht nur ein Volk voll slawischer Melancholie, sondern auch voll tartarischer Unberechenbarkeit waren, in letzter Sekunde einfiel. Deshalb also fragte der Ziaglzach: »Schwierigkeiten macht der doch keine, oder, dein Onkel?«

»Nää«, sagte Jiří, fast etwas entrüstet, »Onkel Venda is' seltsam, aber gut.«

Das war es, was ihnen, den Kindern, damals als bleibender Eindruck von Onkel Venda geblieben war: seltsam, aber gutmütig. Wenn Jiří jetzt so darüber nachdachte, womit dieser ambivalente Eindruck zusammenhing, dann mußte er zugeben: Es war das Haus. Onkel Vendas Seltsamkeit hatte unbedingt etwas mit dem Haus zu tun, in dem er lebte.

Manchmal können Häuser ihre Bewohner ja direkt so herrichten, so von Grund auf umbauen, daß sie endlich in die Mauern hineinpassen, deren Besitzer und Bewohner sie zu sein glauben. So war es auch mit Onkel Venda passiert. Er war Mitte der vierziger Jahre in jenes Haus eingezogen, das auf der einen Seite völlig menschenleer war, von dem man aber auf der anderen Seite nur mit einem gewissen Widerstreben gesagt hätte, es sei unbewohnt. Das ging im Grunde schon damit los, daß Onkel Venda, als er damals die Türe zum Windfang öffnete, über einen Haufen dort herumstehender Schuhe stolperte, so als seien die Bewohner zu Hause und die Straßenschuhe hier abgestellt. Das stimmte aber nicht, die Schuhe waren hier nur in aller Hast vergessen worden, denn die, die hier einmal gelebt hatten, hatten so dermaßen schnell ihr Haus verlassen müssen, daß es gerade noch zum Anziehen eines Schuhpaares gereicht hatte, alle anderen hatten sie stehenlassen müssen, und diese Schuhe waren dann die nicht selten von ihren Trägern ein Leben lang aufgehobenen und an die Kinder wie eine Kostbarkeit weitergegebenen, meist jedoch völlig ausgetretenen *Fluchtschuhe*. (»Schaut her, Kinder, das sind die Schuhe, mit denen euer Vater davonlaufen mußte.«)

Die Haustüre war dann seltsamerweise auch nicht abgeschlossen gewesen, was umso erstaunlicher war, zieht man in Betracht, was Onkel Venda im folgenden feststellte, als er nämlich vorsichtig den Kopf nach und nach durch jede der vier Zimmertüren des Erdgeschosses steckte und sehen konnte, daß jedes dieser Zimmer komplett eingerichtet war. Nicht nur Möbel standen da, sondern diese waren auch angefüllt mit den Dingen des Lebens, seien es Kleider, Betttücher, Nippessachen oder auch Fotoalben (Onkel Venda vermied es peinlichst, sich die dort eingeklebten Fotos einmal genauer anzuschauen, er hätte all die Gesichter erkannt, Nachbarsgesichter). In der Küche stand sogar Eßgeschirr auf dem Tisch, und als Onkel Venda näher an den Tisch herankam, sah er, daß sogar eine Flüssigkeit in den Kaffeetassen halbhoch stand, allerdings überzogen mit einer hartgewordenen, schwarz-bläulichen Kruste, die wohl einmal ein dicker Pelz von Schimmel gewesen war.

Onkel Venda nahm die Tatsache, in ein komplett eingerichtetes Haus einziehen zu können, damals als ein Zeichen höherer Gerechtigkeit und eines gewissermaßen ausgleichenden Schicksals. Es mochte schon sein, daß in jenen Wochen und Monaten einiges in Mitteleuropa durchgeschüttelt und durchgerüttelt wurde, aber Onkel Venda hielt das damals nur für gerecht. Dieses Durchrütteln und Durchschütteln ganzer Landschaften (vorzugsweise solcher, die in der Nähe irgendeiner Grenze lagen) war seiner Meinung nach unbedingt notwendig, damit wieder alles dorthin zurückfiel, wo es eigentlich hingehörte: die Deutschen heim in ihr Reich, das allerdings nur mehr ein einziger Trümmerhaufen war, und die zum Arbeitseinsatz ins Reich verschickten Böhmen zurück in ihre Heimat und in die dort leer gewordenen Häuser der Deutschen. Durch den damaligen Bürgermeister war Onkel Venda mitgeteilt worden, daß ihm das Haus einer deutschen Familie zugewiesen werde, einer Hlavanicer deutschen Familie, die Onkel Venda durchaus bekannt sein hätte können, aber so genau muß man sich auch nicht immer erinnern. Zumal wenn man ein neues Dach über dem Kopf sucht. Dann zieht man auch schon einmal in das vollkommen möblierte Haus anderer Leute ein, wenn diese anderen Leute nicht mehr da sind. Auch wenn es Ungerechtigkeit war, so doch wenigstens eine ausgleichende. Fand jedenfalls Onkel Venda. Womit er allerdings nicht gerechnet hatte: daß sich in den folgenden Jahren die ehemaligen Bewohner des Hauses zurückmeldeten. Aber nur bei Onkel Venda. Bei ihm ganz persönlich. Jedenfalls spürte er: Er war nicht alleine in diesem Haus.

Onkel Venda hatte den Krieg als Zwangsarbeiter in der Nähe von München überlebt, mit viel Glück nur überlebt, denn zuletzt hatte man ihn mit seiner Einheit als Räumkommando eingesetzt. Sie hatten nach den nun in immer kürzeren Abständen erfolgenden Bombenabwürfen über der Stadt die Blindgänger ausfindig machen und abtransportieren müssen, vor allem auf den Gleisanlagen rund um den Münchner Bahnhof. Die Deutschen sahen aus sicherer Entfernung zu, wie sie, die Zwangsarbeiter, die Blindgänger ausgruben, teilweise mit bloßen Händen.

Als er aus dem Krieg zurück in seine Heimat kam, war das Elternhaus nur noch Schutt und Asche. Es war den Deutschen im Weg gestanden bei ihrer Art von Aufräumarbeit, die sich bis in die letzten Kriegstage hinein eigentlich immer nur auf Menschen und weniger auf Häuser bezogen hatte: Sie wollten mit Saboteuren aufräumen, mit Partisanen, mit Bolschewiken und Juden, und der im Elternhaus verbliebene Bruder von Onkel Venda mußte anscheinend im Verdacht gestanden haben, irgendeinem dieser noch wegzuräumenden Menschen nahe, etwas zu nahe gestanden zu haben.

Daß er sein Elternhaus nicht mehr fand, daß Onkel Venda nichts mehr geblieben war von dem, was er von einer Stunde auf die andere hatte zurücklassen müssen, das alles war schlimm. Noch schlimmer aber war, wie ihn seine ehemaligen Nachbarn, Bekannte und Freunde empfingen, als er im Herbst '45 nach einem mehrwöchigen Fußmarsch, zu dem er von München aus kurzentschlossen aufgebrochen war, plötzlich wieder daheim auf dem Dorfplatz stand. Nicht daß es gleich losging mit den skeptisch gestellten Fragen, mit diesen eigenartig spitzen Bemerkungen, aber lange dauerte es nicht und es hieß: Und, wo bist du die letzten drei Jahre gewesen? Bei den Deutschen, soso! Und wie kommt ein Tscheche dazu, während der ganzen Zeit des Krieges bei den Deutschen gewesen zu sein? Verschleppt, ach was? Und wie war es so, bei den Deutschen? Schlimm?! Ehrlich? Und, habt ihr Geld bekommen für diese sogenannte Zwangsarbeit? Wie schlimm war die denn? Aber wenn es Onkel Venda ihnen dann genauer erklären wollte, hatten sie sich schon längst weggedreht oder waren einfach aufgestanden und gegangen, hatten Onkel Venda alleine stehen- oder sitzenlassen, als einen, der den Deutschen auch noch geholfen hatte, bei all dem, was die angerichtet hatten. Sie sagten es nicht, dieses eine bestimmte Wort, aber Onkel Venda fühlte sich trotzdem so: wie ein Kollaborateur. Und das war schlimmer als alles andere.

Deshalb, fand Onkel Venda, war es nur mehr als gerecht, daß er dieses Haus zugewiesen bekam, gewissermaßen als Entschädigung, und es war ihm sogar ausgesprochen recht, daß es ganz am Rande von Hlavanice lag, denn im Grunde wollte er von Hlavanice gar nichts mehr sehen und mit den

Leuten dort gar nichts mehr zu tun haben. Ja, er richtete es sich sogar so ein, daß er seinen kleinen Gemüsegarten und den Sitzplatz mit Holzbank und Tisch an der Hausmauer so legte, daß er auf den Waldrand blickte und keinesfalls in Richtung der Wohnhäuser und des Kirchturmes von Hlavanice. Von da ab lebte Onkel Venda gewissermaßen mit dem Rücken zum Ort, und die in Hlavanice vergaßen ihn dann auch irgendwann und wurden nur immer wieder kurz an ihn erinnert, wenn er, verhuscht wie ein schüchterner Fremder, hin und wieder einmal am Marktplatz auftauchte, um seine Einkäufe zu machen oder um zum Bahnhof zu gehen, niemand wußte, wohin er dann eigentlich fuhr.

Wer so lebt, wie Onkel Venda in diesen Jahren lebte, der wird einfach etwas sonderbar mit der Zeit. Das muß man aber auch verstehen. Als Jiří noch ein Kind war, wurden ihm und seinen Geschwistern vor jedem Besuch, den man dem Onkel Venda in Hlavanice abstattete, eingetrichtert, daß man das einfach verstehen müsse. Was denn, was muß man verstehen, und warum? hämmerte es damals in Jiřís kleinem Kopf, aber laut fragen traute er sich nicht. Er nicht und Schwester und Bruder auch nicht. Schließlich nahmen sie Onkel Vendas Sonderlichkeiten als eine gewisse Form von Hlavanicer Sommerfrischen-Folklore hin, sie gehörten einfach zu den Ferien wie ... wie zum Beispiel der mit den Wassern der Pivoňka aufgestaute Badeteich am Waldrand, wie der Geruch des Holzes in den Umkleidekabinen, wie der Speiseeisverkäufer mit seiner auf ein Fahrrad montierten Eistruhe (zwei silbern glänzende Halbkugeln hatte sie als Deckel), der im Sommer jeden Tag auf der Dorfstraße auftauchte und mit seiner Glocke die Kundschaft zusammenläutete. Der war ja unbestreitbar auch etwas sonderbar, dieser Eisverkäufer (vielleicht lag's ja an Hlavanice, daß die Leute hier anders waren beziehungsweise wurden als anderswo), wie der jedenfalls in seinem weißen Jackett und mit seiner weißen Schiffchenmütze auf dem Kopf das einzigartige Schokoladeneis anpries und gleichzeitig auf seinem Kautabak herumbiß, bis daß ein bräunlicher Saft zwischen seinen Zähnen hervorquoll: das war doch auch nicht normal. Oder?

Gemessen an dieser subtilen Scheußlichkeit – man wußte nicht, machte der das mit Absicht, um die Kinder zu schrekken, daß er die braune Spucke zwischen seiner Zahnlücke hin und her hutschte –, jedenfalls gemessen an dem Hlavanicer Eisverkäufer war die Absonderlichkeit Onkel Vendas schon gar nicht mehr der Rede wert, irgendwann konnte man fast darauf vergessen, es überhaupt absonderlich zu finden. Zum Beispiel, wenn der Onkel mit Menschen im Haus redete, obwohl doch da gar keine Menschen waren, im Haus. Onkel Venda aber behauptete, je länger er in diesen Mauern wohne, desto enger werde es ihm darin, weil komischerweise immer mehr Leute einzögen oder plötzlich einfach da seien, ja sogar behaupteten, früher schon als Onkel Venda hier gewohnt, ja eigentlich schon immer hier gelebt zu haben. Es waren die ehemaligen Besitzer des Hauses, die aber gleich noch andere Bekannte, Verwandte, Nachbarn mitbrachten, all die Deutschen, die einmal in Hlavanice gelebt hatten, und die wollten jetzt alle eine Herberge in dem doch wirklich winzigen Häuschen des Onkel Venda. Nicht, daß sie alle auf einmal gekommen waren! Das hatte sich nach und nach so ergeben. Anfänglich sei ihm das gar nicht aufgefallen, dachte Onkel Venda, wenn er die Geschichte der Okkupation seines Hauses noch einmal Revue passieren ließ. Ende der vierziger, ja die ganzen fünfziger Jahre hindurch habe er eigentlich immer das Gefühl gehabt, er lebe allein in diesem Haus, und er lebe hier aus Gründen der Wiedergutmachung, man habe an ihm ganz persönlich etwas gutzumachen, und deshalb lebe er in diesem Haus, das bei seinem Einzug (das ließ ihm einfach keine Ruhe) möbliert, eingeräumt und so mit allen Dingen des Lebens, einschließlich einer, allerdings mit durchweg verdorbenen Lebensmitteln eingeräumten Speisekammer, versehen war, so daß man sich hier gewissermaßen in ein gemachtes Nest fallen lassen konnte. Von anderen Hlavanicern, die nicht erst den weiten Weg von der Zwangsarbeit im Reich bis nach Hause zurücklegen hatten müssen, hatte Onkel Venda gehört, sie wären bereits wenige Stunden, nachdem die Deutschen ihre Häuser verlassen hatten, dort eingezogen und hätten sich in Kissen gelegt, die tatsächlich noch warm gewesen seien, von den Körpern derer, die am Morgen dieses Tages aus eben diesen Betten das letzte Mal aufgestanden waren. Solche Erzählungen führten nicht gerade dazu, daß es ruhiger wurde in Onkel Vendas Haus und Kopf. Immer wenn er solche Geschichten gehört hatte, drängten plötzlich wieder noch mehr Leute in sein Haus herein. Ja, sie kamen nicht nur durch die Haustür, sie stiegen auch aus den Schränken heraus und krochen unter den Betten hervor, als ob sie da die letzten fünfzehn, zwanzig Jahre versteckt gewesen wären, jene Menschen, mit denen sich Onkel Venda völlig unerwartet, so Anfang der Sechziger mag es gewesen sein, in einem Haus herumzuschlagen hatte, von dem er jahrelang der festen Überzeugung gewesen war: dies sei jetzt sein Refugium und dort dürfe er ungestört leben.

»Was suchen Sie hier?« hörte man ihn zum Beispiel plötzlich schreien, in seinem eigenen Haus, und da war definitiv gar niemand, der irgend etwas gesucht hätte. Onkel Venda schrie auf deutsch, es war jenes nur aus solchen kurzen Schreisätzen bestehende Deutsch, das er zwangsläufig hatte erlernen müssen während seiner verschleppten Zeit im Reich (ja, so kam ihm das immer vor: Man hatte ihm seine Jugendzeit einfach irgendwohin verschleppt, er wußte nicht wohin und er hatte auch nie mehr etwas von ihr gehört, geschweige denn sie wiedergefunden). Meist hörte es sich nach Streit an, wenn Onkel Venda mit jenen nur für ihn sichtbaren Luftmenschen in seinem Haus zu schreien hatte, es mußte sich wohl um einen Streit darüber handeln, wer in diesem Haus nun eigentlich Wohnrecht genieße. Da gingen ganz offensichtlich die Meinungen auseinander. In Onkel Venda selbst gingen die Meinungen auseinander. Neffen und Nichten konnten das genau beobachten. Und selbstverständlich studierten sie den wunderlichen Onkel, wo bekam man schon Vergleichbares geboten, in der Kreisstadt, wo man lebte, wenn keine Sommerferien waren, sicher nicht. Verstohlen zwar studierten sie den Onkel (man sollte sich ja eigentlich nichts dabei denken), aber deshalb nicht weniger genau. Und da hörten sie zum Beispiel an einem warmen Sommerabend durch das geöffnete Schlafzimmerfenster heraus, wie Onkel Venda erst mit seiner normalen Stimme erstaunt fragte: »Was suchen Sie in meinem Bett? Verschwinden Sie augenblicklich aus meinem Bett«, um ihn dann plötzlich mit veränderter Stimme antworten zu hören, »was heißt hier verschwinden, das ist mein Bett, Sie haben in diesem Bett, wie überhaupt in diesem Haus nichts verloren«, worauf dann wieder Onkel Vendas Stimme sagte, »daß ich nicht lache« (und er lachte tatsächlich nicht), »dieses Bett ist mein Eigentum, Sie haben kein Recht auf dieses Bett«, er schrie zuletzt, »dieses Bett gehört jetzt mir!«

Ein eigentümliches Schauspiel für Onkel Vendas Nichten und Neffen, wenn so urplötzlich diese beiden unversöhnlichen Meinungen in dem sonst eher ruhigen und wortkargen und, wie es schien, mit sich selbst im Einklang befindlichen Mann auftauchten und auseinandergingen.

Immer wenn Onkel Venda dieses Schauspiel aufführte, und je älter er wurde, desto öfter stand es auf dem Spielplan, sagten die Erwachsenen nur: *Das muß man verstehen.* Manchmal fügten sie noch hinzu: *Nach all dem.* Damit waren alle Nachfragen beantwortet und alle Erklärungen gegeben. Selbst Jiří, als er noch ein Kind war, hatte das genau wie seine

Schwester und sein Bruder schnell begriffen. Wenn der Onkel wieder tobte, sagte er mit nachgemacht tiefer Stimme und besorgt nickendem Kopf: *Das muß man verstehen.* Die Erwachsenen schmunzelten dann und schüttelten belustigt den Kopf. Auf die Idee nachzufragen, was genau man denn verstehen müsse, kam keiner. Man wollte überhaupt so vieles nicht wissen.

Fragte man, warum Onkel Venda allein lebe und keine Frau habe, dann wußte es niemand. Fragte man, später dann, als die Nichten und Neffen schon etwas größer waren, wo der Onkel Venda während des Krieges gewesen sei, dann sagte keiner etwas. Zeigte man auf die seltsame Buchstabenfolge, die Jiří eines Tages über der Eingangstür zum Haus entdeckt hatte, sie war kaum mehr zu lesen, Teile davon waren mitsamt dem Putz heruntergefallen, entzifferbar war nur noch: *Pol te ei Web r*, dann war das natürlich noch nie jemandem aufgefallen, und erklären konnte es sich sowieso keiner.

Manchmal konnte man wirklich den Eindruck haben, ganz Hlavanice litte an einer totalen Gedächtnislosigkeit und hätte nur manchmal, für kurze Augenblicke, so seltsame Anfälle von Gedächtnis. Während eines solchen Anfalls konnte es passieren, daß sich jemand wieder an etwas erinnerte, ungenau, schemenhaft, aber immerhin. So ein Gedächtnisanfall konnte sich zum Beispiel ereignen, wenn alle zusammensaßen im Garten bei Onkel Venda. Da fanden sich ein: die Familie seines Bruders, also Jiří mit seinen Geschwistern und Eltern, vielleicht noch eine befreundete Familie von Jiřís Eltern aus der Stadt, die miteinzuladen zur Sommerfrische Onkel Venda ohne weiteres erlaubte. (Er machte ja bereitwillig Platz, in Haus und Garten, wo dann Zelte aufgestellt wurden für die Kinder, er war ja gar nicht so, wenn man ihm sagte, für wen er Platz machen solle, für die Familie nämlich, die einzigen, die zu ihm hielten. Nur mit diesen ungefragten

Hauseindringlingen, mit denen wurde er nicht fertig.) Hlavanicer saßen bei diesen Gartenfesten fast nie mit am Tisch, obwohl der weit zurückliegende Streit darüber, wo Onkel Venda die drei Kriegsjahre gewesen war, nicht mehr zur Sprache kam, was allerdings nicht heißen soll, daß er nicht mehr da war, dieser Streit, man bemerkte ihn nur nicht mehr. Eine Ausnahme allerdings gab es: Das war Vančura, mit dem hatte Onkel Venda fast so etwas wie Freundschaft geschlossen, der saß oft mit dabei, war aber auch, genaugenommen, kein Hlavanicer. Und wenn man dann also so beieinandersaß, konnte es passieren, daß irgend jemand sagte, »haben da nicht mal Deutsche gelebt, hier in diesem Haus, da haben doch Deutsche gelebt«! Da war er wieder: der kurze Anfall von Gedächtnis. »Deutsche hier, niemals«, kam aber dann schnell die Antwort, und damit war dieser Anfall auch schon wieder vorbei. Wenn eine solche Runde beisammen war und solches geredet wurde, dann schauten Jiří und seine Geschwister flink über die Gesichter der Erwachsenen, ob da etwas Verräterisches aufblitzte und verriet, ob jemand mehr wußte, als er sagte, aber da war nichts.

Mit den Jahren dann hatte Jiří seinen Onkel immer seltener besucht. Wie das halt so ist: Man gründet eine eigene Familie, man hat seine eigenen Sorgen, bis zum November neunundachtzig waren es Sorgen, wie man zum Beispiel all das Nichtvorhandene dennoch über verschlungene Wege herbeiorganisiert, jetzt, nach neunundachtzig, war es die Sorge, wie man Schritt halten konnte mit all den Neuerungen, Gott sei Dank hatte Jiří ja seinen Job drüben in Bayern, ein zweites Mal würde man sich nicht auf die Verliererseite drängen lassen, jetzt, wo so unerwartet noch einmal die Karten neu gemischt worden waren (jahrzehntelang hatte man immer mit dem gleichen Blatt spielen müssen), jetzt wollte Jiří aber auch auftrumpfen. Und das konnte er auch mit den DM-Scheinen, die er an jedem Monatsletzten in einem braunen

Kuvert mit nach Hause brachte. Onkel Venda, den hatte er bei all dem aus den Augen verloren, aber nicht nur ihn, manch anderen auch. Erst als Multerer ihn gefragt hatte, ob er nicht jemanden wisse, der bei einem Geschäft ..., einer ganz bestimmten Art von Geschäft mitmachen würde, da war er ihm wieder eingefallen. Onkel Venda: gutmütig und folgsam, wenn es der Neffe war, der ihm Ratschläge gab, nicht altersmüde, aber alterswurschtig, nicht mehr so ganz über alles informiert (die große Wende hatte er gar nicht richtig mitbekommen, denn auch wenn sich im Lande seitdem alles geändert hatte, im Haus von Onkel Venda blieb alles beim alten, Tag für Tag mußte er dort seine Stellung behaupten, und eher hatte er den Eindruck, es würden immer mehr werden, die ihm seinen Platz streitig machten). Kurzum: genau der richtige Mann.

Eben fuhren sie am Ortsschild von Hlavanice vorbei. Multerer rief, »wir sind da«, und schreckte Jiří aus seinen Grübeleien auf. Er sah jetzt, daß ihnen jemand entgegenkam. Ein Fußgänger, der sich ganz an den Rand der Straße drückte und auf dem unbefestigten Seitenstreifen ging. Jiří erkannte ihn sofort. »Pomalejš, pomalejš«, rief er seinem Chef zu, der natürlich nicht verstand. Erst als Jiří das Fenster auf seiner Beifahrerseite herunterkurbelte, begriff Multerer, verlangsamte das Tempo, hielt an. Direkt neben dem Fußgänger.

Aus den Augenwinkeln heraus hatte Lovec erkannt, daß es eine schwarze Limousine war, die da neben ihm hielt. Das mußten welche von drüberhalb der Grenze sein. Er nahm sich fest vor, nicht zu antworten, sich nicht einmal umzudrehen, wenn sie ihn etwas fragen sollten. Sicherlich wollten sie den Weg erklärt bekommen, wie man hier zum *Night Club* komme, der sich vor kurzem in einer Bruchbude im Nachbardorf niedergelassen hatte. Dann aber zuckte er doch, als er sich bei seinem Vornamen gerufen hörte.

»He, Vladimír!«

Er drehte sich um. Kannte er den?

»Na, Spaziergängchen?«

Das war doch der Neffe von diesem Koloušek. Und wieso saß der in einem dermaßen teuren Schlitten? Lovec beugte sich etwas herunter, um durch das Beifahrerfenster auf den Fahrerplatz hinüberschauen zu können. Da saß ein Fettwanst und grüßte jovial mit winkender Hand herüber.

»Geht's in Wald?« ließ Jiří nicht locker, irgendwann mußte dieser Stockfisch doch Antwort geben. Klar, Lovec war ein seltsamer Knochen, das wußte er von seinem Onkel. Aber letztlich sprach doch jeder mit jedem in Hlavanice, das war es ja gerade, was Jiří immer so gefallen hatte, an diesem Dorf seiner Sommerkindheitstage: Ihm war es stets so erschienen, als lehnten hier alle immer nur am Gartenzaun und hielten ein permanentes Pläuschchen über Gott und Böhmen … *Hlavanicer Lebensgespräche*, sozusagen.

Lovec aber sagte nichts. Er starrte durch das Beifahrerfenster herein, als ob die da drinnen die Besatzung eines Ufos seien. Ohne ein Zeichen, ohne ein Wort, ohne irgend etwas wendete er sich ab, machte einen Satz über den Straßengraben und rannte querfeldein auf das nahegelegene Waldstück zu. Als ob der Gottseibeiuns hinter ihm her wäre.

»Wer war 'n das? Euer Hawalitzer Quasimodo?« fragte Multerer.

»Nä …, Lovec«, antwortete Jiří und überlegte kurz, ob er jetzt erklären sollte, was es bedeutete, der Lovec von Hlavanice zu sein. War ihm jetzt aber zu anstrengend. Er sagte nur: »Da, schaust du, da ist Haus von Onkel Venda!«

Multerer folgte dem Zeigefinger Jiřís: Ganz am Rand des Dorfes, halb verdeckt von zwei alten mächtigen Apfelbäumen stand es, ziemlich verfallen. Und Multerer dachte: So also wohnt jemand, der die Ehre hat, mein Geschäftspartner zu werden. Geschäftspartner vom Ziaglzach!

»Kommen Sie, wir steigen auf den Dachboden. Da haben wir den besseren Überblick«, hatte Vančura zu Bohumila gesagt und sie bei der Hand genommen. Über baufällige Treppen stiegen sie drei Stockwerke hinauf; umschlichen vorsichtig Löcher in den Zimmerdecken, die einen beunruhigenden Ausblick auf ein, manchmal zwei Etagen tiefer liegende Schutthaufen erlaubten – das war die abgelaufene Zeit, die da unten lag, das Schloßgebäude verwandelte sich nach und nach in eine seine eigene Lebenszeit auszählende Sanduhr. An einer Stelle fehlte ein ganzes Stück vom Korridor, es war zusammen mit einem Teil der Außenmauer in den Innenhof des Schlosses hinuntergestürzt. Sie meisterten die Stelle, indem sie auf dem Sims, der an einer der Innenwände hängengeblieben war, entlangbalancierten, den Rücken an die Mauer gepreßt. Bohumila bewegte sich bei diesem Balanceakt mit der Grazie eines Tigers – wenn sie doch die anderen so sehen könnten, dann würde ihr Lästern endlich verstummen, dachte Vančura.

»Da, der Saal eben, an dem wir vorbeigekommen sind, das war früher einmal die Bibliothek«, rief ihr Vančura zu. »Die Bücher sind natürlich längst verschwunden, das erzähle ich Ihnen später noch. Die Möbel aus den anderen Zimmern sind alle verheizt worden, zum Teil haben sie den Parkettfußboden herausgerissen, um Brennmaterial zu haben … für ihre Lagerfeuer, da hinten im Park.«

»Wer hat die verheizt?«

»Die Burschen vom Militär! Die haben hier auch mit der Spitzhacke in die Fußböden hineingehauen. Alles auf Anweisung ihrer Vorgesetzten. Manchmal hat man den Eindruck, die hatten den Befehl, Schlösser wie dieses hier restlos herunterzuwohnen und, bevor es endgültig zusammenfällt, wieder zu räumen. Hätten die sich sonst so aufgeführt? Seitdem verfällt natürlich alles. Seit den eineinhalb Jahren, die ich hierherkomme, ist der Gebäudeteil da drüben völlig zusammengefallen. Und hier, da war letztes Jahr noch eine Treppe, die zum Dachgeschoß hinaufführte, unten war sie breit mit verzierten Streben und einem glattpolierten Geländer, doch nach einer Biegung verwandelte sie sich plötzlich in eine enge Stiege mit knarrenden Stufen. Man mußte dicht an der Wand entlanggehen, sich an ihre glatte Fläche drücken, um nicht mit dem Fuß unvermittelt in einem Loch steckenzubleiben.«

Von der Treppe war nichts mehr übrig. Über eine Leiter, wie sie die Hlavanicer zum Ableeren ihrer Obstbäume benutzten (wer nur hatte die hierhergestellt?), stiegen Bohumila und Vančura das letzte Stück bis zum Speicher mit seinen morschen Dielen hinauf. Jeder Schritt mußte genau überlegt sein, um nicht durch das faulige Holz durchzubrechen. Die eine Dachschräge, die zur Wetterseite hin gelegene, war längst von Stürmen zum größten Teil abgedeckt worden, der Dachboden war also offen für Wind und Wetter, Staub und Schutt von zerbrochenen Dachziegeln bedeckten die Holzbohlen. Eine dicke Schicht lag auf allen Gegenständen, und ganz kleine Dinge wurden geradezu unkenntlich darunter, ein kleiner abgegessener Apfelbutzen wurde zu einer flauschigen symmetrischen Auswölbung, ein liegender Besenstiel bildete eine unerwartete Welle auf dem Boden.

Die der Wetterseite gegenüberliegende Dachschräge hielt ihre Ziegel noch fest. Man mußte an die Luken herantreten, wenn man in diese Richtung hinaussehen wollte. Mit den Fensterflügeln dieser Dachluken spielte der Wind: Er klappte sie auf und zu, und immer wenn sie gegen den Fensterrahmen stießen, klirrten die lockeren Glasscherben, die vom letzten zerbröselnden Fensterkitt noch in der Rahmung gehalten wurden. Sie waren so hoch angebracht, die Dachluken, daß man sich auf die Zehenspitzen stellen mußte, um hinausschauen zu können. Von hier aus, in der Draufsicht, sah man erst, wie groß und mächtig das Schloß war. Aus den Dachbodenfenstern heraus betrachtet, wirkte alles klein und unwirklich, wie eine künstliche Welt, die für eine elektrische Eisenbahn hergerichtet worden war, mit Gebäuden aus Lego und einer Landschaft wie aus einem Disneyfilm. Und man sah soviel von dieser Welt – Wälder, Felder, Flüsse und Eisenbahnschienen, große Städte und Häfen, Wüsten und Autobahnen.

»Schauen Sie nur, Bohumila«, sagte Vančura, den dieser von ihm schon oft und oft gemachte Aufstieg auf den Dachboden des Schlosses immer wieder begeisterte, »man sieht sogar – obwohl ich nicht weiß, wie das möglich ist – die Krümmung der Erdkugel. Dieser Anblick verschlägt einem den Atem, hab ich recht, später sehnt man sich danach und denkt oft daran, daß man noch einmal von unten über die wacklige Treppe auf den Dachboden steigen, zwischen den Sonnenstreifen stehen und sich auf die Zehenspitzen stellen will, um zu sehen, was es draußen gibt.«

Eben näherte sich ein schwarzer Punkt auf der Straße nach Hlavanice, das hinter einem Wäldchen lag und von dem man nur wenige Hausdächer und den Kirchturm sah. Bohumila und Vančura beobachteten, wie der Punkt die Hügel hinaufkletterte (und dabei an Tempo verlor), um auf der anderen Seite (er legte wieder an Geschwindigkeit zu) den Abhang hinunterzurasen und in der Talsenke zu verschwinden. Kurz darauf tauchte er erneut an einer Steigung auf. Je näher der Punkt kam (er mußte am Schloß vorbei, wenn er Richtung Hlavanice wollte), desto deutlicher erkannten die beiden: Es war eine schwarze Limousine, eine, wie man sie nur höchst selten sah.

Man kommt sich vor wie der Herrgott, dachte Bohumila, man sieht alles von so ganz weit oben und man versteht nichts von dem, was da unten geschieht, und das Schönste ist: Man braucht es auch gar nicht zu verstehen, es ist ganz egal.

»Haben Sie das Auto bemerkt, Bohumila?«

»Natürlich. Fährt Richtung Hlavanice. Wer das wohl ist? Von uns fährt keiner ein solches Auto.«

»Damals muß es genauso gewesen sein. Ich meine: daß man von hier oben bereits sah ... hätte sehen können ..., wie sich das Unheil näherte. Es fuhr auch in einer Art von Wagen – damals, das Unheil –, wie ihn hier in Hlavanice noch niemand gesehen hatte. Vielleicht daß man deshalb nicht gleich ahnen konnte, wer oder was sich da näherte.«

»Was meinen Sie mit *Art von Wagen*?«

»Na, Kübelwagen eben. So wie sie üblich waren bei der deutschen Wehrmacht. Sie kamen sicher in einem Kübelwagen.«

»Und wann war das, sagen Sie?«

»An einem Tag im Oktober '38.«

»Und wer war das, der es als erster bemerkte ..., ich meine, daß sich da ein Kübelwagen nähert?«

»Im Zweifelsfall immer der Gärtner!«

»Wie bitte?«

»Ja, der alte Jan.«

»Welcher Jan?«

»Ihre Mutter hat Ihnen nie von ihm erzählt? Das Faktotum des Schlosses. Er hat den Park versorgt, sich um die Remise und den dort untergestellten Fuhrpark gekümmert, im Schloßkeller bei den Weinen und den Regalen mit den Essensvorräten durfte sich niemand anderer sehen lassen als er, wenn etwas zu reparieren war, Jan hat gewußt wie ... Ihre Mutter hat Ihnen wirklich nie vom alten Jan erzählt, wo sie doch, wie Sie sagen, hier Köchin war?«

»Nein.«

»Da sehen Sie mal.«

»Was?«

»Nun, wie vergeßlich man in Hlavanice ist.«

»Jaja, aber was war denn jetzt mit diesem Jan, an dem besagten Tag im Oktober '38?«

Bohumila erinnerte Vančura daran, was er ihr eigentlich versprochen hatte. Nämlich zu erzählen.

»Na gut, also ...«

Er war wirklich ratlos, unser Jan, an diesem Oktobertag des Jahres 1938! (Es war, glaube ich, der siebte.) Was sollte er tun? Er sah diesen Kübelwagen, schon von weitem, wie er sich, hügelauf, hügelab, Hlavanice näherte, und er wußte gleich, um wen und was es sich handelte. Er würde seiner gräflichen Herrschaft das Herannahen dieses Kübelwagens der deutschen Wehrmacht melden müssen, unbedingt, gleichzeitig aber wußte er, daß sich seine Herrschaft soeben zur Nach-Mittag-Ruhe zurückgezogen hatte, denn es war so um halb zwei Uhr herum, also eine Zeit, wo man die gräfliche Herrschaft besser nicht störte, selbst dann nicht, wenn sich ein Abgesandter der sogenannten Weltgeschichte näherte, und das war hier zweifelsohne der Fall. Jan überlegte allen Ernstes, ob er die Herannahenden nicht schon am Tor zum Schloßpark abpassen und ihnen freundlich bedeuten sollte: Tut mir leid, meine Herren (es würden Herren in Uniform sein, das war ihm klar), könnten Sie vielleicht später noch einmal wiederkommen mit ihrer Weltgeschichte, die gräfliche Herrschaft geruht gerade zu ruhen.

Sollte er das wirklich tun?

Denn andererseits: Es war immerhin der siebte Oktober, die Deutschen waren also seit über einer Woche im Lande, niemand konnte mehr behaupten, er wüßte nichts davon, nicht einmal der Graf und die Gräfin, die doch immer, ihr ganzes Leben lang, so getan hatten, als wüßten sie von nichts, am 29. Juni 1914 hatten sie so getan, als wenn sie von gar nichts wüßten, was am Vortag geschehen war, oder im Oktober 1918, immer hatten sie sich zur Nach-Mittag-Ruhe begeben und von nichts gehört. »Wir hier in Hlavanice, wir leben doch im Auge des Taifun«, beliebte der Graf bei solcher Gelegenheit zu sagen, auch um das, was *draußen* passierte, in das rechte Verhältnis zu setzen zu dem, was in Hlavanice, also drinnen, passierte: Hier nämlich passierte nichts. Jedenfalls redeten sich der Graf und die Gräfin das erfolgreich ein.

Ganz anders Jan. Schon seit Monaten fieberte er mit bei dem, was da hinter den Hügeln von Hlavanice geschah. Er hatte den Zeitungen längst entnommen, was in München zwischen den Deutschen, Franzosen und Engländern abgemacht worden war, und wußte daher, daß es nur mehr eine Frage von wenigen Tagen sein konnte, bis nicht nur die Kübelwagen der Wehrmacht auftauchen würden, sondern auch Truppentransporter, Motorräder mit Beiwagen und aufmontiertem Geschütz, ja selbst mit Panzern rechnete der alte Gärtner des Grafen. Seinetwegen sollten ruhig auch die Panzer kommen, jetzt nicht unbedingt durch die Toreinfahrt hindurch bis zum Rosenrondell direkt vor der Freitreppe des Schlosses, das wäre den von Jan so sorgsam gehätschelten Rosen nicht bekommen. Aber ins Land herein, das hatte sich Jan, fast muß man sagen: ersehnt, daß die Reichsdeutschen ins Land kämen und sie, die schon so lange warteten in ihren kurzen Lederhosen und weißen Wadelstrümpfen und mit dem Abzeichen der Henlein-Partei am Revers der Trachtenjacke, daß sie endlich heimgeholt würden, damit sie wieder zu denen gehörten, die sie Jans Meinung nach nie aufgehört hatten zu sein: Deutsche nämlich! Ein unerhörter Vorgang der Weltgeschichte, wenn man's recht bedenkt: Da wird man heimgeholt, ohne daß man sich vom Fleck rühren muß.

Daß Jan Bediensteter eines tschechischen Grafen war, und zwar seit 56 Jahren!, war eine, wie er fand, vielleicht irgendwie ungewöhnliche, ja, er wollte nicht gerade sagen: unangenehme Sache, aber letzten Endes doch nicht wirklich hinderlich. Oder? Auch der Bedienstete eines Grafen Hlaváček wird doch noch seine Gesinnung haben dürfen, auch wenn diese treudeutsch ist, und das seit 73 Jahren (da nämlich war Jan geboren worden, als Hans Fischer vor 73 Jahren, in Hlavanice, als Staatsbürger des k. u. k. Habsburgerreiches und als Einwohner der Mitte Europas). Außerdem könnte sie ja gleich mitkommen, die gräfliche Herrschaft... Jan stellte sich vor, daß auch sie gleich mit heimkommen würden. Wer sagt denn, daß sie nicht vielleicht selbst eher dort hingehörten, wo das ganze Grenzland hingehörte, zu den deutsch Sprechenden, zu den deutsch Denkenden, zu den deutsch Fühlenden nämlich, zu den deutsch Abstammenden halt! (Was Jan nicht wußte, war die Tatsache, daß sich seine Herrschaft bei der Volkszählung vor acht Jahren zu Tschechen erklärt hatte, was jetzt ziemlich weitreichende Folgen haben würde.)

Sie sprachen doch auch manchmal deutsch, der Graf und die Gräfin, zum Beispiel wenn sie sich mit Lieferanten unterhielten, so wie auch Jan ohne die geringste Mühe tschechisch sprach, ja manchmal dachte er schon auf tschechisch, und neulich war es ihm sogar passiert, daß er tschechisch träumte, er träumte von dem Auftauchen der deutschen Motorräder mit Beiwagen und der deutschen Kübelwagen, und wie sie hereingefahren kamen mit Schwung in den Hof des Schlosses, so daß der Kies nur so aufspritzte, und wie sie dann beidrehten vor der Freitreppe, und dann einer dieser Kübelwagenfahrer heraussprang und rief: *Lidičky, co tomu říkáte, dovedem vás domů,* und er hatte es tatsächlich auf tschechisch gerufen, in diesem Traum, an den Jan gerne zurückdachte, weil es so ein irgendwie hochgestimmter Traum war, ein brustkorberweiternder, so als sei er nur eine Wolke aus Menthol gewesen, dieser Traum, und nach dem Erwachen hatte Jan auf einmal ganz frei durchatmen können und sich im Grunde wie neugeboren gefühlt.

Doch jetzt schien dieser Traum Wirklichkeit zu werden, und Jan fühlte sich auf einmal gar nicht mehr befreit. Er sah den Kübelwagen kommen und wußte, er würde dies der Herrschaft melden müssen, gleichzeitig wußte er aber auch, daß sich seine Herrschaft soeben zurückgezogen hatte. Der Graf ging dann meist in seine Bibliothek, die Gräfin nach oben, wo die Schlafgemächer lagen. Und wenn der Graf erst einmal in seiner Bibliothek saß, dann war er eigentlich nicht mehr auf dieser Welt. Das war wirklich eigenartig mit dieser Tür zum Bibliothekszimmer. Sie funktionierte wie eine Himmelspforte, nur erstaunlicherweise nicht wie gewöhnliche Himmelspforten nach dem Prinzip der Einbahnstraße, sondern sie kannte den Gegenverkehr (allerdings immer nur mit ein und demselben Verkehrsteilnehmer: dem Grafen Hlaváček). Ging der Graf, Vater, Ehemann durch sie hindurch, war er augenblicklich tot; kam er wieder aus ihr heraus, war er wundersamerweise wiederauferstanden. Auch den gräflichen Kindern wurde nichts anderes erzählt als: Jetzt ist der Vater in der Bibliothek und nicht mehr zu sprechen. Wie tot. Alles Rufen, Pochen, Flehen hatte keinen Sinn. Das war ähnlich müßig, wie an einem zugenagelten Sarg um ein Lebenszeichen zu betteln. Man mußte warten bis zum Jüngsten Tag. Der war so ungefähr um drei Uhr. Da geschah sie dann: die Wiederauferstehung des Grafen von den toten Büchern. So lang aber konnte Jan jetzt nicht mehr warten.

Er tat, was er während 56 Jahren Dienst bei seiner Herrschaft noch nie getan hatte: Er störte. Und weil er so ungeübt war im Stören, störte er gleich auf die impertinenteste Art: Er klopfte nicht einmal an. Er riß die Tür zur Bibliothek auf. Er stand auf der Schwelle. Er sagte mit zittriger Stimme:

»Eure Exzellenz, ich würde es so sagen, bitte schön, die Deutschen sind da.«

Der Graf war entsetzt. Jan konnte sich aussuchen, worüber (er sagte nämlich keinen Ton, der Graf, war nur mit Entsetztsein beschäftigt): a) über die Tatsache an sich; b) über die offensichtliche Zertrümmerung sämtlicher Ordnungen (Jan hatte nicht angeklopf! Er hatte Revolution gemacht); c) über die *foeditas maxima*, nämlich mitten im Satz gestört worden zu sein. In seiner Bibliothek! Mitten im Satz!! Und was für ein Satz das gewesen war!!! Graf Petr hatte sich nach dem Mittagsmahl weiter jener Lektüre hingegeben, die ihn seit Tagen beschäftigte. Gestoßen war er auf sie eigentlich nur des Titels wegen, der so klang, als ob er ihn, Petr Graf Hlaváček, etwas angehen müßte. *Die Leiden des Fürsten Sternenhoch*. »Fürststernenhoch? Fürststernenhoch?«, hatte er gerätselt, ein solcher Fürst war ihm durchaus nicht bekannt. Obwohl er vielleicht sogar hier aus der Umgebung stammte. Denn der, der dieses Buch über die Leiden des Fürsten Sternenhoch geschrieben hatte, stammte ja auch aus der Nachbarschaft, wie Graf Hlaváček durch Rücksprache bei dem Antiquar Tomšů in Domažlice erfahren hatte. Einerlei: Der Graf hatte – vor drei Tagen vielleicht, Tomšů hatte es ihm erst auf verworrenen Wegen besorgen müssen, nirgendwo war das Buch eines solchen Unmenschen aufzutreiben, denn alle, die man danach fragte, hielten den Verfasser für ein ganz und gar ekelhaftes Subjekt, was Graf Petr nur noch neugieriger machte – jedenfalls er hatte dieses Buch zum ersten Mal aufgeschlagen und war seitdem gefesselt von der Geschichte. Und von den Sätzen. Sätzen wie diesem: *Alle Interessen aller Menschen und aller Geschöpfe kreuzen und vernichten einander in unheilbarer Weise. Also Kampf: heiliger, unverhü- …*

Und da war Jan hereingestürzt. Was hatte er gesagt? Er wiederholte es noch einmal, nachdem ihn der Graf immer noch wortlos anstarrte.

»Die Deutschen wären jetzt da.«

Es war gar nicht gesagt, eher nur so hingehaucht, und zwar auf deutsch, er hauchte tatsächlich deutsch!, und er hauchte es, weil er vielleicht hoffte, der alte Jan, wenn er es nicht ausspricht, ist es vielleicht gar nicht wahr.

Jan ging ohne nähere Erklärung zum Fenster der Bibliothek. Er wollte den Grafen ebenfalls aus seinem Lesesessel heraus dorthin zwingen, der aber hielt starrsinnig an Gewohnheiten fest, die in der jetzigen Situation nur noch grotesk waren. Er nahm nämlich ein Lesezeichen und legte es zwischen die Seiten von *Die Leiden des Fürsten Sternenhoch*. (Wir wollen mal sehen, wer und ob überhaupt noch jemand das Buch an der eingemerkten Stelle wieder aufschlagen wird, der Graf jedenfalls nicht mehr.)

Endlich kam die Herrschaft nun auch ans Fenster. Unten im Hof, direkt vor der breiten Freitreppe, hatte ein Kübelwagen der deutschen Wehrmacht angehalten, im Gefolge zwei Kradfahrer. Die vier Soldaten schauten einmal rundherum, suchten den gesamten Schloßinnenhof ab: Was sie suchten, fanden sie hier anscheinend nicht. Daraufhin winkte der Offizier seinen Männern, sie gingen auf die Freitreppe zu, nahmen beim Heraufsteigen je zwei Stufen auf einmal.

»Wollen wir die Herren nicht hereinbitten«, sagte der Graf zu Jan, und er mußte sich sehr beeilen, daß es sich mit dieser Einladung tatsächlich noch wie mit einer Einladung verhielt und nicht wie mit einer schalen nachgereichten Ausrede. Bei allem muß doch die Form gewahrt bleiben, dachte der Graf, doch da hörte man schon, wie die große Eingangstüre unten im Vestibül aufgestoßen wurde: Sie abzusperren wäre nie jemandem im Schloß eingefallen, so wie in Hlavanice und Umgebung nie jemand eingefallen wäre, durch diese offenstehende Tür einfach ins Schloß zu stürmen. Da mußten erst die Deutschen kommen und es ihnen vormachen. Von nun ab wußten alle, wie das geht, in Schlösser hineinstürmen, sie für besetzt erklären, alte Besitzer hinauswerfen. Man sollte das auf Schloß Hlavanice noch des öfteren erleben.

Die Deutschen benutzten nicht einmal den schweren Eisenring im Maul eines Löwen, der als Türklopfer an dem großen Holzportal hing. Was war das nur für ein Tag, dachte der Graf, war denn auf einmal in ganz Böhmen von einem Moment auf den anderen alles abgeschafft worden, alle Sitten, alles Benehmen, alle Form, aller Anstand? – Ja, so war es wohl. Besuch hatte sich also ab jetzt nicht mehr bei der Dienerschaft anzumelden, mit Name und Begehr, die Dienerschaft trug beides nicht mehr weiter an das Ohr der Herrschaft, die Herrschaft brauchte nicht mehr bitten zu lassen, die Dienerschaft öffnete keine Tür mehr, die flog einfach von alleine nach innen auf. Es war die Tür zur Bibliothek.

Der Graf hatte sich immer noch nicht dazu durchringen können, seinem Besuch entgegenzugehen. Selbst Jan fand jetzt das Benehmen derjenigen, die ihn und seinesgleichen heimzuholen gedachten, etwas rauh. Vielleicht fingen sie da schon an …, die leisen Zweifel … mit dem Nagen. Ob man sich's noch anders überlegen konnte? Dann lieber doch nicht heimgeholt werden? Es war offensichtlich schon zu spät.

Der Anführer der vier, ein Offizier, war anscheinend so überrascht vom Anblick dieses Bibliothekszimmers, daß er noch auf der Türschwelle stehenblieb und sich erst einmal umblickte: Sein Blick streifte die hohen Regalwände hinauf und hinunter, und das war so ein Besitzerblick, so ein taxierender Und-das-gehört-jetzt-dann-alles-uns-Blick, daß man sich da schon hätte auskennen können. Der Graf kannte sich aber anscheinend nicht aus, denn er fragte:

»Womit kann ich den Herren dienen?«

Damit machte er den Offizier ganz offensichtlich überhaupt erst auf sich und Jan aufmerksam, denn er fixierte die beiden jetzt und kam zwei Schritte näher. »Na endlich! Wir haben schon gedacht, hier sind alle ausgeflogen.«

Die drei ihn begleitenden Soldaten lachten.

Der Offizier zeigte mit ausgestrecktem Arm nach irgendwo hinter sich, hinaus ins Treppenhaus. »Das ist doch ein Hahn, da draußen über der Treppe in Ihrem ..., ist es das ... Familienwappen?«

»Ein Auerhahn.«

»Sehen Sie, und der, haben wir uns gedacht, ist uns jetzt davongeflattert. Richtig fliegen kann der ja nicht, so ein Auerhahn, oder?«

Die drei Soldaten hinter ihm lachten noch lauter.

»Sie sind gekommen zu einem kleinen ornithologischen Fachgespräch?« wurde der Graf jetzt auch eine Idee spitzer.

Erst jetzt fiel Jan auf, daß das kleine Geplänkel zwischen den beiden in nahezu akzentfreiem Deutsch vonstatten ging, das heißt, bei dem Offizier hörte man doch deutlich heraus, daß er Bayer war, beim Herrn Grafen hätte man sich mit einer landschaftlichen Zuordnung schwerer getan, allenfalls daß er in die Region des mitteleuropäischen Adels gehörte, das hörte man.

»Eigentlich interessiert uns weniger der Vogel ... als sein Käfig. – Schön haben Sie es hier.«

»Finden Sie?«

»Ja. Wie lang halt noch?«

»Ich wäre Ihnen jetzt wirklich sehr dankbar, wenn Sie mir sagen könnten, wozu Sie hier sind.«

»Ja mei ...«, der Offizier drehte sich zu seinen drei Gefolgsleuten um (jetzt paßt auf, sagte sein Augenzwinkern), »es geht eigentlich nur ..., ich weiß nicht, ob Sie das interessiert«, er drehte sich dem Grafen zu, »... um Ihre weitere Zukunft, *Herr* Hawlatschek!«

»Graf Petr von Hch-la... Hch-la...«, er machte es ihm vor, »Hchla-wa-tschek! Und wenn Sie so freundlich wären, mir Ihren Namen zu sagen.«

»Multerer. Stabsoffizier Alois Multerer.«

Lovec hatte sich ins Dunkel des Waldes geflüchtet, dann seinen kleinen Schreibblock, den er immer bei sich trug, aus der Tasche gezogen und aufnotiert: *15:23: schwarze Limousine am Ortseingang von Hlavanice; Fahrer unbekannt, in Begleitung von Jiří Koloušek, Neffe von Venda Koloušek. Es stellt sich die Frage: Warum???* Es genügte ja nicht, lediglich eine Observation zu machen, das viel Entscheidendere war, die relevanten Fragen daraus abzuleiten. Darin war Lovec im Laufe seiner jahrzehntelangen Observationstätigkeit zu wahrer Meisterschaft herangereift. Er war der Champion des Fragenableitens. Wo für andere nur Feststellungen zu erkennen waren, einfach fraglose Tatsachen (mein Gott, da is' halt eine Limousine dahergekommen), da tat sich für ihn sogleich eine Pandorabüchse von Fragen auf, und das erst machte den Meisterobservateur aus! Nicht zu hinterfragende Tatsachen: die gab es überhaupt nicht, hatte Lovec gelernt. In diesem Fall nun waren es Fragen wie: *a) Was hat dieser Jiří als Beifahrer in so einer stinkfeinen Karre zu suchen? b) Was hat es zu bedeuten, daß ein solcher Kapitalistenschlitten ausgerechnet nach Hlavanice hereingerauscht kommt? Drei Möglichkeiten: 1) verfahren? 2) Absicht? 3) absichtlich verfahren, was einem perfiden Täuschungsmanöver gleichkäme, und dann ist unbedingt zu fragen: Wer soll hier getäuscht werden und warum? Außerdem noch c) der Fahrer blieb stumm, als ich meinen Kopf zum Fenster hineinstreckte, der sagte kein Wort. Was hat er also zu verschweigen?*

All das schrieb Lovec in sein Notizbuch. Das hatte er sich so angewöhnt: alles aufzuschreiben, was ihm, und sei die Beobachtung noch so unbedeutend (unbedeutende Beobachtungen gibt es gar nicht!), dazu einfiel. Alles war Rohmaterial! Nichts durfte verlorengehen, kein Einfall, keine Verbindung, keine noch so abwegige Assoziation, im

Gegenteil, die waren es oft, die einen auf die richtige Fährte brachten: die allerabwegigsten Assoziationen.

Lovec schlug das Notizbuch zu und steckte es ein. Und stampfte los, immer tiefer hinein in den Wald, gepeitscht von tiefhängenden Ästen immer dichter stehender Fichten, stolpernd über Wurzeln, sich verheddernd in den Fallstricken der über den Waldboden dahinkriechenden Brombeerranken.

Eigentlich, dachte Lovec jetzt, war das, was er seit Jahrzehnten tat, doch auch nichts anderes, als was dieser Vančura tat, nur daß der ein Mordstrara daraus machte und es irgendwie verstand, Hinz und Kunz damit zu belabern, so daß mittlerweile tatsächlich alle Welt glaubte, dieser Vančura sei der größte Autor aller Zeiten, der Champion Mitteleuropas! Und?, was war wirklich? Alles Bluff, der hatte ja gar nichts mehr geschrieben, all die Jahre, dieser Aufschneider, dieses Großmaul! Das hatte er, Lovec, herausgefunden, durch seine Observationen, daß dieser großtönende Fatzke in Wahrheit ja keine einzige Zeile mehr schrieb. Und das wiederum hatte er aufgeschrieben, Lovec!, er nämlich war ein fleißiger Arbeiter gewesen, ein Gorki eigentlich, ein Tolstoi, wenn er es genau überlegte, Tag für Tag seine Berichte, und immer alles aufgeschrieben, was das für ein Werk wurde mit der Zeit, man müßte sich das mal genau anschauen. Er hatte ja seine gesammelten Berichte nie mehr zu Gesicht bekommen, er war der Autor eines unsichtbaren, aber dennoch vorhandenen riesigen Werkes, das irgendwo in den Kellern der Geheimpolizei in der Kreisstadt aufbewahrt sein mußte, zusammengebunden mit einem Leinenriemchen und bestehend aus ..., er wußte gar nicht wieviel Einzelberichten, die er jeden Monat zuverlässig in der Kreisstadt abgeliefert hatte, zusammengenommen müßten die eigentlich, diese Hefter, von der Dicke ..., er würde mal sagen: mindestens von *Krieg und Frieden* sein.

Anders als bei diesem Vančura wußte aber kein Mensch

ein Sterbenswörtchen davon, daß er, der kleine, unbedeutende Lovec, ein Buch von gigantischen Ausmaßen geschrieben hatte, die vollständige und allumfassende Lebensbeschreibung, und jetzt mußte Lovec tatsächlich lachen, während er wütend gegen einen abgebrochenen Ast kickte, der ihm im Weg lag, das bitterste Lachen, das man je in diesem finsteren Wald von Hlavanice gehört hatte: die Lebensbeschreibung nämlich von ausgerechnet diesem Vančura! Er hatte doch nichts anderes getan, all die Jahre, als die Biographie von Vančura zu schreiben. Aus einer Unmenge von Einzelbeobachtungen hatte er diese Lebensbeschreibung zusammengefügt, die kein anderer je hätte zusammenfügen können, nicht mal Vančura selbst, dieses Großmaul, von wegen größter Dichter Tschechiens, wahrscheinlich konnte der gar nicht schreiben, jedenfalls nicht so eine Lebenserzählung, wie Lovec das über ihn gemacht hatte, Pamphlete vielleicht, vom Ausland eingeflüsterte Parolen, Aufrufe zum Umsturz, zehn Zeilen, das ja, das konnte der gerade noch zusammenschmieren, aber doch niemals ein Werk von solchen Ausmaßen. Zwanzig Jahre hatte Lovec daran gearbeitet, völlig zusammenhangloses Zeug zusammengetragen, und dann eine ..., er wüßte jetzt gar nicht zu sagen wieviel hundert Seiten lange Erzählung daraus gemacht, er hat doch tatsächlich nichts anderes gemacht, als diesem Lánský in der Kreisstadt das Leben Vančuras zu erzählen, das muß man sich mal vorstellen! Der selber schreibt keine einzige Zeile, gilt in der ganzen Welt als großer Dichter, überbleiben von ihm wird aber überhaupt nichts, außer diese, vielleicht sogar zwei- oder dreitausend Seiten umfassende Lebenserzählung, die aber wer geschrieben hat?, die wer zusammengetragen hat?, ein halbes Leben lang? Genau, der blöde, vertrottelte, idiotische Lovec, und jetzt mußte man sich doch verdammt noch mal fragen, wozu und warum eigentlich? Warum hatte er nicht zum Beispiel sein eigenes

Leben aufgeschrieben? Warum das von diesem Vančura? Warum hatte er so absolut sinnlos seine besten Jahre vertan? Und warum war an dem allen Vančura schuld? Und warum sollte der jetzt ungeschoren davonkommen?

Wo waren sie denn, verdammt noch mal, diese Schleierlinge, er brauchte jetzt endlich diese kleinen, unscheinbaren Pilze! Lovec war bereits tief in den Wald eingedrungen, hatte schon die Stelle des Saulochs erreicht, und war wie wild darauf versessen, sie hier zu finden. Er wußte aber ganz genau, man darf nicht nach ihnen suchen, dann findet man sie. Alte Pilzsucherweisheit. Galt für alle Schwammer. Man muß in den Wald hineinspazieren, ganz absichtslos (und wenn es nur vorgetäuscht absichtslos ist), gar nicht nach ihnen schauen, sie sozusagen in Sicherheit wiegen, daß sie sich hervortrauen aus dem feuchten, warmen Nadelboden, und dann stolpert man förmlich über sie, die scheuen Schwammer. Lovec aber raste wie ein Tobender durch den Wald. Das war die schlechteste Voraussetzung überhaupt, um Erfolg zu haben. Er ärgerte sich ja über sich selbst. Aber was sollte er machen? Hier wuchsen sie doch normalerweise. Er drang vor zu der kleinen Lichtung, die inmitten des Sauloches lag, völlig unerklärlich und widernatürlich, weil das Sauloch an sich ein dicht stehender dunkler Wald war, aber mittendrin hatte es diese nahezu kreisrunde Lichtung, die wie aus dem Wald herausgeschnitten wirkte, wie vom sengenden Laserstrahl eines Ufos herausgebrannt. Und an der Nahtstelle, wo das dunkle Unterholz und die durch die Lichtung hereinfallenden Sonnenstrahlen aufeinandertrafen, genau hier wuchsen sie, Schwammer aller Art, und zwar in der allerüppigsten Fülle, und das bedeutete, giftige und ungiftige in einer Eintracht nebeneinander, wie man das sonst nirgendwo mehr fand.

Lovec trat aus dem Fichtendunkel heraus auf die Lichtung und sah schon am gegenüberliegenden Rand der hellgrün gleißenden Fläche kleine rote und braune und auch weiße Punkte. Fast daß er schlich, so näherte er sich dem Platz. Und er hatte Glück: einmal noch in seinem versauten Leben, so schien ihm, hatte er Glück. Er hatte sie gefunden: junge, schöne Schleierlinge, fuchsig-braun die Kappen, ganz leicht orange der Fuß der Pilze, endlich hatte er sie gefunden, seine Freunde. Das heißt, ein Pilzsucherleben lang waren sie ja seine Feinde gewesen, wollten ihn immerzu hereinlegen, *nimm uns, nicht die anderen, die fast genauso aussehen,* schienen sie ihm zuzurufen, aber auf euch fall' ich nicht herein, im Leben nicht, hatte er sich und ihnen geschworen, dazu hielt er sich für viel zu kundig, er war ja, wie er selber glaubte, der Champion aller Pilzsucher von Hlavanice. Niemals hätte er gedacht, daß einfach nur die Zeit dazu noch nicht reif gewesen war, all die Jahre, daß sie aber doch zueinandergehörten, füreinander bestimmt waren, und daß er sie jetzt mit der allergrößten Vorsicht, ja Zärtlichkeit knapp über dem Boden abschnitt (immer schneiden, nie drehen) und in den Leinensack legte, den der passionierte Pilzesammler, der immer absichtslos in den Wald hineingeht, immer auch vorsorglich bei sich trägt.

Ein Wiedersehen?

»Onkel Vee-nda, wir sind daa-hah«, rief Jiří schon am offenstehenden Gartentor und stürmte, dicht gefolgt von Zacharias Multerer, den nur fußbreiten Gehweg entlang, der völlig überwuchert war von Hundsblumen und Brennesseln. Auch die Tür zum Windfang und dahinter die Haustüre stellten keine Hindernisse dar: Sie waren unverschlossen und standen offen. Was hätte ein Einbrecher schon finden können? Nichts! Dazu war das Chaos in Onkel Vendas Hausflur einfach zu groß. Gerümpel stapelte sich bis unter die Flurdecke: Auf der Sitzfläche eines alten Sessels war ein schiefer, wackeliger Turm aus Zeitungen und Zeitschriften errichtet; an der Wand lehnte ein alter Matratzenrost, Bierkisten voller verstaubter leerer Flaschen standen herum, ein altes Ofenrohr, leere Bilderrahmen, an die Wand gelehnt, die die dahinterliegenden Stockflecken zu interessanten Grafiken machten; ein völlig vertrockneter Kaktus, was suchte der hier?, warum war er nicht in der Wüste, sondern in diesem feucht-klammen Hausflur? Wo immer sich eine Lücke bot in dieser einzigen großen Plastik, diesem Kunstwerk aus Abfall, war sie ausgestopft mit prallgefüllten Plastiktüten … womit gefüllt?, man ahnte es nur aufgrund des unerträglichen Gestanks, der ein Gemisch war aus Latrine und Kleiderschrank, allerdings eines Kleiderschrankes, der nach fünf Jahrzehnten erstmals wieder geöffnet wurde, das Ganze mit einem leichten Anflug von desinfiziertem Krankenhaus-Mief, allerdings eines Krankenhauses irgendwo weit unten in Kilia, Ismail oder Tulcea, also im Brodem des brackigen rumänischen Donaudeltas.

Jiří war vorne weggestürmt unter wiederholtem Rufen nach seinem Onkel, der allerdings keine Antwort gab. Er blickte sich um nach seinem Chef, ob der ihm auch wirklich folgte – Odysseus mag sich so umgeblickt haben nach seinen Gefährten, als sie am Eingang der Höhle des Polyphem gestanden waren.

»Onkel Venda«, rief Jiří noch einmal, und tatsächlich hörte man jetzt etwas rumoren, Bodendielen knarzten, und im Türrahmen zur Küche erschien ein alter Mann. Er hielt den linken Arm so seltsam nach oben, ein Wurm, ein ellenlanger Wurm schlängelte sich von der hochgestreckten Hand den Arm entlang herunter, durchscheinend wie Plastik und verschwand im Knopfschlitz des Ärmelendes: Onkel Venda hielt seine eigene Infusionsflasche hoch.

Er war ihnen in den Gang entgegengekommen.

»Kommen Sie, dále, dále, kommen Sie«, das war alles, was Koloušek zur Begrüßung sagte. Er packte Multerer mit der freien Hand am Ärmel, zog ihn mit hinein in die Küche, »du nä steren auf die viele Leut da drin«, flüsterte er ihm ziemlich vertraulich zu, man merkte gleich, er suchte Verbündete für einen schweren Kampf, und weil er Bedenken hatte, daß er sich gegenüber Multerer mit seinem wenigen Deutsch nicht ausreichend verständlich machen könne, bat er Jiří, er möge dolmetschen und ihm das erklären.

»Man hat mir die Leute hier einfach einquartiert, sie behaupten, das sei hier ihr Haus, seitdem streiten wir uns um den Platz am Tisch, sag ihm das!«

»Was meint er«, fragte Multerer, der nur soviel verstand: daß Onkel Venda irgendwie aufgeregt und ängstlich auf Jiří einredete.

»Alles geht Ordnung, Chääf. Onkel Venda sagt, er wartet und wartet, wir aber kommen nicht.«

Multerer lachte gekünstelt und überlegte, ob er schon gleich vertraulich werden sollte. »Die Straßen aber auch ..., bei euch ..., Onkel Venda, als ob gestern der Zweite Weltkrieg zu Ende gegangen wär: lauter Bombentrichter!«

Außer dem Ziaglzach fand das keiner lustig. Onkel Venda hatte sowieso ganz andere Sorgen. Er winkte Jiřís Ohr zu sich her. »Der bleibt doch nicht auch noch? Ich mein', daß der hier wohnen will ..., er ist doch ein Němec, oder, ein Deutscher? Das sind hier alles Deutsche.« Er zeigte um den Tisch herum, als ob da eine ganze Gesellschaft säße.

»Neeiin, Onkel Venda, ich habe es dir doch schon so oft erklärt, wir drei gehen jetzt zusammen auf das Rathaus, du unterschreibst da eine Kleinigkeit, und dann bist du so etwas wie der Partner von meinem Chef ..., ihr seid dann Geschäftskollegen, verstehst du. Du brauchst nicht mehr zu machen, als dieses Papier zu unterschreiben, und er«, Jiří zeigte auf seinen Chef, »er legt noch etwas drauf, auf deine Rente. Damit es dir auch gutgeht.«

Dieses tschechische Konspirieren zwischen den beiden gefiel Multerer gar nicht. Mit zusammengezogenen Augenbrauen hörte er angestrengt zu, ob er nicht wenigstens irgend etwas verstand. Bei dem Wort *renta* fuhr er gleich dazwischen.

»Ein bisserl eine Aufbesserung, Onkel Venda, das könnt ihr doch alle gebrauchen, hier im Osten!«

Kceloušek mußte sich jetzt setzen. Dieser Wespenschwarm spitzer Stimmen um seinen Kopf herum machte ihn ganz nervös. Er hängte die Infusionsflasche an einen chromblitzenden Ständer, der neben seinem Sessel stand, und ließ sich auf das durchgesessene Polster fallen.

»Was ist denn los mit ihm«, wandte sich Multerer jetzt an Jiří, er flüsterte fast, »der macht uns doch jetzt nicht noch schlapp, so kurz vorm Ziel?« Er schaute auf die Uhr. »Es geht auf vier Uhr zu. Wir haben nicht mehr viel Zeit. Der Bürgermeister wird schon warten. – Angezogen ist er ja auch noch nicht.«

Natürlich war Koloušek angezogen. Nur nicht so, wie sich Multerer das vorstellte. Also der Bedeutung des Augenblickes entsprechend. Immerhin: Das war eine feierliche Vertragsunterzeichnung, die jetzt gleich stattfinden würde. Eine Kaufvertragsunterzeichnung! Im Leben von Leuten wie Multerer gab es keine bedeutenderen Augenblicke als den: als Käufer seine Unterschrift unter einen Vertrag zu setzen. Bitter genug, daß er diesmal, um den Schein zu wahren, Koloušek diesen Triumph überlassen mußte. Aber gleich anschließend wäre er dran: Er würde sich diesen Koloušek kaufen.

»Da macht nicks«, sagte Jiří und meinte die Kleiderfrage. Die hatte 45 Jahre lang in Böhmen keine Rolle gespielt. Warum jetzt auf einmal?

Multerer sah sich Onkel Venda genauer von oben bis unten an. Das Hemd, an den Ärmeln nicht zugeknöpfelt, trug, wie praktisch, gleich eine fest aufgekleckerte Krawatte mit dem Muster der Speisefolge der ganzen letzten Woche. Die Hose, von einer schwer definierbaren grau-braunen Farbe, hatte speckige Oberschenkel und ausgebeulte Knie. Die Enden der Hosenbeine hatte Onkel Venda bis zu den Waden hochgekrempelt – vielleicht damit man die Landkarte seiner nackten Füße, die aus grünen Filzpantoffeln herausschauten, besser lesen konnte mit ihren blauen Flußläufen dick geschwollener Venen, mit den Talmulden weißer und den Höhenzügen brauner Hautflecken.

Jiří überlegte, wie er seinen Onkel aus dem Sessel wieder auffahren lassen konnte. Der hatte sich da nämlich hineinfallen lassen wie zur ewigen Ruhe. Er probierte es noch einmal mit der Aussicht auf einen paradiesischen Lebensabend.

»Er bessert dir deine Rente auf, Onkel Venda, um *zweihundertfünfzig Mark*«, Jiří sagte es auf deutsch, damit es noch imposanter klänge, doch Multerer machte gleich Beschwichtigungspantomime: Schmollmund und auffedernde Handbewegungen, »sagen wir zweihundert, man muß nicht gleich übertreiben«, meinte er zu Jiří (er hatte sich das nochmal schnell durchgerechnet und war zu dem Ergebnis gekommen, bei dem Wechselkurs seien selbst zweihundert Mark auch schon ein Vermögen, allemal für jemanden, der so hauste wie Onkel Venda). Jiří korrigierte sich also: »Dvě ste deutsch Mark!«

Aufgeregt hatte Onkel Venda den beiden zugehört: Als ob da ein Tennisspiel abliefe, so war sein Blick zwischen Jiřís und Multerers Mund hin und her gehuscht. Das letzte jetzt hatte er eindeutig verstanden. Zweihundert deutsche Mark. Für ihn! »Von dem da?« bellte er eine Spur zu knurrig in Richtung Multerer.

»Ja, von meinem Chääf, Herrn Multerer.«

Ihm war das gar nicht bewußt gewesen: Noch nie hatte Jiří bisher den Namen fallen lassen. Die ganze Zeit über, während er seinem Onkel die Sachlage wieder und wieder auseinanderdividiert und anschließend wieder zusammenmultipliziert hatte, war immer nur von seinem *Chääf* die Rede gewesen. Damit war ja wohl auch das Wesentliche gesagt: eben daß es sein Chef war. Namen dagegen sind Schall und Rauch. Multerer, Kulterer, Sulterer oder Fulterer, was spielte das für eine Rolle. Onkel Venda jedoch war wie elektrisiert. Hatte er *Multerer* gehört? Wirklich Multerer? Über fünfzig Jahre lang war dieser Name nicht mehr gefallen. Doch jetzt, hier in seinem Haus ausgesprochen, war er wie ein Schlag in die Nierengegend. Er erinnerte sich sofort.

»Jak se jmenuješ?« warf er Multerer ins Gesicht.

Der verstand zwar nicht, was Onkel Venda sagte. Aber sehr wohl, was er wollte. Er wollte noch einmal seinen Namen hören. Leicht irritiert sagte er: »Ja, Zacharias Multerer. Aus Wutzelshofen ..., Bauunternehmer.«

Na ja, gut ..., stimmt! Das war nicht fein gewesen von ihm. Er hatte sich überhaupt noch nicht vorgestellt. Jetzt streckte er die Hand aus, Onkel Venda entgegen, der sich mühsam aus seinem Sessel heraushob. Jiří griff ihm unter den Arm. Als er endlich, wackelig genug, vor Multerer aufrecht stand, zog Kaloušek all seinen Mut und Rotz zusammen und spuckte dem Herrn Bauunternehmer vor die Füße.

Příbramer Prozession

Es dauerte eine halbe Stunde und es bedurfte des heftigsten Einredens auf Onkel Venda, bis Jiří ihn wenigstens dazu gebracht hatte einzusehen und zuzugeben, daß es offensichtlich einen Unterschied gibt zwischen einem Vater und seinem Sohn. Einen regelrecht substantiellen Unterschied: der eine ist nicht der andere. »Das sind zwei verschiedene Personen. Er da draußen ist doch nur der Sohn!«

Jiří hatte seinen Chef gedrängt, er solle doch lieber draußen vor dem Haus auf der Bank warten, besser, er rede mit Onkel Venda alleine und versuche das zu regeln. Multerer war das ganz recht, der mußte sich auch erst einmal niedersetzen, um zu verkraften, was er eben gehört hatte.

»Der, den du meinst«, redete Jiří weiter auf Onkel Venda ein, »der ist längst tot. Das hat mir mein Chef selber gesagt. 1972 an Herzinfarkt gestorben: Alois Multerer.«

Letzteres interessierte Onkel Venda wenig. Für ihn war der Offizier der deutschen Wehrmacht, dem er die schrecklichsten Jahre seines Lebens zu verdanken hatte, in dem Moment, wo der Name Multerer gefallen war, sofort wieder gegenwärtig. Daß es sich dabei um Zacharias Multerers Vater handeln mußte, darüber konnte es eigentlich keinen Zweifel geben. Multerer hatte völlig verdutzt zugeben müssen, daß sein Vater tatsächlich seines Wissens nach bei den Truppen dabeigewesen war, die im Oktober 1938 erst für die Heimholung des Sudetenlandes und im März '39 dann für die Annexion der übrigen Tschechei gesorgt hatten. Wo genau sein Vater stationiert gewesen war, wußte er allerdings nicht. Der Ziaglzach wußte überhaupt wenig ... nein, eigentlich gar nichts von dieser Zeit. War ja auch nie darüber geredet worden, daheim bei den Multerers.

Nachdem zugegeben war, daß der eine Multerer tatsächlich der Sohn des anderen Multerer war, kannte Onkel Venda kein Halten mehr: Er schrie und tobte, forderte diesen Menschen auf, sofort sein Haus zu verlassen, und als Multerer, von Jiří ebenfalls gedrängt, sich wegdrehte und hinausging, wollte Onkel Venda hinterherstürmen und merkte erst, als der Plastikschlauch an seinem Arm zerrte, daß er ja festgebunden war wie ein Hofhund, an dieser verfluchten Infusion.

Auch als er dann mit Jiří allein war, konnte sich Onkel Venda erst gar nicht beruhigen, ob er denn nicht wisse, der Neffe, was für ein Bluthund dieser Multerer gewesen sei, »aber das war doch der Vater …, mein Chääf hat damit nichts zu tun, ja der weiß nicht einmal davon«, versuchte Jiří abzuwiegeln, aber Onkel Venda sagte nur, »schlimm genug«, und zeterte weiter. Er regte sich so sehr auf, daß er schließlich völlig entkräftet in seinen Sessel zurückfiel.

Jiří wußte, daß der Onkel Medikamente hatte, die er einnehmen sollte, wenn es gar zu turbulent herging in seiner Wohnküche (was die Ärzte, die ihm solche Pillen verschrieben hatten, nicht bedachten: daß Onkel Venda, wenn er in einen Kampf mit den Luftmenschen verwickelt war, an alles mögliche dachte, nur nicht an diese Pillen). Wo hatte er die nur? Jiří schaute sich in der Küche um. Entdeckte auf dem Fensterbrett, dort wo die pralle Sonne hinschien, einen Schuhkarton mit kleinen Schächtelchen. Hektisch suchte er nach den Pillen, die der Onkel ihm beim letzten Besuch gezeigt hatte, »die soll ich schlucken, damit diese Flegel in meinem Haus eine Ruhe geben, sagt jedenfalls der Arzt, ich soll diese Dinger schlucken, und dann werden die ihr Maul halten, sagt er, das glaubst du doch selbst nicht, die lachen sich höchstens ins Fäustchen. Warum gibt man denen nicht was, damit sie verschwinden?«

Endlich hatte Jiří eine Packung gefunden, die ungefähr so aussah, wie die, die ihm Onkel Venda gezeigt hatte. Er überflog die Aufschrift, verstand aber kein Wort. Egal. Er kippte zwei der Tabletten aus dem Plastikröhrchen auf seinen Handteller, schaute die winzigen Dinger an, taxierte mit ein paar Handschlenkerern ihr Gewicht und entschied, noch eine dritte dazuzugeben. Mit einem Schluck aus der offenen Bierflasche, die auf dem Küchentisch stand, flößte er sie dem Onkel ein, der nur noch winselnd in seinem Sessel hing.

Multerer steckte seinen Kopf zur Küchentüre herein,

winkte Jiří zu sich her. »Wir sind schon eine halbe Stunde über der Zeit. Wir müssen. Die warten nicht mehr länger im Rathaus.«

»Ich nä-weiß von deine Voda, Chääf. Nickse! Gar nickse!! Jetz Onkel Venda hat sich naufgeregt. Viel. So viel!«

»Jaja. Meinst du, ich hab' ein Sterbenswörtchen davon geahnt, daß mein alter Herr schon mal hier war, in Hlavanice. Aber das ändert doch jetzt auch nichts, oder? Im Gegenteil. Ich meine, wir ziehen jetzt die Sache erst recht durch. Gewissermaßen als Wiedergutmachung.«

Während Multerer alleine draußen auf der Hausbank gesessen war, hatte er nachgedacht. Und vor allem nachgerechnet. Eine kleine Geste des guten Willens müßte schon noch drin sein.

»Ich seh' mich da durchaus in einer ..., in einer gewissen Bringschuld. Weißt du? Ich bring euch diese Gickerlfabrik hierher. Jetzt erst recht. Nach Hlavanice! Du wirst sehen! Und dann geht's auf. Aufwärts.«

»Fejn, Chääf!«

»Aber was machen wir jetzt mit deinem Onkel? Ohne ihn gibt's keinen Kontrakt.«

»Dobre! Wir packen er auf Stuhl, wo rollt.«

Multerer verstand nicht gleich. Jiří machte die Geste des Kinderwagenschiebens.

»Hat der so was?«

»Jo, ich hole.«

Jiří verschwand kurz im Zimmer gegenüber der Küche. Es war Onkel Vendas Schlafzimmer. Und kam zurück mit einem Rollstuhl.

»Meinst du, das geht? Was ist das überhaupt mit dieser Infusion?«

»Zo?«

Multerer streckte seinen Arm hoch, als ob er eine Infusionsampulle damit hielte. »Na, diese Flaschennahrung.«

»Er muß haben! Wegen die offene Bein. Tränasch, verstehen, Chääf, is sich wie Tränasch, was spilt durch.«

»Weißt du, wie man das Ding abmacht?«

»Nä! Wir lassen dran. Du halten, ich schiebst.«

Sie gingen zurück in die Küche. Onkel Venda saß ruhig in seinem Stuhl. Die sechsfache Dosis dessen, was er normalerweise von den Ruhigmacher-Pillen einnahm, wirkte offensichtlich. Er sah die beiden an wie böse Onkels aus einem bösen Traum, hatte aber nicht mehr die Kraft zu einem Protest. Der würde jetzt alles mit sich machen lassen.

»Herr Kaloušek«, sagte Multerer, »hören Sie mich? Wir müssen jetzt ins Rathaus hinüber. Sie wissen doch, es kommt jetzt ganz auf Sie an. Die ganze Zukunft Hlavanices liegt in Ihrer Hand.«

Er nahm sie tatsächlich, wie man die Hand einer Dame nimmt, zum Handkuß ... und tätschelte sie.

Jiří nahm die Infusionsflasche vom Haken des Ständers und drückte sie seinem Chef in die Hand. Der hielt sie mit ausgestrecktem Arm hoch.

»Onkel Venda, wir machen jetzt eine kleine Ausfahrt, einverstanden?«

Jiří faßte den Onkel unter den Knien und um den Rücken herum, hob ihn aus seinem Sessel und trug ihn zum Rollstuhl, Multerer hatte Mühe, in der engen Küche und in dem mit Gerüppel vollstehenden Hausflur immer im rechten Abstand zu folgen, damit sich der Schlauch der Infusion nicht spannte wie ein Hochseil. Jiří setzte Onkel Venda, der ihm leicht wie ein Vögelchen vorkam, sacht im Rollstuhl ab, blickte sich nach dem Chef um, der dicht hinter ihm stand. Ja, es konnte losgehen.

Und so zog sie hinaus aus dem Garten von Onkel Vendas Häuschen, diese seltsame Prozession, die aussah, als sei sie auf dem Weg nach Příbram: im Rollstuhl der brabbelnde Onkel Venda, der vom Gerumpel des holprigen Fahrweges wieder wachgerüttelt wurde und anfing, einen wenig verständlichen Monolog zu halten (das Sedativum machte seine Gesichts- und Sprechmuskeln teigig und fühllos), dahinter Jiří, der Mühe hatte, dieses altertümliche Ungeheuer von Rollstuhl von der Stelle zu bringen – die Räder waren mit Vollgummi bereift, das Gestell, wie bei einer alten Nähmaschine, aus schwarzem Gußeisen, Sitz und Rückenlehne ein Rattangeflecht. Gleich hinter Jiří und diesen ständig anrempelnd, kam der Ziaglzach, der tapfer Onkel Vendas Infusionsflasche hochhielt, obwohl ihm der Arm schon langsam erlahmte.

Und so schoben sie nach Hlavanice hinein und quer über den Marktplatz hinüber, dem Rathaus zu. Natürlich wurden sie gesehen. Halb Hlavanice drehte den Kopf nach ihnen um. Und so mancher fragte sich: Was'n hier los? Sind das jetzt die Hlavanicer Passionsspiele oder was?!

Wo alles gut wird

Da waren sie ja wieder! Lovec war gerade auf dem Heimweg, er hatte gefunden, was er suchte, war dabei, es nach Hause zu bringen wie eine schwer erkämpfte Beute, und wollte eben von der Žižkova auf den Marktplatz einbiegen, als er sie sah: Jiří Kooušek mit diesem Westler-Lackaffen. Instinktiv verdrückte sich Lovec hinter die Hausmauer des Eckgebäudes, wollte nicht gesehen werden. Was machten die da? Karrten einen sich heftig sträubenden Koloušek in seinem Rollstuhl Richtung Rathaus. Lovec war sich sicher, daß da etwas im Gange war. Er sollte es sich besser aufnotieren. Warum tat er es nicht? Weil er die Hände nicht frei hatte? Er blickte auf die Leinentasche hinunter, die er in der rechten Hand hielt. Was da drin war, machte alle Aufzeichnungen für die Zukunft überflüssig. *Das Spiel ist aus.* Lovec empfand direkt so etwas wie Erleichterung bei diesem Gedanken. Er würde jetzt nur mehr nach Hause gehen müssen, den Inhalt seiner Tasche fein säuberlich putzen (die Haut über den Kappen würde er abziehen, vorsichtshalber, die kleingeschnittenen Stückchen würde niemand mehr als das erkennen können, was sie waren: einer der giftigsten und hinterhältigsten Pilze, der in Mitteleuropas Wäldern wächst), und dann würde er ihn anrichten können, seinen süß-sauren Schierlings-Pilzsalat nach Lovec-Art.

Er wartete, bis die drei im Rathaus verschwunden waren. Wollte eben hinter dem Hauseck hervortreten. Da griff ihm jemand auf die Schulter. Zwang ihn, sich umzudrehen.

Es war Jožo. Neben ihm stand Pepin. Nun gut, sagen wir nicht, die beiden *standen*, sagen wir: sie *schwankten*. Sie kamen geradewegs aus der *Jungfer*, wo es an diesem Freitagnachmittag besonders fidel zuging (wobei die Freitagnachmittage in der *Jungfer* noch nie zu verachten waren). Dennoch hatten sie sich von der Runde dort losreißen müssen. In zwei Stunden würde ihr eigenes Fest beginnen.

»He, Lovec! Bist trotzdem auch eingeladen«, sagte Jožo, und Lovec verstand nicht das geringste: Was hieß hier *trotzdem auch*. Und wozu eingeladen?

»Ich meine«, übernahm Pepin jetzt, »das war nicht sauber, was du mit dem Vančura gemacht hast, die letzten zwanzig Jahre.«

»Du hast wohl geglaubt, das merkt keiner, was?« sekundierte Jožo. »Hieltest dich mal wieder für superschlau. Aber denk dir nix, wir haben es alle gewußt ..., wir haben dich nämlich beobachtet ...«

»... jawohl, beim Beobachten haben wir dich beobachtet«, glaubte Pepin erklären zu müssen.

»Wir haben Bescheid gewußt«, machte Jožo weiter, »alle in Hlavanice haben Bescheid gewußt. Glaubst du wirklich, da war einer, der nicht gewußt hat, was da läuft zwischen dir und Vančura?«

»Aber was soll's? Schwamm drüber, Lovec, wir sind nicht nachtragend.«

Die Wolke, auf der Jožo und Pepin seit heute morgen, seit ihrem Jahrhundertfang, schwebten, war die, auf der normalerweise der oberste Chef von allem saß und heruntersah. Gnädigst.

»Die Zeiten sind vorbei«, verkündete Pepin jetzt.

»Welche Zeiten?« stotterte Lovec, der von all dem überrumpelt wurde. Doch die zwei achteten gar nicht auf diese blödsinnige Frage.

»Vančura kommt auch. Alle kommen. Ganz Hlavanice ist eingeladen. Von uns.« Jožo nahm Pepin am Arm. Und wandte sich ab zum Gehen. »Wir haben noch 'n Haufen zu tun.«

Die sind doch besoffen, die zwei, dachte Lovec.

Ehe sie gingen, drehte sich Pepin noch einmal um. »Da könnt ihr euch gleich versöhnen, heute abend, auf unserem Fest.« Er sah, daß Lovec ihn völlig blöde anglotzte. »Na, Vančura und du? – Du kommst doch?«

Lovec blickte noch einmal auf seine Tasche. Ihm war's, als ob deren Inhalt mittlerweile zwei Zentner wog.

»Wann geht's denn los?« fragte er.

Jožo und Pepin sahen sich an. »Na …, so um … um sechs, vielleicht! Mit 'nem Schlückchen Bier …«

»… als Aperitif!«

»Und wie spät is' es jetzt?« fragte Lovec.

Pepin zeigte auf die Rathausuhr. »Schon nach vier.«

Ohne ein weiteres Wort drehte sich Lovec um und ging.

»Der hat's aber eilig«, sagte Pepin.

»Na klar. Jetzt, wo alles gut wird …, wegen uns!«

So etwas wie diese Schloßbibliothek hatte Alois Multerer noch nicht gesehen. In seinem bisherigen Leben hatte er eher Landschaften gelesen, Bücher nur wenige. Das brachte es unweigerlich mit sich, wenn man der Sohn (und zwar der älteste) von *Hoch- & Tiefbau Multerer* war. Die wenigen Bücher allerdings, die durch Alois' Hände gegangen waren, vorzugsweise während der Kinder- und Jugendjahre, hatte er immer voller Ehrfurcht, ja mit geradezu heiligem Schauder aufgeschlagen. Er hatte es geliebt, sich in Bücher zu vergraben. Der Vater jedoch war der Meinung, nur das Graben in der Landschaft habe eine Zukunft. »Der Bub übernimmt einmal die Firma. *Hoch- & Tiefbau Multerer*. Es kommen glänzende Zeiten. Der Autobahnbau!«

Multerer senior war entschieden der Meinung, alles, was sein Sohnemann können müsse, sei, in einer Landschaft zu lesen (was auch eine Kunst ist). Man muß sehen können, vor dem inneren Auge, was den Hügeln und Tälern gewissermaßen schon immer eingeschrieben ist, als eine in ihnen schlummernde Bauzeichnung. Man schaut auf die Wiese und sieht die Trasse, die dort einmal verlaufen wird, man schaut auf den Bach und sieht das Brückenfundament. Wie man einen Hügel umblättert, von einer Seite auf die andere, mit Raupen, Baggern und Tiefladern, darauf komme es an.

»Bub, du wirst es einmal mit Betonmischern, Kompressoren und Preßlufthämmern zu tun haben«, das war es, was Alois wieder und wieder zu hören bekommen hatte, während seiner Reifezeit, mit diesen Worten hatte man ihm die Bücher sanft aus den Händen entwunden, mehr brauchte man da gar nicht zu sagen, von wegen daß es doch jetzt langsam an der Zeit sei, diesen Kinderkram hinter sich zu lassen. Und Alois war folgsam gewesen. Er hatte sich in sein Schicksal gefügt wie der schmatzend in die Verschalung klatschende Beton. Was aber nicht heißt, daß er nicht starr einen Wunsch, eine Vision weiterhin in sich trug (das war sein Armierungseisen, das hielt ihn aufrecht): einmal nämlich alles hinter sich zu lassen! Alois wartete auf die Möglichkeit zur Flucht. Raus aus Wutzelshofen!

Vorerst aber mußte er beim Vater bleiben, bei der Firma, die mit einem Großauftrag bedacht worden war: *Hoch- & Tiefbau Multerer* hatte den Zuschlag bekommen für den Bau eines Abschnitts der Reichsautobahn Bayreuth–Schleiz. Da war jede Hand vonnöten, und vor allem ein Juniorchef, der einen Teilabschnitt der Baustelle überwachte.

Was Alois jedoch nicht ahnen konnte: Mit der Autobahn baute er sich jenen Fluchtweg, über den er so lange nachgedacht hatte und den er schon nicht mehr zu finden glaubte. Plötzlich war sie da: die Möglichkeit. Er würde zum Barras gehen! Er meldete sich freiwillig für die Offizierslaufbahn. Das war das einzige, wogegen sich der Vater nicht versperren konnte. Zum Barras mußte er ihn ziehen lassen, natürlich nicht gerade gerne, aber eben doch mit seinem Einverständnis. Denn eines war einmal klar: Jetzt, wo die Autobahn gebaut worden war, mußte sie auch jemand befahren. Und so wurde sie losgeschickt, die Kolonne der Armeefahrzeuge, Richtung Tschechei. Was noch fehlte, war das Anschlußstück Streitau–Eger–Karlsbad, die sogenannte *Sudetenlinie*, die man aber gleich nach '38 in Angriff nehmen würde.

Die losgeschickte Armeefahrzeugkolonne testete also, ob die Autobahn durch den Nordgau auch wirklich hielt, was man sich von ihr versprach, nämlich schweres Gerät, das mußte sie aushalten, und sie hielt es aus – *deutsche Wertarbeit*, hieß es bei solcher Gelegenheit beim alten Multerer! So als ob er schon immer nichts anderes als Autobahnen gebaut hätte, dabei waren Autobahnen das Allerneueste, sozusagen der letzte Schrei! »Wir setzen ja jetzt Dieselbagger ein, keine Dampfbagger mehr«, hatte Multerer seine neidvollen Konkurrenten wissen lassen, also den Wagner von *Bau Wagner* aus Rehau und den Pfitzer von *Hoch & Tief Pfitzer* aus Kalkofen. Die waren zu langsam gewesen, in Wutzelshofen dagegen hatte man die Zeichen der Zeit richtig und vor allem früher als alle anderen erkannt. Alois hatte sie erkannt. Dazu gehörte, daß er schon früh der Partei beigetreten war. Auch wenn der Vater anfänglich davon überhaupt nicht begeistert war. Seitdem trug der Juniorchef, wenn er auf irgendeiner Baustelle auftauchte, das Zeichen der neuen Zeit am Revers seines Trachtenjankers, klein, aber unübersehbar.

»Seit der Führer am Ruder ist, ist alles anders geworden«, versuchte der Junior immer wieder dem Senior zu erklären. Der jedoch konnte sich gar nicht recht anfreunden mit dem Gedanken, von einem Österreicher aus Braunau regiert zu werden. Immerhin hatte man in Wutzelshofen vor nicht allzu langer Zeit noch direkt an das k. u. k. Habsburgerreich angegrenzt, konnte also aus Erfahrung mitreden, wie der alte Multerer fand, und die Erfahrung lehrte ihn: »Das sind alles Schlawiner, das weiß man doch! Balkanesische Halsabschneider und Betrüger.«

So hatte er noch im Frühjahr '33 geschimpft, der alte Multerer, und dabei diesen ausgerechnet ein französisches Filou-Schnauzbärtchen tragenden Braunauer ganz besonders gemeint. Alois dagegen fand, man müsse einfach seine Hoffnung auf diesen kleingewachsenen Schreihals setzen. Auf wen oder was sonst? Schließlich ließ sich auch der Senior überzeugen. Hauptsächlich überzeugten ihn die Bautafeln, die er jetzt, seit die Autobahnpläne des Führers bekannt geworden waren, bereits vor seinem inneren Auge sah: *Hier entsteht die Reichsautobahn Bayreuth–Schleiz, Hoch- & Tiefbau Multerer.*

Der Junior erhoffte sich noch viel mehr, er wartete ja darauf, daß durch Hitler etwas geschehen würde, was alle und alles aus der Bahn werfen würde – auch ihn, aus der Bahn, die ihn immer nur um Wutzelshofen kreisen ließ. Irgend etwas Weltgeschichtliches mußte ihn hier wegkatapultieren, soviel ahnte er, anders kam er hier nicht heraus.

Im Frühjahr '33 erfaßte Alois dann eine unerklärliche Euphorie, er sagte sich, lange bleibe ich nicht mehr in diesem grauenhaften Wutzelshofen, er sagte es auch zu seiner Frau Elvira, die noch etwas länger brauchte, um von einer Euphorie erfaßt zu werden, vorderhand erfaßte sie lediglich ihr Ehemann, und so kam es, daß kurz nach Weihnachten '33 in Wutzelshofen ein freudiges Ereignis gefeiert werden konnte, die Geburt eines Buben, Zacharias Multerer. Wie war da der Großvater aus dem Häusl, »jetzt hat Hoch- & Tiefbau Multerer wieder einen Erben«, ließ ihn die Ergriffenheit gerade noch stammeln.

Ob es dieses Vorhandensein eines weiteren, nun schon die dritte Generation sichernden Firmenerben war, die es dem alten Multerer etwas leichter machte, seinen Alois ziehen zu lassen? '37 meldete der sich freiwillig zum Barras. Der alte Multerer versuchte es so zu sehen: Im Grunde war es ja eine Auszeichnung und Ehre, daß nicht nur der eine Multerer, der Senior nämlich, die Autobahn mitgebaut hatte, sondern daß nun auch der andere Multerer, der Junior eben, mit dabei war, wenn diese Autobahnen auf ihre Tauglichkeit hin geprüft wurden.

Alois aber, der sich genau zum richtigen Zeitpunkt, wie er fand, freiwillig zum Barras gemeldet hatte, sah auf einmal den Fluchtweg, der sich mit dieser Autobahn für ihn auftat: Auf so einer Autobahn konnte man aus allem herausfahren, was man längst schon hinter sich lassen wollte, nämlich diese ganze Hoch- & Tiefbauerei, dieses immer nur Dreck Hin- und Herschieben, dieses mit Gummistiefeln in der Lette Stehen, diesen ewigen Mörtel an den Händen, er wollte endlich einmal etwas anderes an den Händen haben, nicht mehr diesen Mörtel.

Für die anderen mochte es ja die *Befreiung des Sudetenlandes sein, Heimholung der Brüder und Schwestern*, wie die Aktion mit plärrender Stimme aus den Volksempfängern heraus genannt wurde, für ihn, den Alois Multerer, war es die ganz persönliche Befreiung von seiner Vorherbestimmung. Er würde kein *Hoch- & Tiefbau Multerer* mehr sein. Jetzt nicht mehr! Seinetwegen sollten die anderen, seine Kameraden in der Wehrmachtsuniform, es ruhig so sehen, daß sie irgendwo eindrangen, für ihn stand fest: Endlich drang er hinaus! Aus Wutzelshofen hinaus, wo man ihn einzubetonieren vorgehabt hatte. Einbetonieren in den genau vorherbestimmten Platz des *Hoch- & Tiefbau Multerer*-Imperiums.

Von daher war der Augenblick, als sie am 3. Oktober ’38 die bayerisch-böhmische Grenze überschritten und bei Waidhaus den querliegenden Schlagbaum der tschechischen Seite einfach absägten und wegwarfen (die Wochenschau war mit dabei und filmte alles), dieser Augenblick war für Multerer, als würde eine jahrzehntelang versperrte Zellentüre endlich aufspringen.

Sie waren, nachdem sie die Grenze niedergerissen hatten, ausgeschwärmt nach allen Richtungen. Multerers Einheit, so der Marschbefehl, hatte sich den Raum südlich von Eger vorzunehmen. Dort angekommen, war Multerer als Kommandierender mit einer vorerst zehnköpfigen Einheit nach Hlavanice beordert worden. Hlavanice bestand damals aus etlichen Bauern- und Bürgerhäusern, aus dem am Marktplatz gelegenen Wirtshaus *Zur grünen Jungfer*, aus Bahnhof, Postamt, Schule, Kirche und Pfarramt, einer Glasschleiferei und dem einzigen, was für Multerer an diesem Hlavanice von Interesse war: dem Hlavanicer Schloß. Dort angekommen, dachte Multerer: Jetzt hast du ihn gemacht, den ersten Schritt. Hinaus ins Freie. Das Freie war Böhmen. Gewesen. (Danach dann nicht mehr.)

Das Ultimatum

Dort, in der Bibliothek des Schlosses, standen sie sich jetzt gegenüber, Graf Hlaváček und Alois Multerer. Der Graf mit seinem alten Gärtner Jan an der Seite, gewissermaßen als Sekundant, während hinter Multerer gleich drei Männer in Wehrmachtsuniform Aufstellung genommen hatten. So standen sie sich gegenüber, wie zum Duell: Hlaváček Aug in Aug mit Multerer. Aber es passierte nichts. Kein Schuß fiel, nicht einmal ein Wort. Dem Grafen kam es vor, als stünden sie jetzt schon eine Ewigkeit so da. Ohne den Kopf zu bewegen, nur indem er die Augen rollte, wanderte Multerers Blick die Bücherregale hinauf und hinunter. Sonst rührte sich nichts. Bis auf einmal von draußen, vom Treppenhaus her, eine Stimme zu hören war.

»Petr, was geht hier eigentlich vor sich?«

Die Gräfin erschien im Türrahmen zur Bibliothek und drängte sich an den Soldaten vorbei ins Zimmer.

»Wir haben ... soll ich sagen ... Besuch bekommen«, versuchte ihr der Graf zu erklären und blickte dabei auf Multerer.

Der war für einen Moment konsterniert. Vor ihm stand eine blondgelockte Schönheit, die allein durch ihr Auftreten und ihr Aussehen augenblicklich dafür sorgte, daß Alois Multerer selbst das wenige an Umgangsformen entfiel, was man mitnimmt, wenn man sich von Wutzelshofen aus aufmacht, die Welt zu erobern. Momentan wußte er beim besten Willen nicht einmal mehr, wie man sich einer Dame gegenüber vorstellt. Und weil es ihm partout nicht einfallen wollte, versuchte er, sich in eine gewisse militärische Ruppigkeit hinüberzuretten. Als müsse er einem Hauptmann gegenüber einen Lagebericht abgeben, schlug er die Haken leicht zusammen und schnarrte:

»Seit letzter Woche gehört das Sudetenland ..., also ... die deutschen Gebie- ... die ehemals ... nein ... die schon immer ... jedenfalls gehört endlich ... es gehört jetzt zum Deutschen Reich.« Multerer stellte fest, daß es entschieden einfacher war, seine Soldaten in Marschordnung aufzustellen (Einmarschordnung), als ein paar Wörter in die richtige Reihenfolge zu bringen.

»Wir haben davon gehört«, sagte die Gräfin, und sie sagte es nicht nur in demselben makellosen Deutsch, in dem sie sich eben mit ihrem Gatten unterhalten hatte, sondern auch in einem betont gelangweilten Ton, so als ob ihr eben das Dienstmädchen mitgeteilt hätte, auf dem Hlavanicer Markt seien heute morgen alle Paradeiser ausverkauft gewesen, man könne partout nirgendwo mehr Paradeiser auftreiben, ist das nicht ein Unglück. Genau in dem Ton, in dem sie dem Dienstmädchen geantwortet hätte, »ja, ein Unglück, Evalein«, in dem antwortete sie auch Multerer: »Wir haben davon gehört.«

Gleichzeitig aber drehte sie sich zu ihrem Gatten um und fragte ihn auf tschechisch: »Wer ist eigentlich dieser Herr, der es nicht einmal für nötig hält, sich einer Dame gegenüber vorzustellen?«

Der Graf zuckte nur mit den Schultern.

Multerer fuhr jetzt um eine Spur jovialer fort (es war die Jovialität eines Scharfrichters, der nach den Wünschen für die Henkersmahlzeit fragt): »Haben Sie keine Möglichkeit, irgendwo anders unterzukommen? Das Schloß hier werden Sie räumen müssen. Ich gebe Ihnen einen guten Rat: Gehen Sie mit den anderen in die Tschechei, hier befinden Sie sich ab sofort auf deutschem Boden und sind folglich Ausländer ..., Fremde.«

»Mit welchen anderen?« fragte die Gräfin dazwischen.

»Na, mit all den anderen Tschechen, die hier raus müssen. Bis 10. Oktober.«

»Das ist halb Hlavanice.«

»Ab sofort heißt es Kopfau! Und hier ziehen wir jetzt ein. Wir werden unsere Kommandantur hier einrichten. Und Sie haben dahin zurückzugehen, wohin Sie ja schon immer unbedingt hingehören wollten.«

»Ich verstehe kein Wort«, sagte der Graf.

»Da Führer hat g'sagt, wir wollen keinen einzigen Tschech hier da hierherin haben, im Sudetenland«, meinte einer von Multerers Leuten, ein Niederbayer, wie alle in der Kompanie wußten, maulfaul, aber wenn er anschlug, dann gleich in bellender Deutlichkeit. »Die können sich alle schleichen.«

Multerer zog ein Papierstück aus seiner Uniform hervor.

»Sie haben sich bei der letzten Volkszählung selbst als der tschechischen Nationalität zugehörig eingestuft. Stimmt das?«

Er hielt dem Grafen das Schriftstück hin. Der aber nahm es nicht entgegen, wozu auch.

»No, selbstverständlich. Wir leben in einem tschechischen Staat.«

»Nimmermehr, wenn es der Herr Grof nicht bemerkt haben sollte«, höhnte es schon wieder hinter Multerers Rücken hervor. Unwirsch drehte sich Multerer um, so als ob er eine Rasselbande von Schulkindern zu bändigen hätte. Betont sachlich wandte er sich wieder an den Grafen.

»Es steht Ihnen frei, das Sudetenland zu verlassen und auf das Gebiet der Tschechei überzusiedeln.«

»Was halt noch übrig ist davon!« maulte hinten einer nach.

»Wir denken überhaupt nicht daran«, fuhr die Gräfin in

die Parade, sie sah nämlich, daß ihr Gatte, der sein Lebtag in dieser Bibliothek verbracht hatte und natürlich aus all diesen Büchern nichts, aber auch gar nichts darüber erfahren hatte, wie man sich in solchen Situationen des tatsächlichen Lebens verhält, sie sah also, daß ihr unvergleichliches Prachtstück bereit gewesen wäre, sich auf eine Diskussion einzulassen. Der hätte doch tatsächlich angefangen, jetzt ein Hlavanicer Bibliotheks-Symposium abzuhalten mit diesem ungehobelten Menschen, hätte Argumente hin und her geschoben (und gar nicht bemerkt, daß dieser Barrashengst, die Arme vor der Brust verschränkt, das alles nur für Gewinsel hielt, das ihn nicht im geringsten beeindrucken konnte), hätte Zugeständnisse gemacht, Offerten: man könne ja vielleicht in den Gesindetrakt umziehen, freilich, gerne räume man das Haupthaus … wie?, das Schloß ganz verlassen …, nicht einmal in der Remise können wir bleiben? … so?, wirklich? na ja dann… So hätte er geredet, ihr Göttergatte, sie aber, die Gräfin, sagte nur zwei Sätze: »Wir denken überhaupt nicht daran« und »verlassen Sie jetzt unser Grundstück«. Nach diesem letzten Satz ertönte hinter Multerers Rücken ein spitzer, frivoler Pfiff, der ungefähr soviel meinte wie: *Donnerwetter!*

Multerer sah, daß er nur eine Chance haben würde: diese Frau überhaupt nicht zu beachten. Seit sie in den Raum gekommen war, wußte er nicht mehr, wohin er seine Hände stecken sollte, wie sich hinstellen, wo hinschauen. Würde er sich nun noch auf einen Streit mit ihr einlassen, käme es am Ende zu einem Desaster. Für ihn selbstverständlich. Er ahnte das. Wenn man genau hinsah, wippte er jetzt etwas nach vorne, auf die Fußballen, um sich größer zu machen, aber das auch nur, um über die Gräfin hinweg, die jetzt vor ihrem Ehemann stand, den Grafen anzusprechen (diese Frau stand ganz einfach einem Gespräch unter Männern im Weg).

»Sie vergessen, Herr Graf«, antwortete Multerer dem

Hausherrn, obwohl der es ja gar nicht gewesen war, der ihm dieses »Wir denken gar nicht daran« hingeschleudert hatte, »Sie vergessen, daß Sie hier in Hlavanice ..., ich meine in Kopfau ..., daß Sie sich hier ab sofort auf für Sie ausländischem Boden befinden, wir sind jetzt hier, an Ort und Stelle, im Deutschen Reich, gehen Sie doch heim in Ihre Tschechei, Sie haben hier überhaupt keine Aufenthaltsberechtigung mehr, genaugenommen. Ich gebe Ihnen bis morgen zwölf Uhr Zeit, das Schloß zu verlassen.«

»Aber das ist doch..., in der Kürze der Zeit ..., das ist doch völlig unmöglich ...«

Jetzt winselt er ja schon wieder, der Unvergleichliche, dachte die Gräfin, der findet sich doch tatsächlich damit einfach ab, der überlegt schon, wie er das machen soll, bis morgen mittag das Schloß zu räumen. Man faßt es nicht!

»Das interessiert uns nicht«, sagte Multerer (und die Gräfin dachte, na, bitte, da siehst du es), und dann drehte er sich um, winkte seinen Leuten und rauschte davon.

»Warum hast du nichts gesagt?« fragte die Gräfin ihren Mann, nachdem die Deutschen abgezogen waren.

»Was hätt' ich denn sagen sollen«, verteidigte sich der Graf, wenig energisch, eigentlich eher weinerlich, »außerdem hab' ich doch was gesagt ..., nämlich wie wir das machen sollen ...?!«

»Bis morgen mittag«, die Gräfin war nahe daran, die Fassung zu verlieren, »einen Koffer für jeden, mehr können wir da nicht mehr packen. Mein Gott, die Möbel, die Bilder, das Geschirr, die Orchideen in der Orangerie ...«

»... die Bücher ...«, ganz wollte er die Bücher bitte nicht vergessen wissen, der Graf, aber das hätte er besser nicht gesagt, dieses eine Wort, das anscheinend zuviel war, denn jetzt schrie ihn die Gräfin regelrecht an: »Du und deine Bücher! Du hättest ihnen sagen müssen, daß die Hlaváčeks seit dreihundert Jahren hier ihren Stammsitz haben. Daß sie die ersten waren, die sich im Pivoňkatal niederließen. Und da kommt dieser Mensch daher und behauptet, das sei jetzt Ausland, wir seien hier im Ausland und nicht auf dem Stammsitz der Hlaváčeks. Es ist ungeheuerlich!«

Ja, in der Tat, ungeheuerlich. Jan stand daneben und verstand seine Hlavanicer Welt nicht mehr. Das hatte es in den 56 Jahren seines Dienstes noch kein einziges Mal gegeben, wahrscheinlich hatte es das überhaupt noch nie gegeben, seit dem Vorhandensein gräflicher Herrschaft und gräflicher Dienerschaft, daß sich nämlich die Exzellenzen direkt vor ihm, in seiner Anwesenheit ... stritten! Der alte Gärtner sah jetzt ein, daß er etwas würde tun müssen, was er noch nie getan hatte, er würde sich ungefragt zu Wort melden müssen, und er würde – welche Ungeheuerlichkeit: er der Herrschaft! –, einen Rat geben, denn das eigentliche Problem hatten sie ja noch gar nicht angesprochen, die Frage nämlich, wohin sie, der Graf und die Gräfin, mitsamt ihren beiden Söhnen morgen mittag gehen sollten? Er nahm also allen seinen Mut zusammen und sagte:

»Ich wüßte da ein ..., ich hab' ..., Exzellenzen werden das nicht wissen, aber ich hab' da ein Häuschen, eigentlich mehr eine Hütte, eine Art Fischerhütte.«

Jan stand jetzt vor dem Grafen wie ein Sohn im Lausebengelalter, der soeben eine kleine, läßliche Jugendsünde hatte beichten müssen. In der Tat hatte er nie etwas davon verlauten lassen, daß er außerhalb des Schlosses, wo er doch all die Jahre sein Auskommen gehabt hatte und wo für alles, sein kleines, anspruchsloses Gärtnerleben Betreffende gesorgt worden war, daß er also außerhalb der gräflichen Gunst und Obhut ein persönliches Privatgeheimnis gehütet hatte, um das er sich jede Woche an seinem freien Nachmittag kümmerte.

Allzustreng konnte der Graf aber jetzt nicht sein, ob dieser Enthüllung, er ahnte ja finster, daß er auf Jans Angebot schon eher würde zurückkommen müssen, als ihm lieb war. Er ließ den Gärtner weitererzählen:

»Hinter dem Wald bei den Karpfenteichen, da steht sie, die Hütte. Einer von den Teichen gehört uns. Schon vom Großvater her. Er hat ihn gepachtet. Vom Kloster. Später dann gekauft. Das war zu der Zeit, als der Konvent immer kleiner und kleiner wurde. Zum Schluß lebten nur noch drei Patres in der riesigen Klosteranlage.«

»Ich weiß«, sagte der Graf und lächelte – was die Gräfin alles andere als passend fand. Er aber lächelte, weil sie ihm wieder einfielen, die Geschichten, die man in seiner Kindheit zu diversen Gelegenheiten an den Festtafeln auf Schloß Hlavanice erzählt hatte, Geschichten aus der guten, alten Zeit. Zum Beispiel die von den drei Patres im Kloster. Daß jeder von ihnen alleine einen ganzen Gebäudeflügel der im Karree um den Innenhof herumgebauten Augustinerabtei bewohnte. Früher waren sie fünfzig und mehr gewesen. Mit der Zeit aber hatte sich herumgesprochen, daß die Hlavanicer seit den Tagen des Hussitenführers Žižka samt und sonders zur Ketzerei übergelaufen waren und daß sie einmal sogar den Prior verprügelt hätten, wo sie doch seiner Aufforderung hätten nachkommen sollen, für das Kloster Frondienste zu leisten, und seitdem man solche Geschichten aus Hlavanice hörte, waren es von Jahr zu Jahr weniger geworden, die bereit waren, in die Waldeinsamkeit des Pivoňkatales zu ziehen, auch wenn es immer wieder von der Augustinerabtei hieß, sie sei eine der prachtvollsten und reichsten in ganz Böhmen. Und so war es schließlich gekommen, daß Prior Anselm mit seinen beiden ältesten Mitbrüdern als die drei letzten aufrechten Fähnlein im Heerzug des Allmächtigen übrigblieben. Der Prior hatte selbstredend den Mittelteil der Abtei mit der direkten Verbindung zur Klosterkirche für sich reklamiert, Bruder Paul bekam den Ostflügel zugesprochen und Bruder Zebedäus den Westflügel. (Sie hatten doch tatsächlich die Würfel bemüht, um in dieser Frage zu einer Entscheidung zu kommen, lederne Würfelbecher machten dieses dunkle Klack-Geräusch, das durch die leeren Zimmerfluchten hallte, zugegeben, ungewöhnlich für ein Kloster, aber gar so ein heiliger Ort war die Abtei schon lang nicht mehr, Bruder Zebedäus war sogar so weit gegangen, den Vorschlag zu machen, jeder von ihnen dreien könne doch seine schon jahrelang unterhaltene Mätresse mit zu sich in den jeweiligen Gebäudetrakt nehmen, damit es nicht mehr gar so elend leer wäre, man könne ja etliche Zimmer, womöglich ein ganzes Stockwerk zwischen sich und das Weibsbild legen, damit zumindest nach außen hin ein gewisser Abstand ... Weiter kam Bruder Zebedäus mit seinem Vorschlag nicht, er wurde von seinen beiden Mitbrüdern derart vernichtend angefunkelt, daß er seine, wie er fand, großartige Idee sofort wieder fallenließ).

»Beim Kloster also«, wiederholte der Graf und lächelte immer noch. (Er wird doch nicht den Verstand verlieren, dachte die Gräfin, und in ihrer schwerlich noch länger zu unterdrückenden Rage dachte sie sogar noch weiter: Er wird doch hoffentlich jemals einen gehabt haben!)

»Ja, und da wollte ich eben sagen, daß diese Fischerhütte ... jederzeit ..., ich meine, sie steht eigentlich immer leer ... Exzellenzen könnten dort ... vorübergehend ..., ich meine, ewig wird das ja nicht so gehen ... mit diesem... Spuk«, er sagte jetzt selbst Spuk zu dem, was er vor Wochen noch als Hoffnungstraum herbeigesehnt hatte: daß nämlich die Deutschen kommen und ihn heimholen würden.

»Wir in einer Fischerhütte?! Petr!« Die Gräfin war entsetzt.

Und dem Grafen zitterte das Kinn. Er preßte die Lippen fest aufeinander. Und griff Jan an den Oberarm. Drückte ihn fest. Ungeheuerlich, dachte Jan. Was er da spürte. Was waren das nur für Zeiten.

Im Rathaus von Hlavanice war man einerseits erleichtert zu sehen, daß nun endlich auch die Hauptperson der Vertragsunterzeichnung, Venda Koloušek, eintraf, wenn auch mit beträchtlicher Verspätung. Andererseits war der Zustand, in dem er von seinen Begleitern unten an der Pforte vorbei ins Rathaus geschoben wurde, von einigermaßen besorgniserregender Art. Mucha hatte in seinem Amtszimmer schon mitbekommen, daß da ein Radau ausbrach, unten im Erdgeschoß, und war die Treppe hinuntergerannt. Dort sah er dann diese seltsame Pietà-Gruppe: Koloušek im Rollstuhl, Jiří hinter ihm an den Schiebegriffen, nur Multerer mit der hochgehaltenen Infusionsflasche paßte nicht so recht dazu. Auch gab Onkel Venda alles andere als das Bild eines Schmerzensmanns ab. Vielmehr fluchte und zeterte er, schien sich mit Händen und Füßen gegen das zu sträuben und zu wehren, was doch – laut Jiřís Beteuerungen – feste Abmachung war. »Das geht alles in Ordnung, Bürgermeister«, hatte Jiří noch vorgestern am Telefon versichert, »Onkel Venda ist zahm wie ein Täubchen.«

»Na wunderbar«, hatte Mucha geantwortet und dann verschwörerisch hinterhergeraunt, »Jiří …, es soll übrigens nicht zu deinem Schaden sein, wenn das hier alles glücklich über die Bühne geht … mit deinem Onkel und so. Wir vergessen nicht, daß du es warst, der ihn so weit präpariert hat.«

Nulla Probläm! Jiří hatte gleich heruntergespielt, daß es da irgendwelche Schwierigkeiten geben könne mit seinem Onkel. Und jetzt das! Koloušek strampelte und gestikulierte in seinem Rollstuhl (wo blieb die Wirkung des Sedativums; irrte wohl orientierungslos in den Blutbahnen dieses an allen Gliedern gleichzeitig Tobenden herum?). Jiří redete unablässig auf seinen Onkel ein, ja, er mußte ihn regelrecht zurückdrücken auf den Sitz seines Rollstuhls, der ist imstande, steht auf und marschiert uns davon, war Muchas sofortiger Gedanke. Das war der Instinkt des Politikers, der ihn wittern ließ, wenn eine Sache schiefzugehen droht.

Um von dieser offensichtlich für alle höchst peinlichen Situation abzulenken, stürzte sich Mucha jetzt auf Multerer.

»No, wo bleiben Sie, meine liebä bayärischä Freind!«

Multerer, der noch immer die Infusionsflasche des Onkels hielt, nutzte die stürmische, allzu leutselige Begrüßung des Bürgermeisters dazu, Koloušeks Tropf endlich an Jiří weiterzugeben, der ihn allerdings seinerseits weiterreichte an Fräulein Jirásková, die längst vom Aufruhr in der Eingangshalle des Rathauses alarmiert worden war und aus ihrem Vorzimmer herbeigeeilt kam. Sie hielt die Infusionsflasche, die sie zuerst für ein etwas seltsames Gastgeschenk Multerers an den Bürgermeister hielt, ließ sie dann aber beinahe vor Schreck fallen, als sie den ellenlangen Plastikschlauch bemerkte, der sich aus der Flasche heraus den Arm von Koloušek entlang bis zu dessen Handgelenk hinunterschlängelte, um dort unter der faltigen Haut zu verschwinden. Sie ließ sogar einen kleinen spitzen Schrei hören.

Den allerdings alle Anwesenden mißdeuteten, nämlich als ein kindisches Erschrecken über die allzu abrupt aufgestoßene Eingangstür, die Multerer regelrecht in den Rücken schlug. Der da so stürmisch hereinplatzte, war ... Vančura! Der Auftritt war dermaßen effektvoll, daß selbst Onkel Venda für einen Augenblick sein protestierendes Gekreische vergaß. Vančura stand in der Eingangstüre, deren einen Flügel er weit aufgestoßen hatte.

»'tschuldigung. Hab' mich ein wenig verspätet!« Er wollte eintreten und rannte mit dem Kopf gegen den anderen Türflügel, der am Fußboden und an der Decke festgeriegelt war.

Natürlich war es nicht der echte Vančura, sondern Urbánek, der da absolut slapstick-filmreif hereingestolpert kam, gewissermaßen in Verkleidung des Vančura. Er hatte sich ein

Cordjackett angezogen, einen Schal umgeworfen (allerdings nicht aus Seide, sondern einen gestrickten, der Blödmann: und das am 14. Juni!), außerdem auch noch eine Brille aufgesetzt, die Gläser dick wie Panzerglas, weiß der Teufel, wo er die herhatte, jedenfalls sah sie tatsächlich derjenigen ähnlich, die Vančura normalerweise trug. Leider hatte die ungeheure Dioptrienzahl ihrer Gläser den unangenehmen Nebeneffekt, daß Urbánek kaum mehr etwas sah. Deshalb auch das Malheur mit dem Kopf am Türflügel. Allerdings ... ganz nüchtern war Urbánek auch nicht mehr. Mucha brauchte ihn nur anzuschauen, um zu wissen, daß er mindestens eine halbe Flasche Wodka intus hatte. Ja, Urbánek hatte sich ein wenig Mut antrinken müssen. Nachdem er von seiner Unterredung mit Mucha vor zwei Stunden etwa nach Hause gegangen war, bekam er dort auf einmal das Fracksausen. Er und Vančura spielen! Urbánek hatte umgehend im Rathaus angerufen, um Mucha seinen Rückzieher bekanntzugeben.

»Ich mach' das nicht. Auf gar keinen Fall.«

»Komm, hab dich nicht so. Du hast wirklich Talent für die Schauspielerei.«

»Was denn noch alles! Der Vančura hat heute schon gesagt, ich sei eigentlich ein Dichter. Ihr wollt mich doch alle verarschen und fertigmachen.«

»Aber nein! Niemals, Urbánek! Außerdem ist er immer noch verschwunden. Kein Mensch weiß, wo er steckt. Dann mußt du halt den Vančura machen.«

»Ich weiß doch gar nicht, was man da sagt.«

»Am besten so gut wie gar nichts. Du machst einfach den großen Schweiger, verstehst du. Künstler sind immer große Schweiger. Auch der Vančura heute vormittag, als ich mit ihm reden wollte: groß geschwiegen. Es ist doch nur, damit dieser Multerer zufrieden ist.«

Und, war er jetzt zufrieden? Mucha hatte die beiden umständlich bekannt gemacht.

»Diese hiir ... sä unsara Ladislav Vančura«, hatte er zu Multerer gesagt und Urbánek dabei auf die Schulter geklopft (so, daß die Brille gleich verrutschte, saß aber auch etwas locker, war nämlich die von Pepin, an Pepin und Jožo nämlich war Urbánek vorbeigekommen auf seinem Weg zum Rathaus, die saßen gerade vor ihrem ausgeweideten Waller, Pepin schon fast am Heulen, der Freude wegen, er hatte die Brille abgenommen, und da hatte Urbánek eben gefragt, ob er sie mal haben könne, und Pepin hatte gesagt, meinetwegen, aber dann kommst du auch heut' abend auf das Fest, Bürgermeisterchen, und natürlich hatte Urbánek ja gesagt, schon weil Pepin der einzige war, der noch immer Bürgermeister zu ihm sagte).

»Sä unsara großä Vančura«, wiederholte Mucha noch einmal mit besonderer Inbrunst, und Multerer hatte sich gedacht, jetzt haben die tatsächlich diesen Protestler dazugeladen, wenn der uns mal nicht die ganze Schose vermasselt, ich hab doch nie was gesagt, daß ich den dabeihaben will, nur einmal, um die Gesprächsatmosphäre etwas aufzulockern, mein Gott, ab und zu muß man halt etwas auf den Busch klopfen. Waaas, der berühmte Vančura, wirklich wahr, und der lebt bei Ihnen in Hlavanice, kaum zu glauben, ob man den mal kennenlernen kann, aber das war ja nur gesagt, um den Mucha kompromißbereit zu stimmen, den jungen Rotzlöffel, der soll ja auch einer von den Bürgerrechtlern sein, tust du ihm halt den Gefallen!

So hatte Multerer spekuliert, denn er hielt sich schon immer für einen besonders vifen Taktiker. So machen wir's, Zach, hatte er zu sich selber gesagt, dann hast du ihn, diesen Mucha, bald da, wo du ihn haben willst: auf der Schlachtbank nämlich!

»So, dann wären wir ja nun alle beieinander«, hatte Mucha schließlich den so unschlüssig in der Eingangshalle herumstehenden Konvent angesprochen (und Jiří flüsterte

Multerer die Übersetzung ins Ohr), »und ich darf Sie namens der Stadt alle herzlich begrüßen im Hlavanicer Rathaus, vor allem unseren lieben Venda Koloušek«. Mucha fiel ein, daß er ihn ja noch gar nicht begrüßt hatte, »ahoj, ahoj, Venda«, wurde er besonders vertraulich, »ich darf Sie also jetzt weiterbitten in den Sitzungssaal, da hat nämlich unser Fräulein Jirásková ... du hast doch, Karla?! ... hat da einen kleinen Begrüßungstrunk vorbereitet.«

Mucha wedelte mit der Hand, die Jirásková sollte vorausgehen. Die aber war sich unschlüssig, ob sie nun neben dem Rollstuhl stehenbleiben müsse und die Infusionsflasche halten oder den Anweisungen des Bürgermeisters folgen. Schließlich drückte sie Urbánek den Tropf in die Hand und stöckelte eiligst davon.

»Wir wollen doch diesen besonderen Tag«, setzte Mucha seine Ansprache fort, »wo unser lieber Venda Koloušek hier diesen... diese besondere... diese einzigartige Investition für unser Hlavanice tätigen wird...«

Onkel Venda lauschte schon seit geraumer Zeit nur mehr auf das Beruhigungsgewisper des Sedativums in seinen Blutbahnen, jetzt aber, wo er zweimal seinen Namen aufgerufen hörte, stemmte er sich an den Armlehnen seines Rollstuhls hoch.

Mucha schwieg. Alles schaute.

Und Onkel Venda krächzte wie ein Rabe: »Multerer, dieser Mörder ..., mit dem mach' ich keine Geschäfte.«

Alle zuckten zusammen. Wenn auch aus jeweils anderen Gründen. Nur Jiří blieb unbeeindruckt. Schob den Rollstuhl an, Richtung Sitzungssaal.

»Ja, der Onkel«, sagte er, »der will jetzt erst einmal keine Geschäfte machen, nein, der hat nämlich was gehört von Begrüßungstrunk, stimmt's, Onkel Venda, erst der Schnaps, dann das Geschäft.«

»Da bist du ja endlich wieder!«

Kein bißchen überrascht schien die Lovcová, daß ihr Vladimírchen doch noch einmal heimkehrte. (Er hätte sich ja auch aufhängen können, irgendwo da draußen im Wald, sie hätte ihn bestimmt nicht gesucht!) Saß da in der Küche gemütlich bei 'nem Täßchen Kaffee mit … Lovec traute seinen Augen nicht: ausgerechnet mit der Bürgermeistersgattin a. D., der Urbánková. Die hatte sich hier schon seit Wochen nicht mehr sehen lassen, genau wie ihr Mann.

»Die haben uns vergessen, abgeschrieben, begraben«, hatte Lovec erst neulich zu seiner Frau gesagt. Seit er nicht mehr regelmäßig zu Monatsende in die Kreisstadt fuhr, behandelte man ihn in Hlavanice wie Luft, als ob es ihn überhaupt nie gegeben hätte. Und vorher? Hatten sie ihm die Stiefel geküßt. »Unser treuer Lovec, wichtigster Mann in ganz Hlavanice«, hatte Urbánek oft zu ihm gesagt. Und jetzt auf einmal kannte er ihn nicht mehr.

Was es indes für die Urbánková unaufschiebbar machte, zu ihrer alten Freundin hinüberzueilen, das waren die sich überstürzenden Neuigkeiten dieses Tages, und die waren ja nun wirklich aufregend wie lange nichts mehr in Hlavanice und mußten folglich unbedingt zwischen den beiden Frauen besprochen werden. Da war erst dieser Wallerfang gewesen heute morgen, dann der überraschende Besuch Vančuras bei ihrem Mann und schließlich und vor allen Dingen, ganz unerklärlich!, wie ihr František plötzlich in das Rathaus abgedampft sei, und in was für einem Aufzug – mit Schal im Juni! –, wo er doch immer gesagt hatte, in dieses Rathaus brächten ihn keine zehn Pferde mehr hinein, und dann schmeißt er sich in seinen seit zwanzig Jahren nicht mehr getragenen Cordanzug und hat nichts Eiligeres zu tun, als hinüber ins Rathaus zu kommen, und was für ein wirres

Zeug er dabei vor sich hin gebrabbelt hat, er müsse jetzt den Vančura machen.

»Ich glaub', der ist übergeschnappt«, erklärte Eva Urbánková ihrer Freundin Ludmila, »der erträgt das nicht, den macht das kaputt, diese neuen Zeiten.«

»Meinen ja auch«, hatte sich die Lovcová eifersüchtig anzufügen beeilt. Denn wer hier schließlich mehr gestraft war durch die neuen Zeiten, das mußte sich erst noch herausstellen. Doch wohl ihr Vladimírchen. Ach, er war ja nur in die Pilze gegangen, einen Augenblick lang war der Lovcová direkt bange geworden, als er vorhin so finster das Haus verlassen hatte.

»Und, was hast du uns mitgebracht?« wandte sie sich jetzt an ihren Mann. »Etwa leckere Steinpilze? Mach' ich uns heut' abend, angebräunt mit Rührei, das magst du doch so gern, Vladimírchen!«

»Aber heute abend geht's doch nicht, Ludmila.«

Geschäftig legte ihr die Urbánková die Hand auf den Oberarm. »Aber ja, natürlich, hab' ich schon wieder vergessen: Heute abend ist ja großes Dorffest, hast du überhaupt schon gehört, Vladimír, der Jožo und der Pepin ...«

»Ich brauch' jetzt den Tisch hier.«

Lovec war an den Küchentisch getreten, wollte seine Leinentasche absetzen, sah aber, wie Ludmila danach greifen und hineinschauen wollte (was bringt er denn mit, der gute Vladimír?), riß die Tasche also gleich wieder zurück und stellte sie im Abwaschbecken ab.

»Überhaupt, ich brauch' jetzt die ganze Küche für mich.«

Er begann, das Kaffeegeschirr abzuräumen, obwohl die Damen noch gar nicht fertig waren.

Die Urbánková versuchte, die Peinlichkeit dieses Hinauswurfs zu überspielen. »Was, schon gleich fünf. Dann muß ich jetzt aber auch nach Hause ..., noch ein bißchen herrichten für heut' abend. Was ziehst du denn an, Ludmila?«

»Och…, das ist doch nur so 'n …, so feierlich ist das doch gar nicht.«

»Der Kadlec hat mir grad auf dem Herweg erzählt, die Blaskapelle kommt auch. Für Musik ist also gesorgt. Wie wär's mit einem Tänzchen, heut' abend, Herr Lovec?«

Lovec sah die ehemalige Bürgermeistersgattin, die von jeher für ihr fideles Gemüt bekannt gewesen war, an, als habe sie ihn eben aufgefordert, öffentlich mit ihr Unzucht zu treiben.

»Was spielen sie denn …, die von der Blasmusik? Einen Trauermarsch?«

»Wie kommen Sie denn da drauf?«

»Ich meine nur so.«

»Also, ich muß jetzt. Bis später.«

Ludmila, die über die letzte Bemerkung ihres Mannes nur den Kopf schütteln konnte, begleitete ihre Freundin hinaus.

Nachdem er endlich alleine in der Küche war, breitete Lovec den Inhalt seiner Leinentasche auf dem Küchentisch aus. Es waren sieben herrliche Exemplare: orangefuchsige Schleierlinge. Normalerweise stehen sie nur einzeln, und daß man im Juni schon welche sehen konnte, das hatte Lovec überhaupt noch nie erlebt. Er wertete dieses Sammlerglück, das er heute gehabt hatte, als stilles Einverständnis von wem auch immer (der Natur, des Universums, Gott?). Es war schon das Richtige, was er tat. Hätte er sonst die Schleierlinge gefunden? Nur sie hatte er mitgenommen, alle anderen Schwammer im Wald stehengelassen, er gönnte die schönen Steinpilze und Täublinge den anderen, die nach ihm kamen, er hatte gar nichts dagegen, wogegen normalerweise jeder Pilzsucher etwas hat: daß andere auch noch etwas finden. Er spürte, es war das letzte Mal, daß er in die Pilze gegangen war, nach dem orangefuchsigen Schleierling sucht man nur einmal.

Die Zeitungen waren voll gewesen davon, damals, Mitte der fünfziger Jahre, als in Polen ein halbes Dorf ausradiert wurde von diesem Pilz. Lovec hatte die Berichte genau studiert, und auch die Beschreibung kam ihm gleich bekannt vor: die Kappe fuchsig orange mit einem Buckel in der Mitte des Hutes, der Stiel goldgelb, die weit auseinanderstehenden Lamellen zimtfarben. Natürlich kannte er ihn, wußte, wo genau er im Sauloch zu finden war. Er hatte ihn immer stehenlassen. Hielt ihn für ungenießbar. Aber daß er so giftig war und vor allem: so hinterhältig, das hatte er nicht gewußt. Bis er diese Zeitungsmeldung gelesen hatte. Das Besondere des orangefuchsigen Schleierlings war es, daß er seine toxische Wirkung seltsamerweise mehrere Tage lang (bis zu sieben) für sich behalten konnte. Kein Sterbenswörtchen (in der Tat: Sterbenswörtchen) davon zu irgend jemand, auch nicht zu dem Organismus, der den Schleierling schon längst in sich aufgenommen hat. Ahnungslos und ohne die geringsten Beschwerden geht er weiterhin seinen Körperfunktionen nach. Hat längst schon die unverdaulichen Reste des Schleierlings wieder ausgeschieden. Und bemerkt gar nicht, wie das Gift schon in ihm arbeitet. Es zersetzt Leber und Niere. Wenn nach sieben Tagen sich Erbrechen und blutiger Urin einstellen, ist es schon zu spät. Das alles wußte man eigentlich erst seit diesem schrecklichen Fall in Polen. Und Lovec hatte sich schon damals gedacht: Gut zu wissen.

Lovec machte sich ans Putzen der Pilze. Schabte die Reste des Waldbodens vom Stiel ab, schnitt unsaubere Stellen heraus, viele waren es nicht, denn Würmer gingen an den Schleierling nicht hin, waren ja nicht blöd, überhaupt das ganze Kriechzeug im Wald war nicht blöd. Da kannst du dich darauf verlassen: Was nicht angefressen ist, da sollte man besser die Finger davon lassen. Während Lovec die Pilzkappen in schmale Plättchen kleinschnitt, dachte er, daß sie ihn das schon viel früher hätten machen lassen sollen, das mit den Schleierlingen. Ein Wink aus der Kreisstadt von Lánský und er hätte gehandelt. »Schaffen Sie uns den Vančura vom Hals.« Wenn Lánský das gesagt hätte, im Sommer '89 zum Beispiel, dann hätte es sieben Tage später keinen Vančura mehr gegeben. Und wer weiß, was dann passiert wäre. Oder besser gesagt: nicht passiert wäre. Kein Aufruhr der Jugendlichen und Studenten in Prag, und vor allem nicht diese dumme Prügelei, die alles ins Rollen brachte, denn das war es ja überhaupt erst, was die Eltern dieser Jugendlichen und Studenten, die sich selbst niemals aufzumucken getraut hätten, so rebellisch gemacht hatte: Jetzt ist aber genug, uns hier die Kinder zu vermöbeln! Dann die Demo am Wenzelsplatz, die Schlüsselklingelei in Pilsen, wenn da nicht der Vančura dahintersteckte! Den hätte man schon viel früher ausschalten müssen. Daß sie vor solch einem Schritt Skrupel gehabt hatten in der Kreisstadt, ja, daß es eine entsprechende Direktive, dem Vančura kein Haar zu krümmen, sogar aus der Bartoloměјská gegeben haben soll, das konnte sich Lovec beim besten Willen nicht vorstellen. In anderen Fällen waren sie doch auch nicht so pingelig gewesen. Lovec hatte davon gehört, von inszenierten Unfällen, auch von angeordneten Pfuschereien bei einer ganz routinemäßigen Blutabnahme im Krankenhaus (da läßt sich schnell was einschmuggeln in die Blutbahn), aber das alles war doch dilettantisch im Grunde und vor allem: mit viel zu hohen Risikofaktoren verbunden. Das hätte man ihn mal machen lassen sollen. Die Schleierling-Methode. Aber schon damals ging es ja anscheinend los, daß man ihn abschrieb, den brauchen wir nicht mehr, diesen Lovec, und jetzt war er ja ganz und gar aufs Abstellgleis geschoben worden.

Lovec hielt ein besonders schönes Stück von der Kappe des letzten Schleierlings, den er geputzt hatte, in der Hand: Sieben Tage Galgenfrist, da kannst du noch alles klären, was zu klären ist, machst in aller Ruhe dein Testament, weißt, in dir tickt die Bombe, aber vorher reißt du noch denjenigen mit ins große schwarze Loch, dem wir das alles zu verdanken haben, da stirbt es sich doch schon viel leichter, wenn man weiß, man hat seinen Job ordentlich zu Ende gebracht, auch wenn das eigentlich gar niemanden mehr interessiert. Warum hatte Lánský ihm ohne Vorankündigung plötzlich den Arschtritt verpaßt, ihn nicht einmal mehr seinen Job zu Ende bringen lassen? Anscheinend weil das alles plötzlich von keinerlei Bedeutung mehr war. Für die jedenfalls. Die würden jetzt Vančura einfach triumphieren lassen. Und zuschauen. Lánský und die in der Bartoloměјská. Die Geheimen hatten doch alle miteinander nur noch eins im Kopf: den eigenen Arsch zu retten. Wie die Hasen sind die doch gelaufen, der einzige, der auf seinem Posten blieb, war er, Lovec, der Jäger. Er würde seinen Job zu Ende und den Vančura zur Strecke bringen. Sieben Tage Zeit waren noch.

Lovec sah sich das Stückchen Schleierling in seiner Hand an. Er wußte relativ gut Bescheid über diesen hinterhältigsten aller Pilze. Sieben Tage. Aber wieviel man davon essen mußte, damit er auch todsicher wirkte? Er fing mit dem Stückchen an, das er in der Hand hatte. Schob es sich in den Mund und kaute darauf herum. Langsam, genau auf die Aromen lauernd, die sich jetzt auf Zunge und Gaumen entfalten würden (ißt man auch nur einmal im Leben, dachte er). Der Geschmack war, wie er fand, ganz und gar unverdächtig. Auch so, im rohen Zustand: Man ahnt nichts. Gleich würde er die feingeschnittenen Scheiben in Salzwasser kurz abkochen. Der hinterhältigen Wirkung des Schleierlings würde das nichts anhaben. Und dann unter die anderen mischen, aus einem der großen Einmachgläser im Keller: *Pilzallerlei, süß-sauer*. Die stammten noch vom letzten Jahr. Eingelegt in einen Essigsud mit Pfefferschoten, Schalotten, geriebene Zitronenschale nicht vergessen.

Bevor er sie abkochte, die Schleierlingscheiben, nahm er

noch zwei, drei für sich selber. Lovec stopfte sie jetzt hastiger in den Mund. Kaute schon gar nicht mehr richtig, schluckte nur, so wie er immer geschluckt hatte, sein ganzes Leben lang, gewürgt, einfach runtergewürgt, alles schlucken, runterwürgen, Mund halten, die Augen zu, durch, und … Aus.

Brausen

»Das Kloster? Na selbstverständlich, das liegt doch da hinten, da irgendwo.« Bohumila lehnte sich zu der Dachluke hinaus und suchte nach der Klosterruine. »Das muß doch zu sehen sein, von hier aus.«

»Weiter rechts«, sagte Vančura.

Die Fischteiche, die früher einmal zum Kloster gehört hatten, gab es noch immer, auch wenn sich keiner mehr darum kümmerte, kein Jan mehr und auch sonst niemand. Bohumila beugte sich noch weiter hinaus und entdeckte hinter Bäumen eine der perlmutt-glänzenden Wasserflächen. Wie an einer Kette reihten sich fünf Teiche hintereinander auf, der Himmel über Hlavanice spiegelte sich ganz unverzerrt darin: Keine noch so kleine Welle riffelte die Wasseroberfläche. Und das makellose Spiegelbild zeigte was? Wolken! Kumulus-Putti, mit geblähten Backen, als ob sie jeden Augenblick in die Posaunen stoßen würden, um das Weltenende einzublasen. Doch an diesem Nachmittag hatte in Hlavanice wahrlich keiner Zeit, darauf zu achten, was sich am Himmel abspielte. Auch Bohumila nicht. Sie wollte endlich erfahren, wie es weiterging.

»Und Sie sagen, Dokterchen, dort bei den Teichen, in einer der Fischerhütten, da soll sich damals der Graf einquartiert haben? Mit der ganzen Familie? Kann ich gar nicht glauben.«

»Wo hätte er denn sonst hin sollen? Und raus mußte er aus dem Schloß. Denn am nächsten Mittag, wie angedroht, waren sie wieder da, standen im Hof, vor der Freitreppe. Diesmal aber mit zwei Mannschafts-Lkws und einem zusätzlichen Kübelwagen mit aufmontiertem Maschinengewehr.«

»Sie haben ihn also tatsächlich aus dem Schloß gejagt? Die Deutschen?«

Vančura nickte nur.

Die Kadlecová hatte das ehrlich nicht gewußt. Niemand in Hlavanice hatte es gewußt. Jedenfalls behaupteten das alle.

»Und der Graf? Was hat der gemacht? So etwas läßt man sich doch nicht einfach gefallen!«

»Nein.«

»Hat er also einen Racheplan ausgeheckt?«

»Nicht gleich.«

»Wie *nicht gleich*?«

»Er hat erst einmal nachdenken müssen.«

»Na, das ist klar. Er hat überlegen müssen, wie genau er es anstellt. Das mit dem Rachenehmen. Aber dann! Dann hat er doch ..., oder!«

»Na ja, dann hat er es noch einmal anders herum bedacht.«

»Warum?«

»Weil es schon prinzipiell immer mindestens zwei Möglichkeiten des Bedenkens einer Sache gibt: einmal unter der Prämisse, es geht gut aus, und zum anderen unter der Prämisse, es geht schlecht aus.«

»Ah ja. Und?«

»Sie meinen, zu welchem Ergebnis der Graf gekommen ist?«

»Was sonst!« Bohumila wurde langsam ungeduldig.

»Nun, er kam zu dem Ergebnis, daß es sowieso und auf alle Fälle schlecht ausgehen würde.«

»Er nahm also keine Rache.«

»Persönlich hätte er lieber Abstand von einem solchen Vorhaben genommen.«

»Und das heißt was!? Mein Gott, jetzt lassen Sie sich halt nicht alles aus der Nase ziehen!«

»Das heißt, daß er zu seinem vorwärtsstürmenden Heldentum erst überredet werden mußte. Es war also mehr so ein von hinten angeschobenes Heldentum.«

»Von wem?«

»Von wem *was*?«

»Angeschoben!«

»Von der Gräfin natürlich.«

»Freilich *natürlich*! Und, wie habe ich mir das vorzustellen?«

»Nun, folgendermaßen:«

Auf einer roh zusammengezimmerten Bank aus Birkenästen sehen wir Graf Hlaváček am Rand des Fischteiches sitzen, auf dessen flaschengrüner Wasseroberfläche sich der blaue böhmische Himmel spiegelt (ob auch damals Kumuli die Backen bauschten, wer weiß?). Drüben in seinem Schloß hausen die Deutschen. Und das schon fast vier Jahre lang. Sie essen dort von *seinen* Tellern, schlafen sich in *seinem* Bett ihren Rausch aus, den ihnen *seine* besten Rotweine eingeflüstert haben, wahllos köpfen sie die kostbarsten Bouteillen aus seinem Weinkeller, und dieser Multerer erst, das kann sich der Graf ganz besonders lebhaft vorstellen, der wird in der Bibliothek des Schlosses stehen, Abend für Abend, und genüßlich seine Lieblinge befingern, einen Spaß wird er sich daraus machen, ihnen erst nur ganz leicht über die Buchrücken zu streicheln, daß jedem dieser armen Geschöpfe ein Schauer des Entsetzens über jede einzelne Seite laufen muß, und dann erst, wenn er sie einzeln taxiert hat, von ihrer Rückenansicht her, der verletzlichsten überhaupt, erst dann wird er sich ein Opfer heraussuchen, das er mit seinem zu einem widerlichen Haken gekrümmten Zeigefinger am Genick aus dem Regal herausziehen wird, um es in die Hand zu nehmen, aufzuschlagen, langsam zu entblättern.

Anfänglich hatten solche Vorstellungen den Grafen noch gemartert. Später fehlte ihm die Zeit dazu. Er mußte sehen, wie er sich und seine Familie erhielt. Wohnen konnten sie weiterhin in Jans kleinem Häuschen am Fischteich. Eigentlich war es nicht mehr als eine Hütte. Aber immerhin hatte der alte Gärtner einen Ofen hineingestellt und zwei Stockbetten, eines für die Kinder, das andere für das gräfliche Paar. Zu ihrem Lebensunterhalt allerdings konnte Jan, der ja selbst seine Stellung beim Grafen verloren hatte, beim besten Willen nicht auch noch beitragen. (Jan hatte bei den neuen deutschen Stadtverwaltern Arbeit als Bürobote bekommen; das Einkommen reichte gerade für ihn allein.) Also mußte der Graf etwas tun, was noch keiner seiner Vorfahren je hatte tun müssen: nämlich sich nach Arbeit umsehen. Ohne seinen alten Gärtner hätte er keine gefunden. Jan, der den tschechischen Prokuristen der Hlavanicer Glasschleiferei gut kannte, legte dort ein Wort für seinen Herrn ein. Von da ab durfte der Graf an den schon etwas altertümlichen Glasschleifmaschinen, die mit dem Wasser der Pivoňka angetrieben wurden, Aufsicht führen: Ab und zu mußte man unter die Lederkissen der großen Stempel, die die zu Flachglas aufgeschnittenen mundgeblasenen Glaszylinder plan polierten, etwas Potée geben. Das war ein aus feinstem rötlichem Sand bestehendes Poliermittel, das sich überall festsetzte, auf der Haut, auf der Kleidung, auf den Maschinen, den Möbeln, den Mauern. Alles war rot vom Potée. Sogar der Graf. Von da ab hatte er seinen Spitznamen weg: der rote Graf.

Graf Hlaváček verstand schon, was man ihm sagen wollte, durch die Blume: daß er ein Prolet zu werden hatte. Er weigerte sich ja auch gar nicht lange. Er strengte sich ja an und tat, was er tun konnte. Zum Beispiel, indem er sich eine Zigarette anzündete. Der Graf rauchte. Allen Ernstes und nicht nur zum proletarischen Spaß. Was insofern ganz ungeheuerlich war, weil es nicht nur die billigste, filterlose, nur von den Arbeitern gerauchte Sorte war, von der er sich da einen Stengel mit nervösen Fingern zwischen die Lippen zitterte, sondern auch: weil der Graf überhaupt noch nie geraucht hatte. Das war einfach ein Bild für die Götter (damit die auch einmal etwas zu lachen haben), und das mußten sich selbst die Karpfen anschauen, die Luftsprünge aus dem Spiegel des Weihers heraus machten, um sich das nicht entgehen zu lassen: wie der Graf am Feierabend, wenn er aus der Glasschleiferei kam, mit seinen roten spitzen Fingern eine Zigarette hielt, sich am Rauch verschluckte und hustete.

Aus der Fischerhütte trat seine Frau, die Gräfin: »Petr, was machst du denn da?«

»Was werd' ich schon tun? Rauchen!«

»Das seh' ich. Aber das ist doch abscheulich!«

»Ja, natürlich! Aber ich bin jetzt Prolet und muß etwas Abscheuliches tun.«

»Ein Jammerlappen bist du!«

Noch abscheulicher, als daß ihr Mann ein Jammerlappen war, fand die Gräfin, daß er sich alle Mühe gab, ein proletarischer Jammerlappen zu werden (bis dato war er wenigstens noch ein gräflicher gewesen). Angestiftet von Jan, entwickelte er sich sogar zu einem Liebhaber des Balltretsports. Er (der Graf) fand das irgendwie dazugehörig, schließlich waren alle in der Glasschleiferei Anhänger des Fußballspiels.

»Wenn Exzellenz die Güte haben wollen, einmal auf den Bolzplatz mitzukommen«, hatte Jan zum Grafen gesagt. Er hatte gesehen, wie sich der Graf an den Wochenenden langweilte. Zu tun, was Arbeiter am Wochenende normalerweise tun: die Zeit mit Nichtstun totzuschlagen, das brachte er einfach nicht übers Herz. Also langweilte er sich. Da hatte Jan diesen Vorschlag für ihn.

»Sie werden unseren Venda sehen, wie er am Samstagnachmittag aufläuft, mit der Nummer zehn auf dem Rücken, wenn der Herr Graf verstehen, was ich meine.«

Der Graf verstand natürlich nicht. Ging aber trotzdem mit.

Unser Venda sagte Jan übrigens, weil er das ja auch war: der Venda von allen. Von allen, die im Schloß lebten (als die Zeiten noch besser waren). Zwar war er das Kind der Koloušek, die das Regiment in der Schloßküche führte, aber schon die Tatsache, daß sich kein Vater für den kleinen Venda ausmachen ließ (die Koloušek jedenfalls schwieg eisern zu diesbezüglichen Fragen), weckte bei den übrigen einen ungebändigten Fürsorgetrieb. Sogar der Graf war davon nicht ausgenommen, nachdem er, mehr oder minder nichtsahnend, über die Anwesenheit Vendas … gestolpert war. Neugeboren lag er in einem Korb neben dem Küchenherd. Und da stolperte der Graf drüber. Er hatte sich nämlich versehentlich in die Küche verlaufen: mal wieder die Nase nicht aus dem Buch herausbekommen und, blind ins Gelesene vertieft, durch die falsche Türe statt im grünen Jagdzimmer in der Küche gelandet. Dort stieß der Graf mit der Schuhspitze gegen den Korb. »Was ist das denn?«

»Wenn Exzellenz erlauben: mein Sohn.«

»Anna, du bist schwanger?« Der Graf fiel aus allen Wolken.

»Gewesen. Ja, neun Monate lang, wenn der Herr Graf erlauben.«

»Erstaunlich.«

Weil die Sache aber nun einmal war, wie sie war, betrachtete sich der Graf das Ergebnis. Den kleinen Venda. Und der gefiel ihm. Er schloß ihn sozusagen direkt in sein Herz. Das stand nämlich gerade weit offen. (Der Graf hatte, als er an den Korb stieß, gerade in einem Gedichtbändchen gelesen: *Immer schon hab ich die Köchinnen / Um Muskat Vanille Zimt beneidet* ..., und vielleicht war es ja gerade deshalb passiert, daß er sich mit weit geöffnetem Herzen in die Küche verlief.) Jedenfalls hatte er von da ab Bleiberecht im Grafenherz, der schnell heranwachsende Venda. Und weil er da immer noch wohnte, im Herzen des Grafen, ging der nun sogar mit auf den Bolzplatz, um einmal seinem Schützling zuzusehen. Vom ersten Spiel an war der Graf begeistert und konnte sich gar nicht mehr vorstellen, wie er je ein Leben ohne Fußball hatte führen können.

»Sehen Sie, Herr Graf, ich hab' recht gehabt«, sagte Jan nicht ohne einen gewissen Stolz, denn schließlich war er es gewesen, der es sich ans Revers heften konnte, die Exzellenz bekehrt zu haben.

Der Graf allerdings schien gleich wieder vergessen zu haben, wem er seine neue Leidenschaft verdankte. Er begann vor Jan wie vom hohen Katheder herab zu dozieren: »Wesentlich ist an der Sache doch vor allem, daß der Fußball eine wirkliche, lebendige Sache ist. Während des Fußballspiels sind wir wirklich vorhanden.«

»Ach so, sonst nicht?« sagte Jan, der den ins Aus rollenden Ball ergriff und wieder ins Feld zurückwarf: dem Spieler der gegnerischen Mannschaft, der zum Einwurf an die Seitenlinie geeilt war, fast an den Kopf (absichtlich).

»Nein, sonst nicht!« meinte der Graf überraschend kompromißlos. »Lediglich in der Form der sogenannten Mannschaftsaufstellung sind wir vorhanden, die allerdings, verglichen mit dem wirklichen Spiel, keinerlei Realitätsgehalt hat. So eine Mannschaftsaufstellung, wie überhaupt jede Lebensaufstellung – Mutter: die umsichtige Torfrau, Vater: der exzentrische Spielmacher, Bruder: der nie gesehene, keinen Paß aufnehmende Linksaußen, Schwester: der verträumte Manndecker – mit jeder Mannschafts- wie auch Lebensaufstellung verhält es sich also so wie mit der Idee zur tatsächlichen Realität. – Ich wiederhole mich, das Spiel muß laufen, sonst sind wir nicht vorhanden.«

»Tooorr!!« schrie Jan.

»Was?«

»Jetzt haben Sie mit Ihrem ... Pardon, Herr Graf, Gequassel das Tor verpaßt.«

»Tor? Wer? Von wem?«

»Venda natürlich. Unser Venda!«

Das war selbst einem Neuling am Spielfeldrand wie dem Grafen sofort aufgefallen: Mit Venda lief ein Fußballgott auf, vielleicht noch ein junger, nicht ganz ausgelernter Gott, aber immerhin: göttlich. Die gegnerische Mannschaft und vor allem die Holprigkeit des Hlavanicer Fußballackers stemmten sich zwar regelmäßig mit allem, was sie hatten (Trikot-Zupfen, Schienbein-Treten), gegen Vendas Göttlichkeit, aber letzten Endes war es nutzlos. Man mußte einfach anerkennen: So wie Venda sich bewegte in seinem nie auch nur vom kleinsten Dreckspritzer beschmutzten grün-weißen Trikot: das war ein tänzelnd-leichter Pas de deux für Nummer 10 und Ball. Über alle Beinsicheln sowie gnadenlosen Blut- und Knochengrätschen seiner Gegenspieler hob sich Venda hinweg, als sei er ein Heiland des Fußballfeldes. Er schwebte über dem Blachfeld der Gestrauchelten und vom Schlagen fulminanter Luftlöcher aus der Balance Geratenen, den Fuß nicht auf die Sichel eines Halbmondes, sondern auf den Vollmond des Balles gestellt, um ihn mit der Stiefelsohle nur kurz zurückzulupfen, eine Körperdrehung: und schon war er an seinem Gegenspieler vorbei, ließ ihn stehen, wie der Herr seine eigene Mutter hatte stehenlassen: Was hab' ich mit diesem Weib zu schaffen?!

»Jan, hast du das gesehen?« rief der Graf voller Entzücken. Selbst wenn er noch nicht alle Feinheiten, besonderen Kniffe, Regeln und Offenbarungen dieses Spieles verstand (wer versteht die je?), daß Venda Koloušek der Messias war, der allen, die auf absolute fußballerische Perfektion warteten (und wer von den Stehplatzstehern wartet darauf nicht?), die Erlösung brachte, das mußte jedem sofort klar sein. Also auch dem Grafen.

»Phänomenal!« rief der Graf.

»Ja, schon nicht schlecht«, sagte Jan, der zwar nicht minder Begeisterte, aber durch seine Jahrzehnte am Spielfeldrand etwas Abgeklärtere.

Noch auf dem Nachhauseweg fachsimpelten Jan und der Graf weiter darüber, wie es so etwas wie das Venda-Phänomen überhaupt geben könne. Und sie hätten sich wohl immer tiefer in ihren Hlavanicer Fußballgesprächen verloren, wenn sie nicht beim Heimkommen der Blick der Gräfin getroffen hätte. Für sie war es unerklärlich (und im Grunde eine Schande!), wie man sich in diesen Zeiten mit so etwas Banalem wie einem Fußballspiel aufhalten konnte.

»Siehst du denn nicht, was hier vor sich geht?« Die schneidende Stimme der Gräfin hatte etwas Staatsanwaltschaftliches.

»Doch ..., schon.«

»Und warum tust du nichts dagegen?«

»Was kann unsereiner schon dagegen tun?«

»Du könntest einen Sabotagekreis organisieren«, schlug die Gräfin vor. Sie fand das eine wirklich ausgezeichnete Idee. Wie wär's mit dem sogenannten *Hlavanicer Kreis*? Wie würde man dastehen, später einmal, wenn die Deutschen wieder verschwunden wären (denn daß sie verschwinden würden, eines näheren oder ferneren Tages, stand für die Gräfin zweifelsfrei fest). Man würde glänzen können mit dieser patriotischen Tat für Böhmen, aktiv an der Vertreibung der Deutschen mitgewirkt zu haben.

»Sabo--- was?«

Anscheinend war in den Büchern des Grafen nie irgendwo etwas von Sabotage gestanden. Manchmal war es zum Aus-der-Haut-Fahren mit der Lethargie ihres Gatten. Die Gräfin war manchmal schon so verzweifelt, daß sie einen Gedanken dachte, der wirklich unerhört war. Sie dachte: Vielleicht ist der böhmische Adel wirklich dazu bestimmt unterzugehen, bei dem Grad an Vertrottelung, den er bereits erreicht hat.

»Sabotage!« versuchte es die Gräfin noch einmal, nicht ohne sich der Absurdität der Situation bewußt zu sein: Da stand eine Frau vor dem Waschlappen von eigenem Mann und versuchte ihm zu erklären, was Sabotage ist. »Du mußt ihnen irgend etwas antun!«

»Wem?«

»Herrgott! Was sie wirklich trifft. Empfindlich.«

»Ich weiß nicht, was du meinst?«

»In Nordböhmen, hat man gehört, haben sie eine Eisenbahnstrecke in die Luft gesprengt.«

»Eine ganze Strecke?«

»Nein, natürlich nicht. Nur an einer Stelle.«

»Wozu soll das gut sein?«

»Daß ihre Züge nicht mehr rollen. Vor allem die nach Polen nicht mehr.«

»Wieso, was rollt denn nach Polen?«

Sie schaute ihn mit einer solchen Verachtung an, daß Graf Petr richtiggehend erschrak. So war er überhaupt noch nie angeschaut worden von ihr. Er mußte irgend etwas falsch gemacht haben. Wußte aber nicht was. Um diesen Blick nicht länger aushalten zu müssen, beeilte er sich hinzuzufügen:

»Ich werd's mir überlegen. Ich meine, das mit der Sabotaasch.«

Natürlich sagte er das nur, um Zeit zu gewinnen. Wenn einer wie Graf Petr nachdachte, war immer Zeit gewonnen. Mit einem Ergebnis mußte man da nämlich nicht unbedingt rechnen. Natürlich wußte die Gräfin das auch und wandte sich deshalb resigniert ab, um wieder in die Hütte zu gehen. Lange genug kannte sie ihren Grafen von und zu Hasenfuß ja nun. Und rechnete daher nicht mit dem, was dann geschah.

Nur einen Tag später wurde der Graf ins Schloß bestellt, als sei er irgendein Dienstbote. Multerer schickte einen seiner Fahrer. Natürlich war ihm nicht entgangen, daß sich der Graf nur ein paar wenige Kilometer weiter östlich verfügt hatte, damals als er ihn aus dem Schloß verjagt hatte, und zwar in das bereits jenseits der Sudentengaugrenze in Rest-Tschechien gelegene Hlavanice. (Wenige Monate später gehörte auch das zum Protektorat Böhmen.) Er war dort untergekrochen bei seinem eigenen Domestiken. Multerer also ließ ausrichten, Hlaváček habe sich unverzüglich in der Kommandantur einzufinden. Mitfahren im Kübelwagen durfte er allerdings nicht, man ließ ihn zu Fuß gehen.

Multerer hatte im Bibliothekszimmer des Grafen, das er einer besonders eingehenden Untersuchung unterzog, unter anderem auch die Baupläne des Schlosses gefunden. Darin war ein Gang eingezeichnet zu einem, wie es Multerer vorkam, Geheimschacht, dessen Eingang in den Kellergewölben liegen mußte. Nur war dieser Eingang nirgends zu finden. Man verlangte Erklärung von Hlaváček. Die konnte er auch leicht geben. Er führte die Deutschen zu der Stelle, wo der Geheimgang schon vor Jahren zugemauert worden war, der betreffende Schacht, von dem niemand mehr wußte (selbst der alte Jan nicht), wohin er führte, war nämlich längst schon eingestürzt und somit unbrauchbar geworden. (Ob sich die Deutschen damit zufriedengaben oder doch das Aufbrechen der Kellerwand anfingen, um der Sache auf den Grund zu gehen, ehrlich gesagt, dem Grafen war es egal.)

Soweit also der – entgegen allen Befürchtungen – wenig aufregende und wenig bedrohliche Grund der Einbestellung des Grafen auf sein eigenes Schloß. Als er jedoch dort ankam, mußte er im Hof des Schlosses etwas miterleben und mitansehen, was seinem zögerlichen Nachdenken (Sabotaasch, ja aber wie?) augenblicklich ein Ende bereitete.

»Dafür bezahlen sie mir!«

Das war der erste und für einen langen Augenblick einzige Satz, den der Graf zu sagen imstande war, nachdem er vom Schloß wieder zurückkam. Erst einmal mußte er sich setzen, auf seine Birkenbank am Teichufer. Die anderen merkten sofort, daß etwas nicht stimmte. Der alte Jan kam näher, er hatte in den Gemüsebeeten nahe bei der Hütte das Unkraut gejätet, die Gräfin winkte die beiden Kinder herbei, bedeutete ihnen aber, sie sollten still sein, denn gleich gebe es etwas zu hören, ja selbst die Karpfen kamen nähergeschwommen und dümpelten mit träge schnappendem Maul auf Horchposten nahe dem Ufer.

Als der Graf in den Schloßhof gekommen war, sah er als erstes einen Lastwagen mit offener Ladefläche. Von dort herunter habe man Menschen abgeladen, Männer und junge Burschen. In einer Reihe hätten sie sich aufzustellen gehabt, nachdem sie zuerst ihr Gepäck hätten abgeben müssen, denn jeder von ihnen habe einen Koffer in der Hand gehabt. Nach dem Ablegen des Gepäcks seien die Kleider an die Reihe gekommen. Ja, die abgeladenen und unter dem Gelächter der Soldaten herumgestoßenen Männer hätten sich ausziehen müssen, erzählte der Graf jetzt, erst die Mäntel, dann die Schuhe, Hosen, Hemden, zuletzt die Leibwäsche. Im Gänsemarsch habe man sie dann zu einer Art Umkleidekabine geführt. Ja, ihm, dem Grafen, sei es so vorgekommen, als habe man in der Mitte seines Schloßhofes eine Umkleidekabine aufgestellt, denn im ersten Moment deutete er die grauen Wände mit den kreuzförmigen Leistenverstrebungen als ganz normale Holzwände einer provisorisch zusammengenagelten Kabine (wie allerdings *Um*kleiden, wo doch die Männer alle nackt waren?), und erst jetzt, als er ein paar

Schritte näher heranging und genauer hinsah, kamen ihm diese Bretterwände seltsam vor. Ja, es waren überhaupt keine Bretterwände, wie er mit langsam heraufkriechendem Entsetzen feststellen mußte, sondern die Rückseiten von Gemälden, ja, ohne Zweifel, das waren, von hinten gesehen, die leistenverstärkten Leinwände jener großformatigen Historienbilder, die normalerweise im Treppenaufgang des Schlosses hätten hängen müssen. Jetzt aber hingen sie an Stricken, die zwischen vier von den Deutschen in den Rasen des Rondells vor der Freitreppe gerammten Holzpflöcken gespannt waren, wie zum Trocknen an einer Wäscheleine (dabei waren Farben und Firnis schon seit 100 Jahren hart).

Die Deutschen fanden wohl, dies sei eine besonders geistreiche und gleichzeitig materialsparende Art und Weise, eine kleine Baracke aufzustellen, in die man nun, indem eines der Bilder von zwei der Soldaten hochgehoben wurde, die nackten Männer in Fünfergruppen hineinführte. Für diesen kurzen Augenblick des Hochhebens konnte der Graf die Vorderseite der Leinwand sehen, und er erkannte sofort das von seinem Urgroßvater in Auftrag gegebene Kolossalgemälde, das eine Szenerie auf dem Hirschberg darstellte: Eine Massenszene sozusagen. Viel Hlavanicer Volk vor dem Panorama der westböhmischen Hügellandschaft, fünf in österreichische Militäruniformen gekleidete und mit geodätischen Instrumenten hantierende Landvermesser, umtänzelt von zwei Hunden, Dorfköter aus Hlavanice, im Hintergrund Kühe und Ziegen und der Kirchturm des Dorfes, im Zentrum des Bildes aber stand die gräfliche Familie, allen voran Graf Vojtěch, der Auftraggeber dieses Gemäldes. Titel hatte es keinen, aber jeder aus dem Kreise der Hlaváčeks hätte sagen können, was es darstellte, von Generation zu Generation war weitergegeben worden, was hier in Öl vom Prager Akademiemaler Štěpán Hoblik festgehalten war: nämlich der Glanzpunkt der Hlavanicer Dorfgeschichte und gleichzeitig Familiengeschichte der Grafen Hlaváček. Wenn es je einen Titel hätte tragen sollen, dieses Bild, dann hätte es heißen müssen: *Auf dem Hirschberg wird der Mittelpunkt Europas gefunden*.

Schon wurde es wieder heruntergelassen, das Gemälde, von den beiden Soldaten, die es gehalten hatten, bis die fünf nackten Männer darunter durchgeschlüpft waren. Sie standen nun, eng umschlossen vom Bilderschatz des Schlosses Hlavanice, in einer Art Brausekabine. Ja, eine mit schwerer Historie gekachelte Brause, von deren Wänden nicht nur jene Europas-Mittelpunkt-wird-gefunden-Geschichte herunterblickte, sondern auch das Porträt des Ururahnen, Vojtěch Graf Hlaváček, eine in süßliche Idylle gesetzte Jagdszene aus dem Hlavanicer Wald sowie eine Allegorie der Weisheit.

»Wieso Brause?«

Es war der größere und schon etwas verständigere der beiden Söhne, Ludvík, der diese Frage stellte, und sein Vater, Graf Petr, erklärte es ihm geduldig:

Brause deshalb, weil nun an jeder der vier Seiten der Gemäldebretterbude einer der deutschen Soldaten mit einer Art Insektizidspritze und mit einem Atemschutz vor dem Gesicht auf eine Holzkiste stieg, um über die aufgehängten Bilder hinüberlangen und über den Köpfen der fünf Nackten ein Entlausungsmittel zerstäuben zu können; wie Wasser aus Brauseköpfen rieselte es auf die Darunterstehenden nieder.

»Sie haben sie entlaust?« rief die Gräfin entrüstet.

Von seinem ausführlichen Bericht bis kurz vors Verstummen erschöpft, konnte der Graf nur mehr murmeln: »Jawohl ..., unsere Gemälde ... auf solche Weise besudelt ..., diese Barbaren ... Dafür bezahlen sie!«

»Hier, wenn Sie bitte hier …, Herr Koloušek …!«

»Ja, da …, da mußt du unterschreiben, Onkel Venda!«

»Ja, jawohl, hier …«

Zu dritt standen sie um Onkel Venda herum und zeigten mit ausgestreckten Zeigefingern auf die Stelle unten auf der letzten Seite des vielblättrigen Vertragsdokuments, wo er doch bitte seine Unterschrift hinsetzen solle. Der einzige, der nicht zeigen konnte, weil er abgedrängt hinter Onkel Vendas Rollstuhl stand (und kaum über all die Rücken hinweg in das Vertragspapier schauen konnte), in der einen Hand die Infusionsflasche, in der anderen das Schnapsglas mit dem Begrüßungstrunk des Bürgermeisters, war Multerer. Sie hatten ihn bewußt aus Onkel Vendas Gesichtsfeld gedrängt, der Anblick dieses Menschen regte ihn einfach zu sehr auf. Urbánek hatte allen Ernstes vorgeschlagen, man solle doch die Infusionsflasche öffnen, zwei, drei Stamperl Becherovka hineinschütten, vielleicht gebe er dann endlich eine Ruhe. Mucha hatte ihn nur strafend, ja eigentlich vernichtend angeschaut und leise (Multerer verstand aber eh von all dem kein einziges Wort) gezischt: »Ja, weiß schon, das waren so eure Methoden, seinerzeit.«

Langsam wurde Multerer das zu blöd mit der Weigerung seines Geschäftspartners, das zu tun, was man von ihm verlangte und was wahrlich nicht viel war (eine winzige Unterschrift!), folglich beugte er sich von hinten zu Kolouseks Kopf hinunter und flüsterte ihm ins Ohr:

»Vergessen Sie nicht: zweihundert für Sie … und zwar nicht von eurem Spielzeuggeld, keine Kronen!, sondern D-Mark, Deutsche Mark, monatlich! Aber nur, wenn Sie jetzt endlich Ihren Servus da hinhauen.«

Er richtete sich wieder auf, streckte sich und grinste den Gesichtern der anderen entgegen, die sich zu ihm umgedreht hatten, um zu sehen, was es da zu flüstern gäbe. Multerer war sich sicher, daß der Alte ihn genau verstand. Der war weitaus mehr auf Zack, als alle hier glaubten. Wenn das Theater, das er hier aufführte, allerdings nur dazu dienen sollte, den Preis hinaufzutreiben, da war er beim Ziaglzach an den Falschen geraten. Zweihundert Mark im Monat und keinen Pfennig mehr!

Koloušek sah noch einmal in die Runde, verweilte bei jedem der vier Gesichter einen kurzen Augenblick, beugte sich dann über den Schreibtisch, nahm den generös hingehaltenen Füllfederhalter des Bürgermeisters und … unterschrieb.

Gleich zog ihm Mucha das Papier unter den Händen heraus, damit er es sich nicht doch noch einmal anders überlegen konnte. Und Jiří lockerte die Bremsen an den Rollstuhlrädern, befreite Onkel Venda aus seiner Schraubstocklage zwischen Rollstuhl und Tischkante.

»Was für ein großer Tag für Hlavanice: Glückwunsch, Herr Koloušek. Sie sind jetzt der neue Besitzer des gesamten Schloßareals.«

Während Mucha das sagte, blinzelte er Multerer zu. Der hätte eigentlich applaudieren wollen. Wenn er nicht diese blöde Infusionsflasche zu halten gehabt hätte.

»Rein zufällig ergibt es sich, daß Hlavanice heute ein Fest feiert. Wir haben nämlich, was für ein eigenartiges Zusammentreffen der Ereignisse, heute einen Riesenfisch an Land gezogen.«

Mucha sah Multerer an und bemerkte, daß der ja kein Wort verstand. Er kramte – vielleicht um dem Ganzen einen Hauch von bedeutendem Staatsakt zu geben – seine wenigen Englischbrocken zusammen.

»Äh grät fisch, yu no-u, wärrie grät!«

Multerer verstand noch immer kein Wort. Jiří böhmakelte es ihm aus: »Burgermeister sagt: Chäf is gäladen in Fest.«

»So, ein Fest?« Multerer fühlte sich geschmeichelt. Daß man wegen ihm … »Das wäre aber nicht nötig gewesen …«

»No, is für ganzes Hlavanice.«

Multerer sah auf seine Uhr. Er hätte nicht gedacht, daß das so schnell über die Bühne gehen würde. Für Olga war es direkt noch zu früh. »Na, schön, wenn Sie schon extra …, ich meine …, es wäre wirklich nicht nötig gewesen … wegen mir.«

Zu Jiří gewandt, fragte Mucha: »No, er sagt Ja, hab ich recht?«

Jiří nickte nur.

Und Mucha legte seinen Arm um Multerers Schultern. »Kommen Sie. Sie werden sehen: Das ist unvergeßlich, wie wir Böhmen feiern!«

Ein gelber Stern geht auf

Den Willen, sich zu entschließen, muß man eigens erlernen. Petr Graf Hlaváček erlernte ihn, als er als Fremder im Hof seines eigenen Schlosses stand und mitansehen mußte, was die Deutschen mit jenen Ölgemälden anstellten, die die ganze Glorie Hlavanices und der Hlaváčeks darstellten. (Er sah nur seine Bilder, diejenigen, die von ihnen eingeschlossen waren und die Brause des Entlausungsmittels über sich ergehen lassen mußten, die sah er nicht. Der erniedrigende Akt, dem die für den Arbeitsdienst im Reich vorgesehenen Tschechen ausgeliefert waren, ging ihn ja nichts an.)

»Man wird noch ein bißchen Spaß haben dürfen in diesem langweiligen Böhmen«, hatte Multerer zu seinen Leuten gesagt (da hausten sie schon vier Jahre im Schloß), und dann hatte er den Befehl gegeben auszurücken, nach Hlavanice und in die anderen Ortschaften, und sich umzuschauen, ob dort nicht ein paar »Freiwillige« aufzutreiben seien, »ich meine, man kann ihnen ja auch deutlich machen, daß sie freiwillig zu sein haben, und zwar ein bißchen plötzlich«, hatte Multerer gesagt und gegrinst. Daß es solche wenig zimperlichen Rekrutierungsmaßnahmen für den Arbeitsdienst im Reich gab, davon hatte Multerer gehört. Allerdings nur in den größeren Städten des Protektorats. Aber wer sagte denn, daß man in Hlavanice provinziell sein mußte? Es ging doch auch etwas großstädtischer und großzügiger. In den Methoden großzügiger. Nicht immer so pingelig! Man konnte doch ruhig etwas zusätzlichen Eifer zeigen. Und zum Beispiel gleich fertig entlauste Tschechen ins Reich schicken. (Auch wenn's nicht von oben angeordnet war. Nötig war's auf alle Fälle, bei denen! Fand jedenfalls Multerer.) Auf diesem Gedankenweg jedenfalls war man auf die Idee mit der Brause gekommen (und eine Gaudi würde es auch sein, die nackten Männer dort hineinzutreiben).

Nachdem Graf Hlaváček erlebt hatte, wie barbarisch man mit seinen Bildern umging, war er wild entschlossen: Er würde ein Saboteur werden. Ein Held des Widerstandes.

Nachdem er von Multerer entlassen worden war und vom Grund und Boden seines Eigentums zu verschwinden hatte, zündete er sich eine Filterlose an und stapfte qualmend nach Hause. Der Weg vom Schloß zu den Fischteichen ist aber eine dreiviertel Stunde lang. Und so kam es, daß seine finstere Entschlossenheit, bis er zu den Fischteichen kam, schon wieder bedeutend heller geworden war. Wie bei so manchem Schüler hatte er das Erlernte auf dem Nachhauseweg fast schon wieder vergessen. Und als er sich auf seine Birkenbank am Teichufer niederließ, da hätte man ihn nicht mehr ausfragen dürfen: Was ist das, ein Held?, wie begeht man eine Sabotaasch?, er wäre blank gewesen, hätte keine Antwort mehr gewußt. Weit und breit auch niemand, der ihm hätte einsagen können.

Doch halt, da kam jemand den Feldweg zu den Teichen daher. Geschlichen allerdings.

»He, Venda, was ist denn mit dir los?«

Der Junge schaute den Grafen an, gab aber keine Antwort. Der Graf meinte gleich zu sehen, welche Art Sorgen einen Buben wie Venda drückten. An den Bubensorgen ändern die Zeiten nichts, da mochte im Schloß regieren, wer wollte. Dachte jedenfalls der Graf.

»Ihr braucht einen neuen Fußball, stimmt's?« wollte er Venda auf die Sprünge helfen. »Einen solchen englischen, stimmt's? Ich meine, von englischer Machart. Naturbelassenes Leder, nur eingefettet. Zusammengenäht aus diesen länglichen Streifen. Der schwer wird wie eine Kanonenkugel, wenn es geregnet hat und die Wiese naß ist.«

Der Graf war stolz auf sich, weil er sich alles hatte merken können, was ihm Jan über die Beschaffenheit der verschiedenen Fußbälle erklärt hatte (und daß alles Englische im Fußball die Krönung war, das Championat). Er war jetzt auch ein Bolzplatz-Experte. Er verstand jetzt auch den tieferen Sinn dieses Spiels: nämlich daß Genialität plötzlich Körper wird. Allerdings braucht er dazu einen Ball.

»Also gut, laß mal sehen!« Der Graf nestelte seine Geldbörse aus der Außentasche seiner Anzugweste (bei allem Proletentum: Anzugweste mußte sein!) und suchte etwas Geld zusammen, streckte es Venda hin. »Da, nimm schon, es ist für die Vereinskasse.«

Die ganze Zeit über hatte Venda geschwiegen. Jetzt aber mußte er etwas sagen.

»Elli soll sich am Sammelplatz melden. Mit der ganzen Familie. Freitag früh. Das sind noch drei Tage.«

»Ach , dann ist es gar nicht wegen … wegen eines Balls …« Der Graf steckte das Geld wieder ein. Würde wahrscheinlich nichts helfen in diesem Fall.

»Elli? Etwa die Fejnmann Elli?«

Venda nickte nur.

Also doch! Es stimmte, was man sich in Hlavanice erzählte, wenn auch nur hinter vorgehaltener Hand, daß nämlich solche wie die Fejnmanns demnächst von den Deutschen regelrecht eingesammelt werden würden, eingesammelt für den Weitertransport in die Kreisstadt und von dort aus dann wer weiß ..., niemand weiß, keiner wollte wissen, wohin.

Solche wie die Fejnmanns gab es in Hlavanice vier Familien. Genau wußten die Hlavanicer das auch erst, seit die Deutschen ihnen allen gelbe Sterne angeheftet hatten (keinen vergaßen sie, nicht einen einzigen). Vorher hätte man nicht unbedingt genau zu sagen gewußt, wer zu denen gehörte, die jetzt einen Stern zu tragen hatten. Nicht daß sie sich regelrecht verstellt hätten, Fejnmanns und die anderen, sie hatten sich nur so weit dem allgemeinen Hlavanicer Leben angepaßt, daß man sie fast für dazugehörig halten konnte. Jetzt mußten sie diese gelben Sterne tragen. Die Deutschen machten sie zu gelbleuchtenden Fixsternen im Hlavanicer Kosmos, besonders gut zu sehen an grauen Tagen, und man hatte das Gefühl, seit die Deutschen da waren, bestanden die Wochen nur noch aus grauen Tagen. Jeder in Hlavanice konnte jetzt, wie das bei Fixsternen so ist, ihren Ort und seinen Ort genau bestimmen und vor allem, welche Entfernung er dazwischenlegen wollte: zwischen ihnen und sich. Es war nämlich ratsam, ihnen nicht mehr zu nahe zu kommen.

Der Vater von Elli hatte eine kleine Schusterei, nicht etwa am Hauptplatz gelegen, sondern versteckt in einer der Gassen, seine Geschäfte waren auch dementsprechend peripher, man mußte sich schon zu ihm verlaufen, der Fejnmann lebte, könnte man sagen, von sich verlaufender Kundschaft.

»Die Elli«, wiederholte der Graf noch einmal, so als könne er es gar nicht glauben, und sah dabei Venda an. Natürlich war ihm aufgefallen, schon im Sommer des vergangenen Jahres, daß sie immer dabei war, die Fejnmann Elli, unter dem Häufchen kichernder und gackernder Zuschauerinnen, das sich bei Heimspielen vor dem Kassenhäuschen auf dem Hlavanicer Bolzplatz anstellte. Allerdings war sie dann, sobald das Spiel begonnen hatte, die einzige, die sich hinter das Tor der Auswärtsmannschaft stellte, während sich der übrige Mädchenanhang ausnahmslos hinter dem Tor der Heimmannschaft versammelte. Das geschah natürlich nur des Tormanns wegen, eines berüchtigten Casanovas der Hlavanicer Jungmännerwelt. Als Tormann hat man eindeutig Vorteile für die Besetzung der Casanova-Rolle. Der Tormann ist der einzige, der, selbst wenn das Spiel läuft, trotzdem Zeit hat für kleine Schäkereien mit den weiblichen Fankurven hinter seinem Tor. Kaum hatte sich das Spielgeschehen in die gegnerische Hälfte verlagert, schon lehnte Pavel, so hieß der Tormann, am Pfosten, schwatzte zwar in Richtung der vor ihm absichernden eigenen Mitspieler, meinte aber die nur zwei Meter hinter ihm auf den Holzbalken der Spielfeldbegrenzung aufgestützten Mädchen. (So ganz aus dem Auge lassen wollte und konnte er das Spiel nämlich bei aller zur Schau gestellten Souveränität doch nicht, seit ihn einmal ein überraschender Fernschuß fast von der Mittellinie aus an seinem Plauderpfosten nicht nur überrascht, sondern sogar übertölpelt hatte, selbst der aus dem Stand ansatzlos ausgeführte Tigersprung in die gegenüberliegende Torecke – Pavel, die Katze von Hlavanice! – hatte nicht mehr verhindern können, daß der Ball im Netz zappelte und vor allem: daß er von dort herausgeholt werden mußte, und das hatte Pavel zu erledigen, und zwar unter wüsten Beschimpfungen seiner Mitspieler und der Trainerbank. Die Mädchen aber kicherten zu alledem.)

Elli stand also hinter dem Tor der Auswärtsmannschaft, und zwar meist auf den Zehenspitzen, um jene Nummer 10 ausfindig zu machen, um die herum sich immer dann rasant ein Spielerknäuel bildete, wenn diese Nummer 10 den Ball am Fuß führte. Mehr oder minder blindwütig warfen sich dann drei, vier Mann der gegnerischen Mannschaft auf den Hlavanicer Spielmacher, sie folgten damit nur der Instruktion ihres Trainers, der sie auf die Feinheiten mitteleuropäischer Fußballtaktik eingestimmt hatte: »Wenn der den Ball hat, zu dritt draufgehen, und zwar immer auf die Schlappen, verstanden.« Doch diese Sonderbehandlung nützte nichts, aus diesem brodelnden Spielerknäuel heraus kam ja doch der raumöffnende Wunderpaß geflogen, wie eine Heilig-Geist-Taube aus einer schwarzen Gewitterwolke heraus, so flog der Ball über dreißig Meter und mehr genau auf den Flankenstürmer, der ihn annahm wie eine Offenbarung und nur noch die Außenlinie entlang nach vorne preschen mußte, flanken, und Hlavanices Nummer 9 war zur Stelle, um den Heiligen Geist im Fischernetz des gegnerischen Tores zu versenken. Ausgesendet worden war er aber von der Nummer 10, und zwar auf Höhe des Anstoßkreises. Wenn der Ball dann im Netz zappelte und Elli Fejnmann, die ja gleich hinter dem Tor stand, dieses herrliche Geräusch hörte, dann wußte sie, der Ball hatte nur deshalb so spielerisch leicht den Weg ins Tor gefunden, weil er unbedingt zu ihr wollte, das war das Geheimnis der für alle anderen unerklärlichen Spielkunst Venda Koloušeks.

Aber das waren Erinnerungen an den launischen Sommer des vergangenen Jahres, der zwar auch schon ein Kriegssommer gewesen war, aber dennoch kein so schwarzer Sommer wie dieser, der des Jahres 1942. Der junge Venda Koloušek mußte den Grafen daran erinnern.

»Haben Sie gehört, Herr Graf? Auf den Sammelplatz muß sie. Freitag früh.«

Ach ja, Sammelplatz, den hatte der Graf jetzt fast vergessen, er war ein Champion im Ausweichen, Verzögern und

Zeitschinden, aber mittlerweile mußte jedem klar sein, es gab kein Ausweichen und Verzögern mehr. Einfinden am Sammelplatz, das bedeutete unweigerlich, daß man in einen Zug würde einsteigen müssen, das heißt: Zug ist schon zuviel gesagt, ein Viehwaggon würde bereitstehen, ein einzelner Viehwaggon, der war ausreichend für die siebenundzwanzig Personen (vier Familien), die von Hlavanice aus auf die Reise geschickt werden würden von den besonderen Einsatzgruppen der Deutschen, ein einziger Viehwaggon, der von der Rangierlok aus dem Sackbahnhof herausgezogen werden würde. In der Kreisstadt würde man ihn dann abkoppeln und anhängen an einen größeren Zug, und dessen Fahrt ginge dann Richtung Osten, Richtung polnische Grenze.

»Wenn man so einen Zug aufhalten könnte«, dachte Venda etwas lauter, so daß es auch der Graf hören konnte.

»Ja ..., man müßte das Gleis blockieren..., sich dem Zug einfach entgegenstellen. Oder noch besser: entgegensetzen. Auf den Gleisen niederlassen und entgegensetzen.«

»Das ist nicht Ihr Ernst, Herr Graf. Die packen Sie und schmeißen Sie gleich mit dazu in den Viehwaggon. Und der Zug würde trotzdem weiterfahren.«

»Aber heroisch wäre es!« sagte der Graf.

»Nein, das müßte man schon anders anstellen. Man müßte es so machen, daß übermorgen kein Zug fährt ... und überübermorgen auch nicht ..., und am besten so, daß nächste Woche auch noch keiner fährt. Zeit gewinnen!«

»Sehr richtig, Venda, sehr richtig. Du bist ein schlauer Kerl, weißt du das«, sagte der Graf. Und selbst die Karpfen vor ihnen im Weiher machten Freudensprünge, weil wenigstens einer mal eine Idee hatte.

»Die Schienen! Was ist ein Zug ohne Schienen?« Venda war jetzt nicht mehr zu stoppen bei seinem Gedankendribbling. Und auch hier: unnachahmlich sein Zug zum Tor, der zwingende Abschluß. »Man müßte einfach einen Teil der

Schienen ausbauen. Es genügen ja nur zwei, drei Meter, und er fährt nicht mehr. Abschrauben und von den Schwellen herunterheben.«

»Dann natürlich verschwinden lassen«, ergänzte der Graf. »Aber wohin?«

Sie starrten beide auf den Karpfenteich, der undurchsichtig grün als Antwort vor ihnen lag. Sie sahen sich an.

»Wann?« fragte der Graf.

»Morgen nacht. Sonst ist es zu spät.«

»Wir sind zu wenige«, sagte der Graf nach kurzem Nachdenken. »Zu zweit heben wir so ein Eisenteil nicht hoch.«

»Hm...«

»Der Jan muß uns helfen.«

Natürlich kannte Venda den Jan. Der hatte ja zu seiner Kindheit und Jugend gehört wie ..., wie der Elfmeterpunkt zum Strafraum, die Schlägerkappe zum Tormann.

»Gut.«

Hörte sich fast so an, als ob Venda damit das Kommando übernommen hätte. Der Graf jedenfalls protestierte nicht.

»Wir brauchen Werkzeug. Können Sie das übernehmen, Exzellenz?«

Von einer Minute auf die andere, kaum daß Venda gegangen war, verwandelte sich, wie die Gräfin höchst verwundert feststellen mußte, ihr Gatte in einen komplett anderen Menschen. Er legte plötzlich eine Geschäftigkeit an den Tag, die nicht nur ganz und gar ungewöhnlich, sondern für ihn schlicht undenkbar gewesen war. Er wurde plötzlich ein Mann der Tat. Er müsse jetzt sofort in den Ort gehen und mit Novák reden, sagte er zu ihr. Novák hatte eine kleine Mechanikerwerkstätte und reparierte die Gerätschaften der Bauern von Hlavanice. Auch den Wagen des Grafen, einen Tatra, hatte er all die Jahre gewartet, so lange jedenfalls, wie es noch der Wagen des Grafen gewesen war. Denn natürlich hatten ihn die Deutschen mitrequiriert, gewissermaßen als zur Konfiskationsmasse des Schlosses gehörend. Nachdem Novák das erste Mal Multerer mit dem Tatra laut aufheulend über den Marktplatz hatte fahren sehen – Multerer glaubte allen Ernstes, so ein Tatra sei zu handhaben wie die vollgummibereiften Lastwagen daheim in Wutzelshofen, also mit Zwischengas, daher das durch Mark und Bein gehende Aufheulen des Motors –, als Novák also Augen- und Ohrenzeuge dieses mechanischen Sittlichkeitsverbrechens geworden war, sagte er zum Grafen:

»Eine Schande ist das. Ach, was sag' ich: eine Barbarei.« Novák war so empört, daß er, ohne noch lange zu überlegen, dem Grafen ein Angebot machte: »Wenn der Herr Graf diesen Herrschaften einmal die Rechnung präsentieren will ..., auf mich können Sie zählen.«

Das war ein Manneswort gewesen. Der Graf erinnerte sich sofort wieder daran. Er ging also zu Novák und bat ihn, er möge ihm möglichst rasch, am besten bis morgen früh, eine Spezialanfertigung schweißen und schlossern. Er zeichnete es ihm auf: einen überdimensionalen Schraubenschlüssel, aus zwei Eisenrohren bestehend, die in Form eines T zusammengeschweißt gehörten. Am Fuß des T sei ein Hohlschlüssel anzubringen, gerade passend für die Schrauben, mit denen Eisenbahnschienen auf die Schwellen geschraubt werden.

Novák fragte keine Sekunde, wozu der Graf ein solches Werkzeug brauche. Er baute es ihm einfach. Noch in derselben Nacht. Am nächsten Morgen holte es sich der Graf in Nováks Werkstätte ab. Brachte es zur Fischerhütte. Jan, den er in der Zwischenzeit eingeweiht hatte, betrachtete das Gerät und nickte nur stumm. Die einzige, die sich damit nicht zufriedengab, war die Gräfin. Die wollte unbedingt wissen, wozu ein solches Teil gut sei.

»Das dient der Sabotaasch!« sagte der Graf mit unüberhörbarem Triumph in der Stimme.

Am Mittag kam Venda mit einer Holzkarre daher. Die hatte er von Pokorný ausgeliehen, der normalerweise damit seinen Fischfang, den er unten an der Pivoňka machte, zum Markt fuhr. Wozu sie die denn bräuchten?

»Zum Abtransport!« antwortete der Graf seiner Gattin.

»Abtransport von was?«

»Das kann ich dir nicht sagen, mein Schatz. Das würde die Sabotaasch gefährden.«

Wann hatte er das letzte Mal Schatz zu ihr gesagt? Wahrscheinlich überhaupt noch nie. So übermütig wie an diesem Nachmittag hatte sie ihren Mann noch nie erlebt: als ob er mit seinen Kumpanen einen riesengroßen Bubenstreich plane.

Auf der Suche nach dem grünen Wässerchen

Hlavanice war mittlerweile ausgestorben, fast alle waren sie unten bei der Fischerhütte, als sich, die blaue Stunde war angebrochen, ein Wagen dem Marktplatz näherte, ein Wagen, wie er in Hlavanice noch nie aufgekreuzt war. Rauch vom großen Lagerfeuer, das unten am Ufer der Pivoňka brannte, zog in Schwaden durch die Gassen, so wie früher der Sandwich-Mann vom Zirkus, der mit seinen Löwen und Elefanten über dem Bauch und auf dem Rücken als Ausrufer für die Abendvorstellung durch das Städtchen zog: heute war es der Duft von brennendem Buchenholz, der die letzten aus ihren Häusern rief.

Lovec war so einer. Mit einem großen Einmachglas unterm Arm huschte er aus dem Hauseingang. Die Insassen des fremden Wagens schienen ihn entdeckt zu haben, und das, obwohl er sich wie der Darsteller in einem drittklassigem Spionagefilm an der Hausmauer entlangdrückte. Der Wagen hielt direkt auf ihn zu und bremste neben ihm.

Es war ein vollbesetzter Citroën, wie ein Schiff in schwacher Dünung schaukelte die Karosserie, nachdem der Wagen zum Stehen gekommen war. Zwei junge Männer stiegen aus, ihnen folgten zwei Mädchen, die im Fond gesessen waren. Die hatten etwas Groupiehaftes an sich, wie sie jetzt so dastanden auf dem Bürgersteig in wadenhohen Wildlederstiefeln und weit über dem Knie endenden Häkelkleidern. Die vier sahen sich eine Weile auf dem Dorfplatz um. Waren sich anscheinend nicht sicher, ob sie Lovec, der verblüfft vor ihnen stehengeblieben war, ansprechen sollten. Da aber sonst niemand zu sehen war auf dem Platz und in den Straßen, hielten sie sich eben an diesen seltsamen Typen, der sein Gurkenglas (oder was das war) unterm Arm hielt, als sei es eine Bombe.

Einer der beiden Männer versuchte es erst in Französisch, was nicht mehr als ein Schulterzucken bei Lovec hervorrief, dann in einem französisch klingenden Englisch, schließlich in Deutsch, was Lovec zwar als Deutsch erkannte, aber deswegen auch nicht besser verstand.

»Excusez-moi, mais saagan Sie, ih-st das iier die Dorf, wo ma-an kaahn bökomman das Absinth?«

Lovec machte mit Gesten mehr oder weniger deutlich, daß er kein Wort verstehe. Aber daß sie hier warten sollten. Sich nicht vom Fleck rühren, er würde gleich wiederkommen. Zwei Minuten später war er zurück, in Begleitung von Jaroslava, der alten Volksschullehrerin, von der im Dorf bekannt war, daß sie aus der Zwischenkriegszeit her ein paar Brocken Französisch sprach. Allerdings hatte sie die letzten vierzig Jahre keinerlei Gelegenheit gehabt, ihre Kenntnisse anzuwenden. (Der letzte, mit dem sie französisch gesprochen hatte, war ein deutscher Wehrmachtssoldat aus Saarbrücken gewesen, der im Schloß einquartiert war.) Abgesehen von dem Briefwechsel, den sie mit einer gleichfalls älteren bulgarischen Kollegin aus Sofia unterhielt, die sie einmal bei einem Schwarzmeerurlaub kennengelernt hatte, wo sonst auch sollte man einen französischen Konversationspartner finden, zu einer Zeit, da die Landkarten des Böhmerwaldes westlich von Hlavanice in der unverschämtesten Weise weiß waren, einfach reinweiß.

Von den vier jungen Franzosen erfuhr Jaroslava nun, daß sie auf der Suche seien nach jenem kleinen böhmischen Dorf, in dem neuerdings wieder der grüne Absinth hergestellt werde, der jahrzehntelang wegen seiner toxischen Ingredienzien so gut wie in ganz Europa verboten war; sie hätten davon in dem Magazin einer Schweizer Tageszeitung gelesen, allerdings produziere diese Destillerie nur für den Eigenverkauf, keineswegs für den Export, man müsse sich also schon aufmachen in dieses kleine Dorf in der Mitte Europas.

Nachdem sie dies gelesen hätten, seien sie sofort aufgebrochen, erzählten die vier, um dieses böhmische Dorf zu suchen, nicht nur mit dem Herzen zu suchen, sondern auch mit der Zungenspitze. Sie müßten es finden, redeten sie wechselseitig auf die leicht überforderte Jaroslava ein, die überhaupt nicht dazukam, irgend etwas zu antworten. Über vierzig Jahre habe man in Europa auf diesen Tag gewartet, ereiferten sich die jungen Leute, bis endlich wieder der grüne Absinth fließe. Und ob das hier sei, fragten sie, wo er ausgeschenkt werde, hier in diesem Hlavanice, *no, no, no,* konnte Jaroslava lediglich hervorstottern, das ganze surrealistische Europa habe darauf gewartet, ging das Geplapper weiter, *toute l'Europe surréaliste*, daß endlich dieser Tag komme, da der Tiger wieder durch den brennenden Absinthreifen springe, genau so waren ihre Worte, *wo der Tiger durch den brennenden Absinthreifen springt,* ob sie hier richtig seien, wollten sie wissen, ob hier dieser göttliche Absinth ausgeschenkt werde, der einem das ganze Hirn auf einmal in Menthol tauche, und irgendwie hatte die Jaroslava den Eindruck, deren Hirn brenne jetzt schon, einen solchen Unsinn plapperten die daher. Durchdenken, sagten sie, wie man normalerweise nur nach einer Mentholgabe durchschnaufen kann, ein Gläschen Absinth und dann alles durchdenken, es werde jetzt endlich Zeit, begann eines der Mädchen in einem sehr seltsamen Tschechisch wie aus dem Gedächtnis aufzusagen, *daß auch Wahnsinnige zur Entwicklung und Ordnung beitragen, Bestialität ist eine natürliche Kraft, wenn paralytische Onkel auf dem Klo sterben müssen, damit das Ganze lebt, ja in der Brechung der Polarlichter aufblüht*, und einer der Männer setzte noch dazu: *Man kann uns nicht von der Freiheit entlausen, Brüder und Schwestern.* Alle vier hatten sie dann gekichert wie irre. Wie nach vier Flaschen von diesem Asp-... diesem Dings.

Die sind komplett meschugge, dachte die alte Jaroslava und schaute, daß sie die weiterbrachte, hier seien sie komplett falsch, sagte sie, *ici vous êtes complètement faux*, in Hlavanice gebe es das nicht, diesen ..., diesen ..., aber hier sei doch die Mitte Europas, fragten die jungen Franzosen zurück, das schon, aber Tiger sprängen hier keine herum, da sei sie sich völlig sicher, sagte die Jaroslava, sie sollten es einmal in Studenec probieren, da die Straße immer geradeaus, hinaus aus Hlavanice, und über die Berge weiter, da nach Osten hin.

Die jungen Franzosen stiegen in ihr Straßenschiff und legten von der Rinnsteinkante ab.

»Was war denn mit denen los?« fragte Lovec, als am Ortsausgang schon nur mehr eine Staubwolke von ihnen zu sehen war.

»Unglaublich, wer sich hier alles her verirrt seit ..., ich mein', seit man sich überhaupt wieder hierher verirren kann. – Was haben Sie da eigentlich unterm Arm, Lovec?«

»Was? Ach so ..., das ist mein ..., das bring' ich mit ... zu dem Fest heute.«

»Ach, Sie sind auch auf dem Weg dorthin.«

»Ja.«

»Na, dann gehen wir doch«, sagte die Jaroslava und hakte sich am noch freien Arm von Lovec ein.

Ein Faß wird aufgemacht

Nach und nach strömte jetzt ganz Hlavanice zum Fischerheim. Auf der Wiese vor der Hütte war schon alles hergerichtet. Den wichtigsten Platz hielten Jožo und Pepin besetzt: den beim Bierausschank.

Exakt um achtzehn Uhr mitteleuropäischer Zeit hatte Pepin den Zapfhahn in den Bierpanzen gehämmert, fachmännisch mit nur drei Schlägen: einem ersten, eher sanften, um den Holzpfropfen, der das Zapfloch verschlossen hielt, ein klein wenig nach innen zu treiben (damit der Hahn nicht mehr abrutschen kann), einen zweiten, weit ausholenden, um den Hahn fast zur Gänze ins Loch zu treiben, und einen dritten, letzten, nicht mehr ganz ernst gemeinten Nachklapp, der auch wirklich alles dicht klopft. Die ersten beiden Seidel hatten sie für sich selbst abgezapft, Ehrensache!

Mit den Gläsern in der Hand (sie waren voll mit Schaum, Schaum und sonst nichts bis zum Eichstrich) standen sie da und musterten die Ankömmlinge, die sich zögerlich und beinahe etwas genant auf die Bierbänke verteilten. Manche hatten auch ihre eigenen Camping-Klappstühle mitgebracht. Mit denen setzten sie sich rund um den Feuerplatz, der in drei, vier Stunden, wenn die Nacht käme, sicher der begehrteste sein würde. Jetzt brannten die Holzscheite unter dem großen, gußeisernen Grillrost, der mit einer Kette an einem Dreifuß aus Baumstämmen hing, noch lichterloh. Würde 'ne Zeit dauern, bis sie zusammengefallen waren zu einem nur mehr glimmenden Haufen Holzkohle. Vorher durfte man die sorgsam tranchierten Filetstücke des Wallers nicht auf den Rost legen, Jožo und Pepin hatten sie am Nachmittag in eine Beize gegeben, mit Knoblauch und Paprika. (Eine starke Würzung war unbedingt vonnöten, denn wie Jožo und Pepin nach Öffnung des Fischleibes feststellen mußten, war das Fleisch von dem Vieh ungeheuer fett. Der hatte sich in der Tat ein paar Jahrzehnte lang den Ranzen vollgehauen, da unten am Grund der Pivoňka.)

»Da, schau, wer da kommt«, sagte Jožo zu Pepin mit einem leichten Lallen in der Stimme. (Der Tag heute hatte ihnen beiden aber auch allerhand abverlangt seit dem frühen Morgen, als sie ihren kapitalen Fang bereits mit etlichen Schlucken aus dem Flachmann hatten begießen müssen. Die Drecksarbeit des Ausweidens von diesem Ungeheuer hatten sie dann nur unter Beistand eines Kastens Großpopowitzer überstanden. Und dann waren sie anschließend noch in der *Grünen Jungfer* versackt, wo sie ganz unverhofft in eine fidele Runde geraten waren, *Geschlossene Gesellschaft* eigentlich, denn draußen an der Eingangstür zur *Jungfer* hing ein Zettel, die Wirtin sei nicht da und das Gasthaus folglich geschlossen.)

»Der Lovec!«

Jetzt erkannte ihn Pepin auch.

»Und in Begleitung von Jaroslava, schau an, schau an! Wo hat 'n der seine Alte gelassen«, fragte Jožo.

»Die sitzt doch schon längst da.«

»Wo?«

»Na, da hinten, beim Kadlec.«

Da hatte man sie noch nie gesehen, die Lovcová: in der Nähe des Wirts von der *Grünen Jungfer*. Aber heute abend und nacht, wo man doch in den St.-Veits-Tag hineintanzen würde, schien alles möglich zu sein. Sogar daß die beiden in ein anscheinend sehr anregendes, kichriges Gespräch vertieft waren, wie man über die übrigen Bierbänke hinweg bis zu Jožo und Pepin hören konnte. (Wenn da nicht eben so ein Grollen gewesen wär. Ein Donnergrollen? Oder knurrte Jožos Magen schon dermaßen, gegessen hatten sie ja den ganzen Tag nichts.)

»Daß der nicht in seiner Kneipe ist, der Kadlec?«

»Dichtgemacht. Schon seit heut' nachmittag. Hat mir Štěpán erzählt. Wollt' sich 'n Krug holen, war die *Jungfer* dicht.«

»Hätt's früher auch nicht gegeben. Ich sag' ja: die Zeiten haben sich vielleicht geändert.«

»Uns kann's doch nur recht sein.« Pepin tätschelte den Bauch des Bierpanzen. »Mit unserer Privatwirtschaft hier ..., muß doch weg, das Fäßchen. – He, Lovec, was is', auch ein Krügel? Und die Dame?«

Lovec und Jaroslava hatten, was natürlich lächerlich war, versucht, sich gewissermaßen unerkannt auf die Festwiese zu schleichen. Jetzt, da sie von Pepin direkt angesprochen worden waren, ließ Jaroslava, als hätte man sie bei einem geheimen Rendezvous ertappt, Lovec augenblicklich alleine stehen, sie mischte sich unter die Gesellschaft an einem der Biertische, nicht jedoch ohne Lovec noch ein schüchternverstecktes, fast jungmädchenhaftes Winken zuzuwerfen, das nichts anderes heißen konnte als *wir sehen uns später*.

Was war heute nur los mit den Hlavanicern: Jaroslava war schließlich fünfundsechzig. Und Lovec? Der war ungefähr so charmant wie die Türsteher der KGB-Zentrale in Moskau (die es immer noch gab und die in diesen Junitagen verbissen überlegten, wie sie den Mann mit der Karte des neuen Mitteleuropa auf der Stirn, der immerhin ihr Chef und Präsident war, am elegantesten in den Orkus der Geschichte verfrachten könnten).

Lovec hätte sich am liebsten auch gleich verdrückt, aber das ließen Jožo und Pepin nicht zu. Sie zapften ihm, obwohl keine Antwort von ihm kam, gleich ein Seidel ab. Pepin hielt es ihm hin. Schaum quoll über den Krugrand.

»Komm schon, zeig her, was hast du denn dabei.«

»Etwa die berühmten *Pilze süß-sauer nach Lovec-Art*. Du kannst sie da rüberstellen.«

Jožo zeigte auf einen Tisch gleich neben dem Bierfaß. Da stand und lag alles, was die Hlavanicer zu diesem Fest beizusteuern hatten: natürlich jede Menge Schnapspullen sowie einen Plastikbenzinkanister voll Selbstgebranntem (die Wässerchen würden gebraucht werden bei dem fetten Hund vom Grund der Pivoňka), etliche Brotlaibe, Wurstringe, ein Kessel Kuttelsuppe, Schinken, Körbe voller Kolatschen, eingelegte Paprika, Gurken in Salzlauge, russische Eier, mährischer Wein und – als sei der Waller noch nicht genug – ein Faß eingelegter Heringe sowie ein Bündel geräucherter Aale (sahen aus wie Holzstecken), eingewickelt in Butterbrotpapier, das schon völlig durchfleckt war vom Fett der Fische. Denn eines durfte das Fest auf keinen Fall werden: trocken und mager!

Lovec klammerte sich nur noch fester an sein Einmachglas. Was hat er denn?, dachten sich Pepin und Jožo.

»Jetzt nimm schon.«

Pepin hielt ihm noch immer das Bierglas hin. Mürrisch nahm Lovec es ihm ab. Drehte den Kopf hin und her, als prüfe er, ob ihm auch niemand zuschaue.

»*Er* ist noch nicht da?« fragte Lovec.

»Wer?«

»Na, der uns das alles eingebrockt hat.«

Pepin und Jožo sahen sich an. »Wen meinst du?«

»Na, Vančura natürlich.«

»Ach so, der. Nä, der ist noch nicht da.«

Jožo deutete auf das Einmachglas, das Lovec einfach nicht losließ. »Is' das etwa für ihn?«

Lovec schwieg.

»Zeig mal her«, sagte Pepin, doch Lovec zuckte sofort zurück, schützte mit dem Oberkörper sein geheimes Präsent.

»He, Vladimírchen, du wirst doch nicht etwa ...«, Pepin drohte spaßhaft mit dem Zeigefinger, »'n kleinen Knollenblätterpilz ...«

»... oder dergleichen«, sprang ihm Jožo bei.

Lovec fixierte die beiden. Eiskalt sagte er: »Knollenblätterpilz ..., der wirkt ja sofort ..., das wäre dumm. Und der Lovec ist doch nicht dumm, oder?« Er schraubte das Glas auf. »Wollt ihr mal probieren?«

Er hielt ihnen das Glas hin. Ein zart essig-saurer Duft stieg ihnen in die Nase, Koriander, Dill, Senfkörner, war alles mit dabei.

»Ach, muß nicht sein«, sagte Pepin.

»Ich bleib' bei dem da«, meinte Jožo und hielt sein Bierglas hoch. »Vergift du ruhig erst mal die andern mit deinem großartigen Pilze-Allerlei.«

Und sie stießen an, alle drei, auf diesen nur mäßig gelungenen Witz.

Ganz weit im Westen, von woher die Gewitterwand aufzog, wetterleuchtete ein erster Blitz. Und zum ersten Mal bemerkte das einer von den bislang fürs Firmamentgeschehen blind gebliebenen Hlavanicern. Am Tisch der Jaroslava sagte der alte Dostál: »Schaut euch das mal an.« Und meinte natürlich die grau-schwarze Pferdedecke, die ihnen hier einer langsam über die Ohren zog.

»Das verzieht sich wieder«, meinte die Jaroslava.

»Bist du dir da sicher?«

»Das hab' ich im Gefühl.«

»Na ja dann ...«

Alles lachte. Und trank sich zu. Denn was war schon gegen das Gefühl der Jaroslava zu sagen?

Chaos in der Obersten Behörde für Fragen unwiderruflicher Vorherbestimmung

»Na bitte, was sag' ich die ganze Zeit über: Der kommt nicht!«

»Natürlich kommt er. Auf Venda ist Verlaß.«

Seit über einer halben Stunde strichen der Graf und Jan nun schon um das Eck Žižkova/Rybářská herum, von wo aus man unbemerkt den gesamten Marktplatz von Hlavanice übersehen konnte. Bei den vier apokalyptischen Mäulern der Pestsäule, die ihr Wasser in die Abenddämmerung hinausspieen, würden sie sich treffen, war abgemacht.

»Warum ist er dann nicht da, wenn auf ihn Verlaß ist«, knurrte Jan, »acht Uhr war ausgemacht. Und jetzt ist es zwanzig nach, und er ist immer noch nicht da. Der hat Schiß bekommen, zum Schluß. Ich hab' mir ja gleich gedacht: Der Junge ist doch noch gar nicht trocken hinter den Ohren. Nicht trocken genug für so eine Aktion!«

»Pscht!! Nicht so laut«, flüsterte der Graf, »außerdem ist es eh noch viel zu hell. Es muß dunkler werden, eher brauchen wir gar nicht anfangen ... mit der Sabotaasch.«

»Und wenn er bis dahin, wo's dann dunkel genug ist, immer noch nicht da ist?«

»Den Schraubenschlüssel haben wir«, sagte der Graf. »Und mehr brauchen wir nicht.«

Gestern, am Vorabend, hatten sie ihn versteckt. In dem Brennesselfeld gleich neben dem Bahnhofsteich, aus dem das Wasser in die Kessel der Dampfloks gepumpt wurde. Außer den Wildenten interessierte sich niemand für den Teich. Ein Gürtel von Brennesseln wuchs um ihn herum. Da hinein hatten sie gestern spätnachts ihr Sabotagewerkzeug geworfen. Kein Mensch würde es dort suchen. Und Jan würde es heute nacht wieder herausholen können: 56 Jahre Dienst im Brennesselfeld des Herrn (des Herrn Grafen) hatten ihn längst unempfindlich gemacht gegenüber der Geißelung der hüfthohen Gerten. Und da das Brennesselfeld des Bahnhofsteichs gleich neben den Gleisen lag, konnten sie sich sofort an die Arbeit machen. Niemand würde einen Verdacht schöpfen beim Anblick von Männern, die mit einem seltsamen Bahnarbeiter-Schraubenschlüssel durch die Straßen Hlavanices marschierten.

An alles war gedacht. Ein geradezu genialer Plan! Wer sollte den durchkreuzen? Niemand. Außer die eigene Angst vielleicht. Die Rathausuhr schlug halb neun.

»Der kommt nicht mehr«, sagte Jan.

»Glaub' ich nicht«, sagte der Graf. Und glaubte es nicht, was er da sagte.

* * *

Venda hatte gegen Mittag das Haus verlassen. Er mußte ja noch Pokornýs Handkarren holen, den sie sich ausgeliehen und bei Jans Fischerhütte abgestellt hatten. Außerdem wollte er unbedingt noch bei Elli vorbeischauen. In der Rybářská. Als er dort in die Küche kam, standen auf dem Tisch, dem Diwan und dem Boden fünf Koffer. Sperrten ihr Maul auf. Wie ein Haufen Zoowärter, aufgescheucht vom Gebrüll hungriger Tiger und Löwen, rannten Elli, die beiden Geschwister, Herr Fejnmann und Frau Fejnmann zwischen den Zimmern hin und her und brachten immer neue Stapel Wäsche, Bilderrahmen, Brieftaschen, Klaviernoten (Ellis ältere Schwester brachte tatsächlich Klaviernoten, wo hoffte sie, noch Czernys Etüden üben zu können?). Sie fütterten die aufgesperrten Kofferrachen damit. Es dauerte, bis die Koffer satt waren und zuschnappten.

Herr und Frau Fejnmann rempelten Venda an. Weil er im Weg stand. Und weil er das nicht einmal merkte. In sein Gesicht schauen, das konnten sie nicht. Sie hatten ihn auch nicht gegrüßt. Wo sie ihn doch sonst immer behandelt hatten wie eine zarte, zerbrechliche Hoffnung: Schwiegersohnhoffnung.

Als sich Venda die Raubkofferfütterung eine Zeitlang mit angesehen hatte, fiel ihm – Ellis Mutter rauschte gerade an ihm vorbei – nichts Dümmeres ein zu sagen als: »Sie packen, Frau Fejnmann?«

»Nein! Wir spielen *Reise nach Jerusalem*.«

Der Sarkasmus in Herrn Fejnmanns Stimme, der für seine Frau antwortete, war so schneidend, daß sich Venda unwillkürlich an den Hals griff. Wenn ihm jetzt Blut durch die Finger getropft wäre, hätte er sich auch nicht wundern müssen.

»Aber wenn der Zug jetzt gar nicht fährt ... morgen«, stotterte Venda. »Ich meine, es könnte doch immerhin sein, daß ...«

»Gar nichts kann mehr sein.«

Herrn Fejnmanns Stimme war plötzlich wieder leise und stumpf. Ob ihn das bißchen Stottern Vendas schon besänftigte? Er nahm Venda, drehte ihn sanft an den Schultern Richtung Tür, schob ihn zur Küche hinaus und sagte:

»Morgen ist Abfahrt. Warst immer ein netter Kerl, Venda. Unser Zug steht in keinem Fahrplan. Drum hält ihn auch keiner auf. Wir müssen jetzt noch packen. Und du mußt nach Hause geh'n.«

Venda war so verdutzt, daß er sich widerstandslos durch die Haustüre schieben ließ. Kurz schaute Herr Fejnmann Venda ins Gesicht.

»Und paß auf dich auf ..., heute nacht.«

»Wenn ein Zug seine Gleise nicht mehr findet, wo soll er dann hinfahren?« versuchte Venda noch irgendwelche Einwände aufzutreiben. Aber die waren plötzlich Mangelware.

Herr Fejnmann lächelte nur. »Irgendwas tut sich. Ich weiß nicht genau was. Geh heim, Venda, und schau, daß du dich nicht mehr blicken läßt, heute, auf der Straße.«

* * *

Was sich tat, war, daß Alois Multerer just an jenem Tag seine Schergen ausschickte, um tschechische Männer fürs Reich zusammenzufangen. Die Jahre zuvor hatte man sie noch mehr oder minder höflich gefragt, ob sie Interesse hätten an einem Arbeitseinsatz in Deutschland, hatte sie auch gelockt mit falschen Versprechungen, von denen sich natürlich keine einzige bewahrheitete: Denen gingen die Augen auf, wenn sie erst einmal in ihrem Arbeitseinsatz waren, aber dann gab's ja kein Zurück mehr.

Mittlerweile allerdings waren die Methoden etwas ruppiger geworden, was Multerer nur begrüßte. Nicht zuletzt auch als Vergeltungsmaßnahme für dieses unglaublich dreiste Attentat auf Heydrich. Hatte da nicht eine Gruppe junger, in England ausgebildeter tschechischer Widerstandskämpfer es gewagt, den Reichsprotektor einfach auf offener Straße in Prag abzuknallen? Das würde man ihnen heimzahlen. Selbst in dem kleinen, abgelegenen Hlavanice würde man ihnen das heimzahlen. Das war Multerer sofort klar. Nicht, daß man jetzt Hlavanice unbedingt gleich zu einem zweiten Lidice hätte machen können, wo man in aller Härte zurückgeschlagen hatte, wie Multerer gerüchteweise erfuhr, das nicht, aber zeigen würde man es diesen Tschechen dennoch, wohin es führt, wenn sich auch nur eine Hand gegen die Deutschen erhebt. (Daß er dabei seine Kompetenzen, nämlich genau die zwischen Schloß und Ort Hlavanice gelegene Protektoratsgrenze überschritt, nahm Multerer in Kauf, es geschah ja nur zum Besten des Reiches und das würde ihm jeder nachsehen.)

In den Arbeitsdienst führte das also. Schon seit zwei, drei Wochen ordnete Multerer in Abständen diese Razzien an. Der Graf war vor Tagen mitten hineingeraten in eine, als er in sein eigenes Schloß einbestellt worden war: Er sah, wie die

Männer in die Entlausungsbaracke geführt wurden, auch so eine Spezialbehandlung, die sich Multerer ausgedacht hatte. Normalerweise hieß es: eine ärztliche Untersuchung wird durchgeführt, aber Multerer sagte zu seinen Leuten: »Die brauchen nicht mehr untersucht werden. Das weiß man eh, daß die alle Läuse haben.«

Auch an diesem Tag rief Multerer seinen Unteroffizier Grauch zu sich: »Sie nehmen sich jetzt acht Mann, fahren mit dem offenen Lastwagen nach Hlavanice und fangen dort alles zusammen, was kein korrektes Arbeitsbuch hat. Verstanden?«

»Zu Befehl!«

»Die werden morgen nach München geschickt zum Arbeitseinsatz. Und zwar zu einem, der sich gewaschen hat. Blindgänger räumen. Ich würde sagen: Himmelfahrtskommando!«

Multerer grinste und Grauch grinste und das Verständnis zwischen ihnen war mehr oder minder grenzenlos.

Das war um Mittag herum gewesen, daß Multerer seine Leute losgeschickt hatte, gegen Abend kam Grauch dann zurück. Er vorneweg mit seinem Fahrer im Jeep, hinter ihm der Lastwagen mit der offenen Ladefläche, auf der ein Häufchen Männer stand, bewacht von vier Soldaten, jeder das Schnellfeuergewehr vor der Brust. Sie hielten im Schloßhof. Nachdem die Männer abgestiegen waren und sich in eine Reihe sortiert hatten, schritt Multerer die Aufstellung ab. Es waren Junge und Alte, der eine blutete an der Stirn, der andere hielt die Arme vor die Magengrube gepreßt. Den Blick zu heben und Multerer anzuschauen, traute sich keiner von ihnen, alle suchten sie den Kies des Schloßhofes ab. (Nur einer schaute sich hier, wo er einmal alles gekannt hatte, um und mußte sich wundern, wie sich alles verändert hatte, im Hof und am Schloßgebäude selbst, wo die Hakenkreuzfahne an einem Mast direkt über dem

Eingangsportal Felgaufschwünge probte: der Böhmische wehte nämlich wie zum Protest.)

»Sehr schön, Grauch«, sagte Multerer zu dem neben ihm gehenden Unteroffizier. »Sehr schön, wie ich sehe, konnte unserer höflichen Einladung niemand widerstehen.«

»Nein, konnten sie nicht!«

Der ganze Trupp lachte. Multerer schritt weiter die Reihe der Männer ab. Blieb vor einem von ihnen stehen, der es doch tatsächlich wagte, den gesenkten Blick zu heben. Neugieriges Bürschchen, dachte sich Multerer.

»Wie heißt du?«

»Koloušek. Venda Koloušek.«

Er griff dem Jungen an den Oberarm. Drückte ihn ein wenig. Muskeln hatte der.

»Wie alt.«

Venda überlegte einen Augenblick, was gescheiter wäre: jetzt die Wahrheit zu sagen oder einen großzügigen Näherungswert. Er entschied sich für: »Achtzehn!«

»Na schön ..., wie du meinst. Dann fährst du mit.«

»Wohin?«

Multerer hatte schon weitergehen wollen, denn für gewöhnlich wagte es niemand, hier im Schloßhof irgendeine Frage zu stellen. Er drehte sich langsam um, zog die Augenbrauen hoch, machte noch einmal einen Schritt zurück zu diesem vorlauten Bürschchen. »Neugierig, wie?«

Sein Gesicht war jetzt ungefähr zehn Zentimeter von dem Vendas entfernt. Er konnte jetzt ganz leise werden. Venda verstand ihn trotzdem richtig gut.

»Wir haben zu tun für euch!«

Hätte Venda sagen sollen, daß das nicht gehe. Daß er momentan leider nicht abkömmlich sei. Hier aus Hlavanice nicht abkömmlich. Daß da welche warteten. An der Ecke Žižkova/Rybářská? Hätte er das sagen sollen?

Sie wurden in den Keller des Schlosses gebracht. Hier kannte sich Venda besonders gut aus: Wie oft hatte ihn die Mutter, die in der Schloßküche die köchelnden Töpfe nicht allein lassen konnte, hinuntergeschickt, um Kartoffeln zu holen oder eine Schüsselvoll aus dem Krautfaß oder ein paar in der Sandkiste vergrabene Mohrrüben. Von all dem war nichts mehr zu finden. Die Deutschen hatten einen Teil des Gewölbes als eine Art Zelle hergerichtet. Ihnen wurde gesagt (hingeworfen wurde ihnen das, während die Türe eines in die Kellerwölbung eingepaßten Holzverschlages zuschlug), daß am kommenden Morgen Abfahrt sei.

Abfahrt?

Sollten sie sich am Ende getäuscht haben, sie, die Verschwörer des *Hlavanicer Kreises*? War der Güterwaggon am Bahnhof gar nicht für Familie Fejnmann und all die anderen bestimmt? Hatte es da eine Verwechslung gegeben (Chaos und Durcheinander selbst in der Obersten Behörde für unwiderrufliche Vorherbestimmungsfragen)? Oder hatte sein Freund Radek, Fahrdienstleiter des Hlavanicer Bahnhofs, Venda ganz einfach nur den falschen Tip gegeben? (Aus Bosheit? Aus Unwissenheit? Wenigstens Radek sollte wissen, wohin die Waggons fuhren und welche Ladung sie hatten!) Waren vielmehr sie es, die hier in diesem Keller zusammengepferchten Männer aus Hlavanice, die morgen verladen werden würden, und zwar zum *Arbeitseinsatz*. Auch wenn dieser alles andere als gemütlich werden würde (»die haben unterirdische Fabriken da drüben, da kommt keiner lebend mehr raus«, wurde unter den Männern im Keller getuschelt), für Venda war das dennoch eine glückliche Wendung, denn ganz egal, wohin morgen der Güterwaggon mit ihnen Richtung Westen rollen würde: besser war es auf alle Fälle, als daß er mit den Fejnmanns und all den anderen Richtung Osten – in Richtung der Birkenwälder – gefahren wäre.

So gesehen, fand Venda, hatte er direkt Glück gehabt, daß ihn die Deutschen just in jenem Moment aufgegriffen hatten, als er am späten Nachmittag dabei war, mit Pokornýs Fischkarre Richtung Marktplatz loszuschieben? Hatten gar nicht lange gefragt, wohin er unterwegs war und wozu er die Karre vor sich herschob. Als ob es sie gar nicht interessierte. Als ob sie eh schon alles wüßten. Vendas erster Gedanke: Jetzt ist alles aus! Der *Hlavanicer Kreis* aufgeflogen! Er ging fest davon aus, daß der Graf und Jan bereits geschnappt worden waren, wahrscheinlich hatten die Deutschen die beiden längst durch die Mangel gedreht, und die hatten alles ausgeplaudert, natürlich.

Erst als er das Wort *Arbeitseinsatz* das erste Mal hörte, wurde ihm klar, welchem Trugschluß er aufgesessen war: Sie hatten ihn geschnappt für einen ihrer Arbeitseinsätze, und er würde – zusammen mit den anderen Männern, die zu ihm auf die Ladefläche des Lkws klettern mußten – mit dem bereits am Bahnhof bereitstehenden Güterwaggon Richtung Westen gebracht werden, und es war folglich überhaupt nicht notwendig, die Gleisschienen mittels Sabotage zu zerstören, weil der Zug ja gar nicht Richtung Osten abfahren würde. Je klarer sich Venda in dieser Nacht im Kellergewölbe diese Zusammenhänge machte, desto mehr verstand er, was für eine Dummheit es gewesen wäre, sein Leben zu riskieren bei einer Heldentat, die gar nicht nötig war. Zweifellos wäre das, was sie heute nacht vorgehabt hatten, lebensgefährlich gewesen, denn ein Fehlgriff, ein Fehltritt nur, wer weiß, und ihr ganzer Anschlag wäre fehlgeschlagen und von den Deutschen bemerkt worden, und dann hätten sie mit ihnen sicher ganz etwas anderes angestellt, als sie nur zum *Arbeitseinsatz* ins Reich zu schicken.

Direkt dankbar also gegenüber dem Schicksal ließ sich Venda die rauhe Kellerwand entlang hinunterrutschen auf das Stroh, das ihnen in die Zelle geworfen worden war, und er wäre beinahe friedlich eingeschlafen, wenn ihm da nicht noch der eine Gedanke durch den Kopf gegangen wäre: Und der Graf? Und Jan? Was machten die mit der Dummheit, die so verführerisch vor ihren Augen stand?

* * *

»Der kommt nicht mehr!«

»Kannst du eigentlich auch noch etwas anderes sagen, Jan?!«

Mittlerweile war es zehn nach neun, und der Graf mußte zugeben: Jan hatte doch recht. Daher seine Gereiztheit.

»Was machen wir jetzt?« drängte der alte Gärtner. »Noch länger hier rumstehen, das fällt irgendwann auf.«

Der Graf überlegte einen kurzen Augenblick.

»Wir verschwinden erst einmal. Weg hier von dem Eck. Komm, wir gehen in die *Jungfer*.«

Zu keiner Tageszeit war der Name des Hlavanicer Wirtshauses anachronistischer als zur blauen Stunde (und den dann folgenden): die ganze Gaststube nämlich war voll und alle waren sie drin: die Hlavanicer Männer. Der Graf und Jan verzogen sich an den letzten freien Tisch, direkt bei der Schwingtür, die zum Häusl führte und die um diese Tageszeit nicht zur Ruhe kam: dauernd gab ihr jemand, der es eilig hatte, einen Stoß.

Gott sei Dank war in der Gaststube ein Geplärre, so laut, daß sich der Graf und Jan unbemerkt unterhalten konnten (merken hätte man müssen, daß sie die einzigen waren, die flüsterten).

»Wir müssen's alleine machen«, sagte der Graf.

Sedlák, damals Pächter der *Jungfer*, kam an den Tisch und stellte den beiden je ein Seidel Bier hin. Bestellt hatten sie es nicht, in der *Jungfer* bekamen alle das gleiche, ungefragt, und zwar so lange, bis man irgendwann »es reicht«

sagte. Andernfalls wurde das ausgetrunkene Glas durch ein volles ersetzt. Sedlák hielt nicht viel von übertriebener Konversation in seiner Kneipe, zumindest nicht, wenn es sich um das Ordern von Speisen und Getränken drehte. (»Sedlák, ein Kleines«, genügte vollauf, und man bekam ein kleines, scharfes Gulasch hingeworfen, dazu das Drahtkörbchen mit den Semmeln, das den ganzen Abend über wie ein Wanderpokal von Tisch zu Tisch durch die Gaststube herumgereicht wurde.)

Erst mußte der Bierpegel in Jans Glas mit einem einzigen Schluck bis auf die Hälfte gesenkt werden, ehe er antwortete: »Wenn Exzellenz meinen.«

Jan wischte sich den Schaum aus seinem Schnauzbart.

»Wenigstens die Schrauben lockern und das Gleis ein wenig verschieben, das werden wir wohl noch schaffen zu zweit, oder, was meinst du, Jan?«

»Mhm...«

Mit dem zweiten Schluck war das Glas leer.

»Damit er entgleist. Besser der Zug entgleist, als daß er abfährt.«

Der Graf nippte jetzt auch von seinem Glas. Er war erst seit kurzem Biertrinker. Genauer gesagt: seit ihm sein Rotweinlager im Schloßkeller nicht mehr verfügbar war. Er wußte noch nicht, was es für einen Unterschied macht, Bier zu trinken oder Bier zu nippen. Sedlák sah im Vorbeigehen das leere Glas von Jan und brachte wortlos Nachschub. Das bedeutete zwei volle Seidel. Denn nur so wurde normalerweise in der *Jungfer* getrunken: immer schön im Gleichklang. Schon um dem Wirt überflüssiges Gerenne zwischen Theke und den Tischen zu ersparen. (In solchen Dingen nahm man Rücksicht aufeinander, in Hlavanice.)

Und so kam es, daß nach einer Stunde vor dem Grafen ein halbleeres Glas stand und drei volle, deren Schaumkronen allerdings, langsam dahinsiechend, bereits eingegangen waren (was Jan beinahe das Herz brach). Das halbe Glas reichte allerdings aus, um den Grafen zusehends übermütig werden zu lassen. In der letzten Stunde hatte er ungefähr fünf Vorschläge gemacht, und zwar in direkt proportional aufsteigender Verwegenheitslinie. (Jan hatte all diese Vorschläge lediglich mit einem weiteren Glas und – bei solcher Biermenge – erstaunlich trockenen Bemerkungen pariert.)

Angefangen hatte der Graf mit: »Warum sich so plagen, Jan? Warum sprengen wir nicht einfach das Gleis in die Luft?«

»Und womit, bitteschön?«

»Ach was: Gleis! Am besten gleich den ganzen Bahnhof. Wir sprengen den Bahnhof in die Luft.«

»Und der Knall? Den hört man bis nach Studenec. Nicht gerade sehr konspirativ.«

»Oder noch besser: Wir stürmen morgen früh die Lok und nehmen den Lokführer als Geisel.«

Die Diskussion darüber, wie man eine korrekte Geiselnahme durchführt, dauerte bis kurz vor zehn. Und endete mit einem abrupten Strategiewechsel (die Sperrstunde nahte).

»Pack deine Sachen, Jan, wir fahren jetzt zum Schloß raus und reden mit diesem Multerer, daß er das nicht machen kann. Mit dem Zug. Die Leute da hineinpferchen und einfach wegfahren. Das kann er nicht machen.«

»Wir haben nur aktuell, Exzellenz, nichts, womit wir fahren könnten.«

Letzten Endes blieb ihnen nichts anderes übrig, als den ursprünglichen Plan in die Tat umzusetzen. Den entscheidenden Anstoß dazu gab Sedlák, der jetzt kassieren wollte (so blöd würde der sein, und die Sperrstunde überschreiten wegen der beiden): »Wir machen jetzt zu.«

Und so wankten Jan und der Graf mannhaft ihrer Heldentat entgegen.

* * *

Am nächsten Morgen wurden die Männer in den Schloßhof gebracht. Dort stand noch immer der Lkw, der sie am Vortag hierhergebracht hatte. Die Soldaten trieben sie an, auf die offene Ladefläche hinaufzuklettern.

»Sie bringen uns sicher zum Bahnhof«, meinte Venda zu dem älteren Mann, der schon im Schloßkeller neben ihm im Stroh gelegen hatte.

»Wieso?«

»Na, weil da schon der Waggon auf uns wartet. Mit dem wir hinübergebracht werden …«

»Ach, Bub …«, war alles, was der Mann sagte.

Eskortiert von zwei Motorradfahrern verließ der Lkw den Schloßhof. Sie fuhren Richtung Ortsmitte. Wohin auch sonst? Der Bahnhof lag ja mitten im Ort. Aufmerksam verfolgte Venda, welche Route die vorausfahrenden Motorräder nahmen. Am Marktplatz jedoch vergaßen sie ganz, in die Komenského abzubiegen, wie Venda verdutzt feststellen mußte, die fahren einfach geradeaus, aus Hlavanice hinaus, »he, halt, da geht's zum Bahnhof«, rief Venda, und weil er ganz nahe an der Fahrerkabine saß, trommelte er mit der Faust auf das Blechdach, »ihr müßt da bei der Pestsäule in die Komenského abbiegen, he, wo fahrt ihr denn hin?«

»Halt's Maul!« war alles, was man durch das fensterlose Rückfenster heraus aus dem Wageninneren hörte, und wie zur Unterstreichung dessen, daß es klüger war, jetzt den Mund zu halten, schob sich der Lauf eines Maschinengewehrs durch die Luke.

Motorräder und Lkw drosselten das Tempo. Ihnen kam nämlich ein Pferdefuhrwerk entgegen. Und in der Rybářská war die Fahrbahn eng. Ja, sie waren in der Rybářská. Durch sie fuhr man aus Hlavanice hinaus, Richtung Landstraße, und weiter bis in die Kreisstadt. Venda erschrak: Sie waren nur noch wenige Meter vom Wohnhaus der Fejnmanns entfernt. In diesem Moment ging die Haustüre auf. Elli und ihre

Geschwister stiegen die drei Treppenstufen auf die Straße herunter. Hinter ihnen die Mutter. Jeder hatte seinen Koffer in der Hand. Als letzter: Herr Fejnmann. Der Lkw rollte jetzt langsam vorüber. Doch von den Fejnmanns schaute keiner zu ihnen herauf. Sie sahen alle auf den Vater, wie er die Haustüre zuzog. Und absperrte. Zweimal drehte er den Schlüssel herum. Drückte noch einmal prüfend die Türklinke, ob auch wirklich verschlossen war. So sperrt man nur ab, wenn man wiederzukommen gedenkt. Venda stockte der Atem. Er hätte etwas rufen können. (Was?) Er schaute aber nur zu, wie jeder von den Fejnmanns seinen Koffer nahm, und sie den Weg einschlugen Richtung Marktplatz. Richtung Bahnhof.

Der Lkw hatte sich an dem Pferdefuhrwerk vorbeigedrängelt, der Fahrer gab Gas, und aus dem Auspfuff unter der Ladefläche stieg eine schwarze Wolke auf.

* * *

Die Lok stand schon unter Dampf.

»Beeilt euch«, rief Vater Fejnmann, als sie sich durch das Gitter gezwängt hatten, das den Bahnsteig abgrenzte (Fahrkarte war keine vonnöten), und sahen, was für ein Gedrängel bereits vor der geöffneten Schiebetüre des Güterwaggons herrschte. Beim Hinaufklettern über zwei Trittbretter halfen deutsche Soldaten: Sie griffen unter die Arme, hielten einstweilen die Koffer und reichten sie dann denen im Waggon hinterher. Alle hatten genügend Platz. Das Gedränge war gar nicht notwendig. Niemand mußte Angst haben, nicht mitzukommen. In Studenec allerdings komme der nächste Schub dazu. Sagte jedenfalls Multerer, der die Verladung der vier Hlavanicer Familien überwachte. Erst hatte er im Schloß die Tschechen auf den Lastwagen verladen lassen, dann war er mit seinen übrigen Leuten zum Bahnhof gefahren.

»In Studenec wird's enger«, sagte er zu Frau Fejnmann, der er persönlich als letztes in den Waggon hinaufgeholfen hatte. Er wußte selbst nicht warum. Er kannte die Frau doch gar nicht. Und doch wollte er gerade ihr als letztes sagen: »Schauen Sie, daß Sie Ihren Platz vorne an der Tür behalten.«

Dann rollte die Waggontüre zu und der Verschlußhaken fiel herunter. Der Bahnhofsvorsteher schwenkte seine Kelle mit dem grünen Punkt. Der Zug fuhr an. Und bremste auch gleich wieder. Die Pfuffer des Waggons und der Lok schlugen aneinander.

»Was ist denn los?« schrie der Bahnhofsvorsteher nach vorne zum Lokführer, der seinen Kopf aus der Führerkabine herausstreckte. War da etwas nicht in Ordnung? Lag was auf den Gleisen? Lagen gar die Gleise nicht da, wo sie liegen sollten? Der Lokführer zeigte auf das Haltesignal. Die rotweißen Balken standen noch immer horizontal auf *Halt*.

»Mensch, der nimmt's aber genau heut'«, zischte der Bahnhofsvorsteher, der das Signal vergessen hatte, zu Multerer. Schnell lief er in sein kleines Bahnhofskabuff, das Stellwerk für die eine Weiche und das eine Signal, die es in Hlavanice gab. Metalldrähte sirrten, das Haltesignal hob seine Balken. Der Bahnhofsvorsteher kam wieder aus seinem Kabuff heraus und blies noch einmal in seine Trillerpfeife. Die Lok ließ Dampf ab, und ihr Kolbengestänge setzte sich in Bewegung. Der Waggon rollte an den Soldaten, an Multerer und dem Bahnhofsvorsteher vorbei. Keiner sah ihm nach, alle drehten sich gleich um, wollten zu den Fahrzeugen gehen, mit denen sie zum Schloß zurückfahren würden. Nur der Bahnhofsvorsteher schaute stieren Blicks über Gleis eins hinweg auf das dahinterliegende Abstellgleis.

»He, was soll denn das!?« Er sprang vom Bahnsteig hinunter und hinüber aufs Abstellgleis. »Schaut euch das an, so eine Sauerei!«

»Was 'n los«, rief Multerer von der Bahnsteigkante aus

gelangweilt hinüber. Er wollte jetzt eigentlich gehen. Hatte heute früh raus gemußt, verdammt früh. Im Schloß wartete sein Gabelfrühstück auf ihn.

»Das Gleis! Die Schiene ist ja völlig verrutscht. Da fehlen die Schrauben, und die Schiene ist verrutscht.«

Typisch! So ist Böhmen: alles marod, dachte sich Multerer und weiter nichts. Er rief hinüber: »Na und! Dann lassen Sie es, verdammt noch mal, reparieren.«

Was interessiert mich jetzt ein nie benutztes Abstellgleis. Was interessiert mich überhaupt dieses ganze Hlavanice. Die sollen doch ihren Dreck selbst in Ordnung bringen. Er winkte ab, drehte sich um und ging.

Neue Perspektiven

»He, Pepin, schau mal, wer da kommt!«

»Jessesmaria ..., das ist ja gleich das ganze Komitee.«

»Und zwar das alte und das neue.«

»Und ich dachte immer, die sind sich spinnefeind: der Urbánek und der Mucha.«

»Heut ist eben ein besonderer Tag und alles anders, Pepin.«

Jožo und Pepin, sie glaubten wirklich daran, daß sie mit ihrem Fest die große Verbrüderung nach Hlavanice brachten. Zumindest diesen einen Abend lang. Sie glaubten, am Ende der Feier müsse es passieren, daß sich in Hlavanice Fuchs und Gans *Gute Nacht* sagten – und es auch wirklich so meinten. Zu einträchtig war aber auch das Bild, das sie jetzt sahen: Urbánek (das war der alte Fuchs) und Mucha (ganshaft stolzierte er im hellen Sommeranzug daher) waren tief ins trauliche Gespräch verstrickt und führten so die kleine Delegation an, die ganz offensichtlich den direkten Weg vom Rathaus herüber genommen hatte. Hinter den beiden her trottete Jiří, der den Rollstuhl seines Onkels schob (»he, guck mal, Jožo, der alte Koloušek, tatsächlich, der lebt noch, den hab' ich Jahre nicht mehr gesehen«). Neben ihm ging ein Typ, den kannten Jožo und Pepin nicht. Und als Nachhut trippelte die Jirásková daher, die beträchtliche Probleme mit dem holprigen Weg und ihren hochhackigen Schuhen hatte. Pepin sah das, eilte ihr sogleich entgegen und bot wie der allereleganteste Budapester Tanzbodenstrizzi seinen Arm an. Er begleitete das neben ihm noch viel schmaler als sonst aussehende Sekretärsfräulein bis zu dem Tisch, den Urbánek und Mucha ausgesucht hatten für die ganze Runde: Er stand nur wenige Meter vom Wasser der Pivoňka entfernt, überschirmt von einer Trauerweide, was sich insofern als günstig erwies, als daß man an einem der Äste recht kommod die Infusionsflasche von Onkel Vendas Tropf einhängen konnte: Endlich waren die übrigen davon befreit, sich abwechselnd als Flaschenständer zur Verfügung stellen zu müssen.

»Und, was darf's sein für die Herrschaften?« fragte Pepin, der es dem hohen Besuch nicht zumuten wollte, sich wie das gemeine Volk am Bierausschank um sein Krügel anstellen zu müssen. »Bier für alle?« bestimmte er im Frageton, um eine langwierige Entscheidungsfindung abzukürzen, und an das Fräulein aus dem Rathaussekretariat gewandt sagte er, »und für die Dame – aber exklusiv nur für die Dame! – hätte ich einen selbst angesetzten Nußlikör ..., wunderbar, Fräulein Jirásková!«, eine Offerte, die mit einem allgemeinen »Hoho« quittiert wurde. Schnell verschwand Pepin, um die Seideln zu holen, die Jožo schon abzuzapfen begonnen hatte.

Multerer beugte sich jetzt jovial über den Tisch, zu dem ihm gegenübersitzenden Urbánek hinüber, der ihm vorhin als der berühmte Vančura vorgestellt worden war, das Gewissen von Hlavanice. Multerer fand, daß es an der Zeit war, das Wort an diese Berühmtheit zu richten, die während der

Verhandlungen vorhin im Rathaus mehr oder minder wie ein Stockfisch dabeigesessen war. Schau dir den an, hatte sich Multerer gedacht, sagt nix, paßt aber auf wie ein Haftelmacher, so wird er es die letzten zwanzig Jahre auch gemacht haben, denn seine Gattin Erna hatte ihn darüber aufgeklärt, mit wem er es da zu tun hatte: mit dem vielleicht berühmtesten Dissidenten der Tschechei, mit Ladislav Vančura.

»*Dissi-* was?«

Er hatte von dieser Berühmtheit noch nie etwas gehört, erst als seine Gattin beiläufig erfuhr, er werde sich demnächst in irgend so einem westböhmischen Nest engagieren (er sagte *angarschian*), da wurde sie hellhörig. Fragte, wie dieses Nest denn heiße.

»Ha-wara-hitze oder so ähnlich«, gab er ihr zur Antwort.

Sie lächelte milde und sagte: »Kann es nicht vielleicht sein, daß es Ch-… Chla-wa-ni-ze heißt?«

»Ja, genau, so heißt es, was du wieder alles weißt, Spotzerl!«

Wenn er ironisch sein wollte, sagte er *Spotzerl* zu ihr, sein vor vielen Jahren einmal durchaus ernstgemeintes Kosewort für sie, es mußte aus dem Paläozoikum ihrer Kennenlernzeit stammen, wie lange mochte das her sein? Sie aber konnte diese Ironie gar nicht anfechten, vielmehr sagte sie:

»Ich weiß sogar noch weitaus mehr, nämlich daß in diesem Chla-wa-ni-ze eine wirkliche Berühmtheit lebt.«

»Ehrlich«, sagte Multerer gelangweilt, »wer denn?«

Und dann hatte sie es ihm erklärt. Alles das, was sie selber erst wenige Wochen zuvor in ihrem Tschechisch-Volkshochschulkurs gehört hatte, als eher beiläufig das Gespräch auf diese in der Weltgeschichte – und der tschechischen Nationalgeschichte zumal – ziemlich einzigartige *Samtene Revolution* gekommen war, und da konnte es nicht ausbleiben, daß auch Vančuras Name fiel, Frau Šlesingerová, die Leiterin des Kurses, meinte gar während dieser kurzen Lektion in politischer Landeskunde, es wäre durchaus denkbar, daß man jetzt nach Vančura rufen werde, wenn es darum gehe, ein neues Staatsoberhaupt zu wählen, »man sagen kann, er war Gäwissen von Nation die zwanzig Jahr«, meinte zumindest Frau Šlesingerová.

Zum Glück fiel Multerer das jetzt wieder ein. Die Unterhaltung war nämlich etwas ins Stocken gekommen. Onkel Venda, in dessen Körper mittlerweile die Sedativa in ihrer wunderbaren Wirkung vollens aufgeblüht waren, saß eingesunken in seinem Rollstuhl; Mucha kümmerte sich mehr um das Hlavanicer Volk an den Tischen ringsherum: jovial winkend grüßte er nach allen Seiten; Frau Jirásková war darum bemüht, die Spitzen ihrer weißen Stöckelschuhe möglichst unbemerkt unter dem Tisch an den Waden ihrer Nylonstrümpfe von den eben aufgefangenen Dreckspritzern zu reinigen; und Jiří interessierte sich für die jetzt auf den Grillrost aufgelegten Wallerstücke: ihm lief schon das Wasser im Munde zusammen. Da beugte sich Multerer über den Tisch zu Urbánek:

»Es ist mir wirklich eine Ehre, eine solche Berühmtheit wie Sie, verehrter Herr Wanschuda, kennenzulernen.«

Urbánek, der den süßlich-schmeichlerischen Ton Multerers ungefähr richtig deutete, zuckte verlegen die Achseln. Multerer mußte Jiří nur kurz mit dem Ellbogen anrempeln, damit der verstand, er solle das Gespräch doch bitte dolmetschen. Jiří übersetzte. Jetzt wurden auch die anderen wieder aufmerksam.

»Was, eine Berühmtheit, unser Urbánek!« gickste die Jirásková sogleich heraus. Sie war ja nicht eingeweiht worden in diese Verwechslungskomödie.

»Fräulein Jirásková«, sagte Mucha im strengen Ton, »wollen Sie sich nicht vielleicht darum kümmern, daß wir auch etwas zu essen bekommen?«

Fast etwas beleidigt zog sie ab.

Multerer machte weiter mit seiner Einschleimertour. »Sogar bei uns drüben in Bayern kennt man Sie.«

Urbánek wußte gar nicht, was er als Vančura sagen sollte.

Mucha half ihm aus: »Er ist weltberühmt, unser guter Vančura.« Jetzt legte er doch tatsächlich den Arm um Urbáneks Schulter. »Sogar in Bayern weltberühmt. Ja, was wären wir in Hlavanice ohne ihn? Zugegeben, er hatte es nicht immer ganz leicht, aber letztlich siegt die Gerechtigkeit, stimmt's?«

»Man hört sogar, Herr Wanschuda, es könnte sein, daß Sie der Ruf der Politik ereilt, wenn ich so sagen darf.«

Ob Jiří wirklich diesen Seim in aller seiner verräterischen Süße zu übersetzen in der Lage war? Ob er verstand, was der Ziaglzach eigentlich wollte? Urbánek jedenfalls antwortete (nachdem ihm Mucha unterm Tisch einen Rempler ans Schienbein gegeben hatte, der nichts anderes hieß als, er solle sich's jetzt bloß nicht einfallen lassen, aus der Rolle zu fallen):

»Jo! Jo, man bemiht sich um mich.«

»Dann frag' ihn doch mal«, nahm sich Multerer jetzt Jiří zur Brust und erklärte ihm ganz genau, was er über den Tisch hinüber zu übersetzen habe, nämlich daß das ja ganz neue Perspektiven eröffne, wenn es demnächst eine direkte Verbindung zwischen Wutzelshofen und Prag gebe. Er hoffe doch sehr, daß sich der Herr Wanschuda auch nach einer Wahl, für die er, Zacharias Multerer aus Wutzelshofen, der Ziaglzach, ihm ganz fest die Daumen drücke, ja, er könne sich sogar vorstellen, seine Unterstützung noch anders zum Ausdruck zu bringen, denn so ein Wahlkampf, »lassen Sie sich das von einem schlachtenerprobten Demokraten sagen«, so ein Wahlkampf, der koste Geld (jetzt nicht kleinlich sein, Zach, sagte sich Multerer, das ist eine Investition in die Zukunft), so eine gewisse Wahlkampfunterstützung, die nichts anderes als eine Unterstützung in die Demokratie sei, könne er sich schon vorstellen, »so im sechsstelligen Bereich ... D-Mark natürlich«, er hoffe also, daß sich dann der Herr Wanschuda noch an den Ziaglzach erinnern werde, mit dem man ja schon in Hawalitze so, wie er doch hoffe, unkompliziert zusammenarbeiten habe können. Wenn er also erst einmal auf dem *Rad-schin* residiere, daß es dann gewissermaßen »ein Tscheunt-wäntscher möchte ich sagen, verstehen Sie,« geben könne, zwischen Wutzelshofen und dem *Rad-schin*.

»Wie ich mir das vorstelle?« fragte Multerer sich selber und gab gleich die Antwort: »Nun, die Gesetzeslage muß wohl so bleiben, wie sie ist, dafür habe ich Verständnis, man kann hier nicht alle reinlassen, ich meine jeden Investor, das verstehe ich vollkommen, Idealismus ist in der Politik völlig fehl am Platze, lassen Sie sich das von einem altgedienten Kommunalwahl-Schlachtroß sagen, Sie als Intellektueller sind da vielleicht etwas zu idealistisch, Herr Wanschuda, ich kenne die Gefühlslage Ihrer Landsleute, haben ja heute nachmittag ein beredtes Beispiel dafür erlebt«, an dieser Stelle schaute Multerer nur kurz zu dem Gott sei Dank endlich vollends eingenickten Venda Koloušek hinüber, »man muß Rücksicht nehmen auf die Gefühlslage im Volk, ganz klar, bin ich sofort Akkord mit Ihnen, an Ihrer Stelle, also als zukünftiger Staatspräsident, würde ich auch nicht jeden Investor hereinlassen, aber Wutzelshofen ..., Wutzelshofen hat sich doch als fairer Partner erwiesen, oder?«, und wenn der Herr Wanzura erst einmal das Sagen habe, auf dem *Rad-schin*, dann dürfte es doch ein leichtes sein, daß die Achse Prag–Wutzelshofen in einem besonderen Maße ..., ich meine ..., man könnte doch dann kooperieren, auf dieser Achse – »sag ihm das«, sagte Multerer zu Jiří, und Jiří schaute etwas überfordert drein.

Ob er das dem zukünftigen Staatspräsidenten (mittlerweile glaubte Jiří beinahe selbst daran, so betört war er von den Visionen seines Chefs) würde verständlich machen können? Ob er sich auch alles richtig gemerkt hatte? Jiří fühlte sich befördert zu fast so etwas wie einem Regierungsmitglied. Er gab sich alle Mühe in seinem neuen Job des Dolmetschers. Zeit war ja genug. Der Abend würde noch lang werden. Und das Bier kam jetzt auch. Pepin servierte die überschäumenden Krüge.

»Na, dann also, Nasdrowje«, rief Multerer und bot sein Glas zum Anstoßen. »Auf die neue Zeit!«

Historienfetzen

»Das gibt's doch gar nicht: Sie meinen, die haben tatsächlich das falsche Gleis erwischt, in ihrem Suff?«

Gebannt hatte die Bohumila den Erzählungen Vančuras über den Sabotageversuch des Grafen zugehört. Diesen Ausgang der Geschichte aber hielt sie doch für etwas hanebüchen.

»Es war stockfinster. Diesen Umstand sollte man in die Würdigung der Vorgänge mit einbeziehen, finden Sie nicht, Bohumila?«

»Trotzdem. Wer ist denn so blöd?!«

Vančura fand, die Gnädigste war wenig gnädig mit dem Grafen und Jan (vielleicht war sie auch einfach nur enttäuscht, bitterlich enttäuscht, wo sie doch gerade erst fertig geworden war, sich ihr eigenes Historiengemälde zu pinseln, und jetzt dieser Säureanschlag des Versagertums auf ihr schönes Bild vom heldenhaften Grafen). Dabei hatten sie ihr möglichstes versucht, immerhin. Es hätte auch alles ganz anders ausgehen können. Dieser Kreis aus Nordböhmen beispielsweise, der *Brüxer Kreis*, der Tage zuvor eine Eisenbahnstrecke in die Luft gejagt hatte, war nur wenige Stunden später aufgeflogen, und die fünf Saboteure, darunter zwei Achtzehnjährige, waren sofort standrechtlich erschossen worden. Das hätte auch dem Grafen, Jan und Venda blühen können. War es also vielleicht Glück, daß die Vorsehung ihren *Hlavanicer Kreis* noch rechtzeitig gesprengt hatte?

»Ja, aber die Fejnmanns!«

Bohumila war noch nicht bereit, die Fahrpläne des Schicksals so, wie sie waren, mit ihren Abfahrts- und Ankunftszeiten, zu akzeptieren.

»Sie wissen doch selbst, wer heute in Haus Numero 23 in der Rybářská wohnt«, sagte Vančura.

»Ja, natürlich, die Svobodas. Und?«

»Das bedeutet, daß sie nicht mehr zurückgekommen sind, die Fejnmanns. Ihr Haus blieb leer. Und deshalb konnten Monate später dort die Svobodas einziehen. So wie Venda, als er vom Arbeitseinsatz im Reich zurückkam, in das Haus der Webers einziehen konnte.«

Mittlerweile waren Vančura und Bohumila bei ihrem vorsichtigen Abstieg hinunter vom Dachboden des Schlosses im Flur des ersten Stockes angelangt. Durch die Maueröffnungen, denen man schon vor langer Zeit die Fensterstöcke herausgerissen hatte, konnte man in den Schloßhof sehen. An der Längsseite des Flures hing der Rahmen eines ehemals gewaltigen Gemäldes, zu sehen war von dem Bild nicht mehr als ein paar Splitter, denn von der bemalten Leinwand waren nur wenige Fetzen übrig.

»Das war wahrscheinlich eines der Bilder, das da unten im Schloßhof für die Entlausungsbaracke hatte herhalten müssen«, erklärte Vančura und ging näher an das Gemälde heran. Zupfte die Leinwandfetzen zurecht.

»Sehen Sie, das ist ein Teil vom Hirschberg …, und da, der Kopf des Grafen.«

»Graf Petr?«

»Neinnein! Das ist Vojtěch, der Großvater.«

»Was war das einmal?«

»Nun, man könnte sagen eine Art Schnappschuß von Hlavanices größtem Augenblick: als der Mittelpunkt Europas festgelegt wurde.«

»Und wieso hängt das wieder hier. Oder besser: hing. Ist ja nicht mehr viel übrig davon.«

Bohumila rieb mit dem Ärmel am Rahmen. Unter einer dicken Schicht Ziegelstaub kam das Blattgold von einst zum Vorschein.

»Nun, weil das Schloß die Deutschen wieder abgeschüttelt hat. Wie ein Hund, der sich beutelt, und die Flöhe fliegen im hohen Bogen aus seinem Fell heraus.«

»Soll das heißen, Graf Hlaváček ist hier wieder eingezogen?«

»Ja, für kurze Zeit. Nach fünfundvierzig erhielt er die Gebäude zurück, weil die Hlaváčeks unter den Deutschen so patriotisch gewesen waren, sich zu Tschechen zu erklären. Hat man ihnen hoch angerechnet. Nur nach achtundvierzig war das schnell wieder vergessen, und man hat ihnen wieder alles abgenommen.«

»Verstehe«, meinte Bohumila, »Blaues Blut! Das paßte natürlich nicht in die Farbenlehre der Roten.«

»Und die haben dann hier das Militär einquartiert.«

Vančura winkte Bohumila, sie solle ihm in den nächsten Raum folgen. Dort standen lauter leere Regale. In der Raummitte waren die kleinen Holzplättchen des Parkettfußbodens herausgerissen worden. Ein Aschekreis verriet, daß hier mitten im Zimmer jemand ein Feuer gemacht hatte.

»Das war sie einmal!« sagte Vančura.

»Was?«

»Die Bibliothek.«

Bohumila sah sich um. In den Regalen waren die Bretter teilweise durchgebrochen oder ganz herausgefallen, sie bildeten Rampen, Brücken, Wehrgänge, und wer hier entlanghuschte durch dieses wie von Maurits Escher gezeichnete Endloslabyrinth, das waren die Ratten, die sich verwundert auf ihre Hinterbeine setzten, um kurz nur aufzuschauen, wer da in ihr Reich eindrang. Dann ließen sie sich wieder auf alle Viere fallen und folgten ihren zitternden Spürnasen.

»Und wo sind die Bücher?«

»Die Bücher? – Auf die hat ein Waggon gewartet, wieder einmal.«

Als sei dies das Stichwort, zuckten draußen am Horizont über den Gipfeln der Schloßparkbäume Blitze wie vom Funkensprung einer Eisenbahnoberleitung, und kurz darauf stießen über ihren Köpfen, in diesem meteorologischen Verschiebebahnhof, die Güterzüge eines nicht mehr ganz so fernen Gewittergrollens aneinander.

»Sieben, acht, neun ...«

Vančura zählte die Sekunden zwischen Blitz und Donner mit.

»Neun! Das heißt, das Gewitter ist schon in Studenec. Wir sollten jetzt lieber wieder zurückfahren.«

»Und beim Fischerheim vorbeischauen!« rief Bohumila. »Möchte doch zu gern wissen, was sie aus dem Waller gemacht haben.«

»Ich hab's schon gesehen heute vormittag«, erinnerte sich Vančura an das Zusammentreffen mit Jožo und Pepin, »ich würd' sagen so eine Art Fischstäbchen, das haben sie aus ihm gemacht.«

»Wirklich?! Was für ein Jammer. Und war so ein schönes Monstrum.«

»Dann halt nicht«, hatte Lovec gesagt, sein Pilzglas genommen und es wieder verschraubt. Ohne ein weiteres Wort ließ er Jožo und Pepin einfach stehen und ging.

»Was hat der denn?«

»Ich glaub', der verkraftet die neuen Zeiten noch nicht. Daß er nicht mehr der große Macker ist, so wie früher, als er noch den Vančura drangsalieren konnte. Schau, jetzt hockt er sich ganz alleine da drüben an einen Tisch! Und warum der dieses blöde Einmachglas nicht losläßt?«

»Ach, laß gehn, der wird schon wieder.«

»Aber nicht, wenn der jetzt auch noch auftaucht. Mir schwant Fürchterliches.« Pepin mußte nur leicht mit dem Kopf deuten, um Jožo auf das Motorrad aufmerksam zu machen, das eben, mit viel Geknatter, von der Dorfstraße her auf die Wiese des Fischerheims einbog.

»Vančura!« entfuhr es Pepin, ungefähr im Tonfall von *Apage satanus*. »Wenn das nicht Mord und Totschlag gibt!«

»Ach was. Der hat ganz was anderes im Sinn, der Vančura, auf seine alten Tage. Siehst du denn nicht, wen er hinter sich auf dem Sozius sitzen hat?«

»Ich glaub', ich werd' nicht mehr: die Kadlecová. Oder, das ist sie doch?«

»Natürlich ist sie es! Schau doch nur, wie sie sich vom Motorrad herunterquält.«

»Und jetzt setzen sie sich sogar noch allein an einen Tisch.«

»Na ja, ihr Alter hat ja auch was Besseres zu tun.« Sie schauten hinüber zu Kadlec, der mittlerweile schon waagrecht über dem Tisch und der Lovcová halb an der Brust lag. »Du, wenn wir nicht aufpassen, dann wird das heut' nacht hier noch eine einzige Orgie!« sagte Pepin und hielt seinem Kompagnon das Glas zum Anstoßen hin. Sie strahlten, als ob es genau das wäre, auf was sie die ganze Zeit gehofft hatten: daß sich endlich einmal die Sitten lockern in Hlavanice.

Doch da waren die Himmelsmächte vor! Wieder zuckte ein Wetterleuchten um den ganzen Horizont: Es war schon gar nicht mehr zu sagen, von woher das Gewitter nun eigentlich kommen würde. Von allen Seiten gleichzeitig? Auf jeden Fall würde es die erhitzten Gemüter ordentlich abkühlen, soviel war klar.

Oder es würde vorher noch zu ganz etwas anderem kommen: zu einer richtig netten, kleinen Dorfschlägerei, wie es sie in Hlavanice schon lange nicht mehr gegeben hatte. Jetzt nämlich kam eine Rotte von Jugendlichen den Fahrweg herunter auf die Wiese zum Fischerheim, und die war Jožo und Pepin vom ersten Augenblick an nicht ganz geheuer. Es hatte nicht ausbleiben können, daß die Clique von Halbstarken auf dem Marktplatz von Hlavanice, wo sie tagtäglich beieinanderstand, von der Fete unten am Fischerheim erfuhr.

»Hast du die eingeladen?« fragte Pepin und vergaß, was er und Jožo heute vormittag noch groß getönt hatten: daß nämlich ganz Hlavanice eingeladen sei, und irgendwie gehörte die Jugend doch auch dazu.

»Nein, du?«

»Auch nicht.«

Besorgt sahen sie auf die Kerle mit den kurzgeschorenen Köpfen, die ausnahmslos Armeeklamotten anhatten. »Meinst du, das langt auch wirklich?«

Pepin schien plötzlich zu befürchten, ihr Waller, dieser Zweieinhalbzentner-Kerl, könne nicht ausreichen für alle. Mit gemischten Gefühlen sah er hinüber zur Feuerstelle, wo sich die Männer der Hlavanicer Freiwilligen Feuerwehr bereit erklärt hatten, den Job mit dem Grillen zu übernehmen. Sie standen in einer Rauchwolke aus verbrennendem Fett, denn die Fischstücke lagen mittlerweile längst auf dem Rost und tropften in die Glut, die jedesmal zischend aufflammte.

»Weißt du was, Pepin«, sagte Jožo mit Blick auf die Motorradbande, »so ein junger Laich wie der da, dem fehlt ganz einfach die Reife, die zum sachverständigen Genuß von Fisch unerläßlich ist.«

»Aber genau.«

»Geschmack, Magen und Gestimmtheit müssen zu einer gewissen Reife gelangt sein, die man nur mit einem gesetzten Alter erreicht, vorher nicht.«

»Wie du das sagst, Jožo: genau so is' das! Für die reicht auch eine Knacker. Denen legen wir ein paar Würste auf, bis es knallt und das Fett nur so herausspritzt, in Fontänen. Was meinst du?«

»Fisch darf man nur in bestimmten Abschnitten des Lebens essen. Das ist wie mit dem katholischen Kalender: Fisch nur zu besonderen Tagen und in gewissen Lebensaltern!«

»Ja, da hast du recht!«

Jožo schaute auf die Typen in Armeeklamotten. Sie hatten sich an einem der Tische zusammengerottet. Und ihr selbst mitgebrachtes Dosenbier untereinander verteilt. Nicht einmal etwas vom Freibier wollten sie haben. Sah ganz danach aus, als ob die nur auf Stunk aus wären. Der Geräuschpegel ihres Geschreis jedenfalls stieg bedrohlich an.

»Und das haben die noch nicht, das richtige Lebensalter.«

»Laß mal«, beschwichtigte Pepin, »wir waren ja auch mal jung.«

»Vielleicht sogar jünger wie die.«

»Aber Tatsache!«

Und darauf stießen sie mit ihren Krügeln an.

»Und schon wieder leer!«

In diesen Teil des Schlosses war Pepin noch nie gekommen. Als Mannschaftsunterkunft diente nur der Ostflügel, Essen gefaßt wurde im Parterre, im grünen Saal, wo den Soldaten beim Löffeln ihres Linseneintopfs die Hirschgeweihe über den Köpfen hingen, Spinnweben zwischen den Enden. Die Kommandantur lag im Westflügel, wo Frischlinge wie Pepin und seine Kameraden sich am besten gar nicht erst sehen ließen. Bis es vorige Woche geheißen hatte, Anrücken zur Altpapiersammlung. Zuerst waren sie mit dem Lkw losgefahren und hatten die mickrigen Häufchen aufgeladen, die die Hlavanicer, nachdem sie die Bekanntmachung in der Zeitung gelesen hatten, auf die Bürgersteige gelegt hatten. Doch das genügte bei weitem nicht, um das von der Armeeleitung in der Kreisstadt geforderte Kontingent zusammenzubringen. Kommandeur Švec war ungehalten, äußerst ungehalten.

»Wo sollen wir, verdammt noch mal, dieses scheiß Altpapier herbekommen. Kein Mensch hat doch Papier übrig. Nicht einmal auf dem Häusl langt es! Der letzte Arsch schreit nach Papier.«

Es war Unteroffizier Polan, dem die rettende Idee kam: »Genosse Hauptmann, gestatten Sie mir, daß ich etwas sage: Wir haben Papier.«

»So? Wo denn?!«

Polan machte nur eine Bewegung mit dem Finger. (Man wußte nie, wer alles mithörte.) Der Finger tippte hinauf Richtung Plafond.

Švec schaute noch oben. Sah aber nur die Stuckdecke. (Seine Kommandantur befand sich im ehemaligen Musikzimmer des Schlosses.)

»Drüber, Genosse Hauptmann, wenn ich etwas sagen darf«, half Polan auf die Sprünge.

»Wie *drüber*?«

»Im Stock über uns.« Polan sang es fast. Als ob es dann unverfänglicher klänge.

Endlich kapierte Švec. Die Bibliothek. Über ihnen. Einen Stock höher! Gleich am nächsten Morgen gab er den Tagesbefehl aus. Aufstockung des Altpapierkontingents aus den Beständen der mit konterrevolutionärer Klassenfeindagitation durchsetzten ehemaligen Schloßbibliothek.

»Das ist ein Akt der Reinigung«, schloß er seine kurze, aber dafür um so markigere Ansprache an die Mannschaft. Alles weitere, das heißt das Detaillierte, überließ er Polan. Der ordnete an: Drei Mann zimmern aus ein paar Brettern eine Behelfsrutsche, die vom ersten Stock hinunterreicht auf die Ladefläche des Lkws, den Fron und Mašek unten im Hof heranzufahren hatten.

»Vondráček, Štulc und Blatný gehen hinauf in die Bibliothek, räumen die Regale aus und werfen das Zeug auf die Schütte. Dann wollen wir mal sehen, ob wir unser Kontingent zusammenbekommen oder nicht! Was, Männer?!«

Und so kam es, daß Pepin das erste und einzige Mal während seiner Dienstzeit den Westflügel des Schlosses betrat. Als er zusammen mit Honza und Zdeněk die Tür zur Bibliothek öffnete, war es, als träte er in ein anderes Reich ein, von dem er noch nie etwas gehört hatte Er war überwältigt. Nicht so seine beiden Kumpel. Honza öffnete eines der Fenster und sah hinunter in den Hof. Die da unten brauchten noch etwas, bis sie die Rutsche fertig hatten. Zeit, sich ein Zigarettchen zu drehen, wie Honza fand. Er kramte den Tabak aus der Hosentasche und mußte feststellen, daß die Zigarettenpapierchen aufgebraucht waren.

»Nimm halt das da!«

Zdenek griff hinter sich, zog das erstbeste Buch aus dem Regal und warf es Honza zu. Dabei fiel ein zweites Buch zu Boden.

»Viel zu dick, das Papier.«

Zdeněk hatte ausgerechnet die auf dickes Bütten gedruckte und in punziertes Schweinsleder gebundene Ausgabe der *Göttlichen Komödie* von Dante erwischt (ein Tag- und Nachtbuch des Grafen, das er stets in Griffnähe haben mußte). Zusammen suchten Honza und er jetzt weiter nach geeignetem Papier, nahmen Bücher aus den Regalen, prüften die Seiten zwischen aneinanderreibenden Daumen und Zeigefingern, so wie die Damen Stoffe im Galanteriewarengeschäft prüfen. Ein gewisser Fürst Sternenhoch war auch mit dabei, aber unbrauchbar. Schließlich fanden sie eine Dünndruckausgabe, Marke Fjodor Michailowitsch Dostojewski, »das ist genau das Richtige, geht bestimmt in dünnem Rauch auf, den schmeckst du kaum!«, und damit drehten sie sich eine, gaben sich ein paar Lungenzüge *Raskolnikoff* (klang eh wie eine Zigarettenmarke). Pepin Vondráček hatte währenddessen jenes Buch vom Boden aufgehoben, das beim Herausziehen von Dantes 600-Seiten-Schinken zu Boden gefallen war.

Es war ein kleines Bändchen mit stark vergilbtem Papier, eingebunden in tannengrünes Leinen, das keinerlei Aufschrift trug. Pepin schlug das Vorsatzblatt zurück und las (das heißt, er irrte durch den dichten Wald versal gewachsener Buchstabenstämme):

ANNALES CONTRACTI HLAVANICENSES
QUIBUS PRAECLARE NARRATUR
QUOMODO MEDIUS EUROPAE LOCUS
A. DOMINI MDCCCLXV REPERTUS SIT

Gott sei Dank war es aber nur der Buchtitel, der in dem für Pepin völlig unverständlichen Latein geschrieben war. Der Rest war Tschechisch, wenn auch ein Tschechisch der etwas sonderbaren Art, wie Pepin fand. Hätte er entdeckt, was er nicht entdeckt hatte, weil er einfach darüber hinweglas, nämlich wer der Verfasser dieses kleinen Büchleins war, dann hätte er sich den etwas eigenartig gedrechselten Stil vielleicht erklären können als eine gewissermaßen aristokratische Eigenart. Unter dem verschlungenen Titel stand nämlich, immer noch versal, nur in einem kleineren Schriftgrad, daß niemand anderer als Jaromír Graf Hlaváček, der Vater von Graf Petr, der Autor dieses Büchleins war. (Er schrieb es gegen Ende seines Lebens, nachdem der große Krieg – der erste große Krieg – all das verschwinden hatte lassen, was der Graf *seine* Welt genannt haben würde.) Eigentlich war es mehr eine autobiographische Erzählung, denn Graf Jaromír war ja selbst, wenn auch erst acht Jahre alt, Zeuge jenes strahlenden Ereignisses geworden, das als glanzvoller Höhepunkt jenes Hauptkapitel seiner *Annales* bildete, das Pepin Vondráček jetzt zufällig aufschlug. (Wirklich zufällig? Oder war es nicht vielmehr so, daß sich das Buch schon von selbst an genau dieser Stelle aufschlug, hatte doch Graf Petr unzählige Male genau diese Episode seines Vaters aufgeschlagen und nachgelesen, schon als Kind hatte er an ihr das Lesen gelernt, sie war gewissermaßen der literarische Hausschatz der Hlaváčeks.)

Die Mitte Europas

Aus den »Annales Hlavanicenses«

Einmal in seinem beschaulichen Leben hat Hlavanice einen wirklich großen Tag erlebt. Durch was er sich angekündigt hat? Durch nichts! Durch rein gar nichts! Allenfalls durch die gekonnte Himmelslichtregie, mit der an diesem 2. Juni 1865 die Sonne über Hlavanice aufging: Ein dunkles Wolkengebräu hatte sich vor den Horizont gezogen, langsam rann das Rot der Aurora dahinter aus, färbte die Ränder der Wolkenbank erst violett, dann rot, rot-rosa, und umsteppte sie schließlich mit einer Goldborte. Schließlich hatte das dunkle Gebräu ein Einsehen und öffnete der heraufdrängelnden Sonne einen Spalt: Ein nach vorne sich verbreiternder Strahl fiel schräg herunter, genau auf Hlavanice, das für einen Augenblick lang als einziger Fleck erleuchtet in der ansonsten noch morgendlich verschatteten Flur lag.

Die ersten, die merkten, daß sich da etwas tat, waren, wie immer, die Gassenbuben. Sie lungerten um die Pestsäule auf dem Marktplatz herum und beobachteten, was draußen vor dem Dorf zwischen hellgrün sprießenden Wiesen und Feldern auftauchte. Eine zehnbeinige Raupe! Was auffiel: Daß sie sich nicht wirklich in Raupenart fortbewegte, es fehlte das in regelmäßigen Abständen stattfindende Aufbäumen in der Mitte der Raupe, von wegen der Kontraktion, ehe dann die Streckung und das dadurch gewonnene Voranschieben erfolgte. Der Anführer der Buben jedenfalls, der leicht erhöht auf den Stufen des Pestsäulenfundaments stand, befahl den anderen, ihm zu folgen, das müsse man sich genauer anschauen.

Als sie näher herankamen, erfuhren sie, warum die Raupe nicht buckelte: Es waren nämlich fünf Männer in Uniformen, die sich im Gänsemarsch vorwärtsbewegten. Die Männer taten, als bemerkten sie die Rotte der Buben überhaupt nicht, und schoben sich, unter wiederholtem Aufblicken zum Stand der Sonne und zur Lage der umliegenden Berggipfel, weiter als eine das Aufbuckeln vergessende Raupe durch die Landschaft.

Die Hlavanicer Gassenbuben folgten ihnen in einigen Metern Abstand. Ein paar der barfüßigen Dorflümmel am Schwanz der Rotte ahmten den Gänsemarsch der Uniformierten nach, rissen ihre nackten Knie (denn kurze Hosen trugen sie alle) übertrieben nach oben zur Brust und stampften mit den nackten Fußsohlen unter nicht mehr länger zurückhaltbarem Gekicher in die vom letzten Mai-Regenguß noch matschige Ackerkrume.

Hohe Stulpenstiefel und weiße Röcke hatten die Männer an und hochaufragende schwarze Helme, aus denen man Schweißbächlein die Gesichtsbuckel herunterrinnen sah. Und so raupenhaft langsam bewegten sie sich deshalb voran, weil sie vollbepackt waren mit Tornistern und Gerätschaften: Schaufeln und Spitzhacken waren dabei, aber auch seltsame Stative, Latten, der Kopf der Raupe trug rechts und links je ein kleines ledernes Köfferchen in der Hand. Unvermittelt blieb er jetzt stehen. Glied zwei, drei, vier und fünf der Raupe hielten ebenfalls an, blieben aber streng in Gänsemarschformation stehen. Sie blickten keuchend auf den Boden vor ihren Füßen. Nur der Kopf der Raupe sah sich um. Als sein Blick auf die Dorfbuben fiel, schaute er sie an, als würde er sie eben erst bemerken.

»Sagt's amal, Puaschen, wölcha von dene Gipferl da is denn nacha da Hirschberg?«

Die Kinder grinsten und kicherten nur. So eine Sprache hatten sie noch nie gehört. Weil offensichtlich keiner der Straßenlümmel die Frage verstanden hatte, kramte der Uniformierte seine wenigen Brocken Küchentschechisch zusammen und wiederholte mit einem Frageton in der Stimme:

»Jelení hora?«

Wieder grinste die Rotte nur und kicherte. Ihr Anführer aber, der zeigte schließlich, ohne ein Wort zu sagen, auf einen der Berghügel.

Natürlich zeigten die Lümmel absichtlich auf den falschen Gipfel (andernfalls wären sie ja keine Lümmel gewesen). Sie wollten einmal sehen, wie sich das ausnahm, wenn österreichische Militärgeodäten orientierungslos im Gelände herumtappten. Lustig war das anzuschauen. Die Buben ließen die fünf Männer jetzt alleine weiterziehen. Der behendeste von den Lümmeln kletterte auf eine am Wegrand stehende Linde, verfolgte die am Horizont umherirrende Raupe und gab den unten Stehenden einen Bericht seiner Baumschau.

»Jetzt sind sie auf dem Weg Richtung Schloß.«

Gekicher am Fuße der Linde. Denn der war ja falsch, dieser Weg, komplett falsch. Und führte dazu, daß schließlich fünf verlorengegangene Österreicher, noch dazu amtlichen, ja sogar militärischen Aussehens, an der Pforte in der Schloßmauer den Türklopfer in Form eines Löwenkopfes zu betätigen hatten. Der unerwartete Besuch wurde dem Herrn Grafen, meinem Vater, gemeldet.

»Aber, meine Herren, der Hirschberg liegt doch genau in der gegenüberliegenden Richtung. Darf ich Ihnen vorangehen?«

Er zog seine wadenhohen Jagdstiefel an und ging den Herren voran. Man kann sagen, daß mein Herr Vater an jenem Junitag einer Weltmacht, wie sie das Habsburgerreich im Jahre 1865 zweifelsfrei noch darstellte, zeigte, wo es seine Mitte hat. Andernfalls irrten die k. u. k. Militärgeodäten, wer weiß, noch heute (ich schreibe dies am 29. Dezember 1918) herum und suchten nach der Mitte Europas. Sie war just in jener Gegend zu finden, die dem Grafen bestens vertraut war, allerdings als ein eher menschenleeres Waldgebiet, hervorragend geeignet zur herbstlichen Fuchsjagd. Daß man dort, in der Sprache der Geodäten, den stabilisierten Triangulierungspunkt finden konnte, der nichts anderes markiert als die Mitte Europas: das war selbst meinem Vater, dem Grafen, neu.

Da er ein rundherum interessierter Mensch war, fragte der Graf am Abend, als sich alle miteinander im Gasthof *Zur grünen Jungfer* eingefunden hatten, wo die Landvermesser die folgenden Tage logieren sollten, den Anführer des Trupps:

»Woher können Sie das eigentlich so genau wissen, ich meine, wo sich der Mittelpunkt einer so großen und vor allem einer so ausgefransten Fläche, wie sie Europas Landkarte darstellt, befindet, ich meine, wie kommen Sie darauf, daß ausgerechnet unser Hirschberg die Mitte von allem sein soll?«

»Änschuidin S', Herr Grof, aber da haben wir selbstverständlich unsare Methoden, hochwissenschaftliche und unzweifelhaft exakte.«

Der Kreis, der sich um den Tisch der fünf Landvermesser, die sich eben zum wohlverdienten Abendmahl niedergesetzt hatten, bildete, war davon keineswegs überzeugt und bekundete dies auch durch ein vielstimmiges Grummeln und Murren. Zumal sich in diesem Kreis auch Bürger der nahegelegenen Ortschaft Mönchsreuth befanden, der hinter der Grenze auf bayerischem Gebiet liegenden Ortschaft Mönchsreuth wohlgemerkt!, die von den Vorgängen am Hirschberg längst Wind bekommen hatten (nicht zuletzt dank der Straßenlümmel, die ein stündlich die Dorfneuigkeiten austragender Hlavanicer Nachrichtendienst waren). Übrigens gab es Serviettenknödel, Weißkraut und gepökelten Schweinenacken für die Herren Landvermesser.

»Warum soll nachher der ausgerechnet auf dem Hirschberg liegen, dieser seltsame Punkt«, warf einer der weiter hinten Stehenden ein, unverkennbar – schon am bayerischen Tonfall – ein Mönchsreuther. Es war der dortige Dorfschullehrer, Ferdinand Wagrainer. Als der von dem rasch sich ausbreitenden Lauffeuer gehört hatte, drüben in der Hlavanicer *Jungfer* säßen ungelogen hohe Beamte aus Wien, war er sofort aufgebrochen, nicht ohne vorher unter anderem den Mönchsreuther Bürgermeister zu informieren, der ein etwas dalkerter Mensch war und daher nur schwer zum Mitkommen zu bewegen. Schließlich rissen ihn aber der Dorfschullehrer, die Frau des Bürgermeisters und der junge Biesam, Apotheker in Mönchsreuth, mehr oder minder gewaltsam mit. (»Laßt's mich halt«, hatte der beim Dämmerschoppen im Mönchsreuther *Krug* sitzende Bürgermeister gejammert, was aber nichts half.)

»Der könnte doch genausogut bei uns drüben in Bayern auf dem Galgenberg liegen«, sprang Biesam jetzt Wagrainer bei, der Bürgermeister hatte sich ja, mehr oder minder desinteressiert an der ganzen Debatte, schon wieder zum Bier in ein Eck der *Jungfer* verzogen.

Der Galgenberg war ein dem Hirschberg direkt gegenüberliegender Hügel, gewissermaßen der notwendige Zwillingsschwung, ohne den diese Hügelkette nicht die typische Mittelgebirgswelle ergeben hätte. Nur lag er bereits auf bayerischem Boden. Warum hatten die Landvermesser am Nachmittag nicht dorthin marschieren und dort eine Lichtung ausfindig machen können, wo sie gleich am nächsten Tag ihre Instrumente aufbauen würden, um mittels exakter Messungen jenen Punkt ausfindig zu machen, wo die schon in Auftrag gegebene Granitstele offiziell den Mittelpunkt Europas noch am Abend desselben Tages markieren würde.

Die Mönchsreuther schoben jetzt einige Hlavanicer zur Seite und drängelten sich vor an den Tisch, wo die Herren Geodäten saßen und sich vom Volksauflauf um ihr Abendessen herum nicht im geringsten davon abhalten ließen, der zarten Süße des – nach böhmischer Art – nur gedünsteten Weißkrauts versonnen hinterherzuschmecken. Sie waren, um ehrlich zu sein, solche Aufläufe gewohnt. Je weiter entfernt die Ränder des großen Reiches waren, zu denen sie von Wien aus aufbrachen, umso größer das Staunen über ihr Auftauchen.

Nun aber waren die Hlavanicer herausgefordert. Die Hypothese der frech nach vorne sich drängelnden Mönchsreuther, die ostentativ bayerisch mit den Wienern sprachen (die man in Hlavanice aber dennoch ganz genau verstand), war ja geradezu ein hingeworfener Fehdehandschuh.

»Freilich, auf dem Galgenberg wird er liegen«, höhnten die Hlavanicer, »wie sich das anhört: Mittelpunkt Europas am bayerischen Galgenberg!«

Der k.u.k. Militärgeodät Jellinek, er nämlich war der Leiter der fünfköpfigen Expedition, sah nun ein, daß er sein Abendessen würde unterbrechen müssen, um dem drohenden Tumult durch eine abschließende Erklärung den Wind aus den bedrohlich aufgeplusterten Ragesegeln zu nehmen. Er setzte an: »Herrschaften, waun i bittn derf, kein solches Bahöö, die Sache ist, wenn ich es Ihnen sage, zweifelsfrei ermittelt.«

Ein vielstimmiges aufbrausendes »Ja, wie denn?« und »Von wem?« sowie »Geh, hörn S' auf!« schnitt Jellinek sogleich wieder das Wort ab. Er mußte schon aufstehen, um sich Gehör zu verschaffen.

»Ein jedes Kind weiß, wie man den Mittelpunkt einer unregelmäßig umrandeten, von Einbuchtungen und Ausstülpungen geradezu entstellten Fläche ermittelt. Man nimmt irgendeinen beliebigen Punkt vom Rande dieser Fläche, hängt sie an diesem Punkte – im Gedankenexperiment wohlgemerkt – auf und legt mittels eines Senkbleis eine Linie über die Fläche – alles nur vorstellungshalber, ich hoffe, Sie können mir folgen. Dieselbe Prozedur von einem zweiten, völlig willkürlich zu wählenden Punkte aus! Dort, wo sich die beiden Linien nun schneiden, befindet sich der Mittelpunkt der Fläche.«

Der anwesende Dorfschullehrer von Hlavanice konnte dem allen nur zustimmen, genauso wie Dr. Vodička, der Arzt von Hlavanice. Das allgemeine Palaver brandete von bayerischer Seite her auf. Jellinek mußte einigen Nachdruck in seine Stimme legen:

»Wenn wir uns nun aber den europäischen Kontinent vorstellen«, er rutschte den Teller mit den von der Bratensoße braungefleckten Scheiben der Serviettenknödel in die Tischmitte, damit alle sehen konnten, wie er mit der Spitze seines Messers die restlichen Bratenstücke und Knödeltrümmer arrangierte, »das hier, meine Herrschaften, soll die Iberische Halbinsel vorstellen, dort oben liegt Skandinavien, hier ist das Schwarze Meer«, er nahm nun auch noch die Gabel zu Hilfe, um mit ihr etwas von dem Weißkraut über die Kontinentalplatte der Knödelscheibe zu verteilen, »das hier ist der Gebirgszug der Böhmischen Landmasse, meine Herrschaften, wie Sie wissen, erstreckt er sich von hier, dem Mühlviertel, bis dort, zum Fichtelgebirge! Auch unser Hirschberg ist also Bestandteil der Böhmischen Landmasse.«

»Der Galgenberg schon auch!«

»... meinetwegen auch der Galgenberg. Wenn wir aber nun hier oben, am nördlichen Ausläufer des Ural, unseren ersten Aufhängepunkt annehmen«, Jellinek bugsierte mit der Messerspitze ein Kümmelkorn aus der Bratensoße treffgenau nach Sibirien, »Zlatost, meine Herrschaften, an der Karasee, wenn wir von dort aus nun eine lotrechte Senkung vornehmen, dann kommen wir hier«, er stieß mit der Messerspitze in die Kruste des Peloponnes, »direkt beim Kap Matapan heraus.«

Die Straßenlümmel, die sich mittlerweile, da ja doch noch alles sich zum Guten gewendet hatte, in die Nähe der von ihnen gefoppten Landvermesser wagten, konnten sich nun das Grinsen nicht länger verkneifen, wo doch ihre Ohren von solch witzlig-pitzligen Namen wie »Peloponnes« gekitzelt wurden – Jellinek indes fuhr ungerührt fort in seiner Erklärung:

»Nehmen wir nun als unseren zweiten Aufhängepunkt Cabo da Roca hier unten in Portugal, dann werden Sie sehen, daß die Gerade, die sich nun ergibt und welche am Nordkap im ewigen Eis der Arktis endet, unsere Verbindungslinie Zlatost – Kap Matapan nirgendwo anders schneidet als eben hier im Bereich der Böhmischen Landmasse« – alle starrten jetzt auf den Gebirgszug aus Weißkraut und darunterliegendem Fleischstock – »und zwar exakt hier auf dem Hirschberg!«

Jellinek rammte das Messer in die böhmische Knödel- und Schweinenackenmasse.

»Das alles ist selbstverständlich eine stark vereinfachte Erklärung. Natürlich müssen diese Verbindungslinien durch eine Vielzahl von Triangulationen und Trilaturationen erst einmal ermittelt werden, aber um es dem Laien zu erklären«, meldete sich jetzt einer der vier anderen Landvermesser zu Wort, gewissermaßen mit einem Vermittlungsversuch, »aber im Prinzip ... also an und für sich ..., da verhält es sich schon so! Das können Sie uns glauben, meine Herrschaften.«

»Glauben!« rief Wagrainer mit einem höhnischen Unterton aus, und das immerhin im Jahre 81 post Diderotum, welcher bekanntlich bereits in der von ihm mitverantworteten *Encyclopédie* geschrieben hatte, *Glauben heißt von der Wahrheit einer Tatsache oder eines Satzes überzeugt sein, weil man sich nicht die Mühe der Prüfung gemacht hat,* und genau dessen, so scheint es, wurde sich der Mönchsreuther Dorfschullehrer in eben diesem Augenblick bewußt, daß es nämlich Methoden der Überprüfung gibt, Möglichkeiten, den eigenen Verstand zu gebrauchen, und also nahm er den Teller des k. u. k. Militärgeodäten Jellinek, hielt ihn hoch und sagte: »Den Mittelpunkt einer unregelmäßig umrandeten Fläche ermittelt man also wie?«

»Indem man einen frei zu wählenden ideellen Aufhängepunkt festlegt«, wiederholte der Landvermesser noch einmal mit unerschütterlichem Langmut, anscheinend ohne zu ahnen, was nun kommen würde, denn der Mönchsreuther meinte daraufhin, »wir können also diesen Punkt nehmen oder diesen oder auch diesen«, und er zeigte dabei auf verschiedene Randpunkte der zerklüfteten Knödel- und Schweinefleischlandschaft, »exakt!« gab ihm der Landvermesser recht, »dann nehmen wir doch diesen ...«, und nun neigte Wagrainer die gesamte Versuchsanordnung aus der Horizontalen in die Vertikale, »und hängen daran unser Modelleuropa auf ...«, und in diesem Moment rutschte die Iberische Knödelhalbinsel samt der Böhmischen Schweinenacken- und Weißkrautmasse vom Teller herunter auf den Holzdielenboden des Hlavanicer Landgasthofes. Dieser kontinentalen Plattenverschiebung sahen die Umstehenden mit offenen Mündern und stillem Entsetzen hinterher. Es waren wieder einmal die Dorflümmel, die sich zwischen dem Unterholz der Erwachsenenbeine bis zur Lichtung vor dem Landvermessertisch hindurchgedrängelt hatten, die sich als erste vernehmen ließen, und zwar mit frech glucksendem Gekicher, das zwischen den ungewaschenen Fingern ihrer vor den Mund gehaltenen Hände schlüpfte.

Der Graf, der bisher schweigend eher am Rande des Tumults gestanden war, sah auf den Ballawatsch vor ihm auf dem Fußboden. Ein umgepflügter, durcheinandergeworfener Kontinent lag da, dessen zuvor auf dem Präsentierteller so sorgsam mit der Messerspitze hindrapierte Landesgrenzen auf einmal brutal zermatscht worden waren.

»Ein schönes Mitteleuropa haben Sie uns da angerichtet«, meinte er mit perfekter gräflicher Lakonie zum Mönchsreuther Dorfschullehrer. Und man fragt sich, woher er soviel Weitsicht nahm. Mein Herr Vater.

Am nächsten Morgen herrschte in der *Grünen Jungfer* ein Radau, als ob eine ganze Kompanie dabei wäre, sich fertigzumachen und aufzubrechen. Geschrei Hienzinger Observanz war im Hausflur zu hören, mit Einsprengseln Ottakringer Frühmorgensflüche, Wassergeplätscher vom Abort her, Geschirrklirren in der Wirtsstube. Schließlich flog die Eingangstür zur Dorfstraße hin auf, eine Standarte von kaltem Tabakrauch und abgestandenem Biergeruch pflanzte sich auf, und dann kam sie auch schon herausgekrochen, die Landvermesserraupe, die – noch immer ganz ohne aufbäumende Kontraktion, lediglich im Gänsemarsch der fünf

Geodätenbeinpaare – ihren Weg zum Hirschberg einschlug. Diesmal im Gefolge nicht nur den Rattenschwanz der Dorflümmel, sondern eine langsam anwachsende Prozession fidel durcheinanderschwatzender Hlavanicer, die alle – hier die Heugabel zur Seite legend, dort das frühmorgendliche Gießen der Gemüsepflänzchen im Vorgarten unterbrechend – dem Zug hinaus auf den Hirschberg folgten.

Draußen vor dem Dorf, an der Weggabelung Richtung Mönchsreuth, schloß sich ein zweispänniges Ochsenfuhrwerk an, das einen stelenartigen Granitstein aufgeladen hatte. Kam aus den Steinbrüchen des bayerischen Floß und war schon vier Tage zuvor dort aufgebrochen. Hinter Mönchsreuth hatte sich eine kleine Schar Schaulustiger angeschlossen, die dem Fuhrwerk über die Grenze gefolgt war. Jellinek hatte den Steintransport für den heutigen Tag nach Hlavanice bestellt, der Leiter der Mission hatte sich bereits Wochen zuvor in Wien kundig gemacht, wo hier in der Gegend am fachmännischsten der Granit gebrochen werde. Mehrfach war ihm der bayerische Steinbruch Floß genannt worden. Eine bayerische Granitstele, um den auf habsburgischem Grund liegenden Europamittelpunkt zu markieren: das hätte Anlaß zu diplomatischen Verwicklungen geben können, hätte Jellinek seine mehr oder minder autonom getroffene Entscheidung an die große Glocke gehängt – was er natürlich nicht tat.

Jetzt, hier an der Feldwegkreuzung, da sich die Mönchsreuther und die Hlavanicer Prozession vereinigten, stießen auch drei Männer mit geschulterten Spitzhacken und Schaufeln dazu, Taglöhner aus den ärmlichen Weilern um Hlavanice, die auf Vermittlung des Gemeindevorstehers hin zu einer – gemessen an ihrem bisherigen Arbeitsleben – einmalig lukrativen Beschäftigung in Diensten des kaiserlichköniglichen Militärgeographischen Instituts in Wien kamen. Davon würden sie lange erzählen können, in der *Grünen*

Jungfer am Stammtisch. Gemeinsam zogen sie alle den Hirschberg hinauf, das Ochsenfuhrwerk angetrieben von den Hlavanicer Dorflümmeln, die, wenn auch eher im Spiel, die dicken Ochsenärsche mit besonders langgewachsenen Grashalmen peitschten, was die mühsam trottenden Tiere jedoch, sofern sie es überhaupt merkten, lediglich als ein leichtes Kitzeln auf ihrer dicken Haut gespürt haben dürften.

Auf der Kuppe des Hirschbergs schließlich ließ Jellinek, der das Kommando führte, diverse den Hlavanicern, aber auch den Mönchsreuthern völlig unbekannte Gerätschaften auspacken, die waren dazu da, exakt den Punkt zu ermitteln, wo die Granitstele in den Waldboden eingesenkt werden sollte. Nachdem die Geräte auf spinnendünne Stativbeine aufmontiert worden waren, begab sich Jellinek höchstpersönlich hinter das Okular, verscheuchte die von der verkehrten Seite her in die Linse kaspernden Dorflümmel und schwenkte schließlich seinen Blick über die sanft gewellten Hügelketten der böhmischen Landmasse.

»Der schaut, wo die Gerade gerade bleibt«, sagte der Graf, der sich dieses Spektakel zusammen mit seinem achtjährigen Sohn (das war ich) selbstverständlich auch nicht entgehen ließ, in betont nüchternem, beinahe gelangweilten Ton zu dem neben ihm stehenden Landarzt Dr. Vodička. So als ob er alle Tage eine solche Mitteleuropa-Mittelpunkts-Ermittlung miterlebe.

»Wie bitte?«

»Ja, er muß doch schauen, wo jetzt diese eine Gerade herkommt, die aus Zlatost an der Karasee, die von da oben«, der Graf machte eine weit ausholende Bewegung, die vage nach Nordost deutete, und wirbelte dann auf den Absätzen seiner Stiefel herum, »nach da unten auf dem Weg zum Kap Matapan ist«, sein steckensteif ausgestreckter rechter Arm spielte den Wegweiser, »und die von der zweiten Geraden«, der Graf nahm den linken Arm zur Hilfe, »Sie erinnern sich: Cabo da Roca in Portugal und das Nordkap im ewigen Eis der Arktis, hier auf dem Gebiet des Hirschberges geschnitten wird.«

Der Graf hatte jetzt fast einen Knoten in den Armen, sprühte aber weiter, auch solchermaßen verschlungen, vor Begeisterung.

»Die eine Verbindungslinie flitzt von da hier nach da dort, die andere von hier da nach dort da, und unsere Herren Geodäten aus Wien, die schaffen es doch tatsächlich zu ermitteln, wo genau sie sich schneiden, erstaunlich, nicht wahr?«

»Wozu müssen wir jetzt der Mittelpunkt Europas werden, wozu soll das überhaupt gut sein?« fragte der Gemeindevorsteher Šmíd, dem das Auftauchen der Landvermesser und der damit verbundene Rummel schon seit dem gestrigen Nachmittag zutiefst suspekt war. Er fürchtete um sein Hlavanice. Um die Ruhe dort. Um die Ordnung.

»Da stellen Sie eine in der Tat interessante Frage, Šmíd«, sagte der Graf (mein Vater, und ich sah zu ihm auf).

Šmíd schaute verdutzt. Das war ihm jetzt gar nicht aufgefallen: interessante Frage, soso! Er hatte halt einfach nur seinem Mißmut Ausdruck verleihen wollen.

»Ich meine«, kam der Graf jetzt erst richtig in Fahrt, »war Hlavanice bereits Europas Mitte, gewissermaßen schon immer, oder wird es das erst jetzt, mit dem Auftauchen der Herren aus Wien, und vor allem... mit dem Aufstellen dieses Steins da? Behauptet eine Tatsache für sich schon eine Realität oder macht erst die Behauptung einer zuvor unsichtbaren ... ja, Tatsache können wir eigentlich nicht sagen, Gedankensache vielleicht, wird diese Gedankensache erst durch eine steinharte Behauptung wie diese Granitstele dort, schauen Sie nur, jetzt fangen sie an, das Loch zu markieren, wo der Stein hinein muß, wird sie dadurch also erst eine

Tatsache, die Gedankensache, die Tatsache nämlich, daß wir jetzt die Mitte Europas sind? Eine höchstinteressante, das Philosophische streifende Frage, finden Sie nicht auch?«

Ja, ein Graf, noch dazu einer wie dieser Vojtěch, der im Rufe stand, lieber alleine in seiner Bibliothek in völlig unverständlichen Büchern zu schmökern, als – sagen wir beispielsweise – eine schöne Fuchsjagd auszurichten, ein solcher Graf also, der mochte ja Zeit haben für solche Spekulationen, der konnte das freilich interessant finden. Was der Gemeindevorsteher fand, war dagegen schwer zu sagen, er war den Ausführungen des Grafen mit seinem gleichbleibend blöden Geglotze gefolgt, so daß man eher annehmen mußte, er habe darin und daran gar nichts gefunden. Die umstehenden Mönchsreuther fanden, daß das ganze Geschneide dieser Geraden doch auch ruhig zwei Kilometer weiter westlich hätte stattfinden könne, dann stünden sie nämlich demnächst in Europas Gazetten und würden als Mittelpunkt des Kontinents ausgerufen werden. Die Dorflümmel fanden, daß die Fladen so angenehm wärmten, die die Ochsenärsche fallen ließen und in die hinein sie sich mit ihren nackten Füßen stellten. Und die drei Hlavanicer Tagelöhner schließlich fanden im Moment gerade ihre Schaufeln nicht, sie hatten sie nämlich irgendwo ins Gras gelegt und sich etwas abseits des langweiligen Geschehens (»das kann noch dauern, bis der seine Geraden findet«) mit drei Flaschen vom Neungrädigen der Domažlicer Kommunbrauerei eigentlich ganz kommod versorgt.

Doch jetzt war es an der Zeit, daß sie sich einmal erhoben, fand Jellinek, »sie sollen einmal ihre Schaufeln nehmen und anfangen«, der Punkt war nämlich gefunden, und der Aushub des Loches konnte beginnen. (Ein Loch also ist die eigentliche Mitte Europas, interessant.) Und während die drei Arbeiter gruben, begannen die Flosser Steinbrucharbeiter, langsam und vorsichtig, als lüden sie eine altägyptische

Mumie ab, die Granitstele von ihrem Ochsenfuhrwerk herunterzuziehen.

Der Graf, mein Vater (in dessen Hosennahtnähe ich mich beharrlich aufhielt) sah (und nur deshalb sah ich es auch), was das jetzt gleich für ein Augenblick werden würde, wenn sich die Stele aufrichtete: ein historischer nämlich. Und deshalb gab er den beiden Lümmeln, die eben aus dem Mistfladen heraussprangen, um sich an den Erwachsenen vorbei nach vorne zu drängeln, aus dem Stand heraus und ohne die geringste Vorankündigung dermaßen links und rechts eine Watschen, daß es sie aus ihren Schuhen gehoben hätte …, hätten sie welche angehabt.

Das war wahrscheinlich, ließ sich annehmen, nicht das erste Mal, daß sie eine Ohrfeige erhielten. Aber diesmal waren sie sich ausnahmsweise einmal keiner Schuld bewußt. Diesmal rieben sie nicht wie üblich, ertappt bei einer ihrer Lumpereien, beschämt und schuldbewußt die Backen, sondern mit ehrlicher Empörung und verbissenem Zorn. (In solchen Augenblicken wird der Keim gelegt für Revolutionen, für Parolen wie *Friede den Hlavanicer Hütten, ab jetzt aber Krieg den gräflichen Palästen.* Ob das mein Herr Vater bedachte?)

Der Graf schmunzelte. Und er sah auf mich, der ich jetzt auch grinste, reichlich schadenfroh. Das gefiel meinem Vater ganz offensichtlich nicht. Jedenfalls empfing ich, links und rechts, ebenfalls eine Ohrfeige, daß die Wangen nur so brannten. Und so standen wir jetzt vor ihm: ein Grafensohn, zwei Dorflümmel. Mein Vater hatte an diesem historischen Vormittag wirklich nicht auf Standesschranken geachtet. Ihm kam es auf etwas anderes an: An den überhaupt nichts verstehenden Gesichtern von uns dreien konnte er nämlich ablesen, daß seine Überraschungswatschen, von ihm heiter unter einem wolkenlos-blauen Himmel verteilt, genau die von ihm beabsichtigte Wirkung erzielten. Nur die absolute Ungerechtigkeit bleibt im Gedächtnis. Und was sich fortan unweigerlich stets mit in die Erinnerung an diese Watschen ins Gedächtnis zurückmelden würde, das war der Moment, als wir die Watschen empfingen. Eigentlich müßten wir ihm dankbar sein. Seine Watschen würden uns noch in sechzig Jahren daran erinnern, wie das war, als Europa seine Mitte fand. Kurz überlegte der Graf, ob er uns drei aufklären sollte. Aber das Zeitalter war genaugenommen schon wieder vorbei. Er sagte also nichts. Fast nichts. Denn ein »Merkt's euch!« konnte er sich dann doch nicht verkneifen, ehe er sich mit gräflichem Schwung umdrehte und als Hlavanices größter Pädagoge aus dem Bild ging, das von einem aus Prag angereisten Herrn, der sich auffällig am Rande hielt, mit Zeichenkohle auf einem Skizzenblock festgehalten wurde.

Ausmisten

Pepin Vondráček wurde von Hammerschlägen aus seiner Lektüre gerissen. Mittlerweile war nämlich die Schütte fertig zusammengenagelt und von unten an das Fenster der Bibliothek herangeschoben worden. Honza und Zdeněk sicherten sie vor einem Abrutschen, indem sie sie mit fünf, sechs wuchtigen, mindestens 20 Zentimeter langen Zimmermannsnägeln, wie sie sonst für Dachstuhlarbeiten verwendet werden, einfach auf dem Fensterbrett festnagelten. Das mit Farbe illusionistisch als Marmor gemusterte Holz splitterte und spreißelte dabei, was die beiden aber keine Sekunde innehalten ließ. Pepin hielt noch immer das Buch des Grafen aufgeschlagen in den Händen, als Polan zur Tür hereingestürmt kam. Wollte wohl den Fortgang der Arbeit kontrollieren. Als er Pepin so dastehen sah, mit dem Buch in der Hand, wurde sein Gesicht rot.

»Du sollst das Zeug nicht lesen, du Hornochse, sondern da runterschmeißen!«

Er riß Pepin das Buch aus der Hand. »Zeig mal her, was hast'n da überhaupt?«

Polan warf einen kurzen Blick in das Buch. Blätterte ... oder genauer: riß die Seiten hin und her. Zwei Sätze am Anfang, zwei am Ende, die er zu lesen versuchte, und nicht verstand, genügten. Er klappte das Buch zu. Und schrie: »Marsch, los jetzt: anfangen!!«

Und womit anfangen, das machte er gleich vor: Im hohen Bogen flog die Ortschronik von Hlavanice durch die geöffneten Fensterflügel, fiel auf die Schütte, spreizte ihre Seiten gegen das drohende Unheil, half aber nichts, sie rutschte dennoch unausweichlich auf die Ladefläche des unten stehenden Lkws. Und wurde sogleich bedeckt von den nachfolgenden Bänden, von den kupferstich-illustrierten Handbüchern ebenso wie von den schmalbrüstigen Lyrikbändchen, die Honza, Pepin und Zdeněk beidhändig aus den Bücherregalbrettern herauszogen, sie wie kleine Ziehharmonikas – Clowns im Zirkus haben solche – vor der Brust hielten, um sie dann auf die Schütte zu werfen.

Lánský

Sicher würde der Alkohol die Wirkung des orangefuchsigen Schleierlings noch verstärken. Und hoffentlich auch beschleunigen. Jedenfalls hoffte Lovec das. Die sieben Tage waren ihm jetzt doch etwas lang, es durfte – von ihm aus – durchaus auch etwas schneller gehen. Und wenn das Trinken dabei half, war es Lovec nur recht. Also trank er. Soviel nur ging. Dieses eine, letzte Mal.

Als er vorhin in der Küche sich die Pilzstücke in den

Mund geschoben, langsam gekaut und hinuntergeschluckt hatte, da hatte er nur an den Tod gedacht. Wie einfach, schön und sorgenfrei es sein würde, tot zu sein. Nur das, was dazwischenlag, zwischen seinem jämmerlichen Zustand jetzt und dem sorgenfreien Totsein dann, das Sterben nämlich, das elende Verrecken, das hatte er dummerweise nicht bedacht. Und das beunruhigte ihn jetzt.

– Mensch, du hättest, verdammte Scheiße, auch mal ans Sterben denken sollen, Vladimír!

– Reiß dich zusammen und mach hier keinen Skandal!

Jetzt fingen schon wieder diese Zwiegespräche an in seinem Kopf. Es war nicht zum Aushalten.

– Totsein, o. k., aber wie kommt man da hin? Da hast du wieder nicht dran gedacht, mein Lieber!

– Jetzt winsel hier nicht rum, trink noch einen Schnaps, wenn es dir hilft …

– … und wie der hilft!

– … und sei ein Lovec, oder willst du, daß dich die Hlavanicer als Heulsuse in Erinnerung behalten, willst du das wirklich, du, der Lovec, vor dem sie alle die Hosen voll hatten, vor kurzem noch, willst du das?!

– Nein!

– Na bitte!

Und deshalb griff Lovec zur Schnapsflasche. Er hatte sich von dem Tisch der für die Allgemeinheit bestimmten Essen und Getränke einfach eine ganze Flasche Sliwowitz unter den Nagel gerissen (»He, Lovec, laß für die anderen auch noch was übrig«, hatten sie ihm lachend hinterhergerufen) und hatte sich allein an einen Tisch verzogen – so wie der da hockte, stier den Blick in den Tisch hineingebohrt, die Sliwowitzflasche nicht mehr aus der Hand gebend, hatte sicher keiner Lust, sich zu dem dazuzusetzen.

Drei Viertel der Flasche hatte er jetzt schon intus (von den sechs Seideln Bier, die er zum Nachspülen des Sliwowitz brauchte, gar nicht zu reden). Da hätte man doch eigentlich erwarten dürfen, daß soviel genossener Alkohol dafür Sorge trug, daß einem so etwas, wie es Lovec jetzt auf seinen Platz zukommen sah, nicht mehr vor die Augen kam: Das wollen wir jetzt nicht mehr sehen, da bitten wir uns gefälligst eine Trübung des Blickes aus, eine gewisse Verschwommenheit. Aber es war nichts zu machen, Lovec sah es, und zwar nicht einmal doppelt, sondern klar, deutlich und einmalig:

Lánský stand vor ihm.

»Wo komm'nmn Sienn her?«

»Da staunst du, was, Lovec!«

Er hatte ihn gleich erkannt, seinen ehemaligen Führungsoffizier, wenn es auch das erste Mal war, daß Lovec ihn ohne Uniform sah. Und es war auch das erste Mal, daß er ihn in Hlavanice sah. Der hatte sich hier nie blicken lassen.

»Und gaaa nüch in-n U-u-uni-niform?«

»Ach, Gottchen«, Lánský winkte ab, »es ist doch erlaubt«, er setzte sich neben Lovec auf die Bierbank, »die Zeiten sind doch längst vorbei. Und ehrlich gesagt, Lovec: Ich weine ihnen auch nicht nach. War doch alles marod. Wir haben doch das schon lange gewußt. Natürlich wir, wir als erste, wer denn sonst! Hab' ich dir doch schon damals gesagt. Weißt du nicht mehr, Lovec, als du mir diesen letzten Bericht bringen wolltest, wie immer tipptopp getippt ..., auf dich war einfach Verlaß, immer, aber wir waren doch schon längst verlassen, die hatten doch schon alles aufgegeben, und uns von den Diensten, uns haben sie die Arschkarte zugesteckt ...«

»Wie?«

»Ja, die Arschkarte, das sagt man jetzt so, weiß ich von meiner Tochter, die arbeitet neuerdings in Prag bei so einem amerikanischen Konsalz-Ding. Also, wo war ich stehengeblieben ..., ach ja, wie du mit dem Bericht kamst, war sicher ein schöner Bericht, ganz ein schöner, kenn' dich doch, Lovec, da fehlte bestimmt nix, *Rundumobservation*, weißt du noch, hast du immer gesagt, *Rundumobservation*, aber ich hab' dir sagen müssen, das Spiel ist aus, wir ham verloren..., meinst du, ich hab' das nicht gesehen, daß du heimgekrochen bist wie ein verprügelter Hund ..., schon damals hab' ich dir gesagt, jetzt heißt es runter vom... na, du weißt schon ... vom sinkenden ... vom Dings. Jeder muß schauen, wo er bleibt.«

Noch nie hatte Lánský ihn geduzt. Die ganzen zehn oder wieviel Jahre lang nicht. Mitte der Siebziger hatten sie Lánský als neuen Führungsoffizier in die Kreisstadt versetzt. War ja ein junger Spund damals, der Lánský. Und ganz anders als sein Vorgänger. Nicht mehr so fanatisch. Dafür kühl, berechnend, eigentlich schon kalt. Sie hatten wirklich gut zusammengearbeitet. Aber den da hatten sie trotzdem nicht zur Strecke gebracht. Den, der da drüben saß, und mit der Kadlecová herumschäkerte, der erlebte wohl seinen dritten Frühling, der war wieder ganz obenauf.

»Weiß schon«, sagte Lánský, »hab' schon gesehen. Er ist auch da: der Vančura. Soll ich dir was sagen, Lovec, ich hab ihn ja noch nie gesehen, so wirklich, in naturo, kein einziges Mal. Irgendwie schaut er ja aus wie ein alter Sandler, ehrlich. Daß der so gefährlich gewesen sein soll ..., daß der alles eingerissen hat, das glaubt dir kein Mensch mehr heute. Und doch steht der mal in den Geschichtsbüchern und wir nicht. – Ich glaub', ich geh mal rüber, hernach, und red' mit ihm. Ja, warum denn nicht?! Der kennt mich ja nicht. Ist bestimmt interessant, mit so einem mal zu reden. Warum nicht. Man muß Sportsmann sein, Lovec. Zu so was muß man Sportsmann genug sein, he! – Wer ist eigentlich die Alte neben ihm? – Waaas, das ist der Tiger von Äschnapur! Ehrlich!? Wie war gleich der Klarname? Kenn' sie ja. Von wegen deinen Berichten. Man hat ja alle gekannt, wenn man deine Berichte gelesen hat. Das war eine richtige Dorfchronik, ehrlich. Die standen vor einem. Wie aus Fleisch und Blut. Über die du geschrieben hast. Könnten dir direkt dankbar sein. Ich mein', so werden sie nicht vergessen, zumindest nicht gleich. Du hattest wirklich Talent dafür. Lovec. Ich mein', für diese Berichte. Hat dir das schon mal jemand gesagt? Nicht? Na, dann sag's ich dir! – Was treibst du jetzt eigentlich so? Ich hab' mich ja selbständig gemacht. Kleines Unternehmen. Wach- und Schließdienst. Ich hab' mir gedacht: irgendwas, wo du deine Erfahrungen einbringen kannst. Hauptsächlich sind wir ja in Prag tätig. Bei diesen ganzen Westfirmen. Die wollen alle hier mitschürfen, is' ja Goldrauschzeit, wie einer zu mir gesagt hat, *Böhmen, wissen Sie das, das ist ja der neue Klondike*, so hat er gesagt, andererseits haben sie die Hosen voll. Die glauben ja, daß sich hinter jedem Eck einer von der Russenmafia versteckt. Ich meine, die sind schon da. Natürlich! Weiß ich am besten. Weil …, komm'manäher, komm' maher … wir ham da so'n Ägriement … wenn einer von den Westlern meint, er braucht keinen Wach- und Schließdienst, dann machen wir eine kleine Vorstellung …, verstehst du, … eine Eins-a-Aufführung …, verstehst du …, so Pyrotechnik und Stunts, alles täuschend echt …, na ja, für den Westler sowieso, der kennt doch keinen Unterschied zwischen gespielt und echt, der scheißt sich doch gleich in die Hosen, wenn du da einmal grrrrrr machst … haha …, die russischen Kollegen spielen den Überfall, wir schlagen sie in die Flucht, und im Nu hat der Westler begriffen, daß der in Zukunft doch einen Wach- und Schließdienst braucht, so einfach ist das, und das Honorar teilen wir uns dann anschließend. Übrigens, ich könnt' noch einen gebrauchen, Nachtschicht natürlich, aber absolut gefahrlos, nicht in Prag, hier bei euch in der Provinz. Wär das nix, hä, Lovec? Ja! Hier, direkt in Hlavanice. Noch nix gehört? Hier baut doch demnächst einer, aus'm Westen. Und der hat schon angefragt. Der will natürlich einen nächtlichen Wachdienst. Klaro. Wegen der Container. Und der Maschinen. Das wär doch was für dich, Lovec, oder?«

»Das ist nicht Ihr Ernst.« Lovec klang auf einmal so nüchtern.

»Doch, natürlich.«

»Sie machen für den da den Nachtwächter.« Lovec zeigte jetzt ungeniert mit nacktem Zeigefinger hinüber zu Vančura.

»Paß mal auf, Lovec: Wenn dir das nicht paßt ..., ich hab gedacht, du bist der erste, den ich frag', aber es gibt auch genügend andere, wenn du nicht willst. Nummern wie dich hatten wir Hunderte, verstehst du, ich brauch' aber nur einen Nachtwächter ..., und wenn du nicht willst ..., andere bestimmt!«

Warum glotzte der ihn jetzt so blöd an? Die ganze Zeit schon? Lánský bereute es bereits, sich überhaupt zu Lovec an den Tisch gesetzt zu haben. Der tickt doch nicht mehr richtig, dachte er.

»Lánský ...«, Lovec' Stimme klang wie aus einem Grab heraus, »willst du nicht mal probieren, Spezialität von mir, Pilze, selber eingelegt, süß-sauer ...«

Erste Tropfen, letzte Tropfen

Lánský hatte Lovec bald darauf alleine sitzen lassen. Redete sich damit heraus, er müsse noch ein bißchen bei den anderen Tischen vorbeischauen (an den anderen Tischen kannte er aber gar niemanden). Er schlenderte für den Rest des Abends wie ein angetrunkener Trabant in verbogenen Ellipsenbahnen durch die Bankreihen, auf der Suche nach einer planetaren Sitzgruppe, die ihn um sich kreisen ließ und ihn mit ihren Gesprächsstrahlen milde beleuchten würde.

Lovec blieb auch nicht lange allein. Eine Gruppe junger Leute setzte sich zu ihm. Sie hatten sich den Tisch, an dem ein einzelner griesgrämiger Schweiger hockte, ausgeguckt mit der Hoffnung, ihn bald von dort vertreiben zu können – und so war es dann ja auch: Lovec räumte freiwillig den Platz und zog Leine. Allerdings: sein Glas mit dem Pilzeallerlei ließ er stehen. Ob absichtlich oder nicht, wer wüßte das zu sagen?

Mittlerweile hatten alle etwas abbekommen vom gegrillten Fisch (»Mensch, war der fett!« – »Sind die immer, die Waller«), und man richtete sich darauf ein, zum gemütlicheren Teil überzugehen. Der Hahn am Panzen jedenfalls, der blieb jetzt die ganze Zeit über offen, im Fünferpack hielt Pepin die leeren Krügel in der Hand und zog sie einfach nur unter dem Bierstrahl hindurch. Dabei klingelten die Seidel wie die Glöcklein der Ministranten bei der Wandlung. Und tatsächlich begannen die Hlavanicer jetzt zu wandeln, und zwar von Tisch zu Tisch, kein mühsam erkämpfter Sitz- und Eßplatz mußte mehr verteidigt werden, das war jetzt ein einziges Begrüßen und Winken, ein Rutschen und Platzmachen, ein Da-Vorbeischauen und Dort-Ahoj-Sagen. Und mittendrin kreiste Lovec' Pilzglas. Auf die Umlaufbahn geschickt worden war es von den Jugendlichen. Einer von ihnen hatte vom Inhalt des Glases gekostet. Und den Bissen sofort wieder ausgespuckt.

»Schmeckt ja scheußlich!«

»Ob da Ingwer drin is'?« sagte eines der Mädchen. »Ingwer versaut dir alles!«

»Weg mit dem Zeug, weg, weg weg!!« spielte der, der gekostet hatte, den puren Ekel. Einer seiner Kameraden trug das Glas drei Tische weiter und pries es dort, unter besonders schmierigem Lächeln, geradezu überschwenglich an.

»Müßt ihr unbedingt mal probieren.«

Von ihrem Platz aus beobachteten sie, wer als nächstes eine Kostprobe nehmen würde und feixten schon über das Gesicht, das derjenige ziehen würde. Aber keiner wollte ihnen den Gefallen tun, niemand hatte einen Gusto auf das

Lovec'sche Pilzeallerlei, es wanderte von Hand zu Hand, von Tisch zu Tisch, und bald wußte niemand mehr, woher es kam, von wem es stammte und wer es angerichtet hatte. Man schob es, ohne ihm große Beachtung zu widmen, einfach weiter.

Beachtung fand dagegen jetzt, was sich am Himmel abspielte. Das Wetterleuchten am Horizont wurde immer heftiger. Auch war jetzt ein Donnergrollen nicht mehr länger zu überhören. Zwar versuchten diejenigen, die sitzen bleiben wollten bei ihrem Bier, abzuwiegeln (»das verzieht sich schon wieder«), nur glaubte das bald keiner mehr: Immer häufiger richteten sich die ängstlichen Blicke nach oben. Plötzlich kam ein Wind auf, der seltsame weiße Bällchen vor sich hertrieb, die die Wiese vorm Fischerheim in ein Schneetreiben tauchten: Jetzt war er da, der Junischnee, an den niemand geglaubt, den keiner für möglich gehalten hatte. Hätte jemand in all dem Trubel darauf geachtet (aber es achtete niemand darauf), dann wäre ihm aufgefallen, daß schlagartig alle Vögel still geworden waren.

Vančura stand auf von seinem Platz und steuerte, auch schon nicht mehr ganz geraden Schrittes, auf das Häusl zu, das am Rande der Festwiese am Ufer der Pivoňka stand – und sah, wie er so näher kam, etwas abseits am Wasser Lovec stehen. Zu einem wirklichen Häusl fehlte das Dach, im Grunde waren es nur vier Holzwände, an deren Innenseite eine verzinkte Blechrinne rundum lief, nach oben, nach dem inzwischen blei-grauen Gewitterhimmel hin, war es offen. Von ferne hätte es an jene simpel konstruierte Entlausungsbaracke erinnern können, die einst aus lediglich vier großformatigen Ölgemälden im Hof von Schloß Hlavanice zusammengefügt worden war (der Ort, an dem wir uns befinden, erinnert uns immer auch an einen Ort, an dem wir uns nicht mehr oder noch nicht befinden). Aber da war niemand, der sich erinnern hätte können, denn niemand von denen, die damals diese Brause gesehen hatten, lebte noch. (Doch, einer! Der aber saß eingesunken in seinem Rollstuhl und schlief. Schlief er wirklich?) Ob sie deshalb so unbekümmert dort hineineilten, all die Männer, die nur ein Bedürfnis kannten, nämlich ihr Wasser abzuschlagen, weil es ihnen überhaupt nicht in den Sinn kam, es könne sich um etwas anderes handeln als das Häusl?

Lovec indes war die ganze Zeit über durch die Bankreihen gestrichen, wie der unheimliche, von niemandem eingeladene steinerne Gast. Er hatte sich am Ausschank in die Warteschlange gestellt, kurz bevor er drankam allerdings war er einfach wieder ausgeschert. Ans Ufer der Pivoňka gegangen, hatte ins Wasser geschaut, aber nur um zu sehen, ob dort nicht vielleicht doch ein Waller vorbeischwamm, groß wie ein U-Boot, oder wenigstens der Schatten davon, denn Lovec konnte einfach nicht glauben, daß es den nicht mehr geben sollte, den Waller, vor dem alle Angst gehabt hatten.

Eigentlich hatte er ja Vančura im Auge behalten wollen, aber irgendwann hatte er das anscheinend vergessen: Lovec hatte sich auf seiner immer finsterer werdenden Grübelei verirrt, war vom Weg abgekommen, hatte die Orientierung verloren. Es war die Grübelei darüber, wie er es nur anstellen sollte, an Vančura heranzukommen, um ihm sein Pilzallerlei anzubieten (daß er das Glas schon längst aus den Augen verloren hatte und es irgendwo unter den ahnungslosen Hlavanicern kreiste, auch das hatte Lovec vergessen, wie gesagt, sein Grübeln war schon sehr, sehr finster). Er starrte auf das mittlerweile schwarze Wasser der Pivoňka. Die Lichterketten, die Jožo und Pepin heute nachmittag zwischen den Bäumen gespannt hatten, spiegelten sich darin.

»Was schaust'n da?«

Lovec brauchte einen Moment, um zu begreifen, daß ihn

jemand ansprach. Jemand, der nicht von da unten, vom Grund der Pivoňka, heraufträte. Sondern jemand, der neben ihm stand. Keinen Meter neben ihm. Langsam drehte Lovec den Kopf.

Es war Vančura.

»Na, sag schon, was sieht man da? Wenn man da so hineinstiert?«

»Nix.«

Es kam (bei einem ehemaligen Agenten der Staatssicherheit darf man das wohl sagen) wie aus der Pistole geschossen. Irgendein Straßenbengel, der im Dorfladen vom alten Spurný beim Klauen erwischt worden war, konnte auch nicht schneller sein: *Was machstn da? – Nix!*

Vančura gab sich zufrieden mit dieser kurz angebundenen Antwort. Er schaute jetzt ebenfalls aufs Wasser. Ob er etwa auch *nix!* sah. Unbeeindruckt von soviel Angestarrtwerden rollte die Pivoňka weiter dunkel und schwarz an den beiden vorbei. Nicht einmal ein Gurgeln und Glucksen hörte man.

Sie schwiegen eine Weile.

»Ab wann hast du's eigentlich gewußt?«

Lovec duzte Vančura. Er hatte ihn ja auch geduzt. Warum sollten sie sich auch nicht duzen? Wenn man sich so lang schon kennt. Belauert.

»Was gewußt?« fragte Vančura.

»Na, daß ich ..., sie haben doch gesagt, ich soll ...«

»Du sollst auf mich aufpassen, stimmt's, das haben sie gesagt?«

Lovec wußte nicht, wie er es nennen sollte. Jetzt auf einmal wußte er es nicht mehr.

»Natürlich von Anfang an«, sagte Vančura. »Von Anfang an hab' ich das gewußt.«

»Ehrlich? Und ich dachte immer, ich mach' es ganz unauffällig.«

»Unauffällig!« Vančura mußte lachen. »Das nennst du unauffällig?! Ich würde sagen, das war ungefähr so unauffällig, wie wenn die Veškrnová durch ein Männerkloster spaziert und glaubt, sie wird nicht entdeckt.«

»Sie haben mich den Job zwanzig Jahre lang machen lassen. Und immer waren sie zufrieden«, verteidigte sich Lovec. »Weißt du, wer das da drüben ist, der da an dem Tisch steht. Das ist ..., das war mein Führungsoffizier, der Lánský. Der ist extra heute hierhergekommen, um mir zu sagen, wie gut ich meine Sache gemacht habe, die zwanzig Jahre über.«

»Fein«, sagte Vančura.

Aber weil das nicht wirklich überzeugt klang, setzte Lovec gleich noch eins drauf:

»Und jetzt will er mich schon wieder engagieren, der Lánský. Für 'n neuen Job.«

»Interessant«, sagte Vančura, und doch klang es alles andere als interessiert, eher gelangweilt, so als ob er eh mit nichts anderem gerechnet hätte. »Und, wer ist es diesmal«, fragte er noch, »den ihr observiert?«

»Niemand. Es geht um eine Baustelle.«

Vančura konnte sich schon denken um welche. Sieh einer an, dachte er sich, jetzt macht er also für diesen bayerischen Baulöwen den Spitzel. Wenn es wenigstens eine klare ideologische Verbohrtheit gewesen wäre bei Lovec, die ihn diesen Job hatte machen lassen, die letzten zwanzig Jahre, dann hätte man noch drüber reden können. Aber so. Vančura mußte an das denken, was ihm die Bohumila schon vor Wochen gesagt hatte: *Einer wie der Lovec, der bleibt ein Leben lang ein Spitzel.* Und er hatte es nicht glauben wollen. Zu viele Philosophen gelesen. Die glauben auch immer ans Gute im Menschen.

»Du arbeitest also wieder für den Lánský?« fragte Vančura noch einmal nach. Nicht daß er sich da verhört hatte.

»Ja«, log Lovec. »Wieso?«

»Ach, nur so ... Interessehalber. Man interessiert sich doch für die Menschheit. Ob's irgendwie mal weitergeht mit ihr.«

Das verstand Lovec jetzt nicht. Was laberte der von Menschheit, wo es doch lediglich um ein neues, freies tschechisches Unternehmertum ging.

»Wir machen 'ne Firma auf, der Lánský und ich.«

»Ah ja, wieder bei der Firma ...«

»Einen Wach- und Schließdienst.«

Ob es der Alkohol war, der Lovec so ungeniert lügen ließ? Oder gar die psychedelische Wirkung des Schleierlings, den Lovec mittlerweile total vergessen hatte. Den im Einmachglas, aber auch den in seinem Magen. (Der Schleierling allerdings hatte Lovec nicht vergessen. Er war schon längst an der Arbeit: Niere auflösen. Verstand auflösen. Endorphine ausschütten. High machen.)

»Wir werden jetzt freie Unternehmer, verstehst du, Vančura. Unsereiner ist ja flexibel. Im Gegensatz zu dir. Was machst du eigentlich. In Zukunft und so?« Lovec kam da gerade ein Gedanke ... Der erheiterte ihn geradezu, wenn er sich den so ansah, diesen Gedanken. Er mußte grinsen. »Dagegensein geht ja jetzt nicht mehr.«

Vančura schwieg.

Darauf weiß er jetzt keine Antwort mehr, dachte Lovec. Und das machte ihn ein klein wenig glücklich. Weil er sich jetzt wieder überlegen fühlen durfte. Und weil er jetzt sogar die letzte Frage stellen konnte. Die einzig immer noch unbeantwortete. Danach würde er die Akte schließen können. Für immer.

»Was anderes noch, Vančura. Ich mein', jetzt kannst du es mir doch sagen!«

»Was sagen?«

»Meinetwegen einigen wir uns ..., das Spiel hier ist vorbei, du hast gewonnen. So wie es der Lánský immer sagt. Es war eh nur das Hinspiel. Rückspiel kommt noch. Aber vorher kannst du's doch noch sagen ..., ich mein', wie es nun wirklich war.«

»Wie was wirklich war?« Vančura verstand nicht das geringste.

»Mein Gott: Ob du nun all die Jahre was geschrieben hast oder nicht?«

Jetzt ging in Vančuras Gesicht ein Grinsen auf. Er genoß es, diesen Moment in die Länge zu ziehen.

»Das würdest du jetzt gerne wissen, was?«

»Ja.«

Vančura winkte, Lovec solle seinen Kopf herüberbeugen. Er wollte ihm was ins Ohr flüstern. »Ihr habt das wirklich nicht rausgefunden, all die Jahre?«

»Nein, haben wir nicht!« sagte Lovec beleidigt und zog seinen Kopf wieder zurück.

»Also gut, dann sag' ich's dir: Das mit eurem großen Staatsgeheimnis, das war folgendermaßen ...«

Ein Blitz. Aus mittlerweile tiefschwarzem Himmel. Für Sekunden erschienen die beiden schwarzen Silhouetten von Vančura und Lovec auf dem Wasserspiegel der Pivoňka, wie sie so nebeneinanderstanden.

Dann ein Donnerschlag. Ein wirklicher Schlag, wie ins Gesicht. Und sekundenlang sich nur schwer beruhigendes Hinterhergegrummel.

»Scheiße! Der hat gesessen«, war eine Stimme zu hören, vom Ausschank her.

»So ein trockener Blitz, wenn's noch nicht regnet, der ist scheißgefährlich«, stimmte ein anderer zu.

Für Sekunden war es still. Selbst der Lärm der auf den Bierbänken Sitzenden im Rücken von Vančura und Lovec war verstummt. Als ob alles danach lausche, ob nicht schon die Feuerwehrsirene aufzuheulen sich entschloß.

Dann wieder erstes Lachen. Das einsetzende Gemurmel und Geratsche. Oder waren es doch erste Tropfen, die auf das Laub der umstehenden Bäume fielen. Es klang wie leises Prasseln.

Vančura und Lovec streckten gleichzeitig das Gesicht in die Höhe. Sie spürten kirschkerngroße Tropfen auf Nasenrücken, Stirn und Augenlidern. Dann sahen sie wieder auf die Pivoňka. Deren Wasserfläche fing zu brodeln an. Aber er war nicht mehr schwarz, der Spiegel. Da war ein rötlicher Schein. Der ständig zersplitterte unter den aufschlagenden Wassertropfen. Das Prasseln wurde lauter. Dazu das Knacksen und Bersten von Holz. Lovec und Vančura hoben die Köpfe. Sahen hinüber zu dem Wäldchen beim Schloß. Da stoben bereits die Funken. Flammen züngelten über die gezackte Silhouette der Tannen und Fichten im Schloßpark hinaus.

Das Schloß brannte. Das heißt, der letzte Rest, den es vom Schloß noch gab.

Vančura drehte sich um. Blickte jetzt auf die Wiese vorm Fischerheim. Wo ein wildes Hinundhergerenne herrschte: Jeder raffte das Nötigste zusammen und suchte irgendwo einen Unterstand, unter dem Vordach des Fischerheimes, unter den Zweigen der Trauerweiden, ein paar rannten auch Richtung Ortsmitte. Hielten sich Plastiktüten über den Kopf, die mitgebrachten Jausenbrettln, Sitzkissen. Wie lächerlich das alles war als Schutz gegen diesen Wolkenbruch.

Vom Schloß her zog eine Rauchfahne herüber. Ob die Hlavanicer überhaupt schon bemerkt hatten, daß ihr Schloß brannte? Sirene heulte jedenfalls keine.

Die einzigen, die sich nicht vom Fleck rührten, waren Vančura und Lovec, die nebeneinander standen und fasziniert auf das Gewurl der nach allen Seiten davonlaufenden Hlavanicer starrten.

Und noch einer rührte sich nicht: der alte Koloušek. Saß

eingesunken in seinem Rollstuhl, die Infusionsflasche hing noch immer an einem Weidenzweig. Den weckte nichts mehr.

Vančura blickte Lovec lange an. Was war jetzt noch zu sagen?

Nichts mehr?

Oder alles?

Es sollte ein reinigendes Gewitter werden.

Literaturgeständnis
(unvollständig)

»… den Sinn dafür schärfen, daß an literarischen Texten stets die Erinnerung an andere literarische Texte mitschreibt.«

Lothar Baier, Was wird Literatur?

Soweit ich mich erinnere, haben dieses Mal mitgeschrieben:

Thomas Bernhard, *Verstörung, Auslöschung*
und manches mehr
Clemens Brentano, *Gockel, Hinkel und Gackeleia*
Jakub Deml, *Unheilige Visionen aus Tasov*
Péter Esterházy, *Harmonia cælestis*
und *Fancziko und Pinta*
Andor Endre Gelléri, *B.*
Albert Paris Gütersloh, *Sonne und Mond*
Bohumil Hrabal, *Ich habe den englischen König bedient*
und überhaupt alles
Karl Immermann: *Münchhausen, Eine Geschichte in Abaresken*
Franz Kafka, *Das Schloß*
Ladislav Klíma, *Die Leiden des Fürsten Sternenhoch*
Alfred Kolleritsch, *Die Pfirsichtöter*
Gyula Krúdy, *Meinerzeit*
und *Schlemmergeschichten*
Libuše Moníková, *Die Fassade*
Terézia Mora, *Seltsame Materie*
István Örkény, *Minutennovellen*
Ota Pavel, *Wie ich den Fischen begegnete*
Jaroslav Seifert, *Die Pestsäule*
Sascha Sokolow, *Die Schule der Dummen*
Andrzej Stasiuk, *Galizische Geschichten*
und *Die Welt hinter Dukla*
Olga Tokarczuk, *Taghaus, Nachthaus*
Jeff Torrington, *Schlag auf Schlag*
Vladislav Vančura, *Launischer Sommer*
Melchior Vischer, *Sekunde durchs Hirn*

Sollte ich etwas vergessen haben, rechne ich auf Sie, den verehrenswürdigen Leser, und auf Ihre Total- und Rundumobservation. Denn es gilt noch ein weiteres, ein letztes Motto:

»Sie wissen alles über dich.«
»Aber wieso?« Ich rang nach Luft.
»Nicht wieso, sondern alles.«

Péter Esterházy, Harmonia cælestis

Mein besonderer Dank gilt:

meiner Frau Ursula für überhaupt alles;
Václav Maidl für die umfassende Beratung in allen böhmischen Fragen;
dem Rat der Weisen vom Fraunhofer-Gymnasium/Cham für die kaum zu überbietende Gründlichkeit, mit der er den Buchtitel auf Seite 248 ins Lateinische übertragen hat;
sowie Karl Krieg für diverse Materialbeschaffung und kritische Erstlektüre.

B. S., Waldmünchen

Bernhard Setzwein im Haymon-Verlag

NICHT KALT GENUG
Roman

13 x 21 cm, Hardcover mit Schutzumschlag, 160 Seiten
2. Auflage, ISBN 3-85218-320-0

Der Autor wählt für sein von der Literaturkritik mit viel Lob bedachtes literarisches Porträt Friedrich Nietzsches jene sieben Sommer aus, die dieser in Sils-Maria im Oberengadin verbrachte. Nietzsches Sehnsucht nach absoluter Distanz zu allem Menschlichen spiegelt sich in der Klarheit der Landschaft, während er selbst Gefangener seiner Menschlichkeit ist, *nicht kalt genug* für seine Philosophie.

»... ein seltenes Lesevergnügen, das zwischen Satire und Hommage kunstvoll die Mitte hält.«
(Ralf Konersmann, FAZ)

»Ein einfühlsames, tragisches, zugleich ironisches Buch ist dem Münchner Autor gelungen, das ein evokatives Porträt des Philosophen mit dem Hammer entwirft.«
(Uwe Schütte, Süddeutsche Zeitung)

»Setzweins sprachlich überlegene, literarisch beachtliche, glasklare, blendend recherchierte und obendrein pikanthumorige Schreibart nehmen für einen Autor ein, der, gerade einmal 40 Jahre, in die vordersten Reihen hierzulande lebender Literaten rücken kann.«
(Hans Gärtner, Münchner Merkur)

»Bernhard Setzwein hat ein kleines satirisches Meisterwerk vorgelegt, das Nietzsche nicht nur menschlich, allzumenschlich zeigt, sondern dem Denker auch Gelegenheit gibt, der zu sein, der er nach eigenem Bekunden immer sein wollte: weder Baseler Professor noch Gott, sondern ein Hanswurst.«
(Kai Agthe, Ostthüringer Zeitung)

Bernhard Setzwein im Haymon- Verlag

DAS BUCH DER SIEBEN GERECHTEN
Roman

13 x 21 cm, Hardcover mit Schutzumschlag, 320 Seiten
ISBN 3-85218-286-7

Zwischen Räterepublik, Nazizeit und Gegenwart erzählt Setzwein von München und seinen Menschen, und das mit Sprachkunst, dramatischem Gespür und viel Witz.

»Neben herrlichen Romanfiguren wie einem Großvater aus der Räterepublik und einem jüdischen Geschäftsmann, der selbst nach dem Krieg nicht fassen kann, was sein München zwölf Jahre lang an Dummheit und Gewalt zur Weltanschauung erhoben hat, lebt das Buch der sieben Gerechten von einer unterhaltsamen Mischung aus Fakten und Fantastik, von einer originellen Symbiose aus Feuchtwanger, Bugakow – und Bernhard Setzwein.«
(Michael Bauer, Süddeutsche Zeitung)

»Wem Literatur mehr bedeutet als flotte Stories und flapsige Sprüche, der darf sich dieses Buch nicht entgehen lassen.« *(Klaus Hübner, Bayerische Staatszeitung)*

»Bernhard Setzwein bewegt sich mit sicherem Instinkt an der scharfen Trennlinie zwischen Fakt und Fiktion. Dabei gelingt die Spannung eines futuristischen Kriminalromans, den der Leser atemlos verschlingt. Ende offen, alles gut? Bernhard Setzwein rückt verdammt nah und hart an die Wirklichkeit heran. Gut und Böse sind nicht mehr unterscheidbar. Gewalt und Agression sind das Diktat der Stunde. Endlich ein Buch, das literarische Tradition (Jean Paul, Kafka, Döblin) mit brillanten erzählerischen Mitteln in einen realistischen Gegenwartsbezug stellt.«
(Wolf Peter Schnetz, Nürnberger Nachrichten)

Zeitgeschichte im Roman

Walter Grond

ALMASY
Roman

13 x 21 cm, Hardcover mit Schutzumschlag, 320 Seiten
Haymon-Verlag, ISBN 3-85218-394-4

Seit Michael Ondaatjes Roman »Der englische Patient« und dem gleichnamigen oscargekrönten Film ist der Name Almásy allgemein bekannt. Das Vorbild für die literarische Figur war ein charmanter Lebemann, Wüstenforscher und – deutscher Agent in Rommels Diensten, der seine Spionagetätigkeit in Nordafrika mit der gleichen spielerisch-ironischen Leichtigkeit zelebrierte wie seine homosexuellen Affären. Walter Grond hat sich dieser schillernden Persönlichkeit angenommen und macht den Leser erstmals mit den authentischen Fakten, Hintergründen und Zusammenhängen bekannt, die reich an Überraschungen und skurrilen Episoden sind.

»Walter Grond (hat) eine hochspannende, amüsante Biographie geschrieben, die auf keiner Seite wie ein Historienroman klingt, ja nicht einmal wie eine Biographie, sondern die das pralle Leben feiert und die Vielschichtigkeit eines faszinierenden Mannes zeigt.« *(Susanne Rössler, Format)*

»Gronds Sprache ist assoziativ, gewinnt merklich durch sein Gespür für Melodie und Rhythmus ... Ein detailliert konturiertes Gemälde vom Ägypten in Zeiten des Zweiten Weltkrieges.« *(Jan Küveler, Die Welt)*

»Grond gelingt ein dicht gewebter Roman, der sich neben Michael Ondaatjes Meisterwerk behaupten kann.« *(Thomas Linden, Kölnische Rundschau)*

Zeitgeschichte im Roman

Walter Klier

HOTEL BAYER
Eine Geschichte aus dem 20. Jahrhundert

13 x 21 cm, Hardcover mit Schutzumschlag, 160 Seiten
Haymon-Verlag, ISBN 3-85218-416-9

Altnazis und ihre jüdischen Jäger, Revolutionäre verschiedener Ideologien und heruntergekommene Advokaten, blauäugige amerikanische Touristinnen oder dubiose Abgesandte des Vatikans – sie alle lässt das Schicksal in einer kleinen, vor Hitze fast gelähmten Stadt in Bolivien zusammenkommen.

»Klier hat nicht vor, uns die Welt zu erklären, und das ist gut so. Sein Buch zerfällt in viele kleine Einzelteile, so wie Geschichte zersplittert und zerschellt und sich nicht mehr fassen lässt. Der Autor zeigt, wie sich verschiedene Biografien berühren und wieder auseinander laufen, wie sich Lebenslügen festsetzen und politische Ziele abschleifen oder auch zuspitzen ... Immer neue Mosaiksteinchen tauchen aus der Geschichte auf, fügen sich zusammen, wie zu einem jener Muster auf den Böden alter Kirchen. Was darunter liegt, wenn man ein kleines Stückchen herausreißt? Wasser und Schlamm, ein bodenloser Sumpf.«
(Susanne Schaber, Die Presse)

»Ach, es ist eine wunderbar abstruse, genial gebaute, natürlich auch verwirrende Geschichte, die Walter Klier da komponiert hat ... Weil der Autor bis zum Schluss nicht aufhört, sein Kaleidoskop zu schütteln, bekommt der Leser in der Tat erst am Ende ein (annähernd) vollständiges Bild des konspirativen Geschehens. Aber einen Thriller hat er dabei dennoch gelesen, ein höchst unterhaltsames Buch sogar, das man von der ersten bis zur letzten Seite nicht aus der Hand legen möchte.«
(Gabriele Weingartner, www.literaturkritik.de)

Zeitgeschichte im Roman

Ludwig Laher

HERZFLEISCHENTARTUNG
Roman

13 x 21 cm, Hardcover mit Schutzumschlag, 192 Seiten
3. Auflage, Haymon-Verlag, ISBN 3-85218-346-4

Hunderte willkürlich Inhaftierte werden 1940 im »Arbeitserziehungslager« St. Pantaleon gequält, etliche umgebracht. Der Lagerarzt konstatiert lange Zeit irgendwelche harmlosen Todesursachen (die »Herzfleischentartung« bei einer Zigeunerin ist allerdings nicht seine Erfindung). Eines Tages aber schaltet er die Staatsanwaltschaft ein. Die Aktenbestände der folgenden Untersuchung waren für Ludwig Laher die Grundlage seiner literarischen Arbeit.

»Das Buch läßt aus Akten Figuren entstehen. Laher gibt in diesem Zeitgeschichtsbild zugleich ein Stück Mentalitätsgeschichte.«“ *(Walter Hinck, FAZ)*

»Laher wählt eine Sprache, die sich manchmal bewußt der Diktion der Täter bedient: als verstärkendes Moment der Grausamkeiten und als schwarzer Humor, der Abwehr und Distanz ermöglicht.« *(Lerke von Saalfeld, SWR)*

»Eine exemplarische Fallstudie über den Naziterror in der österreichischen Provinz, ein semi-dokumentarischer Heimatroman, der einen das Fürchten lehrt.«
(Ulrich Klenner, Bayerischer Rundfunk)

»Dem Buch gelingt eine Aussage über das Wesen des Nationalsozialismus und sein zähes Überleben, wie es selten so deutlich und überzeugend dargestellt wurde.«
(Anna Mitgutsch, Der Standard)

Zeitgeschichte im Roman

Davide Ferrario

RÖMISCHES MASKENSPIEL
Roman
Aus dem Italienischen von Mosche Kahn

13 x 21 cm, Hardcover mit Schutzumschlag, 432 Seiten
Haymon-Verlag, ISBN 3-85218-357-X

Krimi, Liebesroman, Polit-Thriller und ein Stück Filmgeschichte mischt der italienische Drehbuchautor und Regisseur Davide Ferrario in seinem Roman mit authentischem Hintergrund auf virtuose Weise: 1947 filmt Orson Welles in Rom. Als ein Komparse in seinen Armen stirbt, beginnt für ihn ein immer bedrohlicher werdendes Abenteuer. Er lernt Faschisten, Kommunisten und korrupte Kleriker kennen, bekommt es mit Mafiabossen und CIA-Agenten zu tun, fährt, um das Geheimnis des Toten zu lüften, nach Venedig und Livorno, und … verliebt sich in eine faszinierende Frau.

»… ein großer Wurf, vielschichtig,
glänzend recherchiert und spannend erzählt.«
(Christina Rademacher, Göttinger Tageblatt)

»Ferrario beherrscht als Filmregisseur das Maskenspiel ganz meisterhaft und verquickt Tatsachen mit Fiktion so nahtlos, daß es kaum möglich ist, beides zu trennen. Ein Stoff, der für mehrere Romane ausreichte, verdichtet, eingeschmolzen zu einer höheren Wahrheit, bruchlos, oft bitter, spannend bis zum Schluß.« *(Ingeborg Sperl, Der Standard)*

»Rundum gelungener historischer Thriller, der den Vergleich mit den besten Büchern von Le Carré oder Forsyth locker standhält.« *(Alfred Ohswald, buchkritik.at)*